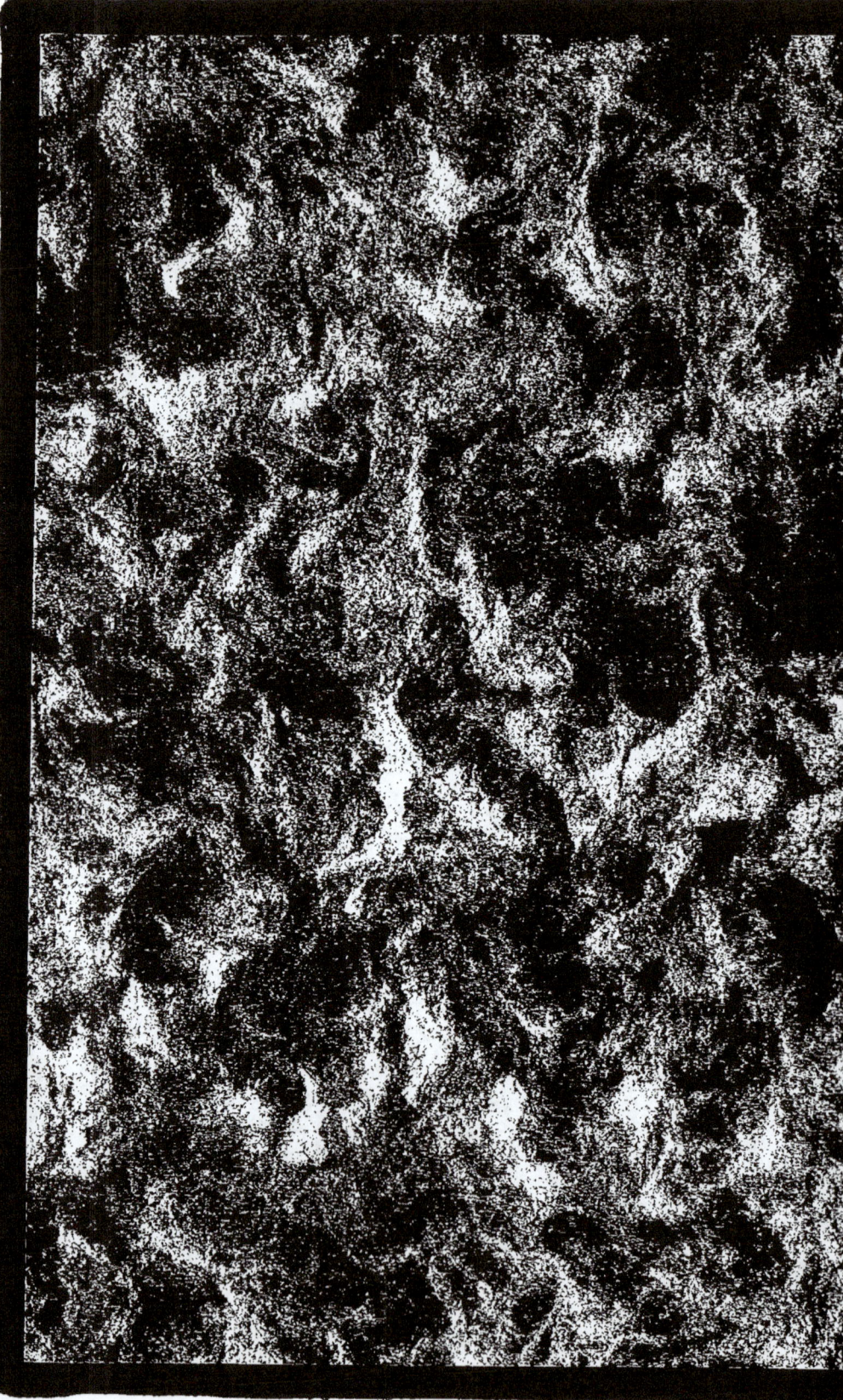

MORCEAUX CHOISIS

DES ÉCRIVAINS CONTEMPORAINS.

PROSE ET POÉSIE.

MORCEAUX CHOISIS

DES

ÉCRIVAINS CONTEMPORAINS

A L'USAGE DES CLASSES SUPÉRIEURES
DE L'ENSEIGNEMENT CLASSIQUE ET SPÉCIAL

RECUEILLIS ET ANNOTÉS

Par G. FEUGÈRE

AGRÉGÉ DES CLASSES SUPÉRIEURES
PROFESSEUR AU LYCÉE NAPOLÉON.

PROSE ET POÉSIE.

PARIS.

IMPRIMERIE ET LIBRAIRIE CLASSIQUES

De JULES DELALAIN et FILS

RUE DES ÉCOLES, VIS-A-VIS DE LA SORBONNE.

M DCCC LXVIII.

C.

PRÉFACE.

Nous nous sommes proposé un double but en publiant ce livre : répondre au programme officiel de l'enseignement secondaire spécial (troisième année d'études), et compléter les recueils de M. Léon Feugère pour les classes supérieures[1].

La tâche délicate de choisir chez des auteurs contemporains les pages les plus dignes d'être placées sous les yeux de la jeunesse a été pour nous singulièrement facilitée par les excellentes indications de la liste officielle : nous les avons suivies scrupuleusement. Nous nous sommes réservé une seule liberté, celle d'élargir le cadre tracé par M. le ministre de l'instruction publique. C'était justice, par exemple, de donner une place à l'école qui précède la renaissance poétique de 1820 et forme la transition entre le dix-huitième siècle et le nôtre. La popularité des grands noms d'aujourd'hui a fait tort à la mémoire de Ducis, Delille et J. Chénier : on les nomme sans façon les *classiques de la décadence*, on les juge avec une légèreté dédaigneuse, et souvent sans les lire. Les recueils du moins doivent servir à protéger les réputations secondaires contre un oubli complet.

En prenant pour point de départ Mirabeau et Ducis, notre désir était encore de rattacher plus étroitement notre recueil

1. *Morceaux choisis des Classiques français*, seizième, dix-septième et dix-huitième siècle, à l'usage des classes supérieures, recueillis et annotés par M. Léon Feugère : 17me édition ; 2 vol. in-12.

à ceux de notre père. L'ouvrage de M. Léon Feugère, complété
d'abord par les introductions ajoutées aux deux volumes de
prose et de vers, et ensuite par ce nouveau recueil, offre maintenant un ensemble complet. Les élèves de nos classes supérieures, comme de l'enseignement secondaire spécial, pourront
suivre sans lacune, dans tout son riche développement, le progrès de la littérature française. Après avoir assisté à l'éveil du
génie et de l'idiome national, après avoir effleuré le seizième
siècle, cet âge de force, de confusion et de séve exubérante, ils
pourront se fixer pour longtemps dans la grande époque classique. C'est la haute et saine région, celle où l'esprit se fortifie
et s'élève. Mûri par un long et sûr commerce avec les grands
auteurs du siècle de Louis XIV, le jeune homme pourra pénétrer alors sans danger sur des terres nouvelles, plus acci-
dentées et plus troublées. Il était juste de lui ménager à la fin
de son rapide voyage comme une échappée sur la littérature
contemporaine.

Nous n'avons dans ce livre rien changé à la méthode excellente de classification que les précédents recueils de M. Léon
Feugère ont presque consacrée. Notre goût personnel s'accordait en cela avec notre respect filial. Nous avons seulement
donné plus d'étendue aux notices qui précèdent les extraits em-
pruntés à chaque auteur. La curiosité de la jeunesse est très-
éveillée à l'égard des noms modernes. Nous avons cherché,
sans dépasser les modestes proportions de notre travail, à satisfaire et prévenir cette légitime curiosité. Notre ambition eût
été d'esquisser le portrait de nos contemporains d'un trait juste
et rapide. Le lecteur jugera si parfois nous avons approché du
but. Quoi qu'il en soit, il reconnaîtra, nous l'espérons, dans
les jugements que nous avons exprimés à nos risques et périls,
que la liberté de notre appréciation s'est toujours conciliée avec
un profond respect pour le talent. Donner à la jeunesse le sens
de l'admiration est une œuvre meilleure que d'éveiller chez
elle le goût de la critique et le stérile plaisir d'un ingénieux
dénigrement. Nous avons eu présent à l'esprit ce mot charmant de Vauvenargues : « Ce sont les critiques injustes qu'il
faut craindre de hasarder, et non pas les louanges sincères. »

Nous avons aussi apporté une extrême réserve dans les notes placées au bas des pages. Mais il nous est impossible de partager les préventions de certaines personnes pour le rôle modeste et utile d'annotateur. On l'accuse d'être un indiscret, presque un vaniteux, qui ne peut se résigner au silence, et vient *à l'endroit le plus beau* vous faire souvenir qu'il est là, et vous distraire mal à propos de l'attention que mérite l'auteur. Ceci est plutôt la manie d'interrompre que l'art d'annoter. Il faut sans doute se mettre en garde contre le danger d'une trop fréquente intervention, ne dire que le nécessaire, et encore choisir pour l'exprimer le moment naturel du repos où le lecteur prend haleine. Dans cette mesure, les notes sont utiles et même nécessaires pour un ouvrage classique. Un rapprochement soulèvera une question intéressante; une objection, un doute proposé avec simplicité, peut écarter un piége ou prévenir une erreur. Un mot suffira parfois à mettre dans son vrai jour un trait, une beauté de situation qui n'eût pas arrêté l'esprit du lecteur. Dans un livre de ce genre où l'on ne présente que des fragments isolés, comment conserver à ces morceaux tout leur prix, si quelques notes explicatives ne viennent rattacher ces pages à l'ensemble dont on les a détachées? Un te travail serait superflu, si l'élève était toujours surveillé et dirigé par son professeur; mais le nombre des morceaux ainsi lus et commentés dans la classe sera toujours restreint : il faut que l'enfant trouve quelque attrait à poursuivre sa lecture, et que la note écrite supplée, autant qu'il est possible, à la parole absente du maître.

Le meilleur succès que pourrait obtenir notre recueil serait d'inspirer aux jeunes gens studieux le désir de se mettre en contact direct avec les ouvrages mêmes dont nous ne présentons ici que de très-courts fragments. On a dit avec esprit que les maîtres apprenaient à leurs élèves à se passer d'eux. Le mot pourrait aussi bien s'appliquer aux recueils de ce genre, dont la seule prétention doit être, selon nous, de se rendre bientôt inutiles en inspirant le goût des lectures d'ensemble. On pourra sans doute regretter ici l'absence de plusieurs noms célèbres. Il nous eût été facile et agréable d'enrichir notre galerie.

Nous nous sommes refusé ces *dulcia furta*, pour ne pas dépasser les proportions indiquées par les programmes officiels, et ne pas dissiper en la divisant outre mesure l'attention de nos jeunes lecteurs.

Notre plus flatteuse récompense serait que ce travail parût avoir avec les précédents recueils de notre père comme un air de famille, et qu'on y retrouvât quelque chose de cette pureté et de cette fermeté de goût qui distinguent ses ouvrages. Ce serait à sa mémoire que nous aimerions à rapporter ce modeste et précieux succès.

G. F.

MORCEAUX CHOISIS

DES ÉCRIVAINS CONTEMPORAINS

A L'USAGE DES CLASSES SUPÉRIEURES.

MIRABEAU.

(1749-1791.)

Henri-Gabriel Riquety, comte de Mirabeau, naquit au Bignon, près de Nemours, le 9 mars 1749. Au milieu des aventures de sa jeunesse, il ne cessa de se livrer aux études les plus variées et les plus étendues : sa vive curiosité embrassait tout, langues anciennes et modernes, histoire, politique, science, dessin même et musique. Le marquis son père, homme d'un caractère inflexible, pour le punir de ses désordres, obtint contre lui plusieurs lettres de cachet, et jusqu'en 1780 lui fit subir d'humiliantes captivités. C'était le plus sûr moyen de développer dans cette âme ardente la haine d'un régime politique où la liberté personnelle était si mal protégée contre les caprices d'une autorité oppressive. Aussi dans la solitude de ses prisons Mirabeau devint un redoutable polémiste, et dans les nombreux ouvrages qu'il publia jusqu'en 1788, il se montra le promoteur hardi des idées nouvelles, l'adversaire violent de la cour et des ministres. Ce rôle singulier de tribun sorti des rangs de la noblesse, et plus encore la vigueur et l'éclat de son talent, avaient fixé sur lui l'attention publique, quand les états généraux furent convoqués (1789). Mirabeau fut envoyé par la ville d'Aix comme représentant du tiers. Son histoire, à partir de cette époque, appartient à celle de l'assemblée constituante. On sait avec quelle hauteur il revendiqua pour le tiers-état le droit de constituer, même sans le concours des deux ordres de la noblesse et du clergé, une assemblée ne relevant que de la nation[1]. Mirabeau garda par son éloquence l'ascendant qu'il avait conquis par son audace.

[1] Après la séance royale du 23 juin 1789, M. de Dreux-Brézé, grand maître des cérémonies, vint, après le départ du roi, signifier aux communes l'ordre de se séparer : « Oui, Monsieur, s'écria Mirabeau, nous avons entendu les intentions qu'on a suggérées au roi; mais

« Cet homme, a dit un éminent critique[1], était né orateur ; sa tête
énorme, grossie par son énorme chevelure ; sa voix âpre et dure,
longtemps traînante avant d'éclater ; son débit, d'abord lourd, embarrassé, tout, jusqu'à ses défauts, impose et subjugue. Il commence par
de lentes et graves paroles qui excitent une attente mêlée d'anxiété.
Lui-même il attend sa colère ; mais qu'un mot échappe du sein de la
tumultueuse assemblée, ou qu'il s'impatiente de sa propre lenteur,
tout hors de lui, l'orateur s'élève. Ses paroles jaillissent énergiques et
nouvelles ; son improvisation devient pure et correcte, en restant véhémente, hardie, singulière ; il méprise, il menace, il insulte. Une
sorte d'impunité est acquise à ses paroles comme à ses actions. »

Mirabeau ne voulait pas renverser la monarchie ; il espérait même
la sauver en lui donnant pour bases celles du gouvernement britan-
nique, dont il avait étudié avec admiration l'habile et savante économie. Aussi, quoi qu'en dût souffrir sa popularité, il n'hésita pas à
combattre la minorité anarchique qu'il voyait s'élever dans l'assemblée, et au mois de mai 1790 il entra en relation directe avec la
cour. Mais il avait donné trop de gages à la révolution pour que ses
conseils fussent écoutés et suivis sans défiance. Il mourut le 2 avril
1791, plein des plus sombres pressentiments. « J'emporte dans mon
cœur, disait-il, le deuil de la monarchie, dont les débris vont être
la proie des factieux. » Mirabeau était le seul homme qui peut-être
pouvait encore, à cette dernière heure, réconcilier le pouvoir avec
la liberté : le deuil public qui entoura ses funérailles témoigna que
la nation avait conscience de cette perte immense qui allait mettre
en présence des adversaires acharnés[2].

Discours contre la banqueroute.

(Extrait.)

Le ministre des finances, Necker, avait proposé pour sauver l'État,
menacé de la banqueroute, l'établissement d'une contribution patrio-

vous qui n'avez ici ni place ni droit de parler, vous n'êtes pas fait
pour nous rappeler son discours. Cependant, pour éviter toute équi-
voque et tout délai, allez dire à votre maître que nous sommes ici par
la volonté du peuple, et que nous n'en sortirons que par la puissance
des baïonnettes. » L'assemblée applaudit et déclara qu'elle persistait
dans ses précédents arrêtés.

1. M. Villemain, dans la 53e leçon de son *Cours de littérature
française au dix-huitième siècle*.
2. Les œuvres oratoires de Mirabeau ont été publiées en 2 vol. in-8°,
Paris, Blanchard, 1819.

1.

tique qui devait s'élever au quart du revenu de chaque citoyen.
Mirabeau soutint la proposition du ministre : à l'assemblée constituante, il parla trois fois dans la séance du 26 septembre 1789 ; il
monte une quatrième fois à la tribune et rassemble toutes les forces
de son éloquence pour emporter un vote approbatif.

Messieurs, au milieu de tant de débats tumultueux, ne pour-
rais-je donc pas ramener à la délibération du jour par un petit
nombre de questions bien simples?

Daignez, messieurs, daignez me répondre.

Le premier ministre des finances ne vous a-t-il pas offert le
tableau le plus effrayant de notre situation actuelle?

Ne vous a-t-il pas dit que tout délai aggravait le péril? qu'un
jour, une heure, un instant, pouvaient le rendre mortel?

Avons-nous un plan à substituer à celui qu'il nous propose?
Oui! a crié quelqu'un dans l'assemblée. Je conjure celui qui
répond *oui* de considérer que son plan n'est pas connu, qu'il
faut du temps pour le développer, l'examiner, le démontrer ;
que, fût-il immédiatement soumis à notre délibération, son auteur a pu se tromper ; que, fût-il exempt de toute erreur, on
peut croire qu'il s'est trompé ; que, quand tout le monde a tort,
tout le monde a raison; qu'il se pourrait donc que l'auteur de
cet autre projet, même en ayant raison, eût tort contre tout le
monde, puisque, sans l'assentiment de l'opinion publique, le
plus grand talent ne saurait triompher des circonstances....
Et moi aussi, je ne crois pas les moyens de M. Necker les meilleurs possibles ; mais le ciel me préserve, dans une situation si
critique, d'opposer les miens aux siens! Vainement je les tiendrais pour préférables : on ne rivalise pas en un instant avec
une popularité prodigieuse, conquise par des services éclat-
tants, une longue expérience, la réputation du premier talent
de financier connu, et s'il faut tout dire, des hasards, une destinée telle qu'elle n'échut en partage à aucun autre mortel [1].

Il faut donc en revenir au plan de M. Necker.

Mais avons-nous le temps de l'examiner, de sonder ses bases,
de vérifier ses calculs? Non, non, mille fois non. D'insigni-

---

1. Le 11 juillet 1789, Necker, victime de basses intrigues, avait reçu
une lettre du roi qui lui ordonnait de quitter la France ; mais quand
cette nouvelle se répandit à Paris, le peuple se souleva et porta en
triomphe le buste du ministre exilé. La prise de la Bastille (14 juillet)
décida le roi à changer de conduite : il vint à l'assemblée, y protesta
de ses bons sentiments et rappela Necker.

liantes questions, des conjectures hasardées, des tâtonnements infidèles, voilà tout ce qui, dans ce moment, est en notre pouvoir. Qu'allons-nous donc faire par le renvoi de la délibération? Manquer le moment décisif; acharner notre amour-propre à changer quelque chose à un ensemble que nous n'avons pas même conçu, et diminuer, par notre intervention indiscrète, l'influence d'un ministre dont le crédit financier est et doit être plus grand que le nôtre... Messieurs, certainement il n'y a là ni sagesse ni prévoyance...

Deux siècles de déprédations et de brigandages ont creusé le gouffre où le royaume est près de s'engloutir. Il faut le combler, ce gouffre effroyable. Eh bien! voici la liste des propriétaires français. Choisissez parmi les plus riches, afin de sacrifier moins de citoyens. Mais choisissez; car ne faut-il pas qu'un petit nombre périsse pour sauver la masse du peuple? Allons, ces deux mille notables possèdent de quoi combler le déficit. Ramenez l'ordre dans vos finances, la paix et la prospérité dans le royaume. Frappez, immolez sans pitié ces tristes victimes, précipitez-les dans l'abîme; il va se refermer.... Vous reculez d'horreur.... Hommes inconséquents! hommes pusillanimes! Eh! ne voyez-vous donc pas qu'en décrétant la banqueroute, ou, ce qui est plus odieux encore, en la rendant inévitable sans la décréter, vous vous souillez d'un acte mille fois plus criminel, et, chose inconcevable! gratuitement criminel? car, enfin, cet horrible sacrifice ferait du moins disparaître le déficit. Mais croyez-vous, parce que vous n'aurez pas payé, que vous ne devrez plus rien? Croyez-vous que les milliers, les millions d'hommes qui perdront en un instant, par l'explosion terrible ou par ses contre-coups, tout ce qui faisait la consolation de leur vie et peut-être leur unique moyen de la sustenter, vous laisseront paisiblement jouir de votre crime? Contemplateurs stoïques des maux incalculables que cette catastrophe vomira sur la France, impassibles égoïstes, qui pensez que ces convulsions du désespoir et de la misère passeront comme tant d'autres, et d'autant plus rapidement qu'elles seront plus violentes, êtes-vous bien sûrs que tant d'hommes sans pain vous laisseront tranquillement savourer les mets dont vous n'aurez voulu diminuer ni le nombre ni la délicatesse?... Non, vous périrez, et, dans la conflagration universelle que vous ne frémissez pas d'allumer, la perte de votre honneur ne sauvera pas une seule de vos détestables jouissances?

Voilà où nous marchons.... J'entends parler de patriotisme,

d'invocations du patriotisme. Ah! ne prostituez pas ces mots de patrie et de patriotisme. Il est donc bien magnanime l'effort de donner une portion de son revenu pour sauver tout ce qu'on possède! Eh! messieurs, ce n'est là que de la simple arithmétique, et celui qui hésitera ne peut désarmer l'indignation que par le mépris que doit inspirer sa stupidité. Oui, messieurs, c'est la prudence la plus ordinaire, la sagesse triviale, c'est votre intérêt le plus grossier que j'invoque. Je ne vous dis plus comme autrefois : Donnerez-vous les premiers aux nations le spectacle d'un peuple assemblé pour manquer à la foi publique? Je ne vous dis plus : Eh! quels titres avez-vous à la liberté? quels moyens vous resteront pour la maintenir, si dès votre premier pas vous surpassez les turpitudes des gouvernements les plus corrompus; si le besoin de votre concours et de votre surveillance n'est pas le garant de votre constitution?... Je vous dis : Vous serez tous entraînés dans la ruine universelle; et les premiers intéressés au sacrifice que le gouvernement vous demande, c'est vous-mêmes.

Votez donc ce subside extraordinaire; et puisse-t-il être suffisant! Votez-le, parce que si vous avez des doutes sur les moyens (doutes vagues et non éclaircis), vous n'en avez pas sur sa nécessité et sur notre impuissance à le remplacer, immédiatement du moins. Votez-le, parce que les circonstances publiques ne souffrent aucun retard, et que nous serions comptables de tout délai. Gardez-vous de demander du temps : le malheur n'en accorde jamais.... Eh! messieurs, à propos d'une ridicule motion du Palais-Royal, d'une risible insurrection qui n'eut jamais d'importance que dans les imaginations faibles ou les desseins pervers de quelques hommes de mauvaise foi, vous avez entendu naguère ces mots forcenés : *Catilina est aux portes de Rome, et l'on délibère!* Et certes, il n'y avait autour de nous ni Catilina, ni périls, ni factions, ni Rome.... Mais aujourd'hui la banqueroute, la hideuse banqueroute, est là; elle menace de consumer vous, vos propriétés, votre honneur,... et vous délibérez[1]!

1. On ne délibéra plus, et un décret voté sur-le-champ adopta de confiance le plan du ministre des finances.

Discours sur l'exercice du droit de la paix et de la guerre.

(Extraits.)

L'assemblée nationale, au mois de mai 1790, avait mis à l'ordre cette question : La nation doit-elle déléguer au roi l'exercice du droit de la paix et de la guerre? Après plusieurs jours de tumultueux débats, Mirabeau prit la parole, et repoussant l'alternative établie par les termes de la question, développa un contre-projet dans lequel il prétendait concilier les droits du monarque avec ceux de la nation, représentée par l'assemblée. Barnave combattit Mirabeau, et réclama pour le corps législatif le droit exclusif de déclarer la guerre et la paix et de conclure des traités. Ce discours eut un grand succès, et Barnave, au sortir de l'assemblée, fut porté en triomphe par le peuple. Les adversaires de Mirabeau cherchèrent à travestir le système qu'il avait soutenu, et le dénoncèrent comme traître. On cria dans les rues un pamphlet intitulé : *La grande trahison du comte de Mirabeau.* Le lendemain, Mirabeau monta à la tribune et parla ainsi :

Messieurs, c'est quelque chose sans doute, pour rapprocher les oppositions, que d'avouer nettement sur quoi l'on est d'accord et sur quoi l'on diffère. Les discussions amiables valent mieux pour s'entendre que les insinuations calomnieuses, les inculpations forcenées, les haines de la rivalité, les machinations de l'intrigue et de la malveillance. On répand depuis huit jours que la section de l'assemblée nationale qui veut le concours de la volonté royale dans l'exercice du droit de la paix et de la guerre est parricide de la liberté publique; on répand des bruits de perfidie, de corruption; on invoque les vengeances populaires pour soutenir la tyrannie des opinions. On dirait qu'on ne peut, sans crime, avoir deux avis dans une des questions les plus délicates et les plus difficiles de l'organisation sociale. C'est une étrange manie, c'est un déplorable aveuglement que celui qui anime ainsi les uns contre les autres des hommes qu'un même but, un sentiment indestructible devraient, au milieu des débats les plus acharnés, toujours rapprocher, toujours réunir; des hommes qui substituent ainsi l'irascibilité de l'amour-propre au culte de la patrie, et se livrent les uns les autres aux préventions populaires.

Et moi aussi on voulait, il y a peu de jours, me porter en triomphe; et maintenant on crie dans les rues : *la grande trahison du comte de Mirabeau....* Je n'avais pas besoin de cette leçon pour savoir qu'il est peu de distance du Capitole à la roche Tarpéienne; mais l'homme qui combat pour la raison, pour la patrie, ne se tient pas si aisément pour vaincu. Celui qui a la conscience d'avoir bien mérité de son pays, et surtout de lui être encore utile; celui que ne rassasie pas une vaine célébrité, et qui dédaigne les succès d'un jour pour la véritable gloire; celui qui veut dire la vérité, qui veut faire le bien public, indépendamment des mobiles mouvements de l'opinion populaire, cet homme porte avec lui la récompense de ses services, le charme de ses peines et le prix de ses dangers; il ne doit attendre sa moisson, sa destinée, la seule qui l'intéresse, la destinée de son nom, que du temps, ce juge incorruptible, qui fait justice à tous. Que ceux qui prophétisaient depuis huit jours mon opinion sans la connaître, qui calomnient en ce moment mon discours sans l'avoir compris, m'accusent d'encenser des idoles impuissantes au moment où elles sont renversées, ou d'être le vil stipendié des hommes que je n'ai pas cessé de combattre; qu'ils dénoncent comme un ennemi de la révolution celui qui peut-être n'y a pas été inutile, et qui, cette révolution fût-elle étrangère à sa gloire, pourrait là seulement trouver sa sûreté; qu'ils livrent aux fureurs du peuple trompé celui qui depuis vingt ans combat toutes les oppressions, qui parlait aux Français de liberté, de constitution, de résistance, lorsque ses vils calomniateurs suçaient le lait des cours et vivaient de tous les préjugés dominants. Que m'importe? Ces coups de bas en haut ne m'arrêteront pas dans ma carrière. Je leur dirai : Répondez, si vous pouvez; calomniez ensuite tant que vous voudrez.

Après cette fière réponse à ses ennemis, Mirabeau rentre dans la discussion. Barnave avait dit : Il faut distinguer l'action et la volonté; l'action appartient au roi; la volonté au corps législatif. Mirabeau, avec une grande force de dialectique, montre que cette formule n'a qu'une précision extérieure, et qu'elle mène réellement à la confusion et au conflit des deux pouvoirs :

Vous avez dit : Une déclaration de guerre n'est qu'un acte de volonté; donc c'est au corps législatif à l'exprimer.

J'ai sur cela deux questions à vous faire, dont chacune embrasse deux cas différents.

Première question. Entendez-vous que la déclaration de guerre soit tellement propre au corps législatif que le roi n'ait pas l'initiative, ou entendez-vous qu'il ait l'initiative?

Dans le premier cas, s'il n'a pas l'initiative, entendez-vous qu'il n'ait pas aussi le *veto*? Dès lors, voilà le roi sans concours dans l'acte le plus important de la volonté nationale. Comment conciliez-vous cela avec les droits que la constitution a donnés au monarque? Comment le conciliez-vous avec l'intérêt public? Vous aurez autant de provocateurs de la guerre que d'hommes passionnés.

Y a-t-il, ou non, de grands inconvénients à cette disposition? Vous ne niez pas qu'il n'y en ait.

Y en a-t-il au contraire à accorder l'initiative au roi? J'entends par l'initiative une notification, un message quelconque; vous ne sauriez y trouver aucun inconvénient.

Voyez, d'ailleurs, l'ordre naturel des choses. Pour délibérer, il faut être instruit; par qui le serez-vous, si ce n'est par le surveillant des relations extérieures?

Ce serait une étrange constitution que celle qui, ayant conféré au roi le pouvoir exécutif suprême, donnerait un moyen de déclarer la guerre sans que le roi en provoquât la délibération par les rapports dont il est chargé; votre assemblée ne serait pas délibérante, mais agissante, elle gouvernerait.

Vous accorderez donc l'initiative au roi.

Passons au second cas.

Si vous accordez au roi l'initiative, ou vous supposez qu'elle consistera dans une simple notification, ou vous supposez que le roi déclarera le parti qu'il veut prendre.

Si l'initiative du roi doit se borner à une simple notification, le roi, par le fait, n'aura aucun concours à une déclaration de guerre.

Si l'initiative du roi consiste, au contraire, dans la déclaration du parti qu'il croit devoir être pris, voici la double hypothèse sur laquelle je vous prie de raisonner avec moi.

Entendez-vous que, le roi se décidant pour la guerre, le corps législatif puisse délibérer la paix? Je ne trouve à cela aucun inconvénient. Entendez-vous au contraire que, le roi voulant la paix, le corps législatif puisse ordonner la guerre et la lui faire soutenir malgré lui? Je ne puis adopter votre système, parce qu'ici naissent des inconvénients auxquels il est impossible de remédier.

De cette guerre délibérée malgré le roi résulterait bientôt une guerre d'opinion contre le monarque, contre tous ses agents. La surveillance la plus inquiète présiderait à toutes les opérations; le désir de les seconder, la défiance contre les ministres, porteraient le corps législatif à sortir de ses propres limites. On proposerait des comités d'exécution militaire, comme on vous a proposé naguère des comités d'exécution politique; le roi ne serait plus que l'agent de ces comités; nous aurions deux pouvoirs exécutifs, ou plutôt le corps législatif régnerait.

Ainsi, par la tendance d'un pouvoir sur l'autre, notre propre constitution se dénaturerait entièrement; de monarchique qu'elle doit être, elle deviendrait purement aristocratique. Vous n'avez pas répondu à cette objection, et vous n'y répondrez jamais. Vous ne parlez que de réprimer les abus ministériels, et moi je vous parle des moyens de réprimer les abus d'une assemblée représentative; je vous parle d'arrêter la pente insensible de tout gouvernement vers la forme dominante qu'on lui imprime.....

Il me semble, messieurs, que le point de la difficulté est enfin complétement connu; et, pour un homme à qui tant d'applaudissements étaient préparés dedans et dehors de cette salle, M. Barnave n'a point du tout abordé la question. Ce serait un triomphe trop facile maintenant que de le poursuivre dans les détails, où, s'il a fait voir du talent de parleur, il n'a jamais montré la moindre connaissance d'un homme d'État ni des affaires humaines. Il a déclamé contre les maux que peuvent faire et qu'ont faits les rois; et il s'est bien gardé de remarquer que, dans notre constitution, le monarque ne peut plus désormais être despote, ni rien faire arbitrairement; et il s'est bien gardé surtout de parler des mouvements populaires; quoiqu'il eût lui-même donné l'exemple de la facilité avec laquelle les amis d'une puissance étrangère pourraient influer sur l'opinion d'une assemblée nationale en ameutant le peuple autour d'elle, et en procurant dans les promenades publiques des battements de mains à leurs agents. Il a cité Périclès faisant la guerre pour ne pas rendre ses comptes : ne semblerait-il pas, à l'entendre, que Périclès a été un roi ou un ministre despotique? Périclès était un homme qui, sachant flatter les passions populaires et se faire applaudir à propos en sortant de la tribune, par ses largesses ou celles de ses amis, a entraîné à la guerre du Péloponèse... qui? l'assemblée nationale d'Athènes[1].

---

1. C'est là un modèle de discussion serrée et vraiment parlementaire. On aurait de Mirabeau une idée incomplète, si l'on ne voyait en lui que le plus éloquent des tribuns : il y avait dans cet homme

Mirabeau discute ensuite les diverses objections qu'a soulevées son projet et conclut ainsi :

Il est plus que temps de terminer ces longs débats. Désormais j'espère que l'on ne dissimulera plus le vrai point de la difficulté. Je veux le concours du pouvoir exécutif à l'expression de la volonté générale en fait de paix et de guerre, comme la constitution le lui a attribué dans toutes les parties déjà fixées de notre système social... Mes adversaires ne le veulent pas. Je veux que la surveillance de l'un des délégués du peuple ne l'abandonne pas dans les opérations les plus importantes de la politique ; et mes adversaires veulent que l'un des délégués possède exclusivement la faculté du droit de la guerre, comme si, lors même que le pouvoir exécutif serait étranger à la confection de la volonté générale, nous avions à délibérer sur le seul fait de la déclaration de la guerre, et que l'exercice du droit n'entraînât pas une série d'opérations mixtes, où l'action et la volonté se pressent et se confondent.

Voilà la ligne qui nous sépare. On vous a proposé de juger la question par le parallèle de ceux qui soutiennent l'affirmative et la négative. On vous a dit que vous verriez, d'un côté, des hommes qui espèrent s'avancer dans les armées ou parvenir à gérer les affaires étrangères, des hommes qui sont liés avec les ministres et leurs agents ; de l'autre, « le citoyen paisible, vertueux, ignoré, sans ambition, qui trouve son bonheur et son existence dans l'existence et le bonheur commun. »

Je ne suivrai pas cet exemple. Je ne crois pas qu'il soit plus conforme aux convenances de la politique qu'aux principes de la morale d'affiler le poignard dont on ne saurait blesser ses rivaux sans en ressentir bientôt sur son propre sein les atteintes. Je ne crois pas que des hommes qui doivent servir la cause publique en véritables frères d'armes aient bonne grâce à se combattre en vils gladiateurs, à lutter d'imputations et d'intrigues, et non de lumières et de talent ; à chercher dans la ruine et la dépression les uns des autres de coupables succès, des trophées d'un jour, nuisibles à tout et même à la gloire. Mais je vous dirai : Parmi ceux qui soutiennent ma doctrine vous compterez tous les hommes modérés qui ne croient pas que la sagesse soit dans les extrêmes, ni que le courage de démolir ne doive jamais faire place à celui de reconstruire : vous compterez

passionné et violent un légiste appliqué, studieux, d'un esprit vraiment pratique.

la plupart de ces énergiques citoyens qui, au commencement
des états généraux (c'est ainsi que s'appelait alors cette convention nationale, encore garrottée dans les langes de la liberté),
foulèrent aux pieds tant de préjugés, bravèrent tant de périls,
déjouèrent tant de résistances pour passer au sein des communes, à qui ce dévouement donna les encouragements et la force
qui ont vraiment opéré votre révolution glorieuse. Vous y verrez
ces tribuns du peuple que la nation comptera longtemps encore,
malgré les glapissements de l'envieuse médiocrité, au nombre
des libérateurs de la patrie ; vous y verrez des hommes dont le
nom désarme la calomnie, et dont les libellistes les plus effrénés
n'ont pas essayé de ternir la réputation ni d'hommes privés ni
d'hommes publics ; des hommes enfin qui, sans tache, sans
intérêt et sans crainte, s'honoreront jusqu'au tombeau de leurs
amis et de leurs ennemis.

Mme DE STAEL.

(1766-1817.)

Anne-Louise-Germaine Necker, fille du ministre de Louis XVI, naquit à Paris en 1766. Dès sa première enfance elle fit pressentir les hautes facultés de sa belle et forte intelligence. A quinze ans elle lisait Montesquieu et étonnait par la fermeté précoce de son esprit et les brillantes saillies de sa conversation les hommes distingués qui se pressaient dans le salon de son père. En 1785, elle épousa le baron de Staël-Holstein, ambassadeur de Suède; mais cette union mal assortie fut bientôt rompue d'un commun accord. Les grands événements qui agitaient la France et la précipitaient vers des destinées inconnues firent diversion aux douleurs de sa vie privée. Si elle partagea les nobles espérances de 1789, elle protesta contre les crimes de 1793 et honora sa plume par une éloquente défense de Marie-Antoinette. Mme de Staël publia dans les années qui suivirent deux ouvrages importants : dans le premier (1796), elle analysait avec une vive pénétration l'influence des passions sur le bonheur des individus et des peuples ; dans le second, sur les *rapports de la littérature avec les institutions sociales*, elle commençait l'heureuse révolution qui de nos jours a fécondé et étendu le champ de la critique, en lui donnant par son alliance avec la philosophie et l'histoire des horizons nouveaux et agrandis. Sous le consulat, le salon de Mme de Staël ne tarda pas à devenir un centre d'opposition contre le régime nouveau, qui exigeait du pays, en échange de la gloire et de la sécurité, le sacrifice de sa liberté. Bonaparte exila Mme de Staël (1802), qui se retira à Weimar, où elle connut Goëthe et Schiller et étudia la langue et la littérature allemande. Un voyage qu'elle fit en Italie (1804) lui inspira le roman de *Corinne*. Cette œuvre de Mme de Staël, qui parut à quelques égards la confidence discrète de sa propre histoire, eut un grand et légitime succès : on y admira la richesse de l'imagination, la profonde connaissance du cœur humain, l'observation vraie et pénétrante de la société. Mais un autre ouvrage, qui devait ajouter encore à l'éclat de sa réputation, occupait déjà la pensée de Mme de Staël. En 1810 paraissait l'*Allemagne*, dont la première édition était saisie et détruite par la police impériale. Ce livre, le chef-d'œuvre de Mme de Staël, initiait la France à tout un monde nouveau qu'elle connaissait mal et dédaignait injustement. La littérature du dix-huitième siècle était arrivée par l'isolement à l'adoration de soi-même; elle appelait barbare tout ce qui était étranger, et Voltaire lui-même s'était borné à souhaiter aux Allemands plus d'esprit et moins de con-

sonnes. L'*Allemagne* marqua la rupture définitive avec cet esprit de
critique orgueilleuse et étroite. L'étude comparée des sociétés et des
littératures étrangères, l'admiration désintéressée du beau, sous les
formes les plus diverses que lui donne le génie des peuples, l'émotion
enthousiaste d'une âme sensible et religieuse, l'éclat d'un style sobre
et énergique, assurent à l'*Allemagne* un succès durable et mérité.
Rentrée à Paris en 1815, Mᵐᵉ de Staël occupa ses dernières années à
écrire ses *Considérations sur la Révolution française*. Elle eut le rare
mérite de juger presque toujours avec l'impartialité de l'historien des
événements dont elle avait été le témoin. Malgré tout ce qui aurait
pu déconcerter sa foi politique, elle ne renia aucune des généreuses
aspirations de sa jeunesse, et le souvenir des crimes de la Révolution
ne put ébranler sa ferme croyance aux progrès de la raison humaine.
Ce fut en 1817 que s'éteignit à Paris ce noble esprit qui exerça une
durable influence sur les idées et la littérature de son siècle [1].

Une petite ville.

Corinne était née en Italie de la première femme de lord Edger-
mond; elle y avait été élevée jusqu'à l'âge de quinze ans chez une
tante de sa mère. A la mort de cette tante, son père la rappela en
Angleterre : il s'était remarié et vivait dans une petite ville du Nor-
thumberland. Habituée à l'éclat joyeux du soleil d'Italie, Corinne, dont
la vie s'était jusque-là développée heureuse et sans contrainte au milieu de tous les plaisirs que donne le goût des lettres et des arts,
éprouva toutes les tristesses de l'exil quand il lui fallut vivre sous le
ciel froid et sombre de l'Angleterre et dans la société monotone et
guindée d'une petite ville. Elle retrace elle-même ses impressions :

Nous rentrions l'hiver dans la ville, si c'est une ville toutefois qu'un lieu où il n'y a ni spectacle, ni édifices, ni musique,
ni tableaux ; c'était un rassemblement de commérages, une col-
lection d'ennuis tout à la fois divers et monotones.

La naissance, le mariage et la mort composaient toute l'histoire de notre société, et ces trois événements différaient là
moins qu'ailleurs. Représentez-vous ce que c'était, pour une Italienne comme moi, que d'être assise autour d'une table à thé
plusieurs heures par jour, après dîner, avec la société de ma

---

1. Les œuvres complètes de Mᵐᵉ de Staël ont été publiées par son
fils, en 17 vol. in-8°, Paris, Treuttel et Wurtz, 1821.

belle-mère. Elle était composée de sept femmes, les plus graves
de la province ; deux d'entre elles étaient des demoiselles de
cinquante ans, timides comme à quinze, mais beaucoup moins
gaies qu'à cet âge. Une femme disait à l'autre : Ma chère,
croyez-vous que l'eau soit assez bouillante pour la jeter sur le
thé. — Ma chère, répondait l'autre, je crois que ce serait trop
tôt, car ces messieurs ne sont pas encore prêts à venir. —
Resteront-ils longtemps à table aujourd'hui ? disait la troisième ;
qu'en croyez-vous, ma chère ? — Je ne sais pas, répondait la
quatrième ; il me semble que l'élection du Parlement doit avoir
lieu la semaine prochaine, et il se pourrait qu'ils restassent
pour s'en entretenir. — Non, reprenait la cinquième, je crois
plutôt qu'ils parlent de cette chasse au renard qui les a tant
occupés la semaine passée et qui doit recommencer lundi prochain ; je crois cependant que le dîner sera bientôt fini. — Ah !
je ne l'espère guère, disait la sixième en soupirant, et le silence
recommençait. J'avais été dans les couvents d'Italie ; ils me paraissaient pleins de vie à côté de ce cercle, et je ne savais qu'y
devenir.

Tous les quarts d'heure il s'élevait une voix qui faisait la
question la plus insipide, pour obtenir la réponse la plus froide ;
et l'ennui soulevé retombait avec un nouveau poids sur ces
femmes, que l'on aurait pu croire malheureuses, si l'habitude
prise dès l'enfance n'apprenait pas à tout supporter. Enfin les
messieurs revenaient, et ce moment si attendu n'apportait pas
un grand changement dans la manière d'être des femmes : les
hommes continuaient leur conversation auprès de la cheminée ;
les femmes restaient dans le fond de la chambre, distribuant
les tasses de thé ; et, quand l'heure du départ arrivait, elles s'en
allaient avec leurs époux, prêtes à recommencer le lendemain
une vie qui ne différait de celle de la veille que par la date de
l'almanach et par la trace des années, qui venait enfin s'imprimer sur le visage de ces femmes comme si elles eussent
vécu pendant ce temps.

Telle était ma situation dans cet étroit séjour ; je n'y faisais
qu'un bruit importun à presque tout le monde, et je ne pouvais,
comme à Londres ou à Édimbourg, rencontrer ces hommes supérieurs qui savent tout juger et tout connaître, et qui, sentant le
besoin des plaisirs inépuisables de l'esprit et de la conversation,
auraient trouvé quelque charme dans l'entretien d'une étrangère,
quand même elle ne se serait pas, en tout, conformée aux sévères
usages du pays. Je passais quelquefois des jours entiers dans

les sociétés de ma belle-mère, sans entendre dire un mot qui
répondît ni à une idée ni à un sentiment ; l'on ne se permet-
tait pas même des gestes en parlant ; on voyait sur le visage
des jeunes filles la plus belle fraîcheur, les couleurs les plus
vives et la plus parfaite immobilité : singulier contraste entre
la nature et la société ! Tous les âges avaient des plaisirs semblables : l'on prenait le thé, l'on jouait au whist, et les femmes
vieillissaient en faisant toujours la même chose, en restant toujours à la même place : le temps était bien sûr de ne pas les
manquer, il savait où les prendre.

Il y a dans les plus petites villes d'Italie un théâtre, de la musique, des improvisateurs, beaucoup d'enthousiasme pour la
poésie et les arts, un beau soleil ; enfin, on y sent qu'on vit ;
mais je l'oubliais tout à fait dans la province que j'habitais, et
j'aurais pu, ce semble, envoyer à ma place une poupée légèrement perfectionnée par la mécanique, elle aurait très-bien rempli mon emploi dans la société. Comme il y a partout en Angleterre des intérêts de divers genres qui honorent l'humanité, les
hommes, dans quelque retraite qu'ils vivent, ont toujours les
moyens d'occuper dignement leur loisir ; mais l'existence des
femmes, dans le coin isolé de la terre que j'habitais, était bien
insipide. Il y en avait quelques-unes qui, par la nature et la
réflexion, avaient développé leur esprit, et j'avais découvert
quelques accents, quelques regards, quelques mots dits à voix
basse, qui sortaient de la ligne commune ; mais la petite opinion du petit pays, toute-puissante dans son petit cercle, étouf-
fait entièrement ces germes : on aurait eu l'air d'une mauvaise
tête, si l'on s'était livré à parler, à se montrer de quelque manière ; et ce qui était pis que tous les inconvénients, il n'y avait
aucun avantage.

D'abord j'essayai de ranimer cette société endormie : je leur
proposai de lire des vers, de faire de la musique. Une fois le
jour était pris pour cela ; mais tout à coup une femme se rappela qu'il y avait trois semaines qu'elle était invitée à souper
chez sa tante ; une autre, qu'elle était en deuil d'une vieille cou-
sine qu'elle n'avait jamais vue, et qui était morte depuis plus
de trois mois ; une autre, enfin, que dans son ménage il y avait
des arrangements domestiques à prendre : tout cela était très-
raisonnable ; mais ce qui était toujours sacrifié, c'étaient les
plaisirs de l'imagination et l'esprit, et j'entendais si souvent
dire : *cela ne se peut pas,* que, parmi tant de négations, ne pas
vivre m'eût encore semblé la meilleure de toutes.

Moi-même, après m'être débattue quelque temps, j'avais re-
noncé à mes vaines tentatives, non que mon père me les inter-
dît, il avait même engagé ma belle-mère à ne pas me tourmenter
à cet égard ; mais les insinuations, mais les regards à la déro-
bée, pendant que je parlais, mille petites peines, semblables aux
liens dont les pygmées entouraient Gulliver, me rendaient tous
les mouvements impossibles, et je finissais par faire comme les
autres, en apparence, mais avec cette différence que je mourais d'ennui, d'impatience et de dégoûts, au fond du cœur.
J'avais déjà passé quatre années les plus fastidieuses du monde ;
et, ce qui m'affligeait davantage encore, je sentais mon talent
se refroidir ; mon esprit se remplissait, malgré moi, de peti-
tesses, car, dans une société où l'on manque tout à la fois d'intérêt pour les sciences, la littérature, les tableaux et la musique,
où l'imagination enfin n'occupe personne, ce sont les petits
faits, les critiques minutieuses, qui font nécessairement le sujet
des entretiens : et les esprits étrangers à l'activité comme à la
méditation ont quelque chose d'étroit, de susceptible et de contraint qui rend les rapports de la société tout à la fois pénibles
et fades.

Il n'y a là de jouissance que dans une certaine régularité mé-
thodique, qui convient à ceux dont le désir est d'effacer toutes
les supériorités pour mettre le monde à leur niveau ; mais
cette uniformité est une douleur habituelle pour les caractères
appelés à une destinée qui leur soit propre[1] ; le sentiment
amer de la malveillance, que j'excitais malgré moi, se joignait
à l'oppression causée par le vide, qui m'empêchait de respirer.
C'est en vain qu'on se dit : tel homme n'est pas digne de me
juger, telle femme n'est pas capable de me comprendre ; le visage humain exerce un grand pouvoir sur le cœur humain ; et
quand vous lisez sur ce visage une désapprobation secrète, elle
vous inquiète toujours, en dépit de vous-même : enfin, le cercle
qui vous environne finit toujours par vous cacher le reste du
monde ; le plus petit objet placé devant votre œil vous inter-
cepte le soleil ; il en est de même aussi de la société dans laquelle
on vit : ni l'Europe ni la postérité ne pourraient rendre insensible aux tracasseries de la maison voisine ; et qui veut être

---

1. Cette pensée est un peu absolue : le dégoût d'une destinée ordinaire, le besoin de paraître sur une scène plus vaste, peuvent n'être
trop souvent que l'illusion d'une vanité envieuse et la preuve d'une
dangereuse ignorance de soi-même.

heureux et développer son génie doit, avant tout, bien choisir
l'atmosphère dont il s'entoure immédiatement.

Corinne ou l'Italie, livre XIV, ch. 1ᵉʳ.

Le Panthéon.

Corinne, après la mort de son père, retourne en Italie. Au nombre
des admirateurs de sa beauté et de son génie poétique elle eut bientôt distingué Oswald, lord Nelvil, pair d'Écosse. Touchée d'un hommage aussi enthousiaste que respectueux, elle lui propose de visiter
avec elle les principaux monuments de Rome.

Oswald et Corinne allèrent d'abord au Panthéon, qu'on appelle aujourd'hui *Sainte-Marie de la Rotonde*. Partout, en Italie,
le catholicisme a hérité du paganisme ; mais le Panthéon est le
seul temple antique à Rome qui soit conservé tout entier, le
seul où l'on puisse remarquer dans son ensemble la beauté de
l'architecture des anciens et le caractère particulier de leur
culte. Oswald et Corinne s'arrêtèrent sur la place du Panthéon
pour admirer le portique de ce temple et les colonnes qui le
soutiennent.

Corinne fit observer à lord Nelvil que le Panthéon était construit de manière qu'il paraissait beaucoup plus grand qu'il ne
l'est. « L'église Saint-Pierre, dit-elle, produira sur vous un
effet tout différent : vous la croirez d'abord moins vaste qu'elle
ne l'est en réalité. L'illusion si favorable au Panthéon vient, à
ce qu'on assure, de ce qu'il y a plus d'espace entre les colonnes
et que l'air joue librement autour, mais surtout de ce que l'on
n'y aperçoit presque point d'ornements de détail, tandis que
Saint-Pierre en est surchargé. C'est ainsi que la poésie antique
ne dessinait que les grandes masses, et laissait à la pensée de
l'auditeur à remplir les intervalles, à suppléer les développements : en tout genre, nous autres modernes, nous disons
trop[1].

[1]. Ces rapports entre les différents arts, et particulièrement entre
la poésie et l'architecture, sont devenus l'un des thèmes les plus heureusement mis en lumière par l'esthétique moderne. La simplicité
libre et aisée du génie grec s'est marquée dans ses monuments comme
dans les chefs-d'œuvre de sa littérature ; le génie chrétien, plus tour-
menté dans ses aspirations vers un idéal supérieur, a trouvé dans l'ar-

« Ce temple, continua Corinne, fut consacré par Agrippa, le favori d'Auguste, à son ami, ou plutôt à son maître. Cependant ce maître eut la modestie de refuser la dédicace du temple; et Agrippa se vit obligé de le dédier à tous les dieux de l'Olympe, pour remplacer le dieu de la terre, la puissance. Il y avait un char de bronze au sommet du Panthéon, sur lequel étaient placées les statues d'Auguste et d'Agrippa. De chaque côté du portique, ces mêmes statues se trouvaient sous une autre forme; et sur le frontispice du temple on lit encore : *Agrippa l'a consacré.* Auguste donna son nom à son siècle, parce qu'il a fait de ce siècle une époque de l'esprit humain. Les chefs-d'œuvre en divers genres de ses contemporains formèrent, pour ainsi dire, les rayons de son auréole. Il sut honorer habilement les hommes de génie qui cultivaient les lettres, et dans la postérité sa gloire s'en est bien trouvée.

« Entrons dans le temple, dit Corinne; vous le voyez, il reste découvert presque comme il l'était autrefois. On dit que cette lumière qui venait d'en haut était l'emblème de la Divinité supérieure à toutes les divinités. Les païens ont toujours aimé les images symboliques. Il semble en effet que ce langage convient mieux à la religion que la parole. La pluie tombe souvent sur ces parvis de marbre; mais aussi les rayons du soleil viennent éclairer les prières. Quelle sérénité! quel air de fête on remarque dans cet édifice! Les païens ont divinisé la vie, et les chrétiens ont divinisé la mort : tel est l'esprit des deux cultes[1]; mais notre catholicisme romain est moins sombre cependant que ne l'était celui du Nord. Vous l'observerez quand nous serons à Saint-Pierre. Dans l'intérieur du sanctuaire du Panthéon sont les bustes de nos artistes les plus célèbres; ils décorent les niches où l'on avait placé les dieux des anciens. Comme depuis la destruction de l'empire des Césars nous n'avons presque jamais eu d'indépendance politique en Italie, on ne trouve point ici des hommes d'État ni de grands capitaines. C'est le génie de l'imagination qui fait notre seule gloire : mais ne trouvez-vous pas, mylord, qu'un peuple qui honore ainsi les

chitecture gothique sa vraie expression. Voir sur ce sujet l'*Esthétique* de Hegel (traduction Ch. Bénard), tomes II et III.

1. L'amour de la vie, le regret de fermer les yeux à la brillante lumière du jour, inspirent souvent les poëtes de la Grèce. Dans Homère (*Odyssée*, l. XI), Achille déclare sans détour à Ulysse qu'il aimerait mieux être sur la terre aux gages d'un pauvre jardinier que régner sur les ombres. Les Grecs ne connaissaient pas ce dégoût de la vie qui est l'un des caractères de la poésie du Nord.

talents qu'il possède mériterait une plus noble destinée ? — Je suis sévère pour les nations, répondit Oswald ; je crois toujours qu'elles méritent leur sort, quel qu'il soit. — Cela est dur, reprit Corinne ; peut-être, en vivant en Italie, éprouverez-vous un sentiment d'attendrissement sur ce beau pays, que la nature semble avoir paré comme une victime ; mais du moins souvenez-vous que notre plus chère espérance, à nous autres artistes, à nous autres amants de la gloire, c'est d'obtenir une place ici. J'ai déjà marqué la mienne, dit-elle en montrant une niche encore vide. Oswald, qui sait si vous ne reviendrez pas dans cette même enceinte quand mon buste y sera placé ! Alors... — Oswald l'interrompit vivement, et lui dit : Resplendissante de jeunesse et de beauté, pouvez-vous parler ainsi à celui que le malheur et la souffrance font déjà pencher vers la tombe ? — Ah ! reprit Corinne, l'orage peut briser en un moment les fleurs qui tiennent encore la tête levée. » Elle se tut, et ses pas, en sortant du temple, étaient plus lents et ses regards plus rêveurs.

Elle s'arrêta sous le portique. « Là, dit-elle à lord Nelvil, était une urne de porphyre de la plus grande beauté, transportée maintenant à Saint-Jean de Latran ; elle contenait les cendres d'Agrippa, qui furent placées au pied de la statue qu'il s'était élevée à lui-même. Les anciens mettaient tant de soin à adoucir l'idée de la destruction, qu'ils savaient en écarter ce qu'elle peut avoir de lugubre et d'effrayant. Il y avait d'ailleurs tant de magnificence dans leurs tombeaux, que le contraste du néant de la mort et des splendeurs de la vie s'y faisait moins sentir. Il est vrai aussi que l'espérance d'un autre monde étant chez eux beaucoup moins vive que chez les chrétiens, les païens s'efforçaient de disputer à la mort le souvenir que nous déposons sans crainte dans le sein de l'Éternel. »

Ibid., liv. IV, ch. 1er.

Saint-Pierre.

En allant à Saint-Pierre, ils s'arrêtèrent devant le château Saint-Ange. « Voilà, dit Corinne, l'un des édifices dont l'extérieur a le plus d'originalité : ce tombeau d'Adrien, changé en forteresse par les Goths, porte le double caractère de sa première et de sa seconde destination. Bâti pour la mort, une impénétrable enceinte l'environne ; et cependant les vivants y ont ajouté quelque chose d'hostile par les fortifications extérieures, qui contrastent avec le silence et la noble inutilité d'un monument funéraire. On voit sur le sommet un ange de bronze, avec son épée nue[1]; et dans l'intérieur sont pratiquées des prisons très-cruelles. Tous les événements de l'histoire de Rome, depuis Adrien jusqu'à nos jours, sont liés à ce monument. Bélisaire s'y défendit contre les Goths, et, presque aussi barbare que ceux qui l'attaquaient, il lança contre ses ennemis les belles statues qui décoraient l'intérieur de l'édifice. Crescentius, Arnault de Brescia, Nicolas Rienzi, ces amis de la liberté romaine, qui ont pris si souvent les souvenirs pour des espérances, se sont défendus longtemps dans le tombeau d'un empereur. J'aime ces pierres, qui s'unissent à tant de faits illustres; j'aime ce luxe du maître du monde, un magnifique tombeau. Il y a quelque chose de grand dans l'homme qui, possesseur de toutes les jouissances et de toutes les pompes terrestres, ne craint pas de s'occuper longtemps d'avance de sa mort. Des idées morales, des sentiments désintéressés, remplissent l'âme, dès qu'elle sort de quelque manière des bornes de la vie.

« C'est d'ici, continua Corinne, que l'on devrait apercevoir Saint-Pierre, et c'est jusques ici que les colonnes qui le précèdent devaient s'étendre : tel était le superbe plan de Michel-Ange. Il espérait du moins qu'on l'achèverait après lui; mais les hommes de notre temps ne pensent plus à la postérité. Quand une fois on a tourné l'enthousiasme en ridicule[2] on a tout défait, excepté l'argent et le pouvoir. — C'est vous qui ferez renaître ce sentiment! s'écria lord Nelvil. Qui jamais éprouva le bonheur que je goûte? Rome montrée par vous, Rome interprétée par l'imagination et le génie, *Rome, qui est un monde animé par le sentiment, sans lequel le monde lui-même est un désert*[3]! »

1. Un Français, dans la dernière guerre, commandait le château Saint-Ange; les troupes napolitaines le sommèrent de capituler; il répondit qu'il se rendrait quand l'ange de bronze remettrait son épée dans le fourreau. (Mme de Staël.)

2. Cf. dans l'*Allemagne* le ch. X de la quatrième partie. « L'enthousiasme, c'est l'amour du beau, l'élévation de l'âme, la jouissance du dévouement, réunis dans un même sentiment qui a de la grandeur et du calme. Le sens de ce mot, chez les Grecs, en est la plus noble définition : l'enthousiasme signifie *Dieu en nous*. En effet, quand l'existence de l'homme est expansive, elle a quelque chose de divin. »

3. C'est la traduction de deux vers de Gœthe :

Eine Welt zwar bist du, o Rom; doch ohne die Liebe
Wäre die Welt nicht die Welt, wäre denn Rom auch nicht Rom.

Alors Saint-Pierre leur apparut, cet édifice le plus grand que les hommes aient jamais élevé ; car les pyramides d'Égypte elles-mêmes lui sont inférieures en hauteur. « J'aurais peut-être dû vous faire voir, dit Corinne, le plus beau de nos édifices le dernier ; mais ce n'est pas mon système. Il me semble que, pour se rendre sensible aux beaux-arts, il faut commencer par voir les objets qui inspirent une admiration vive et profonde. Ce sentiment, une fois éprouvé, révèle, pour ainsi dire, une nouvelle sphère d'idées, et rend ensuite plus capable d'aimer et de juger tout ce qui, dans un ordre même inférieur, retrace cependant la première impression qu'on a reçue. Toutes ces gradations, ces manières prudentes et nuancées pour préparer les grands effets, ne sont point de mon goût. On n'arrive point au sublime par degrés ; des distances infinies le séparent même de ce qui n'est que beau. » Oswald sentit une émotion tout à fait extraordinaire en arrivant en face de Saint-Pierre. C'était là première fois que l'ouvrage des hommes produisait sur lui l'effet d'une merveille de la nature. C'est le seul travail de l'art, sur notre terre actuelle, qui ait le genre de grandeur qui caractérise les œuvres immédiates de la création. Corinne jouissait de l'étonnement d'Oswald. « J'ai choisi, lui dit-elle, un jour où le soleil est dans tout son éclat, pour vous faire voir ce monument. Je vous réserve un plaisir plus intime, plus religieux, c'est de le contempler au clair de lune ; mais il fallait d'abord vous faire assister à la plus brillante des fêtes, le génie de l'homme décoré par la magnificence de la nature. »

La place Saint-Pierre est entourée de colonnes, légères de loin et massives de près. Le terrain, qui va toujours un peu en montant jusqu'au portique de l'église, ajoute encore à l'effet qu'elle produit. Un obélisque de quatre-vingts pieds de haut, qui paraît à peine élevé en présence de la coupole de Saint-Pierre, est au milieu de la place. La forme des obélisques elle seule a quelque chose qui plaît à l'imagination ; leur sommet se perd dans les airs, et semble porter jusqu'au ciel une grande pensée de l'homme. Ce monument, qui vint d'Égypte pour orner les bains de Caligula, et que Sixte-Quint a fait transporter ensuite au pied du temple de Saint-Pierre ; ce contemporain de tant de siècles, qui n'ont pu rien contre lui, inspire un sentiment de respect ; l'homme se sent tellement passager qu'il a toujours de l'émotion en présence de ce qui est immuable. A quelque distance des deux côtés de l'obélisque, s'élèvent deux fontaines dont l'eau jaillit perpétuellement et retombe avec abondance en

cascade dans les airs. Ce murmure des ondes qu'on a coutume
d'entendre au milieu de la campagne produit dans cette enceinte une sensation toute nouvelle; mais cette sensation est en
harmonie avec celle que fait naître l'aspect d'un temple majes-
tueux.

La peinture, la sculpture, imitant le plus souvent la figure
humaine ou quelque objet existant dans la nature, réveillent dans
notre âme des idées parfaitement claires et positives; mais un
beau monument d'architecture n'a point, pour ainsi dire, de
sens déterminé, et l'on est saisi, en le contemplant, par cette
rêverie sans calcul et sans but, qui mène si loin la pensée. Le
bruit des eaux convient à toutes ces impressions vagues et profondes; il est uniforme, comme l'édifice est régulier.

L'éternel mouvement et l'éternel repos [1]

sont ainsi rapprochés l'un de l'autre. C'est dans ce lieu surtout
que le temps est sans pouvoir; car il ne tarit pas plus ces
sources jaillissantes qu'il n'ébranle ces immobiles pierres. Les
eaux qui s'élancent en gerbe de ces fontaines sont si légères et
si nuageuses, que, dans un beau jour, les rayons du soleil y
produisent de petits arcs-en-ciel formés des plus belles couleurs [2].

« Arrêtez-vous un moment ici, dit Corinne à lord Nelvil,
comme il était déjà sous le portique de l'église; arrêtez-vous,
avant de soulever le rideau qui couvre la porte du temple :
votre cœur ne bat-il pas à l'approche de ce sanctuaire? et ne
ressentez-vous pas, au moment d'entrer, tout ce que ferait
éprouver l'attente d'un événement solennel? » Corinne elle-
même souleva le rideau, et le retint pour laisser passer lord
Nelvil. Il marchait lentement à côté de Corinne; l'un et l'autre
se taisaient. Là tout commande le silence : le moindre bruit retentit si loin, qu'aucune parole ne semble digne d'être ainsi
répétée dans une demeure presque éternelle ! La prière seule,
l'accent du malheur, de quelque faible voix qu'il parte, émeut
profondément dans ces vastes lieux. Et quand, sous ces dômes
immenses, on entend de loin venir un vieillard, dont les pas

1. Vers de M. de Fontanes.
2. Il faut remarquer comment Mme de Staël a su renouveler le genre
souvent ingrat de la description, en y mêlant ces profondes réflexions
morales et ces fines analyses des diverses impressions que fait naître
la vue des chefs-d'œuvre de l'art ou de la nature.

tremblants se traînent sur ces beaux marbres arrosés par tant
de pleurs, l'on sent que l'homme est imposant par cette infirmité même de sa nature, qui soumet son âme divine à tant de
souffrances, et que le culte de la douleur, le christianisme, contient le vrai secret du passage de l'homme sur la terre. »

Corinne interrompit la rêverie d'Oswald, et lui dit : « Vous
avez vu des églises gothiques en Angleterre et en Allemagne ;
vous avez dû remarquer qu'elles ont un caractère beaucoup plus
sombre que cette église. Il y avait quelque chose de mystique
dans le catholicisme des peuples septentrionaux : le nôtre parle
à l'imagination par les objets extérieurs. Michel-Ange a dit, en
voyant la coupole du Panthéon : Je la placerai dans les airs.
Et, en effet, Saint-Pierre est un temple posé sur une église. Il
y a quelque alliance des religions antiques et du christianisme
dans l'effet que produit sur l'imagination l'intérieur de cet édifice. Je vais m'y promener souvent, pour rendre à mon âme la
sérénité qu'elle perd quelquefois. La vue d'un tel monument est
comme une musique continuelle et fixée, qui vous attend pour
vous faire du bien quand vous vous en approchez ; et certainement il faut mettre au nombre des titres de notre nation à la
gloire la patience, le courage et le désintéressement des chefs
de l'Église, qui ont consacré cent cinquante années, tant d'argent et tant de travaux à l'achèvement d'un édifice dont ceux
qui l'élevaient ne pouvaient se flatter de jouir. C'est un service
rendu, même à la morale publique, que de faire don à une nation d'un monument qui est l'emblème de tant d'idées nobles et
généreuses. — Oui, répondit Oswald, ici les arts ont de la grandeur, l'imagination et l'invention sont pleines de génie : mais la
dignité de l'homme même, comment y est-elle défendue ?
Quelles institutions, quelle faiblesse dans la plupart des gouvernements d'Italie ! et quoiqu'ils soient si faibles, combien ils
asservissent les esprits ! — D'autres peuples, interrompit Corinne, ont supporté le joug comme nous, et ils ont de moins l'imagination qui fait rêver une autre destinée :

Servi siam, si, ma servi ognor frementi.

Nous sommes esclaves, mais des esclaves toujours frémissants,
dit Alfieri, le plus fier de nos écrivains modernes. Il y a tant
d'âme dans nos beaux-arts, que peut-être un jour notre caractère
égalera notre génie.

Regardez, continua Corinne, ces statues placées sur les tombeaux, ces tableaux en mosaïque, patientes et fidèles copies des

chefs-d'œuvre de nos grands maîtres. Je n'examine jamais Saint-
Pierre en détail, parce que je n'aime pas à y trouver ces beautés
multipliées qui dérangent un peu l'impression de l'ensemble.
Mais qu'est-ce donc qu'un monument où les chefs-d'œuvre de
l'esprit humain eux-mêmes paraissent des ornements superflus !
Ce temple est comme un monde à part. On y trouve un asile
contre le froid et la chaleur. Il a ses saisons à lui, son printemps perpétuel, que l'atmosphère du dehors n'altère jamais.
Une église souterraine est bâtie sous le parvis de ce temple ;
les papes et plusieurs souverains des pays étrangers y sont ensevelis : Christine, après son abdication ; les Stuarts, depuis que
leur dynastie est renversée. Rome depuis longtemps est l'asile
des exilés du monde ; Rome elle-même n'est-elle pas détrônée !
son aspect console les rois dépouillés comme elle :

> Cadono le città, cadono i regni,
> E l'uom, d'esser mortal par che si sdegni[1] !

« Placez-vous ici, dit Corinne à lord Nelvil, près de l'autel,
au milieu de la coupole : vous apercevrez à travers les grilles de
fer l'église des morts qui est sous nos pieds, et, en relevant les
yeux, vos regards atteindront à peine au sommet de la voûte.
Ce dôme, en le considérant même d'en bas, fait éprouver un
sentiment de terreur. On croit voir des abîmes suspendus sur
sa tête. Tout ce qui est au delà d'une certaine proportion cause
à l'homme, à la créature bornée, un invincible effroi. Ce que
nous connaissons est aussi inexplicable que l'inconnu ; mais nous
avons, pour ainsi dire, pratiqué notre obscurité habituelle[2],
tandis que de nouveaux mystères nous épouvantent et mettent
le trouble dans nos facultés.

« Toute cette église est ornée de marbres antiques, et ses
pierres en savent plus que nous sur les siècles écoulés. Voici la
statue de Jupiter, dont on a fait un saint Pierre, en lui mettant
une auréole sur la tête. L'expression générale de ce temple caractérise parfaitement le mélange des dogmes sombres et des
cérémonies brillantes ; un fond de tristesse dans les idées, mais
dans l'application la mollesse et la vivacité du Midi ; des inten-

---

1. « Les cités tombent, les empires disparaissent, et l'homme s'indigne d'être mortel ! »
2. Cela veut dire que nous n'éprouvons aucun étonnement à la vue
de phénomènes qui se renouvellent sans cesse devant nos yeux, et
dont la cause cependant nous est inconnue. Mais l'expression de
Mᵐᵉ de Staël manque un peu de netteté.

tions sévères, mais des interprétations très-douces ; la théologie chrétienne et les images du paganisme ; enfin la réunion la plus admirable de l'éclat et de la majesté que l'homme peut donner à son culte envers la Divinité.

« Les tombeaux décorés par les merveilles des beaux-arts ne présentent point la mort sous un aspect redoutable. Ce n'est pas tout à fait comme les anciens, qui sculptaient sur les sarcophages des danses et des jeux ; mais la pensée est détournée de la contemplation d'un cercueil par les chefs-d'œuvre du génie. Ils rappellent l'immortalité sur l'autel même de la mort ; et l'imagination, animée par l'admiration qu'ils inspirent, ne sent pas, comme dans le Nord, le silence et le froid, immuables gardiens des sépulcres. — Sans doute, dit Oswald, nous voulons que la tristesse environne la mort ; et même avant que nous fussions éclairés par les lumières du christianisme, notre mythologie ancienne, notre Ossian ne place à côté de la tombe que les regrets et les chants funèbres. Ici, vous voulez oublier et jouir ; je ne sais si je désirerais que votre beau ciel me fît ce genre de bien. — Ne croyez pas cependant, reprit Corinne, que notre caractère soit léger et notre esprit frivole. Il n'y a que la vanité qui rende frivole ; l'indolence peut mettre quelques intervalles de sommeil ou d'oubli dans la vie, mais elle n'use ni ne flétrit le cœur ; et, malheureusement pour nous, on peut sortir de cet état par des passions plus profondes et plus terribles que celles des âmes habituellement actives. »

En achevant ces mots, Corinne et lord Nelvil s'approchaient de la porte de l'église. « Encore un dernier coup d'œil vers ce sanctuaire immense, dit-elle à lord Nelvil. Voyez comme l'homme est peu de chose en présence de la religion, alors même que nous sommes réduits à ne considérer que son emblème matériel ! voyez quelle immobilité, quelle durée les mortels peuvent donner à leurs œuvres, tandis qu'eux-mêmes ils passent si rapidement, et ne se survivent que par le génie. Ce temple est une image de l'infini ; il n'y a point de terme aux sentiments qu'il fait naître, aux idées qu'il retrace, à l'immense quantité d'années qu'il rappelle à la réflexion, soit dans le passé, soit dans l'avenir ; et quand on sort de son enceinte, il semble qu'on passe des pensées célestes aux intérêts du monde, et de l'éternité religieuse à l'air léger du temps. »

Corinne fit remarquer à lord Nelvil, lorsqu'ils furent hors de l'église, que sur ses portes étaient représentées en bas-relief les Métamorphoses d'Ovide. « On ne se scandalise point à Rome,

lui dit-elle, des images du paganisme, quand les beaux-arts les
ont consacrées. Les merveilles du génie portent toujours à l'âme
une impression religieuse, et nous faisons hommage au culte
chrétien de tous les chefs-d'œuvre que les autres cultes ont
inspirés. » Oswald sourit à cette explication. « Croyez-moi, mylord, continua Corinne, il y a beaucoup de bonne foi dans les
sentiments des nations dont l'imagination est très-vive. »

Ibid., ib., ch. III.

Le Capitole.

Corinne se fit conduire au pied de l'escalier du Capitole actuel.
L'entrée du Capitole ancien était par le Forum. « Je voudrais
bien, dit Corinne, que cet escalier fût le même que monta Scipion, lorsque, repoussant la calomnie par la gloire, il alla dans
le temple pour rendre grâces aux dieux des victoires qu'il avait
remportées. Mais ce nouvel escalier, mais ce nouveau Capitole a
été bâti sur les ruines de l'ancien, pour recevoir le paisible
magistrat qui porte à lui tout seul ce nom immense de sénateur romain, jadis l'objet des respects de l'univers. Ici nous
n'avons plus que des noms ; mais leur harmonie, mais leur antique dignité cause toujours une sorte d'ébranlement, une sensation assez douce, mêlée de plaisir et de regret. Je demandais
l'autre jour à une pauvre femme que je rencontrai, où elle demeurait : *A la Roche Tarpéienne*, me répondit-elle ; et ce mot,
bien que dépouillé des idées qui jadis y étaient attachées, agit
encore sur l'imagination. »

Oswald et Corinne s'arrêtèrent pour considérer les deux lions
de basalte qu'on voit au pied de l'escalier du Capitole[1]. Ils viennent d'Égypte ; les sculpteurs égyptiens saisissaient avec bien
plus de génie la figure des animaux que celle des hommes. Ces
lions du Capitole sont noblement paisibles, et leur genre de physionomie est la véritable image de la tranquillité dans la force,

A guisa di lion, quando si posa[2].

1. Les minéralogistes affirment que ces lions ne sont pas de basalte, parce que la pierre volcanique qu'on désigne aujourd'hui sous
ce nom ne saurait exister en Égypte ; mais comme Pline appelle basalte la pierre égyptienne dont ces lions sont formés, et que l'historien des arts, Winckelmann, leur conserve aussi ce nom, j'ai cru
pouvoir m'en servir dans son acception primitive. (Mme de Staël.)

2. A la manière du lion quand il se repose. (*Dante.*)

Non loin de ces lions, on voit une statue de Rome mutilée, que les Romains modernes ont placée là, sans songer qu'ils donnaient ainsi le plus parfait emblème de leur Rome actuelle. Cette statue n'a ni tête ni pieds ; mais le corps et la draperie qui restent ont encore des beautés antiques. Au haut de l'escalier sont deux colosses qui représentent, à ce qu'on croit, Castor et Pollux, puis les trophées de Marius, puis deux colonnes milliaires qui servaient à mesurer l'univers romain, et la statue équestre de Marc-Aurèle, belle et calme au milieu de ces divers souvenirs. Ainsi tout est là, les temps héroïques représentés par les Dioscures, la république par les lions, les guerres civiles par Marius, et les beaux temps des empereurs par Marc-Aurèle.

En avançant vers le Capitole moderne, on voit à droite et à gauche deux églises bâties sur les ruines du temple de Jupiter Férétrien et de Jupiter Capitolin. En avant du vestibule est une fontaine présidée par deux fleuves, le Nil et le Tibre, avec la louve de Romulus. On ne prononce pas le nom du Tibre comme celui des fleuves sans gloire ; c'est un des plaisirs de Rome que de dire : *Conduisez-moi sur les bords du Tibre ; traversons le Tibre.* Il semble qu'en prononçant ces paroles on évoque l'histoire et qu'on ranime les morts. En allant au Capitole du côté du Forum, on trouve à droite les prisons Mamertines. Ces prisons furent d'abord construites par Ancus Martius, et servaient alors aux criminels ordinaires. Mais Servius Tullius en fit creuser sous terre de beaucoup plus cruelles, pour les criminels d'État, comme si ces criminels n'étaient pas ceux qui méritent le plus d'égards, puisqu'il peut y avoir de la bonne foi dans leurs erreurs. Jugurtha et les complices de Catilina périrent dans ces prisons ; on dit aussi que saint Pierre et saint Paul y ont été renfermés. De l'autre côté du Capitole est la roche Tarpéienne ; au pied de cette roche l'on trouve aujourd'hui un hôpital appelé l'*hôpital de la Consolation*. Il semble que l'esprit sévère de l'antiquité et la douceur du christianisme soient ainsi rapprochés dans Rome à travers les siècles, et se montrent aux regards comme à la réflexion.

Quand Oswald et Corinne furent arrivés au haut de la tour du Capitole, Corinne lui montra les sept collines, la ville de Rome, bornée d'abord au mont Palatin, ensuite aux murs de Servius Tullius, qui renfermaient les sept collines ; enfin, aux murs d'Aurélien, qui servent encore aujourd'hui d'enceinte à la plus grande partie de Rome. Corinne rappela les vers de Tibulle et de Properce, qui se glorifient des faibles commencements

dont est sortie la maîtresse du monde[1]. Le mont Palatin fut à
lui seul tout Rome pendant quelque temps ; mais dans la suite
le palais des empereurs remplit l'espace qui avait suffi pour une
nation. Un poëte du temps de Néron fit à cette occasion cette
épigramme : *Rome ne sera bientôt plus qu'un palais. Allez à
Veies, Romains, si toutefois ce palais n'occupe pas déjà Veies
même*[2].

Les sept collines sont infiniment moins élevées qu'elles ne
l'étaient autrefois, lorsqu'elles méritaient le nom de *monts escarpés*. Rome moderne est élevée de quarante pieds au-dessus
de Rome ancienne. Les vallées qui séparaient les collines se
sont presque comblées par le temps et par les ruines des édifices ; mais ce qui est plus singulier encore, un amas de vases
brisés a élevé deux collines nouvelles[3], et c'est presque une
image des temps modernes, que ces progrès ou plutôt ces débris de la civilisation mettant de niveau les montagnes avec
les vallées, effaçant, au moral comme au physique, toutes les
belles inégalités produites par la nature.

Trois autres collines[4], non comprises dans les sept fameuses,
donnent à la ville de Rome quelque chose de si pittoresque,
que c'est peut-être la seule ville qui par elle-même, et dans sa
propre enceinte, offre les plus magnifiques points de vue. On y
trouve un mélange si remarquable de ruines et d'édifices, de
campagnes et de déserts, qu'on peut contempler Rome de tous
les côtés, et voir toujours un tableau frappant dans la perspective opposée.

Oswald ne pouvait se lasser de considérer les traces de l'antique Rome, du point élevé du Capitole où Corinne l'avait conduit. La lecture de l'histoire, les réflexions qu'elle excite, agis-
sent bien moins sur notre âme que ces pierres en désordre,
que ces ruines mêlées aux habitations nouvelles. Les yeux sont
tout-puissants sur l'âme : après avoir vu les ruines romaines,

1.   Carpite nunc, tauri, de septem collibus herbas
       Dum licet. Hic magnæ jam locus urbis erit. (*Tibulle.*)

« Paissez, taureaux, l'herbe des sept collines ; vous le pouvez encore ;
c'est là que bientôt s'élèvera une grande cité. » Cf. Properce, liv. IV,
ch. I.

2.   Roma domus fiet : Veios migrate, Quirites ;
          Si non et Veios occupat ista domus.

3. Le mont Citorio et le mont Testaccio.
4. Le Janicule, le Vatican et le Pincio.

on croit aux antiques Romains, comme si l'on avait vécu de leur temps. Les souvenirs de l'esprit sont acquis par l'étude ; les souvenirs de l'imagination naissent d'une impression plus immédiate et plus intime, qui donne de la vie à la pensée, et nous rend, pour ainsi dire, témoins de ce que nous avons appris. Sans doute on est importuné de tous ces bâtiments modernes qui viennent se mêler aux antiques débris : mais un portique debout à côté d'un humble toit, mais des colonnes entre lesquelles de petites fenêtres d'églises sont pratiquées, un tombeau servant d'asile à toute une famille rustique, produisent je ne sais quel mélange d'idées grandes et simples , je ne sais quel plaisir de découverte qui inspire un intérêt continuel. Tout est commun, tout est prosaïque dans l'extérieur de la plupart de nos villes européennes ; et Rome, plus souvent qu'aucune autre, présente le triste aspect de la misère et de la dégradation ; mais tout à coup une colonne brisée, un bas-relief à demi détruit, des pierres liées à la façon indestructible des architectes anciens , vous rappellent qu'il y a dans l'homme une puissance éternelle, une étincelle divine, et qu'il ne faut pas se lasser de l'exciter en soi-même, et de la ranimer dans les autres [1].

Ibid. [2], *ib.*, ch. IV.

1. On voit le trait particulier qui distingue les descriptions de Mme de Staël : elles parlent plus à l'esprit qu'aux yeux. Bernardin de Saint-Pierre , Châteaubriand, ont plus d'éclat dans le coloris ; les objets qu'ils décrivent sont pour ainsi dire mieux éclairés et d'un relief plus saillant. Les grandes vues de la nature, les chefs-d'œuvre de l'art antique et moderne, sont plutôt pour Mme de Staël des objets d'étude morale et de méditation, philosophique.

2. C'est avec regret que nous terminons ici nos extraits de *Corinne*. Que de belles pages à détacher encore ! que d'admirables tableaux bien dignes d'une lecture méditée : Corinne au Capitole (livre II), — le Vésuve (liv. XIII, ch. I), — Corinne au cap Misène (liv. XIII, ch. IV), — Venise (liv. XV, ch. VII), — Fragment des pensées de Corinne (liv. XVI, ch. V). On peut reconnaître que la partie romanesque du livre de Mme de Staël a un peu vieilli. Corinne est cependant une belle et touchante création, une figure pleine de noblesse et de grâce. Oswald aurait beaucoup à souffrir du rapprochement. Comme tous les caractères mous et indécis, il impatiente par ses irrésolutions sans motif et ses scrupules exagérés. Sauf ces réserves, *Corinne* est une des lectures les plus propres à développer chez la jeunesse l'esprit de réflexion.

2.

Gœthe.

Gœthe pourrait représenter la littérature allemande tout entière ; non qu'il n'y ait d'autres écrivains supérieurs à lui sous
quelques rapports, mais seul il réunit tout ce qui distingue l'esprit allemand, et nul n'est aussi remarquable par un genre
d'imagination dont les Italiens, les Anglais ni les Français ne
peuvent réclamer aucune part.

Gœthe ayant écrit dans tous les genres, l'examen de ses ouvrages remplira la plus grande partie des chapitres suivants [1] ;
mais la connaissance personnelle de l'homme qui a le plus influé
sur la littérature de son pays sert, ce me semble, à mieux comprendre cette littérature.

Gœthe est un homme d'un esprit prodigieux en conversation ;
et l'on a beau dire, l'esprit doit savoir causer. On peut présenter quelques exemples d'hommes de génie taciturnes : la timidité, le malheur, le dédain ou l'ennui en sont souvent la cause ;
mais en général l'étendue des idées et la chaleur de l'âme doivent inspirer le besoin de se communiquer aux autres : et ces
hommes, qui ne veulent pas être jugés par ce qu'ils disent,
pourraient bien ne pas mériter plus d'intérêt pour ce qu'ils pensent [2]. Quand on sait faire parler Gœthe, il est admirable ; son
éloquence est nourrie de pensées ; sa plaisanterie est en même
temps pleine de grâce et de philosophie ; son imagination est
frappée par les objets extérieurs, comme l'était celle des artistes
chez les anciens ; et néanmoins sa raison n'a que trop la maturité de notre temps. Rien ne trouble la force de sa tête ; et les
inconvénients même de son caractère, l'humeur, l'embarras, la

1. Les poésies détachées de Gœthe, et particulièrement ses élégies,
sont appréciées par Mᵐᵉ de Staël dans le XIIIᵉ chap. de la 2ᵉ partie
de l'*Allemagne*; les principales pièces de Gœthe (*Gœtz de Berlichin-
gen, le comte d'Egmont, Iphigénie en Tauride, Torquato Tasso,
Faust*) sont jugées dans les chap. XXI, XXII et XXIII du même ouvrage.

2. Nous pourrions appliquer à Mᵐᵉ de Staël le mot qu'elle écrira
un peu plus bas : « on se fait toujours la poétique de son talent. »
Personne, en effet, n'avait plus que Mᵐᵉ de Staël le besoin de se
communiquer aux autres ; l'ardeur de son âme et les mouvements de
son esprit se reflétaient dans ses moindres entretiens et donnaient
le plus vif attrait à sa conversation. Faut-il s'étonner qu'elle ait eu
peu de goût pour les *hommes de génie taciturnes?*

contrainte, passent comme des nuages au bas de la montagne
sur le sommet de laquelle son génie est placé.

Ce qu'on nous raconte de l'entretien de Diderot pourrait
donner quelque idée de celui de Gœthe ; mais, si l'on en juge
par les écrits de Diderot, la distance doit être infinie entre ces
deux hommes. Diderot est sous le joug de son esprit; Gœthe
domine même son talent : Diderot est affecté, à force de vouloir
faire effet ; on aperçoit le dédain du succès dans Gœthe, à un
degré qui plaît singulièrement, alors même qu'on s'impatiente
de sa négligence. Diderot a besoin de suppléer, à force de phi-
lanthropie, aux sentiments religieux qui lui manquent ; Gœthe
serait plus volontiers amer que doucereux ; mais ce qu'il est
avant tout, c'est naturel ; et sans cette qualité, en effet, qu'y
a-t-il dans un homme qui puisse en intéresser un autre ?

Gœthe n'a plus cette ardeur entraînante qui lui inspira Werther ; mais la chaleur de ses pensées suffit encore pour tout
animer. On dirait qu'il n'est pas atteint par la vie, et qu'il la
décrit seulement en peintre : il attache plus de prix maintenant
aux tableaux qu'il nous présente qu'aux émotions qu'il éprouve ;
le temps l'a rendu spectateur. Quand il avait encore une part
active dans les scènes des passions, quand il souffrait lui-même
par le cœur, ses écrits produisaient une impression plus vive.

Comme on se fait toujours la poétique de son talent, Gœthe
soutient à présent qu'il faut que l'auteur soit calme, alors même
qu'il compose un ouvrage passionné, et que l'artiste doit conserver son sang-froid pour agir plus fortement sur l'imagination
de ses lecteurs [1] : peut-être n'aurait-il pas eu cette opinion dans
sa première jeunesse ; peut-être alors était-il possédé par son
génie, au lieu d'en être le maître ; peut-être sentait-il alors que
le sublime et le divin étant momentanés dans le cœur de
l'homme, le poëte est inférieur à l'inspiration qui l'anime, et
ne peut la juger sans la perdre.

Au premier moment, on s'étonne de trouver de la froideur et
même quelque chose de roide à l'auteur de Werther ; mais
quand on obtient de lui qu'il se mette à l'aise, le mouvement
de son imagination fait disparaître en entier la gêne qu'on a
d'abord sentie : c'est un homme dont l'esprit est universel, et
impartial parce qu'il est universel ; car il n'y a point d'indifférence dans son impartialité : c'est une double existence, une

---

1. On pourra lire à ce sujet la pièce de Gœthe intitulée : *le
Triomphe de la sensibilité.*

double force, une double lumière qui éclaire à la fois dans toute chose les deux côtés de la question. Quand il s'agit de penser, rien ne l'arrête, ni son siècle, ni ses habitudes, ni ses relations ; il fait tomber à plomb son regard d'aigle sur les objets qu'il observe : s'il avait eu une carrière politique, si son âme s'était développée par les actions, son caractère serait plus décidé, plus ferme, plus patriote ; mais son esprit ne planerait pas si librement sur toutes les manières de voir : les passions ou les intérêts lui traceraient une route positive.

Gœthe se plaît, dans ses écrits comme dans ses discours, à briser les fils qu'il a tissus lui-même, à déjouer les émotions qu'il excite, à renverser les statues qu'il a fait admirer. Lorsque dans ses fictions il inspire de l'intérêt pour un caractère, bientôt il montre les inconséquences qui doivent en détacher. Il dispose du monde poétique, comme un conquérant du monde réel, et se croit assez fort pour introduire, comme la nature, le génie destructeur dans ses propres ouvrages. S'il n'était pas un homme estimable, on aurait peur d'un genre de supériorité qui s'élève au-dessus de tout, dégrade et relève, attendrit et persifle, affirme et doute alternativement, et toujours avec le même succès[1].

J'ai dit que Gœthe possédait à lui seul les traits principaux du génie allemand ; on les trouve tous en lui à un degré éminent : une grande profondeur d'idées, la grâce qui naît de l'imagination, grâce plus originale que celle que donne l'esprit de société ; enfin une sensibilité quelquefois fantastique, mais par cela même plus faite pour intéresser des lecteurs qui cherchent dans les livres de quoi varier leur destinée monotone et veulent que la poésie leur tienne lieu d'événements véritables. Si Gœthe était Français, on le ferait parler du matin au soir : tous les auteurs contemporains de Diderot allaient puiser des idées dans son entretien, et lui donnaient une jouissance habituelle par l'admiration qu'il inspirait. En Allemagne, on ne sait pas dépenser son talent dans la conversation ; et si peu de gens, même parmi les plus distingués, ont l'habitude d'interroger et de répondre, que la société n'y compte pour presque rien ; mais l'influence de Gœthe n'en est pas moins extraordinaire. Il y a une foule d'hommes en Allemagne qui croiraient trouver du génie dans l'adresse d'une lettre, si c'était lui qui

1. L'analyse du *Faust* confirmera ces réflexions très-justes de Mme de Staël.

l'eût mise. L'admiration pour Gœthe est une espèce de confrérie dont les mots de ralliement servent à faire connaître les adeptes les uns aux autres. Quand les étrangers veulent aussi l'admirer, ils sont rejetés avec dédain, si quelques restrictions laissent supposer qu'ils se sont permis d'examiner des ouvrages qui gagnent cependant beaucoup à l'examen. Un homme ne peut exciter un tel fanatisme sans avoir de grandes facultés pour le bien et pour le mal; car il n'y a que la puissance, dans quelque genre que ce soit, que les hommes craignent assez pour l'aimer de cette manière[1].

De l'Allemagne, IIe partie, chap. VII.

Schiller [2].

Schiller était un homme d'un génie rare et d'une bonne foi parfaite; ces deux qualités devraient être inséparables, au moins dans un homme de lettres. La pensée ne peut être mise à l'égal de l'action que quand elle réveille en nous l'image de la vérité; le mensonge est plus dégoûtant encore dans les écrits que dans la conduite. Les actions même trompeuses restent encore des actions, et l'on sait à quoi se prendre pour les juger ou pour les haïr; mais les ouvrages ne sont qu'un amas fastidieux de vaines paroles, quand ils ne partent pas d'une conviction sincère.

Il n'y a pas une plus belle carrière que celle des lettres, quand on la suit comme Schiller. Il est vrai qu'il y a tant de sérieux et de loyauté dans tout, en Allemagne, que c'est là seulement qu'on peut connaître d'une manière complète le caractère et les devoirs de chaque vocation. Néanmoins Schiller était admirable entre tous, par ses vertus autant que par ses talents. La conscience était sa muse : celle-là n'a pas besoin d'être in-

---

1. Il serait curieux d'étudier l'histoire des rapports de Mme de Staël avec Gœthe; elle est racontée dans la *correspondance de Gœthe avec Schiller*, traduite par Mme Carlowitz et publiée avec des remarques par M. Saint-René Taillandier.

2. On trouvera au chap. XIII du même livre un jugement de Mme de Staël sur les poésies détachées de Schiller : pour l'analyse de son théâtre (*les Brigands, Don Carlos, Walstein, Marie Stuart, Jeanne d'Arc, la Fiancée de Messine, Guillaume Tell*), voir les chap. XVII, XVIII, XIX et XX de la IIe partie.

voquée, car on l'entend toujours quand on l'écoute une fois[1]. Il aimait la poésie, l'art dramatique, l'histoire, la littérature pour elle-même. Il aurait été résolu à ne point publier ses ouvrages, qu'il y aurait donné le même soin ; et jamais aucune considération tirée, ni du succès, ni de la mode, ni des préjugés, ni de tout ce qui vient des autres enfin, n'aurait pu lui faire altérer ses écrits ; car ses écrits étaient lui ; ils exprimaient son âme, et il ne concevait pas la possibilité de changer une expression, si le sentiment intérieur qui l'inspirait n'était pas changé. Sans doute, Schiller ne pouvait pas être exempt d'amour-propre. S'il en faut pour aimer la gloire, il en faut même pour être capable d'une activité quelconque ; mais rien ne diffère autant dans ses conséquences que la vanité et l'amour de la gloire : l'une tâche d'escamoter le succès ; l'autre veut le conquérir ; l'une est inquiète d'elle-même et ruse avec l'opinion ; l'autre ne compte que sur la nature et s'y fie pour tout soumettre. Enfin, au-dessus même de l'amour de la gloire, il y a encore un sentiment plus pur, l'amour de la vérité, qui fait des hommes de lettres comme les prêtres guerriers d'une noble cause ; ce sont eux qui désormais doivent garder le feu sacré, car de faibles femmes ne suffiraient plus comme jadis pour le défendre.

C'est une belle chose que l'innocence dans le génie et la candeur dans la force. Ce qui nuit à l'idée qu'on se fait de la bonté, c'est qu'on la croit de la faiblesse ; mais quand elle est unie au haut degré de lumières et d'énergie, elle nous fait comprendre comment la Bible a pu nous dire que Dieu fit l'homme à son image. Schiller s'était fait tort, à son entrée dans le monde, par des égarements d'imagination ; mais avec la force de l'âge il reprit cette pureté sublime qui naît des hautes pensées. Jamais il n'entrait en négociation avec les mauvais sentiments. Il vivait, il parlait, il agissait comme si les méchants n'existaient pas ; et quand il les peignait dans ses ouvrages, c'était avec plus d'exagération et moins de profondeur que s'il les avait vraiment connus. Les méchants s'offraient à son imagination comme un obstacle, comme un fléau physique ; et peut-être en effet qu'à beaucoup d'égards ils n'ont pas une nature intellectuelle ; l'habitude du vice a changé leur âme en un instinct perverti.

Schiller était le meilleur ami, le meilleur père, le meilleur

1. On pourra lire de belles pages de Schiller sur la vocation du poëte et de l'artiste dans ses *lettres sur l'éducation esthétique.*

époux; aucune qualité ne manquait à ce caractère doux et paisible que le talent seul enflammait : l'amour de la liberté[1], le respect pour les femmes, l'enthousiasme des beaux-arts, l'adoration pour la Divinité, animaient son génie; et dans l'analyse de ses ouvrages, il sera facile de montrer à quelle vertu ses chefs-d'œuvre se rapportent. On dit beaucoup que l'esprit peut suppléer à tout; je le crois, dans les écrits où le savoir-faire domine; mais quand on veut peindre la nature humaine dans ses orages et dans ses abîmes, l'imagination même ne suffit pas; il faut avoir une âme que la tempête ait agitée, mais où le ciel soit descendu pour ramener le calme.

La première fois que j'ai vu Schiller, c'était dans le salon du duc et de la duchesse de Weimar, en présence d'une société aussi éclairée qu'imposante; il lisait très-bien le français, mais il ne l'avait jamais parlé; je soutins avec chaleur la supériorité de notre système dramatique sur tous les autres[2]; il ne se refusa point à me combattre, et sans s'inquiéter des difficultés et des lenteurs qu'il éprouvait en s'exprimant en français, sans redouter non plus l'opinion des auditeurs, qui était contraire à la sienne, sa conviction intime le fit parler. Je me servis d'abord, pour le réfuter, des armes françaises, la vivacité et la plaisanterie; mais bientôt je démêlai dans ce que disait Schiller tant d'idées à travers l'obstacle des mots; je fus si frappée de cette simplicité de caractère qui portait un homme de génie à s'engager ainsi dans une lutte où les paroles manquaient à ses pensées; je le trouvai si modeste et si insouciant dans ce qui ne concernait que ses propres succès, si fier et si animé dans la défense de ce qu'il croyait la vérité, que je lui vouai dès cet instant une amitié pleine d'admiration.

Atteint, jeune encore, par une maladie sans espoir, ses enfants, sa femme, qui méritait par mille qualités touchantes l'attachement qu'il avait pour elle, ont adouci ses derniers moments. Mᵐᵉ de Wollzogen, une amie digne de le comprendre, lui demanda, quelques heures avant sa mort, comment il se trouvait : *Toujours plus tranquille*, lui répondit-il. En effet, n'avait-il pas raison de se confier à la Divinité, dont il avait secondé le règne sur la terre? n'approchait-il pas du séjour des

---

1. « Schiller, disait Gœthe, a prêché l'*Évangile de la liberté.* »
2. « On ne peut nier, ce me semble, que les Français ne soient la nation du monde la plus habile dans la combinaison des effets du théâtre; ils l'emportent aussi sur toutes les autres par la dignité des situations et du style tragique. » *De l'Allemagne*, IIᵉ partie, chap. xv.

justes? n'est-il pas dans ce moment auprès de ses pareils, et n'a-t-il pas déjà retrouvé les amis qui nous attendent?

Ibid., chap. VIII.

Les ennemis de l'enthousiasme [1].

Quelques raisonneurs prétendent que l'enthousiasme dégoûte de la vie commune, et que, ne pouvant pas toujours rester dans cette disposition, il vaut mieux ne l'éprouver jamais : et pourquoi donc ont-ils accepté d'être jeunes, de vivre même, puisque cela ne devait pas toujours durer? Pourquoi donc ont-ils aimé, si tant est que cela leur soit jamais arrivé, puisque la mort pouvait les séparer des objets de leur affection? Quelle triste économie que celle de l'âme! elle nous a été donnée pour être développée, perfectionnée, prodiguée même dans un noble but.

Plus on engourdit la vie, plus on se rapproche de l'existence matérielle, et plus l'on diminue, dira-t-on, la puissance de souffrir. Cet argument séduit un grand nombre d'hommes; il consiste à tâcher d'exister le moins possible. Cependant il y a toujours dans la dégradation une douleur dont on ne se rend pas compte, et qui poursuit sans cesse en secret : l'ennui, la honte et la fatigue qu'elle cause sont revêtus des formes de l'impertinence et du dédain par la vanité; mais il est bien rare qu'on s'établisse en paix dans cette façon d'être sèche et bornée, qui laisse sans ressource en soi-même quand les prospérités extérieures nous délaissent. L'homme a la conscience du beau comme celle du bon, et la privation de l'un lui fait sentir le vide, ainsi que la déviation de l'autre, le remords.

On accuse l'enthousiasme d'être passager : l'existence serait trop heureuse si l'on pouvait retenir des émotions si belles; mais c'est parce qu'elles se dissipent aisément qu'il faut s'occuper de les conserver. La poésie et les beaux-arts servent à développer dans l'homme ce bonheur [2] d'illustre origine qui relève les

---

1. Nous ne saurions trop recommander la lecture des derniers chapitres de la *quatrième partie*, dont nous n'offrons ici qu'une trop courte citation : nulle part l'empreinte personnelle de Mᵐᵉ de Staël ne s'est plus vivement marquée. L'enthousiasme étant à ses yeux la qualité distinctive de la nation allemande, l'analyse de ce sentiment devait être le résumé et le couronnement de l'ouvrage.

2. C'est-à-dire cette faculté de l'enthousiasme qui prouve la noblesse de notre origine.

cœurs abattus, et met à la place de l'inquiète satiété de la vie le sentiment habituel de l'harmonie divine dont nous et la nature faisons partie. Il n'est aucun devoir, aucun plaisir, aucun sentiment qui n'emprunte de l'enthousiasme je ne sais quel prestige, d'accord avec le pur charme de la vérité.

Les hommes marchent tous au secours de leur pays, quand les circonstances l'exigent; mais s'ils sont inspirés par l'enthousiasme de leur patrie, de quel beau mouvement ne se sentent-ils pas saisis! Le sol qui les a vus naître, la terre de leurs aïeux, la mer qui baigne les rochers, de longs souvenirs, une longue espérance, tout se soulève autour d'eux comme un appel au combat; chaque battement de leur cœur est une pensée d'amour et de fierté. Dieu l'a donnée, cette patrie, aux hommes qui peuvent la défendre, aux femmes qui, pour elle, consentent aux dangers de leurs frères, de leurs époux et de leurs fils. A l'approche des périls qui la menacent, une fièvre sans frisson, comme sans délire, hâte le cours du sang dans les veines; chaque effort dans une telle lutte vient du recueillement intérieur le plus profond. L'on n'aperçoit d'abord sur le visage de ces généreux citoyens que du calme; il y a trop de dignité dans leurs émotions pour qu'ils s'y livrent au dehors; mais que le signal se fasse entendre, que la bannière nationale flotte dans les airs, et vous verrez des regards jadis si doux, si prêts à le redevenir à l'aspect du malheur, tout à coup animés par une volonté sainte et terrible! Ni les blessures ni le sang même ne feront plus frémir; ce n'est plus de la douleur, ce n'est plus de la mort, c'est une offrande au Dieu des armées; nul regret, nulle incertitude, ne se mêlent alors aux résolutions les plus désespérées; et quand le cœur est entier dans ce qu'il veut, l'on jouit admirablement de l'existence. Dès que l'homme se divise au dedans de lui-même, il ne sent plus la vie que comme un mal; et si, de tous les sentiments, l'enthousiasme est celui qui rend le plus heureux, c'est qu'il réunit plus qu'aucun autre toutes les forces de l'âme dans le même foyer.

Ibid., IVe partie, ch. XII.

CHATEAUBRIAND.

(1768-1848.)

François-Auguste de Châteaubriand naquit en Bretagne, à Saint-Malo, le 4 décembre 1768. Les images qui d'abord frappèrent ses yeux, l'horizon sévère des landes bretonnes, l'aspect mélancolique d'un ciel toujours brumeux, contribuèrent avec l'austérité de l'éducation paternelle à lui donner ce caractère de tristesse méditative et désenchantée qui fut plus tard l'une des séductions comme l'un des dangers de son génie. La mobilité d'une jeunesse moins active qu'agitée, l'impatience d'un talent qui se cherchait dans diverses carrières et ne parvenait pas à se saisir, enfin les luttes douloureuses d'une foi tourmentée, ne firent qu'augmenter ces premières dispositions. En 1791, il quittait l'Europe et allait demander au spectacle du nouveau monde des impressions nouvelles et comme un rajeunissement moral. Il ne fit presque au retour de ce voyage que traverser la France, où la révolution portait les derniers coups à la monarchie : l'émigration lui parut un devoir. Après une stérile campagne entreprise dans les rangs des émigrés, mécontent des royalistes et de leurs alliés, il se retira en Angleterre. Le besoin le fit homme de lettres. Son premier ouvrage, l'*Essai sur les Révolutions*, ne révélait encore qu'un brillant élève de Rousseau. Mais déjà se préparait dans ses croyances un changement profond et radical : le spectacle des crimes et des folies de la Terreur, les ridicules parodies du paganisme, provoquaient chez M. de Châteaubriand, comme dans beaucoup d'esprits élevés, une juste réaction en faveur de la foi chrétienne.

La nouvelle imprévue de la mort de sa mère, son touchant adieu mêlé de regrets et d'espérances, achevèrent ces premières impressions, et sous la vive influence de ces causes diverses naquit la pensée du *Génie du christianisme*. L'ouvrage entier, publié en 1802, eut un succès éclatant. Jamais livre ne vint plus à propos : il paraissait l'année même où le concordat était promulgué, les églises rouvertes, le culte rétabli. « Ce fut presque, a dit un éminent critique, le son des cloches populaires retentissant après un silence de proscription[1]. » Si M. de Châteaubriand ne confondait pas l'incrédulité hostile, il forçait du moins la foule distraite à s'incliner devant une religion dont elle avait par ignorance méconnu la grandeur et la poésie; il avait atteint, nul ne le contestait, le but élevé qu'il s'était proposé en « appelant tous les enchantements de l'imagina-

---

1. M. Villemain, dans son livre : *M. de Châteaubriand, sa vie, ses écrits, son influence littéraire et politique sur son temps.*

2.

tion et tous les intérêts du cœur au secours de cette même religion contre laquelle on les avait armés. » M. de Châteaubriand, nommé secrétaire du cardinal Fesch, ambassadeur à Rome, donna bientôt sa démission, et le travail commencé des *Martyrs*, le désir de donner à ses récits leur vraie couleur locale, lui inspirèrent la pensée d'un voyage en Orient. Il partit en 1806, visita la Grèce, la Judée, et revint par l'Afrique et l'Espagne. La relation de ce voyage est devenue l'*Itinéraire de Paris à Jérusalem*. Cet ouvrage, remarquable par la richesse du coloris, la nouveauté des descriptions, l'heureux mélange des souvenirs antiques et des traditions sacrées, fut accueilli avec plus de faveur que le poëme des *Martyrs*, publié en 1809, et dont le succès demeura plus contesté. On reprocha à l'auteur d'avoir transporté dans un sujet chrétien les procédés et le merveilleux de l'épopée antique, et de n'avoir ainsi produit qu'une œuvre artificielle, sans vraie originalité; mais, malgré ces réserves, il faut admirer les parties supérieures du poëme, la beauté de la pensée générale, les brillants tableaux si heureusement opposés du monde barbare dans sa rudesse et de la vie chrétienne dans sa première innocence.

A partir de 1815, la vie publique disputa trop souvent M. de Châteaubriand à ses études. Son rôle politique ne fut pas d'ailleurs sans grandeur. Fidèlement attaché à la maison des Bourbons, il eut la noble ambition de fonder sur les bases du droit et de la justice, et sur les garanties inviolables de la *charte*, la liberté parlementaire. Tour à tour dans l'opposition légale et dans les conseils de la couronne, pair de France, ambassadeur, ministre des affaires étrangères, il ne déserta jamais la cause à laquelle il avait attaché l'honneur de son nom. Moins orateur qu'écrivain, trop apprêté et trop brillant dans son langage, il exerçait cependant sur l'esprit public une influence considérable, et ses discours, plus souvent lus que prononcés à la chambre des pairs, attestent autant son éloquence qu'ils honorent son patriotisme. Éloigné des affaires publiques par la révolution de 1830, il s'occupa dans la retraite à terminer plusieurs ouvrages qui d'ailleurs n'ajoutèrent rien à sa gloire : c'étaient les *Études historiques*, rapides ébauches dont quelques brillantes parties ne sauraient racheter la faiblesse générale; la froide tragédie de *Moïse*, *Milton* et l'*Essai sur la littérature anglaise*, qui contient des fragments d'un grand prix, et enfin une *Vie de Rancé*, dernière œuvre où se marquait visiblement l'extrême fatigue de ce grand esprit. Les mécomptes d'une âme généreuse et élevée, mais plus habituée à se contempler qu'à se vaincre, de précoces infirmités, une fortune gênée, attristèrent la vieillesse de M. de Châteaubriand. Les *Mémoires d'outre-tombe* portent ce caractère de tristesse découragée et railleuse; c'est le pamphlet posthume d'un grand homme aigri par la douleur. M. de Châteaubriand mourut quelques mois après la révoution de 1848, le 4 juillet de cette même année. Son influence a été grande dans le siècle qu'il inaugura par un chef-d'œuvre ; s'il fut en politique l'un des plus nobles défenseurs des idées libérales et progressives, il eut la gloire de renouveler la littérature en la ramenant aux sources pures et antiques de la religion[1].

Migrations des oiseaux[2].

On connaît ces vers charmants de Racine le fils sur les migrations des oiseaux :

> Ceux qui, de nos hivers redoutant le courroux,
> Vont se réfugier dans des climats plus doux,
> Ne laisseront jamais la saison rigoureuse
> Surprendre parmi nous leur troupe paresseuse.
> Dans un sage conseil par les chefs assemblé,
> Du départ général le grand jour est réglé ;
> Il arrive ; tout part : le plus jeune peut-être
> Demande, en regardant les lieux qui l'ont vu naître,
> Quand viendra le printemps par qui tant d'exilés
> Dans les champs paternels se verront rappelés.

Nous avons vu quelques infortunés à qui ce dernier trait faisait venir les larmes aux yeux. Il n'en est pas des exils que la nature prescrit comme des exils commandés par les hommes. L'oiseau n'est banni un moment que pour son bonheur ; il part avec ses voisins, avec son père et sa mère, avec ses sœurs et ses frères ; il ne laisse rien après lui : il emporte tout son cœur. La solitude lui a préparé le vivre et le couvert ; les bois ne sont point armés contre lui ; il retourne enfin mourir aux bords qui l'ont vu naître : il y retrouve le fleuve, l'arbre, le nid, le soleil paternel. Mais le mortel chassé de ses foyers y rentre-t-il jamais ? Hélas ! l'homme ne peut dire, en naissant, quel coin de l'univers gardera ses cendres, ni de quel côté le souffle de

1. Les œuvres de Châteaubriand ont été publiées en 19 vol. in-12, Paris, Firmin-Didot. Des *Morceaux choisis de Châteaubriand* ont été publiés par M. A. Didier, 1 vol. in-12, Paris, Delalain.
2. L'objet du livre auquel ce morceau est emprunté est de prouver l'existence de Dieu par les merveilles de la nature. L'auteur écarte d'après son plan les idées abstraites « pour n'employer que les raisons pratiques et les raisons de sentiment, c'est-à-dire les merveilles de la nature et les évidences morales. » C'est ainsi que du spectacle général de l'univers il passe aux animaux, dont les merveilleux instincts révèlent assez un suprême ordonnateur.

l'adversité les portera. Encore si on le laissait mourir tranquille ! Mais, aussitôt qu'il est malheureux, tout le persécute : l'injustice particulière dont il est l'objet devient une injustice générale[1]. Il ne trouve pas, ainsi que l'oiseau, l'hospitalité sur la route : il frappe, et l'on n'ouvre pas ; il n'a, pour appuyer ses os fatigués, que la colonne du chemin public ou la borne de quelque héritage[2]. Souvent même on lui dispute ce lieu de repos qui, placé entre deux champs, semblait n'appartenir à personne ; on le force à continuer sa route vers de nouveaux déserts : le ban qui l'a mis hors de son pays semble l'avoir mis hors du monde. Il meurt, et il n'a personne pour l'ensevelir. Son corps gît délaissé sur un grabat, d'où le juge est obligé de le faire enlever, non comme le corps d'un homme, mais comme une immondice dangereuse aux vivants. Ah ! plus heureux lorsqu'il expire dans quelque fossé au bord d'une grande route, et que la charité du Samaritain jette en passant un peu de terre étrangère sur ce cadavre ! N'espérons donc que dans le ciel, et nous ne craindrons plus l'exil : il y a dans la religion toute une patrie.

Tandis qu'une partie de la création publie chaque jour aux mêmes lieux les louanges du Créateur, une autre partie voyage pour raconter ses merveilles. Des courriers traversent les airs, se glissent dans les eaux, franchissent les monts et les vallées. Ceux-ci arrivent sur les ailes du printemps, et bientôt, disparaissant avec les zéphyrs, suivent de climats en climats leur mobile patrie ; ceux-là s'arrêtent à l'habitation de l'homme : voyageurs lointains, ils réclament l'antique hospitalité. Chacun suit son inclination dans le choix d'un hôte : le rouge-gorge s'adresse aux cabanes ; l'hirondelle frappe aux palais : cette fille de roi semble encore aimer les grandeurs, mais les grandeurs tristes, comme sa destinée ; elle passe l'été aux ruines de Versailles, et l'hiver à celles de Thèbes[3].

A peine a-t-elle disparu, qu'on voit s'avancer sur les vents du nord une colonie qui vient remplacer les voyageurs du midi, afin qu'il ne reste aucun vide dans nos campagnes. Par

1. La pensée est que le malheureux n'a pas seulement à souffrir de celui qui l'a offensé, mais qu'il voit tout le monde se tourner contre lui. M. de Châteaubriand, en écrivant ce passage, se rappelait sa vie de privation et de solitude à Londres.

2. *Héritage* est pris ici dans le sens général de campagne, *propriété particulière*. Cette acception est rare.

3. Le souvenir mythologique fournit à l'auteur un trait plus brillant que juste.

un temps grisâtre d'automne, lorsque la bise souffle sur les champs, que les bois perdent leurs dernières feuilles, une troupe de canards sauvages, tous rangés à la file, traversent en silence un ciel mélancolique. S'ils aperçoivent du haut des airs quelque manoir gothique environné d'étangs et de forêts, c'est là qu'ils se préparent à descendre : ils attendent la nuit, et font des évolutions au-dessus des bois. Aussitôt que la vapeur du soir enveloppe la vallée, le cou tendu et l'aile sifflante, ils s'abattent tout à coup sur les eaux qui retentissent. Un cri général, suivi d'un profond silence, s'élève dans les marais. Guidés par une petite lumière, qui peut-être brille à l'étroite fenêtre d'une tour, les voyageurs s'approchent des murs, à la faveur des roseaux et des ombres. Là, battant des ailes et poussant des cris par intervalles, au milieu du murmure des vents et des pluies, ils saluent l'habitation de l'homme.

Un des plus jolis habitants de ces retraites, mais dont les pèlerinages sont moins lointains, c'est la poule d'eau. Elle se montre au bord des joncs, s'enfonce dans leur labyrinthe, reparaît et disparaît encore, en poussant un petit cri sauvage; elle se promène dans les fossés du château ; elle aime à se percher sur les armoiries sculptées dans les murs. Quand elle s'y tient immobile, on la prendrait, avec son plumage noir et le cachet blanc de sa tête, pour un oiseau en blason, tombé de l'écu d'un ancien chevalier. Aux approches du printemps, elle se retire à des sources écartées. Une racine de saule minée par les eaux lui offre un asile, elle s'y dérobe à tous les yeux. Les convolvulus, les mousses, les capillaires d'eau, suspendent devant son nid des draperies de verdure ; le cresson et la lentille lui fournissent une nourriture délicate ; l'eau murmure doucement à son oreille ; de beaux insectes occupent ses regards, et les naïades du ruisseau, pour mieux cacher cette jeune mère, plantent autour d'elle leurs quenouilles de roseaux, chargées d'une laine empourprée.

Parmi ces passagers de l'aquilon, il s'en trouve qui s'habituent à nos mœurs et refusent de retourner dans leur patrie : les uns, comme les compagnons d'Ulysse, sont captivés par la douceur de quelques fruits ; les autres, comme les déserteurs du vaisseau de Cook[1], sont séduits par des enchanteresses qui les retiennent dans leurs îles. Mais la plupart nous quittent après un séjour de quelques mois : ils s'attachent aux vents et

1. Ce rapprochement inattendu étonne un peu l'esprit et ne satisfait pas un goût sévère.

aux tempêtes qui ternissent l'éclat des flots et leur livrent la proie qui leur échapperait dans les eaux transparentes ; ils n'aiment que les retraites ignorées, et font le tour de la terre par un cercle de solitudes.

Ce n'est pas toujours en troupes que ces oiseaux visitent nos demeures. Quelquefois deux beaux étrangers, aussi blancs que la neige, arrivent avec les frimas : ils descendent au milieu des bruyères, dans un lieu découvert, et dont on ne peut approcher sans être aperçu ; après quelques heures de repos, ils remontent sur les nuages. Vous courez à l'endroit d'où ils sont partis, et vous n'y trouvez que quelques plumes, seules marques de leur passage, que le vent a déjà dispersées : heureux le favori des Muses qui, comme le cygne, a quitté la terre sans y laisser d'autres débris et d'autres souvenirs que quelques plumes de ses ailes !

Des convenances pour les scènes de la nature, ou des rapports d'utilité pour l'homme, déterminent les différentes migrations des animaux. Les oiseaux qui paraissent dans les mois des tempêtes ont des voix tristes et des mœurs sauvages, comme la saison qui les amène ; ils ne viennent point pour se faire entendre, mais pour écouter : il y a dans le sourd mugissement des bois quelque chose qui charme les oreilles. Les arbres, qui balancent tristement leurs cimes dépouillées, ne portent que de noires légions, qui se sont associées pour passer l'hiver ; elles ont leurs sentinelles et leurs gardes avancées : souvent une corneille centenaire, antique sibylle du désert, se tient seule perchée sur un chêne avec lequel elle a vieilli : là, tandis que ses sœurs font silence, immobile, et comme pleine de pensées, elle abandonne aux vents des monosyllabes prophétiques.

Il est remarquable que les sarcelles, les canards, les oies, les bécasses, les pluviers, les vanneaux, qui servent à notre nourriture, arrivent quand la terre est dépouillée, tandis que les oiseaux étrangers qui nous viennent dans la saison des fruits n'ont avec nous que des relations de plaisirs : ce sont des musiciens envoyés pour charmer nos banquets. Il en faut excepter quelques-uns, tels que la caille et le ramier, dont toutefois la chasse n'a lieu qu'après la récolte, et qui s'engraissent dans nos blés, pour servir à notre table. Ainsi, les oiseaux du nord sont la manne des aquilons, comme les rossignols sont les dons des zéphyrs : de quelque point de l'horizon que le vent souffle, il nous apporte un présent de la Providence.

Génie du christianisme, liv. V, ch. VII.

Les Rogations.

Les cloches du hameau se font entendre, les villageois quittent leurs travaux : le vigneron descend de la colline, le laboureur accourt de la plaine, le bûcheron sort de la forêt ; les mères, fermant leurs cabanes, arrivent avec leurs enfants, et les jeunes filles laissent leurs fuseaux, leurs brebis et les fontaines pour assister à la fête.

On s'assemble dans le cimetière de la paroisse, sur les tombes verdoyantes des aïeux. Bientôt on voit paraître tout le clergé destiné à la cérémonie : c'est un vieux pasteur qui n'est connu que sous le nom de curé, et ce nom vénérable dans lequel est venu se perdre le sien indique moins le ministre du temple que le père laborieux du troupeau. Il sort de sa retraite, bâtie auprès de la demeure des morts, dont il surveille la cendre. Il est établi dans son presbytère comme une garde avancée aux frontières de la vie, pour recevoir ceux qui entrent et ceux qui sortent de ce royaume des douleurs. Un puits, des peupliers, une vigne autour de sa fenêtre, quelques colombes, composent l'héritage de ce roi des sacrifices.

Cependant l'apôtre de l'Évangile, revêtu d'un simple surplis, assemble ses ouailles devant la grande porte de l'église ; il leur fait un discours, fort beau sans doute, à en juger par les larmes de l'assistance. On lui entend souvent répéter : « Mes enfants, mes chers enfants ! » et c'est là tout le secret de l'éloquence du Chrysostome champêtre.

Après l'exhortation, l'assemblée commence à marcher en chantant : « Vous sortirez avec plaisir, et vous serez reçu avec joie ; les collines bondiront et vous entendront avec joie. » L'étendard des saints, antique bannière des temps chevaleresques, ouvre la carrière au troupeau, qui suit pêle-mêle avec son pasteur. On entre dans des chemins ombragés et coupés profondément par la roue des chars rustiques ; on franchit de hautes barrières, formées d'un seul tronc de chêne ; on voyage le long d'une haie d'aubépine où bourdonne l'abeille et où sifflent les bouvreuils et les merles. Les arbres sont couverts de leurs fleurs ou parés d'un naissant feuillage. Les bois, les vallons, les rivières, les rochers, entendent tour à tour les hymnes des laboureurs. Étonnés de ces cantiques, les hôtes des champs sortent des blés nouveaux, et s'arrêtent à quelque distance, pour voir passer la pompe villageoise.

La procession rentre enfin au hameau. Chacun retourne à son ouvrage : la religion n'a pas voulu que le jour où l'on demande à Dieu les biens de la terre fût un jour d'oisiveté. Avec quelle espérance on enfonce le soc dans le sillon, après avoir imploré celui qui dirige le soleil et qui garde dans ses trésors les vents du midi et les tièdes ondées ! Pour bien achever un jour si saintement commencé, les anciens du village viennent, à l'entrée de la nuit, converser avec le curé, qui prend son repas du soir sous les peupliers de sa cour. La lune répand alors les dernières harmonies sur cette fête que ramènent chaque année le mois le plus doux et le cours de l'astre le plus mysté-rieux. On croit entendre de toutes parts les blés germer dans la terre et les plantes croître et se développer : des voix incon-nues s'élèvent dans le silence des bois, comme le chœur des anges champêtres dont on a imploré le secours, et les soupirs du rossignol parviennent à l'oreille des vieillards assis non loin des tombeaux.

Ibid., IVe partie [1], liv. 1, ch. VIII.

Un camp romain.

Le jeune Grec Eudore, dont la famille est chrétienne, vint à Rome sous le règne de Dioclétien. Devenu suspect à Galérius par ses rela-tions avec les chrétiens, il reçoit l'ordre de quitter la ville et de se rendre à l'armée de Constance, campée sur les bords du Rhin. Il fait lui-même le récit de cette campagne.

Après quelques jours de marche, nous entrâmes sur le sol marécageux des Bataves, qui n'est qu'une mince écorce de terre flottant sur un amas d'eau. Le pays, coupé par les bras du Rhin, baigné et souvent inondé par l'Océan, embarrassé par des forêts de pins et de bouleaux, nous présentait à chaque pas des difficultés insurmontables.

Épuisé par les travaux de la journée, je n'avais durant la

---

1. Le *Génie du christianisme* est trop riche en morceaux d'une brillante éloquence, pour que nous prétendions les indiquer ; mais nous recommanderons à une lecture particulière et attentive les *cinq* livres de la 2e partie, dans lesquels M. de Châteaubriand a jeté des vues si neuves sur la littérature. Cette étude des différentes expres-sions des passions humaines, selon le milieu social dans lequel elles se produisent, est une des parties supérieures de l'ouvrage.

3.

nuit que quelques heures pour délasser mes membres fatigués.
Souvent il m'arrivait, pendant ce court repos,. d'oublier ma
nouvelle fortune ; et lorsque, aux premières blancheurs de
l'aube, les trompettes du camp venaient à sonner l'air de Diane,
j'étais étonné d'ouvrir les yeux au milieu des bois. Il y avait
pourtant un charme à ce réveil du guerrier échappé aux périls
de la nuit. Je n'ai jamais entendu sans une certaine joie belli-
queuse la fanfare du clairon répétée par l'écho des rochers, et les
premiers hennissements des chevaux qui saluaient l'aurore. J'aimais à voir le camp plongé dans le sommeil, les tentes encore
fermées, d'où sortaient quelques soldats à moitié vêtus, le centurion qui se promenait devant les faisceaux d'armes en balan-
çant son cep de vigne [1], la sentinelle immobile qui, pour résister
au sommeil, tenait un doigt levé dans l'attitude du silence, le
cavalier qui traversait le fleuve coloré des feux du matin, le
victimaire qui puisait l'eau du sacrifice [2], et souvent un berger.
appuyé sur sa houlette, qui regardait boire son troupeau [3].

Cette vie des camps ne me fit point tourner les yeux avec
regret vers les délices de Naples et de Rome, mais elle réveilla
en moi une autre espèce de souvenirs. Plusieurs fois, pendant
les longues nuits de l'automne, je me suis trouvé seul, placé en
sentinelle, comme un simple soldat, aux avant-postes de l'armée. Tandis que je contemplais les feux réguliers des lignes
romaines et les feux épars des hordes des Francs ; tandis que,
l'arc à demi tendu, je prêtais l'oreille au murmure de l'armée
ennemie, au bruit de la mer et au cri des oiseaux sauvages qui
volaient dans l'obscurité, je réfléchissais sur ma bizarre destinée. Je songeais que j'étais là, combattant pour des barbares,
tyrans de la Grèce, contre d'autres barbares dont je n'avais
reçu aucune injure. L'amour de la patrie se ranimait au fond de
mon cœur ; l'Arcadie se montrait à moi dans tous ses charmes.
Que de fois, durant les marches pénibles, sous les pluies et
dans les fanges de la Batavie, que de fois, à l'abri des huttes

1. La marque du grade de centurion était un bâton de sarment de
vigne qui lui servait à ranger ou à frapper les soldats. Le premier
centurion de l'armée siégeait au conseil de guerre, et ne recevait
d'ordre que du général ou des tribuns. (*Chateaubriand.*)

2. Le victimaire préparait les couteaux, l'eau, les gâteaux du sacrifice ; il était à demi nu, et portait une couronne de laurier. Il y
avait dans chaque camp romain un autel auprès du tribunal de gazon où siégeait le général. (*Id.*)

3. Cette image gracieuse s'oppose avec bonheur au spectacle du
camp et repose agréablement l'esprit et les yeux.

des bergers où nous passions la nuit, que de fois, autour du feu que nous allumions pour nos veilles à la tête du camp, que de fois, dis-je, avec de jeunes Grecs exilés comme moi[1], je me suis entretenu de notre cher pays ! Nous racontions les jeux de notre enfance, les aventures de notre jeunesse, les histoires de nos familles. Un Athénien vantait les arts et la politesse d'Athènes, un Spartiate demandait la préférence pour Lacédémone, un Macédonien mettait la phalange bien au-dessus de la légion, et ne pouvait souffrir que l'on comparât César à Alexandre. « C'est à ma patrie que vous devez Homère, » s'écriait un soldat de Smyrne ; et à l'instant même il chantait ou le dénombrement des vaisseaux, ou le combat d'Ajax ou d'Hector : ainsi les Athéniens, prisonniers à Syracuse, redisaient autrefois les vers d'Euripide, pour se consoler de leur captivité.

Mais lorsque, jetant les yeux autour de nous, nous apercevions les horizons noirs et plats de la Germanie, ce ciel sans lumières qui semble vous écraser sous sa voûte abaissée, ce soleil impuissant qui ne peint les objets d'aucune couleur ; quand nous venions à nous rappeler les paysages éclatants de la Grèce, la haute et riche bordure de leurs horizons, le parfum de nos orangers, la beauté de nos fleurs, l'azur velouté d'un ciel où se joue une lumière dorée, alors il nous prenait un désir si violent de revoir notre terre natale, que nous étions prêts d'abandonner les aigles. Il n'y avait qu'un Grec parmi nous qui blâmât ces sentiments, qui nous exhortât à remplir nos devoirs et à nous soumettre à notre destinée. Nous le prenions pour un lâche : quelque temps après il combattit et mourut en héros, et nous apprîmes qu'il était chrétien.

Les Francs avaient été surpris par Constance : ils évitèrent d'abord le combat ; mais, aussitôt qu'ils eurent rassemblé leurs guerriers, ils vinrent audacieusement au-devant de nous, et nous offrirent la bataille sur le rivage de la mer. On passa la nuit à se préparer de part et d'autre, et le lendemain, au lever du jour, les armées se trouvèrent en présence.

Les Martyrs, liv. VI.

---

1. La famille d'Eudore descendait de Philopémen, le *dernier des Grecs*, et le sénat par défiance avait exigé que l'aîné des enfants fût, à l'âge de seize ans, envoyé à Rome comme otage.

Combat des Romains contre les Francs[1].

Le soleil du matin, s'échappant des replis d'un nuage d'or, verse tout à coup sa lumière sur les bois, l'Océan et les armées. La terre paraît embrasée du feu des casques et des lances, les instruments guerriers sonnent l'air antique de Jules César partant pour les Gaules. La rage s'empare de tous les cœurs, les yeux roulent du sang, la main frémit sur l'épée. Les chevaux se cabrent, creusent l'arène, secouent leur crinière, frappent de leur bouche écumante leur poitrine enflammée, ou lèvent vers le ciel leurs naseaux brûlants, pour respirer les sons belliqueux[2]. Les Romains commencent le chant de Probus :

« Quand nous aurons vaincu mille guerriers francs, combien ne vaincrons-nous pas de millions de Perses[3] !

Les Grecs répètent en chœur le Péan, et les Gaulois l'hymne des druides. Les Francs répondent à ces cantiques de mort : ils serrent leurs boucliers contre leur bouche[4], et font entendre un mugissement semblable au bruit de la mer que le vent brise contre un rocher ; puis tout à coup, poussant un cri aigu, ils entonnent le bardit[5] à la louange de leurs héros :

« Pharamond ! Pharamond ! Nous avons combattu avec l'épée.

« Nous avons lancé la francisque[6] à deux tranchants ; la sueur tombait du front des guerriers et ruisselait le long de leurs bras. Les aigles et les oiseaux aux pieds jaunes poussaient des

1. M. Augustin Thierry, dans son livre *Dix ans d'études historiques*, a raconté l'impression qu'il éprouva dans son enfance à la première lecture de ce célèbre morceau. Dans son enthousiasme il marchait à grands pas, répétant le chant de guerre des barbares : « Pharamond ! Pharamond ! nous avons combattu avec l'épée. » C'était là, on peut le croire, une subite révélation de son avenir. L'enfant avait senti combien, sous le pinceau d'un grand peintre, l'histoire peut reprendre de la vie et de la couleur,

2. Voir le cheval de guerre dans Virgile, *Géorg.*, l. III.

3.   Mille Francos, mille Sarmatas semel occidimus;
       Mille, mille, mille, mille, mille Persas quærimus.
                          (Flav. Vopisc., *in vit. Aurel.*, 7.)

4. V. Tacite, *de moribus Germanorum*, III.

5. Le *bardit*, selon Tacite, est un chant propre à enflammer les courages en faisant briller aux yeux des combattants la promesse de la victoire.

6. Espèce de hache à deux tranchants, dont le manche est recouvert d'acier.

cris de joie ; le corbeau nageait dans le sang des morts ; tout l'Océan n'était qu'une plaie : les vierges ont pleuré longtemps !

« Pharamond ! Pharamond ! Nous avons combattu avec l'épée.

« Nos pères sont morts dans les batailles, tous les vautours en ont gémi : nos pères les rassasiaient de carnage ! Choisissons des épouses dont le lait soit du sang, et qui remplissent de valeur le cœur de nos fils. Pharamond, le bardit est achevé, les heures de la vie s'écoulent, nous sourirons quand il faudra mourir ! »

Ainsi chantaient quarante mille barbares. Leurs cavaliers haussaient et baissaient leurs boucliers blancs en cadence ; et, à chaque refrain, ils frappaient du fer d'un javelot leur poitrine couverte de fer.

Déjà les Francs sont à la portée du trait de nos troupes légères. Les deux armées s'arrêtent. Il se fait un profond silence : César, du milieu de la légion chrétienne, ordonne d'élever la cotte d'armes de pourpre, signal du combat ; les archers tendent leurs arcs, les fantassins baissent leurs piques, les cavaliers tirent tous à la fois leurs épées, dont les éclairs se croisent dans les airs. Un cri s'élève du sein des légions : « Victoire à l'empereur ! » Les barbares repoussent ce cri par un affreux mugissement : la foudre éclate avec moins de rage sur les sommets de l'Apennin, l'Etna gronde avec moins de violence lorsqu'il verse au sein des mers des torrents de feu, l'Océan bat ses rivages avec moins de fracas quand un tourbillon, descendu par l'ordre de l'Éternel, a déchaîné les cataractes de l'abîme.

Les Gaulois lancent les premiers leurs javelots contre les Francs, mettent l'épée à la main et courent à l'ennemi. L'ennemi les reçoit avec intrépidité. Trois fois ils retournent à la charge ; trois fois ils viennent se briser contre le vaste corps qui les repousse. Tel un grand vaisseau, voguant par un vent contraire, rejette de ses deux bords les vagues qui fuient et murmurent le long de ses flancs. Non moins braves et plus habiles que les Gaulois, les Grecs font pleuvoir sur les Sicambres une grêle de flèches, et, reculant peu à peu sans rompre nos rangs, nous fatiguons les deux lignes du triangle de l'ennemi. Comme un taureau vainqueur dans cent pâturages, fier de sa corne mutilée et des cicatrices de sa large poitrine, supporte avec impatience la piqûre du taon sous les ardeurs du midi ; ainsi les Francs, percés de nos dards, deviennent furieux à ces blessures sans vengeance et sans gloire. Transportés d'une aveugle rage, ils brisent le trait dans leur sein, se roulent par terre et se débattent dans les angoisses de la douleur.

La cavalerie romaine s'ébranle pour enfoncer les barbares; Clodion se précipite à sa rencontre. Le roi chevelu[1] pressait une cavale stérile, moitié blanche, moitié noire, élevée parmi des troupeaux de rennes et de chevreuils dans les haras de Pharamond; les barbares prétendaient qu'elle était de la race de Rinfax, cheval de la Nuit, à la crinière gelée, et de Skinfax, cheval du Jour, à la crinière lumineuse : lorsque, pendant l'hiver, elle emportait son maître sur un char d'écorce sans essieu et sans roues[2], jamais ses pieds ne s'enfonçaient dans les frimas, et, plus légère que la feuille de bouleau roulée par le vent, elle effleurait à peine la cime des neiges nouvellement tombées.

Un combat violent s'engage entre les cavaliers, sur les deux ailes des armées.

Cependant la masse effrayante de l'infanterie des barbares vient toujours roulant vers les légions. Les légions s'ouvrent, changent leur front de bataille, attaquent à grands coups de piques les deux côtés du triangle de l'ennemi. Les vélites, les Grecs et les Gaulois se portent sur le troisième côté. Les Francs sont assiégés comme une vaste forteresse. La mêlée s'échauffe; un tourbillon de poussière rougie s'élève et s'arrête au-dessus des combattants. Le sang coule comme les torrents grossis par les pluies de l'hiver, comme les flots de l'Euripe dans le détroit de l'Eubée. Le Franc, fier de ses larges blessures qui paraissent avec plus d'éclat sur la blancheur d'un corps demi-nu, est un spectre déchaîné du monument[3], et rugissant au milieu des morts. Au brillant éclat des armes a succédé la sombre couleur de la poussière et du carnage. Les casques sont brisés, les panaches abattus, les boucliers fendus, les cuirasses percées. L'haleine enflammée de cent mille combattants, le souffle épais des chevaux, la vapeur des sueurs et du sang, forment sur le champ de bataille une espèce de météore que traverse de temps en temps la lueur d'un glaive, comme le trait brillant de la foudre dans la livide clarté d'un orage. Au milieu des cris, des insultes, des menaces, du bruit des épées, des coups de jave-

1. Le droit de laisser croître ses cheveux était chez les Francs une prérogative des chefs.

2. Le traîneau.

3. C'est-à-dire *échappé du tombeau*; mais l'expression manque de naturel.

lots, du sifflement des flèches et des dards, du gémissement des machines de guerre, on n'entend plus la voix des chefs.

Mérovée[1] avait fait un massacre épouvantable des Romains. On le voyait debout sur un immense chariot, avec douze compagnons d'armes, appelés ses douze pairs, qu'il surpassait de toute la tête. Au-dessus du chariot flottait une enseigne guerrière surnommée l'Oriflamme[2]. Le chariot, chargé d'horribles dépouilles, était traîné par trois taureaux dont les genoux dégouttaient de sang et dont les cornes portaient des lambeaux affreux. L'héritier de l'épée de Pharamond avait l'âge, la beauté et la fureur de ce démon de la Thrace qui n'allume le feu de ses autels qu'au feu des villes embrasées. On eût dit que ses joues étaient peintes du vermillon de ces baies d'églantiers qui brillent, au milieu des neiges, dans les forêts de la Germanie. Sa mère avait noué autour de son cou un collier de coquillages, comme les Gaulois suspendent des reliques aux rameaux du plus beau rejeton d'un bois sacré. Quand de sa main droite Mérovée agitant un drapeau blanc appelait les fiers Sicambres au champ de l'honneur, ils ne pouvaient s'empêcher de pousser des cris de guerre et d'amour; ils ne se lassaient point d'admirer à leur tête trois générations de héros : l'aïeul, le fils et le père.

Mérovée, rassasié de meurtres, contemplait, immobile, du haut de son char de victoire, les cadavres dont il avait jonché la plaine. Ainsi se repose un lion de Numidie, après avoir déchiré un troupeau de brebis : sa faim est apaisée, sa poitrine exhale l'odeur du carnage; il ouvre et ferme tour à tour sa gueule fatiguée, qu'embarrassent des flocons de laine; enfin, il se couche au milieu des agneaux égorgés; sa crinière, humectée d'une rosée de sang, retombe des deux côtés de son cou; il croise ses griffes puissantes, il allonge la tête sur ses ongles, et, les yeux à demi fermés, il lèche encore les molles toisons étendues autour de lui.

Le chef des Gaulois aperçut Mérovée dans ce repos insultant

1. On a cherché une misérable querelle à l'auteur des *Martyrs*, en lui reprochant ces prétendus anachronismes de noms. Il a fort bien répondu qu'il y avait eu des Pharamonds et des Mérovées avant ceux que nous connaissons : peut-être même ces noms n'étaient-ils que ceux de la dignité.

2. Par un droit reconnu à la poésie, M. de Chateaubriand, comme Virgile dans l'*Enéide,* devance les temps et reporte à une époque lointaine l'origine des institutions et des coutumes nationales.

et superbe. Sa fureur s'allume ; il s'avance vers le fils de Pharamond ; il lui crie d'un ton ironique :

« Chef à la longue chevelure, je vais t'asseoir autrement sur le
trône d'Hercule le Gaulois. Jeune brave, tu mérites d'emporter
la marque du fer dans le palais de Teutatès. Je ne veux point
te laisser languir dans une honteuse vieillesse.

— Qui es-tu ? répondit Mérovée avec un sourire amer ; es-tu
d'une race noble et antique ? Esclave romain, ne crains-tu point
ma framée ?

— Je ne crains qu'une chose, repartit le Gaulois frémissant
de courroux, c'est que le ciel tombe sur ma tête [1].

— Cède-moi la terre ! dit l'orgueilleux Sicambre.

— La terre que je te céderai, s'écrie le Gaulois, tu la gar-
deras éternellement [2]. »

A ces mots, Mérovée, s'appuyant sur sa framée, s'élance du
char par-dessus les taureaux, tombe à leurs têtes, et se présente au Gaulois qui venait à lui.

Toute l'armée s'arrête pour voir le combat des deux chefs.
Le Gaulois fond l'épée à la main sur le jeune Franc, le presse,
le frappe, le blesse à l'épaule, et le contraint de reculer jusque
sous les cornes des taureaux. Mérovée à son tour lance son
angon [3], qui, par ses deux fers recourbés, s'engage dans le bouclier du Gaulois. Au même instant le fils de Clodion bondit
comme un léopard, met le pied sur le javelot, le presse de son
poids, le fait descendre vers la terre et abaisse avec lui le bouclier de son ennemi. Ainsi forcé de se découvrir, l'infortuné
Gaulois montre la tête. La hache de Mérovée part, siffle, vole
et s'enfonce dans le front du Gaulois, comme la cognée d'un
bûcheron dans la cime d'un pin. La tête du guerrier se partage,
sa cervelle se répand des deux côtés, ses yeux roulent à terre.
Son corps reste encore un moment debout, étendant des mains
convulsives, objet d'épouvante et de pitié.

A ce spectacle, les Gaulois poussent un cri de douleur. Leur
chef était le dernier descendant de ce Vercingétorix qui balança
si longtemps la fortune de Jules. Il semblait que par cette mort
l'empire des Gaules, en échappant aux Romains, passait aux
Francs : ceux-ci, pleins de joie, entourent Mérovée, l'élèvent

1. C'est la réponse des députés gaulois à Alexandre. V. *Arrien*,
liv. I, ch. 1.
2. Réponse de Marius aux Cimbres. V. Plutarque, *Vie de Marius*.
3. C'est une sorte de javelots qui portent au-dessous de la pointe
des crochets aigus recourbés en forme d'hameçon.

sur un bouclier, et le proclament roi avec ses pères, comme le plus brave des Sicambres. L'épouvante commence à s'emparer des légions. Constance, qui, du milieu du corps de réserve, suivait de l'œil les mouvements des troupes, aperçoit le découragement des cohortes. Il se tourne vers la légion chrétienne : « Braves soldats, la fortune de Rome est entre vos mains. Marchons à l'ennemi. »

Aussitôt les fidèles abaissent devant César leurs aigles surmontées de l'étendard du salut. Victor commande : la légion s'ébranle et descend en silence de la colline. Chaque soldat porte sur son bouclier une croix entourée de ces mots : « Tu vaincras par ce signe. » Tous les centurions étaient des martyrs couverts des cicatrices du fer et du feu. Que pouvait contre de tels hommes la crainte des blessures et de la mort? O touchante fidélité! Ces guerriers allaient répandre pour leurs princes les restes d'un sang dont ces princes avaient presque tari la source! Aucune frayeur, mais aussi aucune joie, ne paraissait sur le visage des héros chrétiens. Leur valeur tranquille était pareille à un lis sans tache. Lorsque la légion s'avança dans la plaine, les Francs se sentirent arrêtés au milieu de leur victoire. Ils ont conté qu'ils voyaient à la tête de cette légion une colonne de feu et de nuées[1], et un cavalier vêtu de blanc, armé d'une lance et d'un bouclier d'or. Les Romains qui fuyaient tournent le visage, l'espérance revient au cœur du plus faible et du moins courageux : ainsi, après un orage de nuit, quand le soleil du matin paraît dans l'orient, le laboureur rassuré admire l'astre qui répand un doux éclat sur la nature; sous les lierres de la cabane antique, le jeune passereau pousse des cris de joie; le vieillard vient s'asseoir sur le seuil de la porte; il entend des bruits charmants au-dessus de sa tête, et il bénit l'Éternel[2].

A l'approche des soldats du Christ, les barbares serrent leurs rangs, les Romains se rallient. Parvenue sur le champ de bataille, la légion s'arrête, met un genou en terre et reçoit de la main d'un ministre de paix la bénédiction du Dieu des armées. Constance lui-même ôte sa couronne de laurier et s'incline. La troupe sainte se relève, et, sans jeter ses javelots,

1. L'original de ce miracle est dans les *Machabées*.
2. C'est le privilége du poëte épique de développer librement les comparaisons, sans s'appliquer à établir entre les deux objets comparés une correspondance exacte et minutieuse jusqu'au scrupule: Homère use souvent de cette liberté.

elle marche l'épée haute à l'ennemi. Le combat recommence de toutes pàrts. La légion chrétienne ouvre une làrge brèche dans les rangs des barbares ; la clarté du jour pénètre au fond de cette forteresse vivante. Romains, Grecs et Gaulois, nous entrons tous à la suite de Victor dans l'enceinte des Francs rompus. Aux attaques d'une armée disciplinée succèdent des combats à la manière des héros d'Ilion. Mille groupes de guerriers se heurtent, se choquent, se pressent, se repoussent ; partout règne la douleur, le désespoir, la fuite. Filles des Francs, c'est en vain que vous préparez le baume pour des plaies que vous ne pourrez guérir ! L'un est frappé au cœur du fer d'une javeline, et sent s'échapper de ce cœur les images chères et sacrées de la patrie ; l'autre a les deux bras brisés du coup d'une massue, et ne pressera plus sur son sein le fils qu'une épouse porte encore à la mamelle. Celui-ci regrette son palais, celui-là sa chaumière, le premier ses plaisirs, le second ses douleurs, car l'homme s'attache à la vie par ses misères autant que par ses prospérités. Ici, environné de ses compagnons, un soldat païen expire en vomissant des imprécations contre César et contre les dieux. Là, un soldat chrétien meurt isolé, d'une main retenant ses entrailles, de l'autre pressant un crucifix, et priant Dieu pour son empereur. Les Sicambres, tous frappés par-devant et couchés sur le dos, conservaient dans la mort un air si farouche, que le plus intrépide osait à peine les regarder.

Je ne vous oublierai pas, couple généreux ; jeunes Francs que je rencontrai au milieu du champ du carnage ! Ces fidèles amis, plus tendres que prudents, afin d'avoir dans le combat la même destinée, s'étaient attachés ensemble par une chaîne de fer. L'un était tombé mort sous la flèche d'un Crétois ; l'autre, atteint d'une blessure cruelle, mais encore vivant, se tenait à demi soulevé auprès de son frère d'armes. Il lui disait : « Guerrier, tu dors après les fatigues de la bataille. Tu n'ouvriras plus les yeux à ma voix ; mais la chaîne de notre amitié n'est point rompue ; elle me retient à tes côtés. »

En achevant ces mots, le jeune Franc s'incline et meurt sur le corps de son ami. Leurs belles chevelures se mêlent et se confondent comme les flammes ondoyantes d'un double trépied qui s'éteint sur un autel, comme les rayons humides et tremblants de l'étoile des Gémeaux qui se couche dans la mer. Le trépas ajoute ses chaînes indestructibles aux liens qui unissaient les deux amis.

Cependant les bras fatigués portent des coups ralentis; les clameurs deviennent plus déchirantes et plus plaintives. Tantôt une grande partie des blessés, expirant à la fois, laisse régner un affreux silence; tantôt la voix de la douleur se ranime et monte en longs accents vers le ciel. On voit errer des chevaux sans maîtres, qui bondissent ou s'abattent sur des cadavres; quelques machines de guerre abandonnées brûlent çà et là comme les torches de ces immenses funérailles[1].

Ibid., liv. VI.

Martyre d'Eudore et de Cymodocée.

Eudore était déjà dans l'amphithéâtre, prêt à être livré aux bêtes féroces; sa jeune épouse Cymodocée, chrétienne comme lui, s'est échappée de la maison paternelle pour venir partager avec lui les douleurs et les gloires du martyre : on attend l'arrivée de l'empereur pour livrer ces deux chrétiens à la fureur d'un tigre.

Tout à coup retentit le bruit des armes : le pont qui conduisait du palais de l'empereur à l'amphithéâtre s'abaisse, et Galérius ne fait qu'un pas de son lit de douleur au carnage : il avait surmonté son mal pour se présenter une dernière fois au peuple. Il sentait à la fois l'empire et la vie lui échapper : un messager arrivé des Gaules venait de lui apprendre la mort de Constance. Constantin, proclamé César par les légions, s'était en même temps déclaré chrétien, et se disposait à marcher vers Rome. Ces nouvelles, en portant le trouble dans l'âme de Galérius, avaient rendu plus cuisante la plaie hideuse de son corps; mais renfermant ses douleurs dans son sein, soit qu'il cherchât à se tromper lui-même, soit qu'il voulût tromper les hommes, ce spectre vint s'asseoir au balcon impérial, comme la mort couronnée. Quel contraste avec la beauté, la vie, la jeunesse exposées dans l'arène à la fureur des léopards !

1. Cette admirable description, qu'on ne se lassera pas de citer et de relire, mériterait d'être rapprochée des tableaux du même genre dans Homère et Virgile. Ce rapprochement montrerait comment un grand peintre sait demeurer original jusque dans ses imitations. Aux souvenirs savants des traditions païennes M. de Châteaubriand mêle de nouvelles couleurs empruntées au monde jeune et barbare qu'il peint avec force et vérité. Cette fusion d'éléments divers et étrangers n'enlève rien à l'harmonie du ton général.

Lorsque l'empereur parut, les spectateurs se levèrent et lui donnèrent le salut accoutumé. Eudore s'incline respectueusement devant César. Cymodocée s'avance sous le balcon pour demander à l'empereur la grâce d'Eudore et s'offrir elle-même en sacrifice. La foule tira Galérius de l'embarras de se montrer miséricordieux ou cruel : depuis longtemps elle attendait le combat ; la soif du sang avait redoublé à la vue des victimes. On crie de toutes parts : « Les bêtes ! qu'on lâche les bêtes ! Les impies aux bêtes ! »

Eudore veut parler au peuple en faveur de Cymodocée, mille voix étouffent sa voix : « Qu'on donne le signal ! Les bêtes ! Les chrétiens aux bêtes ! »

Le son de la trompette se fait entendre : c'est l'annonce de l'apparition des bêtes féroces. Le chef des rétiaires[1] traverse l'arène et vient ouvrir la loge d'un tigre connu par sa férocité.

Alors s'élève entre Eudore et Cymodocée une contestation à jamais mémorable : chacun des deux époux voulait mourir le dernier.

« Eudore, disait Cymodocée, si vous n'étiez pas blessé, je vous demanderais à combattre la première ; mais à présent j'ai plus de force que vous, et je puis vous voir mourir.

— « Cymodocée, répondit Eudore, il y a plus longtemps que vous que je suis chrétien : je pourrais mieux supporter la douleur ; laissez-moi quitter la terre le dernier. »

La trompette sonne pour la seconde fois.

On entend gémir la porte de fer de la caverne du tigre : le gladiateur qui l'avait ouverte s'enfuit effrayé. Eudore place Cymodocée derrière lui. On le voyait debout, uniquement attentif à la prière, les bras étendus en forme de croix et les yeux levés vers le ciel.

La trompette sonne pour la troisième fois.

Les chaînes du tigre tombent, et l'animal furieux s'élance en rugissant dans l'arène : un mouvement involontaire fait tressaillir les spectateurs. Cymodocée, saisie d'effroi, s'écrie : « Ah, sauvez-moi[2] ! »

1. Gladiateurs qui combattaient avec un filet.
2. C'est bien à tort que certains critiques ont blâmé ce mouvement d'effroi, cette courte défaillance d'une jeune fille qui voit un tigre s'élancer pour la dévorer. Tout au contraire ce cri de la nature est d'une admirable beauté. La condition de l'héroïsme est de ressentir la terreur, mais pour la maîtriser. Casimir Delavigne a prêté à

Et elle se jette dans les bras d'Eudore, qui se retourne vers elle. Il la serre contre sa poitrine, il aurait voulu la cacher dans son cœur. Le tigre arrive aux deux martyrs; il se lève debout et enfonce ses ongles dans les flancs du fils de Lasthénès, il déchire avec ses dents les épaules du confesseur intrépide. Comme Cymodocée, toujours pressée dans le sein de son époux, ouvrait sur lui des yeux pleins d'amour et de frayeur, elle aperçoit la tête sanglante du tigre auprès de la tête d'Eudore. A l'instant la chaleur abandonne les membres de la vierge victorieuse; ses paupières se ferment; elle demeure suspendue aux bras de son époux, ainsi qu'un flocon de neige aux rameaux d'un pin du Ménale ou du Lycée. Les saintes martyres, Eulalie, Félicité, Perpétue, descendent pour chercher leur compagne : le tigre avait brisé le cou d'ivoire de la fille d'Homère[1]. L'ange de la mort coupe en souriant le fil des jours de Cymodocée. Elle exhale son dernier soupir sans effort et sans douleur; elle rend au ciel un souffle divin qui semblait tenir à peine à ce corps formé par les Grâces; elle tombe comme une fleur que la faux du villageois vient d'abattre sur le gazon. Eudore la suit un moment après dans les éternelles demeures : on eût cru voir un de ces sacrifices de paix où les enfants d'Aaron offraient au Dieu d'Israël une colombe et un jeune taureau[2].

Jeanne d'Arc, montée sur le bûcher, un sentiment semblable et d'un effet non moins heureux :

> . . . . . Quand, debout sur le faîte,
> Elle vit ce bûcher qui l'allait dévorer,
> Les bourreaux en suspens, la flamme déjà prête,
> Sentant son cœur faillir, elle baissa la tête
> Et se prit à pleurer.

1. Le père de Cymodocée, Démodocus, prêtre d'Homère, avait consacré sa fille unique au culte des Muses. Eudore l'avait rendue chrétienne. Virgile (*Georg.*, liv. IV), quand il montre emportée par le fleuve la tête d'Orphée massacré par les femmes thraces, dit :

> . . . *Marmorea* caput a cervice revulsum,

épithète heureusement empruntée à la statuaire, qui éloigne de l'esprit toute image offensante pour le goût.

2. M. de Châteaubriand a imité dans ce récit la réserve des grands poëtes anciens dans l'expression des douleurs physiques; il fait lui-même à ce sujet une remarque pleine de goût: « Il eût été aisé de développer les particularités du martyre, mais j'aurais présenté un spectacle affreux et dégoûtant. Toute la terreur, s'il y en a ici, se trouve placée avant l'apparition du tigre : le tigre une fois lâché dans l'arène, tout finit; et l'on ne voit rien de ce qu'on s'attendait à voir. Cette tromperie est tout à fait commandée par l'art, et convient à

Les époux martyrs avaient à peine reçu la palme, que l'on aperçut au milieu des airs une croix de lumière semblable à ce labarum qui fit triompher Constantin; la foudre gronda sur le Vatican, colline alors déserte, mais souvent visitée par un esprit inconnu[1]; l'amphithéâtre fut ébranlé jusque dans ses fondements; toutes les statues des idoles tombèrent, et l'on entendit, comme autrefois à Jérusalem, une voix qui disait : « Les dieux s'en vont. »

Ibid., liv. XXIV[2].

Ruines de Sparte.

Il y avait déjà une heure que nous courions par un chemin uni qui se dirigeait droit au sud-est, lorsque au lever de l'aurore j'aperçus quelques débris et un long mur de construction antique : le cœur commence à me battre. Le janissaire[3] se tourne vers moi, et me montrant sur la droite, avec son fouet, une cabane blanchâtre, il me crie d'un air de satisfaction : « Palæochôri[4] ! » Je me dirigeai vers la principale ruine que je découvrais sur une hauteur. En tournant cette hauteur par le nord-ouest afin d'y monter, je m'arrêtai tout à coup à la vue d'une vaste enceinte, ouverte en demi-cercle, et que je reconnus à l'instant pour un théâtre. Je ne puis peindre les sentiments confus qui vinrent m'assiéger. La colline au pied de laquelle je me trouvais était donc la colline de la citadelle de Sparte, puisque le théâtre était adossé à la citadelle; la ruine que je voyais sur cette colline était donc le temple de Minerve-Chalciœcos[5], puis-

mon sujet, qui doit montrer le martyre comme un triomphe et non comme un malheur. Ajoutez que, dans les détails de la mort des deux jeunes époux, l'imagination du lecteur eût toujours été plus loin que la mienne. »

1. C'est sur le Vatican que s'élève le palais des papes.

2. Il nous resterait à signaler dans les *Martyrs* d'autres épisodes non moins remarquables que celui-ci : nous indiquerons les suivants : la rencontre d'Eudore et de Cymodocée (liv. I, à la fin); le tableau de la famille chrétienne de Lasthénès, et la visite de Cyrille, confesseur et martyr, évêque de Lacédémone (liv. II); Dioclétien et sa cour (liv. IV); l'épisode de Thraséas, ermite du Vésuve (liv. V); la délibération du sénat romain sur le sort des chrétiens (liv. XV et XVI).

3. Ce corps d'élite, créé au quatorzième siècle, fut dissous par Mahmoud II en 1826.

4. En grec moderne, *la vieille ville.*

5. Χαλκίοικος, dont la statue est placée dans une niche d'airain: épithète de Minerve à Sparte.

que celui-ci était dans la citadelle ; les débris et le long mur que
j'avais passés plus bas faisaient donc partie de la tribu des Cynosures, puisque cette tribu était au nord de la ville [1] ; Sparte était
donc sous mes yeux ; et son théâtre, que j'avais eu le bonheur
de découvrir en arrivant, me donnait sur-le-champ les positions
des quartiers et des monuments. Je mis pied à terre, et je mon-
tai en courant sur la colline de la citadelle.

Comme j'arrivais à son sommet, le soleil se levait derrière les
monts Ménélaïons. Quel beau spectacle ! mais qu'il était triste !
L'Eurotas coulant solitaire sous les débris du pont Babyx ; des
ruines de toutes parts, et pas un homme parmi ces ruines ! Je
restai immobile, dans une espèce de stupeur, à contempler
cette scène. Un mélange d'admiration et de douleur arrêtait
mes pas et ma pensée ; le silence était profond autour de moi :
je voulus du moins faire parler l'écho dans des lieux où la voix
humaine ne se faisait plus entendre, et je criai de toute ma
force : Léonidas ! Aucune ruine ne répéta ce grand nom, et
Sparte même sembla l'avoir oublié.

Si des ruines où s'attachent des souvenirs illustres font bien
voir la vanité de tout ici-bas, il faut pourtant convenir que les
noms qui survivent à des empires, et qui immortalisent des
temps et des lieux, sont quelque chose. Après tout, ne dédai-
gnons pas trop la gloire ; rien n'est plus beau qu'elle, si ce n'est
la vertu. Le comble du bonheur serait de réunir l'une à l'autre
dans cette vie ; et c'était l'objet de l'unique prière que les Spartiates adressaient aux dieux : « *Ut pulchra bonis adderent* [2] ! »

Quand l'espèce de trouble où j'étais fut dissipée, je commen-
çai à étudier les ruines autour de moi. Le sommet de la colline
offrait un plateau environné, surtout au nord-ouest, d'épaisses
murailles ; j'en fis deux fois le tour, et je comptai mille cinq
cent soixante pas communs ; mais il faut remarquer que j'em-

---

1. Sparte ne formait pas comme Athènes un tout continu, mais
elle était divisée en bourgades. Les habitants de ces bourgs ne se
mêlaient pas les uns avec les autres ; aussi le même nom s'appliquait
à la tribu et au quartier où elle était établie.

2. Dans le dialogue intitulé *le second Alcibiade*, Platon parle avec
éloge de cette sage et digne manière de prier des Lacédémoniens :
« Ils demandent aux dieux l'honnête avec l'utile ; nul ne les entendra
demander plus..... mais les autres Grecs, soit qu'ils offrent aux dieux
des taureaux aux cornes dorées, soit qu'ils leur consacrent de riches
présents, s'abandonnent dans leurs prières à tout ce que leur sug-
gèrent leurs passions, sans s'inquiéter si ce sont des biens ou des
maux. »

brasse dans ce circuit le sommet entier de la colline, y compris la courbe que forme l'excavation du théâtre dans cette colline : c'est ce théâtre que Leroy[1] a examiné.

Des décombres, partie ensevelis sous terre, partie élevés au-dessus du sol, annoncent, vers le milieu de ce plateau, les fondements du temple de Minerve-Chalciœcos, où Pausanias se réfugia vainement et perdit la vie. Une espèce de rampe en terrasse, large de soixante-dix pieds et d'une pente extrêmement douce, descend du midi de la colline dans la plaine. C'était peut-être le chemin par où l'on montait à la citadelle, qui ne devint très-forte que sous les tyrans de Lacédémone.

A la naissance de cette rampe, et au-dessus du théâtre, je vis un petit édifice de forme ronde, aux trois quarts détruit : les niches intérieures en paraissent également propres à recevoir des statues ou des urnes. Est-ce un tombeau? est-ce le temple de Vénus armée? Ce dernier devait être à peu près dans cette position, et dépendant de la tribu des Égides.

Si l'on se place avec moi sur la colline de la citadelle, voici ce qu'on verra autour de soi :

Au levant, c'est-à-dire vers l'Eurotas, un monticule de forme allongée, et aplati à sa cime, comme pour servir de stade ou d'hippodrome. Des deux côtés de ce monticule, entre deux autres monticules qui font avec le premier deux espèces de vallées, on aperçoit les ruines du pont Babyx et le cours de l'Eurotas. De l'autre côté du fleuve, la vue est arrêtée par une chaîne de collines rougeâtres : ce sont les monts Ménélaïons. Derrière ces monts s'élève la barrière des hautes montagnes qui bordent au loin le golfe d'Argos.

Dans cette vue à l'est, entre la citadelle et l'Eurotas, parallèlement au cours du fleuve, on placera la tribu des Limnates, le temple de Lycurgue, le palais du roi Démarate, la tribu des Égides et celle des Messoates, un des Lesché[2], le monument de Cadmus, les temples d'Hercule, d'Hélène, et le Plataniste[3]. J'ai compté dans ce vaste espace sept ruines debout et hors de terre, mais tout à fait informes et dégradées. Comme je pouvais choi-

---

1. J.-David Leroy, architecte, né en 1728, mort en 1803, à qui l'on doit les *Ruines des monuments de la Grèce*.

2. De λέσχη, conversation. On appelait ainsi un lieu particulier, dans chaque ville de la Grèce, où l'on se réunissait pour traiter des affaires de l'Etat, ou simplement pour converser.

3. Promenade publique qui s'étendait le long des rives de l'Eurotas.

sir, j'ai donné à l'un de ces débris le nom du temple d'Hélène ;
à l'autre, celui du tombeau d'Alcmar[1] : j'ai cru voir les monuments héroïques d'Égée et de Cadmus ; je me suis déterminé
ainsi pour la Fable, et n'ai reconnu pour l'histoire que le temple
de Lycurgue. J'avoue que je préfère au brouet noir et à la cryp-
tie[2] la mémoire du seul poëte que Lacédémone ait produit, et
la couronne de fleurs que les filles de Sparte cueillirent pour
Hélène dans l'île du Plataniste :

O ubi campi,
Spercheusque, et virginibus bacchata Lacænis
Taygeta[3] !

En regardant maintenant vers le nord, et toujours du sommet
de la citadelle, on voit une assez haute colline qui domine même
celle où la citadelle est bâtie. C'est dans la vallée que forment
ces deux collines que devaient se trouver la place publique et
les monuments que cette dernière renfermait, tels que le sénat
des gérontes[4], le chœur, le portique des Perses[5], etc. Il n'y a
aucune ruine de ce côté. Au nord-ouest s'étendait la tribu des
Cynosures, par où j'étais entré à Sparte, et où j'ai remarqué
le long mur.

Tournons-nous à présent à l'ouest, et nous apercevrons sur
un terrain uni, derrière et au pied du théâtre, trois ruines,
dont l'une est assez haute et arrondie comme une tour : dans
cette direction se trouvaient la tribu des Pitanates, le Théomé-
lide, les tombeaux de Pausanias et de Léonidas, le Lesché des
Crotanes et le temple de Diane Isora.

Enfin, si l'on ramène ses regards au midi, on verra une terre
inégale que soulèvent çà et là des racines de murs rasés au niveau du sol. Il faut que les pierres en aient été emportées, car
on ne les aperçoit point alentour. La maison de Ménélas s'élevait dans cette perspective ; et plus loin, sur le chemin d'Amy-

1. Poëte lyrique du septième siècle avant J. C.
2. On appelait χρυπτεία l'espèce de maraudage auquel on exerçait
les jeunes Spartiates aux dépens des Hilotes.
3. *Géorg.*, liv. II, v. 486. « Où sont les campagnes qu'arrose le Sper-
chius, et les monts du Taygète foulés par les pieds des vierges de
Sparte. »
4. Οἱ γέροντες, les vieillards.
5. Ce portique avait été construit avec les dépouilles remportées
durant les guerres médiques, et tous les chefs de l'armée des Perses
y avaient leur statue en marbre.

4

clée, on rencontrait le temple des Dioscures[1] et des Grâces. Cette description deviendra plus intelligible si le lecteur veut avoir recours à Pausanias, ou simplement au *Voyage d'Anacharsis*[2].

Tout cet emplacement de Lacédémone est inculte : le soleil l'embrase en silence et dévore incessamment le marbre des tombeaux. Quand je vis ce désert, aucune plante n'en décorait les débris, aucun oiseau, aucun insecte ne les animait, hors des millions de lézards qui montaient et descendaient sans bruit le long des murs brûlants. Une douzaine de chevaux à demi sauvages paissaient çà et là une herbe flétrie ; un pâtre cultivait dans un coin du théâtre quelques pastèques : et à Magoula, qui donne son triste nom à Lacédémone, on remarquait un petit bois de cyprès. Mais ce Magoula même, qui fut autrefois un village turc assez considérable, a péri dans ce champ de mort : ses masures sont tombées, et ce n'est plus qu'une ruine qui annonce des ruines.

Je descendis de la citadelle, et je marchai pendant un quart d'heure pour arriver à l'Eurotas. Je le vis à peu près tel que je l'avais passé deux lieues plus haut sans le connaître : il peut avoir devant Sparte la largeur de la Marne au-dessus de Charenton. Son lit, presque desséché en été, présente une grève semée de petits cailloux, plantée de roseaux et de lauriers-roses, et sur laquelle coulent quelques filets d'une eau fraîche et limpide. Cette eau me parut excellente ; j'en bus abondamment, car je mourais de soif. L'Eurotas mérite certainement l'épithète de καλλιδόναξ, *aux beaux roseaux*, que lui a donné Euripide ; mais je ne sais s'il doit garder celle d'*olorifer*, car je n'ai point aperçu de cygnes dans ses eaux. Je suivis son cours, espérant rencontrer ces oiseaux qui, selon Platon, ont avant d'expirer une vue de l'Olympe[3], et c'est pourquoi leur dernier chant est si mélodieux : mes recherches furent inutiles. Apparemment que je n'ai pas, comme Horace, la faveur des Tyndarides[4], et qu'ils n'ont pas voulu me laisser pénétrer le secret de leur berceau.

1. Castor et Pollux, fils de Jupiter.
2. Chap. XLI.
3. On peut lire sur cette poétique tradition une belle page de Buffon dans les *Morceaux choisis à l'usage des classes supérieures* (16e édit.), page 411. C'est dans le *Phédon* de Platon que se trouve une belle application de cette fable. Cf. Cicéron, *de Oratore*, III, 2.
4. Castor et Pollux, fils de Tyndare, forment au ciel le signe des Gémeaux, astre favorable aux navigateurs.

Les fleuves fameux ont la même destinée que les peuples fameux : d'abord ignorés, puis célébrés sur toute la terre, ils retombent ensuite dans leur première obscurité[1]. L'Eurotas, appelé d'abord Himère, coule maintenant oublié sous le nom d'Iris, comme le Tibre, autrefois l'Albula, porte aujourd'hui à la mer les eaux inconnues du Tévère. J'examinai les ruines du pont Babyx, qui sont peu de chose. Je cherchai l'île du Plataniste, et je crois l'avoir trouvée au-dessous même de Magoula. Il y a dans cette île quelques mûriers et des sycomores, mais point de platanes. Je n'aperçus rien qui prouvât que les Turcs fissent encore de cette île un lieu de délices ; je vis cependant quelques fleurs, entre autres des lis bleus portés par une espèce de glaïeuls ; j'en cueillis plusieurs en mémoire d'Hélène : la fragile couronne de la beauté existe encore sur les bords de l'Eurotas, et la beauté même a disparu.

La vue dont on jouit en marchant le long de l'Eurotas est bien différente de celle que l'on découvre du sommet de la citadelle. Le fleuve suit un lit tortueux, et se cache, comme je l'ai dit, parmi des roseaux et des lauriers-roses aussi grands que des arbres ; sur la rive gauche, les monts Ménélaïons, d'un aspect aride et rougeâtre, forment contraste avec la fraîcheur et la verdure du cours de l'Eurotas. Sur la rive droite, le Taygète déploie son magnifique rideau : tout l'espace compris entre ce rideau et le fleuve est occupé par les collines et les ruines de Sparte ; ces collines et ces ruines ne paraissent point désolées comme lorsqu'on les voit de près : elles semblent, au contraire, teintes de pourpre, de violet, d'or pâle. Ce ne sont point les prairies et les feuilles d'un vert cru et froid qui font les admirables paysages, ce sont les effets de la lumière : voilà pourquoi les roches et les bruyères de la baie de Naples seront toujours plus belles que les vallées les plus fertiles de la France et de l'Angleterre.

Ainsi, après des siècles d'oubli, ce fleuve qui vit errer sur ses bords les Lacédémoniens illustrés par Plutarque, ce fleuve,

1. Bossuet, dans l'Oraison funèbre de la duchesse d'Orléans, rencontre une image analogue pour peindre la fuite des années et la vanité des titres qui distinguent les hommes : « Leurs années se poussent successivement comme des flots : ils ne cessent de s'écouler ; tant qu'enfin, après avoir fait un peu plus de bruit et traversé un peu plus de pays les uns que les autres, ils vont tous ensemble se confondre dans un abîme où l'on ne reconnaît plus ni princes ni rois… ; de même que ces fleuves tant vantés demeurent sans nom et sans gloire, mêlés dans l'Océan avec les rivières les plus inconnues. »

dis-je, s'est peut-être réjoui dans son abandon d'entendre retentir autour de ses rives les pas d'un obscur étranger. C'était le 18 août 1806, à neuf heures du matin, que je fis seul, le long de l'Eurotas, cette promenade qui ne s'effacera jamais de ma mémoire. Si je hais les mœurs des Spartiates, je ne méconnais point la grandeur d'un peuple libre, et je n'ai point foulé sans émotion sa noble poussière. Un seul fait suffit à la gloire de ce peuple : quand Néron visita la Grèce, il n'osa entrer dans Lacédémone. Quel magnifique éloge de cette cité !

Je retournai à la citadelle, en m'arrêtant à tous les débris que je rencontrais sur mon chemin. Comme Misitra a vraisemblablement été bâtie avec les ruines de Sparte, cela sans doute aura beaucoup contribué à la dégradation des monuments de cette dernière ville. Je trouvai mon compagnon exactement dans la même place où je l'avais laissé : il s'était assis ; il avait dormi ; il venait de se réveiller ; il fumait ; il allait dormir encore. Les chevaux paissaient paisiblement dans les foyers du roi Ménélas : « Hélène n'avait point quitté sa belle quenouille, « chargée d'une laine teinte en pourpre, pour leur donner un « pur froment dans une superbe crèche[1]. » Aussi, tout voyageur que je suis, je ne suis point le fils d'Ulysse, quoique je préfère, comme Télémaque, mes rochers paternels aux plus beaux pays[2].

Il était midi ; le soleil dardait à plomb ses rayons sur nos têtes. Nous nous mîmes à l'ombre dans un coin du théâtre, et nous mangeâmes d'un grand appétit du pain et des figues sèches que nous avions apportés de Misitra. Le janissaire se réjouissait : il croyait en être quitte, et se préparait à partir ; mais il vit bientôt, à son grand déplaisir, qu'il s'était trompé. Je me mis à écrire des notes et à prendre la vue des lieux : tout cela dura deux grandes heures, après quoi je voulus examiner les monuments à l'ouest de la citadelle. C'était de ce côté que devait être le tombeau de Léonidas. Le janissaire m'accompagna, tirant

1. Il faut lire dans l'*Odyssée* (chant IV) la visite de Télémaque à Ménélas dans son palais de Lacédémone. Hélène, qui a reconnu le fils d'Ulysse, le renvoie chargé de riches présents. Cf. *Odyssée,* chant XV.

2. C'est à Ulysse même que Cicéron prête ce sentiment, ce qui semble plus conforme à la tradition. « Patriæ tanta est vis ac tanta natura, ut Ithacam illam in asperrimis saxulis, tanquam nidulum, affixam sapientissimus vir immortalitati anteponeret. » *De Oratore,* lib. 1, ch. XLIV. « Telle est la force irrésistible de l'amour de la patrie, que le plus sage des héros préférait à l'immortalité sa pauvre Ithaque suspendue comme un nid sur la pointe des rochers. »

les chevaux par la bride ; nous allions errant de ruine en ruine. Nous étions les deux seuls hommes vivants au milieu de tant de morts illustres; tous deux barbares ; étrangers l'un à l'autre , ainsi qu'à la Grèce ; sortis des forêts de la Gaule et des rochers du Caucase, nous nous étions rencontrés au fond du Péloponnèse, moi pour passer, lui pour vivre sur des tombeaux qui n'étaient pas ceux de nos aïeux [1].

J'interrogeai vainement les moindres pierres pour leur demander les cendres de Léonidas. J'eus pourtant un moment d'espoir : près de cette espèce de tour que j'ai indiquée à l'ouest de la citadelle je vis des débris de sculpture qui me semblèrent être ceux d'un lion. Nous savons par Hérodote qu'il y avait un lion de pierre sur le tombeau de Léonidas. Je redoublai d'ardeur ; tous mes soins furent inutiles [2].

Le jour finissait lorsque je m'arrachai à ces illustres débris, à l'ombre de Lycurgue, aux souvenirs des Thermopyles, et à tous les mensonges de la Fable et de l'histoire. Le soleil disparut derrière le Taygète, de sorte que je le vis commencer et finir son tour sur les ruines de Lacédémone. Il y avait trois mille cinq cent quarante-trois ans qu'il s'était levé et couché pour la première fois sur cette ville naissante. Je partis l'esprit rempli des objets que je venais de voir, et livré à des réflexions intarissables : de pareilles journées font ensuite supporter patiemment beaucoup de malheurs, et rendent surtout indifférent à bien des spectacles.

Itinéraire de Paris à Jérusalem, première partie.

1. On reconnaît ici cette empreinte de mélancolie triste et désabusée qui est l'un des traits du génie de M. de Châteaubriand et de la littérature de ce siècle.

2. Ma mémoire me trompait ici : le lion dont parle Hérodote était aux Thermopyles. Cet historien ne dit pas même que les os de Léonidas furent transportés dans sa patrie; il prétend, au contraire, que Xerxès fit mettre en croix le corps de ce prince. Ainsi, les débris du lion que j'ai vus à Sparte ne peuvent point indiquer la tombe de Léonidas. (*Note de Châteaubriand.*)

Description d'Athènes.

Les voyageurs qui visitent la ville de Cécrops arrivent ordinairement par le Pirée ou par la route de Négrepont. Ils perdent alors une partie du spectacle, car on n'aperçoit que la citadelle quand on vient de la mer; et l'Anchesme coupe la perspective quand on descend de l'Eubée. Mon étoile m'avait amené par le véritable chemin[1] pour voir Athènes dans toute sa gloire.

La première chose qui frappa mes yeux, ce fut la citadelle éclairée du soleil levant : elle était juste en face de moi, de l'autre côté de la plaine, et semblait appuyée sur le mont Hymette, qui faisait le fond du tableau. Elle présentait, dans un assemblage confus, les chapiteaux des Propylées[2], les colonnes du Parthénon et du temple d'Érechthée, les embrasures d'une muraille chargée de canons, les débris gothiques des chrétiens et les masures des musulmans.

Deux petites collines, l'Anchesme et le Musée, s'élevaient au nord et au midi de l'Acropolis. Entre ces deux collines et au pied de l'Acropolis, Athènes se montrait à moi : ses toits aplatis, entremêlés de minarets, de cyprès, de ruines, de colonnes isolées; les dômes de ses mosquées couronnés par de gros nids de cigognes, faisaient un effet agréable aux rayons du soleil. Mais si l'on reconnaissait encore Athènes à ses débris, on voyait aussi, à l'ensemble de son architecture et au caractère général des monuments, que la ville de Minerve n'était plus habitée par son peuple[3].

Une enceinte de montagnes, qui se termine à la mer, forme la plaine ou le bassin d'Athènes. Du point où je voyais cette plaine au mont Pœcile, elle paraissait divisée en trois bandes ou régions, courant dans une direction parallèle du nord au midi. La première de ces régions, et la plus voisine de moi, était inculte et couverte de bruyères; la seconde offrait un terrain labouré, où l'on venait de faire la moisson; la troisième présentait un long bois d'oliviers qui s'étendait un peu

1. La route d'Éleusis.
2. C'étaient les portiques qui précédaient l'entrée de l'Acropole : ils avaient été bâtis sous Périclès.
3. Cf. la description d'Athènes dans le *Voyage du jeune Anacharsis*, chap. XII, et dans les *Martyrs*, livre XV.

circulairement depuis les sources de l'Ilissus, en passant au pied de l'Anchesme, jusque vers le port de Phalère. Le Céphise coule dans cette forêt, qui, par sa vieillesse, semble descendre de l'olivier que Minerve fit sortir de la terre. L'Ilissus a son lit desséché de l'autre côté d'Athènes, entre le mont Hymette et la ville. La plaine n'est pas parfaitement unie : une petite chaîne de collines détachées du mont Hymette en surmonte le niveau, et forme les différentes hauteurs sur lesquelles Athènes plaça peu à peu ses monuments.

Ce n'est pas dans le premier moment d'une émotion très-vive que l'on jouit le plus de ses sentiments. Je m'avançais vers Athènes avec une espèce de plaisir qui m'ôtait le pouvoir de la réflexion ; non que j'éprouvasse quelque chose de semblable à ce que j'avais senti à la vue de Lacédémone. Sparte et Athènes ont conservé jusque dans leurs ruines leurs différents caractères[1] : celles de la première sont tristes, graves et solitaires ; celles de la seconde sont riantes, légères, habitées. A l'aspect de la patrie de Lycurgue, toutes les pensées deviennent sérieuses, mâles et profondes ; l'âme fortifiée semble s'élever et s'agrandir ; devant la ville de Solon, on est comme enchanté par les prestiges du génie ; on a l'idée de la perfection de l'homme, considéré comme un être intelligent et immortel. Les hauts sentiments de la nature humaine prenaient à Athènes quelque chose d'élégant qu'ils n'avaient point à Sparte. L'amour de la patrie et de la liberté n'était point pour les Athéniens un instinct aveugle, mais un sentiment éclairé, fondé sur ce goût du beau dans tous les genres que le ciel leur avait si libéralement départi : enfin, en passant des ruines de Lacédémone aux ruines d'Athènes, je sentis que j'aurais voulu mourir avec Léonidas et vivre avec Périclès.....

Dans la vallée formée par l'Anchesme et la citadelle on découvrait la ville moderne.

Il faut se figurer tout cet espace tantôt nu et couvert d'une bruyère jaune, tantôt coupé par des bouquets d'oliviers, par des carrés d'orge, par des sillons de vigne ; il faut se représenter des fûts de colonnes et des bouts de ruines anciennes et modernes sortant du milieu de ces cultures ; des murs blanchis et des clôtures de jardin traversant les champs : il faut répandre dans la campagne des Albanaises qui tirent de l'eau

---

1. Bossuet a tracé le parallèle de Sparte et d'Athènes dans le *discours sur l'histoire universelle*, part. III, c. 5.

ou qui lavent à des puits les robes des Turcs; des paysans qui vont et viennent, conduisant des ânes ou portant !sur leur dos des provisions à la ville : il faut supposer toutes ces montagnes dont les noms sont si beaux, toutes ces ruines si célèbres, toutes ces îles, toutes ces mers non moins fameuses, éclairées d'une lumière éclatante. J'ai vu, du haut de l'Acropolis, le soleil se lever entre les deux cimes du mont Hymette : les corneilles qui nichent autour de la citadelle, mais qui ne franchissent jamais son sommet, planaient au-dessous de nous; leurs ailes noires et lustrées étaient glacées de rose par les premiers reflets du jour; des colonnes de fumée bleue et légère montaient dans l'ombre le long des flancs de l'Hymette, et annonçaient les parcs ou les chalets des abeilles; Athènes, l'Acropolis et les débris du Parthénon se coloraient de la plus belle teinte de la fleur du pêcher; les sculptures de Phidias, frappées horizontalement d'un rayon d'or, s'animaient, et semblaient se mouvoir sur le marbre par la mobilité des ombres du relief; au loin, la mer et le Pirée étaient tout blancs de lumière; et la citadelle de Corinthe, renvoyant l'éclat du jour nouveau, brillait sur l'horizon du couchant, comme un rocher de pourpre et de feu.

Du lieu où nous étions placés, nous aurions pu voir, dans les beaux jours d'Athènes, les flottes sortir du Pirée pour combattre l'ennemi ou pour se rendre aux fêtes de Délos; nous aurions pu entendre éclater au théâtre de Bacchus les douleurs d'Œdipe, de Philoctète ou d'Hécube; nous aurions pu ouïr les applaudissements des citoyens aux discours de Démosthène. Mais, hélas! aucun son ne frappait notre oreille. A peine quelques cris échappés à une populace esclave sortaient par intervalles de ces murs, qui retentirent si longtemps de la voix d'un peuple libre[1]. Je me disais, pour me consoler, ce qu'il faut se dire sans cesse : Tout passe, tout finit dans ce monde. Où sont

---

1. Lord Byron, dans son poëme intitulé le Giaour (1813), a déploré en d'admirables vers l'humiliation de la Grèce soumise au joug brutal des Turcs. Après avoir comparé la Grèce à un cadavre qui conserve encore sa beauté dans la mort, le poëte anglais s'écrie : « Terre des braves qu'on n'a point oubliés! toi dont le sol, depuis la plaine jusqu'aux cavernes des montagnes, fut la patrie de la liberté ou le tombeau de la gloire! sépulcre des grands hommes! c'est donc là tout ce qui reste de toi! Approche, esclave rampant et vil, réponds : ne sont-ce pas là les Thermopyles? Ces eaux bleues qui t'entourent, servile rejeton d'un peuple libre, dis : quelle est cette mer, quel est ce rivage? Le golfe, le roc de Salamine. Lève-toi, et redeviens maître de ces lieux illustrés par l'histoire. »

allés les génies divins qui élevèrent le temple sur les débris duquel j'étais assis? Ce soleil, qui peut-être éclairait les derniers soupirs de la pauvre fille de Mégare[1], avait vu mourir la brillante Aspasie. Ce tableau de l'Attique, ce spectacle que je contemplais, avait été contemplé par des yeux fermés depuis deux mille ans. Je passerai à mon tour : d'autres hommes aussi fugitifs que moi viendront faire les mêmes réflexions sur les mêmes ruines. Notre vie et notre cœur sont entre les mains de Dieu : laissons-le donc disposer de l'une comme de l'autre[2].

Ibid., ib.

Ruines de Troie.

Lorsque le 24 septembre[3], à six heures du matin, on me vint dire que nous allions doubler le château des Dardanelles, la fièvre fut chassée par les souvenirs de Troie. Je me traînai sur le pont; mes premiers regards tombèrent sur un haut promontoire couronné par neuf moulins : c'était le cap Sigée[4]. Au pied du cap je distinguais deux *tumulus*, les tombeaux d'Achille et de Patrocle[5]. L'embouchure du Simoïs était à la gauche du château neuf d'Asie; plus loin, derrière nous, en remontant vers l'Hellespont, paraissaient le cap Rhétée et le tombeau d'Ajax. Dans l'enfoncement s'élevait la chaîne du mont Ida, dont les pentes, vues du point où j'étais, paraissaient douces et d'une couleur harmonieuse. Ténédos était devant la proue du vaisseau : *Est in conspectu Tenedos*.

1. M. de Châteaubriand en passant par Mégare avait joué le rôle de médecin malgré lui. Un Grec était venu le chercher pour qu'il vit sa fille mourante et l'avait supplié de prescrire des remèdes.

2. L'un des premiers en Europe, M. de Châteaubriand éveilla sur les malheurs de la Grèce l'attention et la sympathie de l'opinion publique; c'est un honneur pour sa mémoire que d'avoir ainsi préparé l'affranchissement de ce pays. On peut lire à la fin de la première partie de l'*Itinéraire* un tableau du despotisme cruel et ridicule des Turcs.

3. M. de Châteaubriand s'était embarqué à Constantinople pour Jérusalem : il souffrait d'accès de fièvre depuis son départ d'Athènes.

4. Aujourd'hui Cape-Janissary.

5. Ces monceaux de pierres recouverts de terre ont, en effet, la forme des tombeaux anciens. Celui qui porte le nom d'Achille fut ouvert en 1787 : on y trouva une petite statue de Minerve assise sur un char attelé de quatre chevaux et une urne de métal remplie de cendres, de charbon et d'ossements humains.

Je promenais mes yeux sur ce tableau, et les ramenais malgré moi à la tombe d'Achille. Je répétais ces vers du poëte :

« L'armée des Grecs belliqueux élève sur le rivage un monument vaste et admiré ; monument que l'on aperçoit de loin en passant sur la mer, et qui attirera les regards des générations présentes et des races futures[1]. »

Les pyramides des rois égyptiens sont peu de chose, comparées à la gloire de cette tombe de gazon que chanta Homère et autour de laquelle courut Alexandre.

J'éprouvai dans ce moment un effet remarquable de la puissance des sentiments et de l'influence de l'âme sur le corps. J'étais monté sur le pont avec la fièvre : le mal de tête cessa subitement ; je sentis renaître mes forces, et, ce qu'il y a de plus extraordinaire, toutes les forces de mon esprit. Il est vrai que vingt-quatre heures après la fièvre était revenue.

Je n'ai rien à me reprocher : j'avais eu le dessein de me rendre par l'Anatolie à la plaine de Troie, et l'on a vu ce qui me força à renoncer à mon projet[2] ; j'y voulus aborder par mer, et le capitaine du vaisseau refusa obstinément de me mettre à terre, quoiqu'il y fût obligé par notre traité. Dans le premier moment, ces contrariétés me firent beaucoup de peine ; mais aujourd'hui je m'en console. J'ai tant été trompé en Grèce, que le même sort m'attendait à Troie. Du moins j'ai conservé toutes mes illusions sur le Simoïs ; j'ai de plus le bonheur d'avoir salué une terre sacrée, d'avoir vu les flots qui la baignent et le soleil qui l'éclaire.

Je m'étonne que les voyageurs, en parlant de la plaine de Troie, négligent presque toujours les souvenirs de l'*Enéide*. Troie a pourtant fait la gloire de Virgile, comme elle a fait celle d'Homère. C'est une rare destinée pour un pays, d'avoir inspiré les plus beaux chants des deux plus grands poëtes du monde. Tandis que je voyais fuir les rivages d'Ilion, je cherchais à me rappeler les vers qui peignent si bien la flotte grecque sortant de Ténédos et s'avançant, *per silentia lunœ*, à ces bords solitaires qui passaient tour à tour sous mes yeux[3]. Bientôt des cris affreux succédaient au silence de la nuit, et les flammes du

---

1. *Odyssée*, livre XXIV.
2. On pourra lire au début de la deuxième partie de l'*Itinéraire* ces contrariétés de voyage.
3. *Enéide*, liv. II, v. 254 et suiv.

alais de Priam éclairaient cette mer, où notre vaisseau vo-
guait paisiblement.

Ibid., ib. [1]

Une nuit dans les forêts de l'Amérique [2].

Trois heures du soir.

Qui dira le sentiment qu'on éprouve en entrant dans ces
forêts aussi vieilles que le monde, et qui seules donnent une
idée de la création, telle qu'elle sortit des mains de Dieu? Le
jour tombant d'en haut à travers un voile de feuillages répand
dans la profondeur du bois une demi-lumière changeante et
mobile qui donne aux objets une grandeur fantastique. Partout
il faut franchir des arbres abattus, sur lesquels s'élèvent d'autres générations d'arbres. Je cherche en vain une issue dans
ces solitudes; trompé par un jour plus vif, j'avance à travers
les herbes, les orties, les mousses, les lianes, et l'épais humus
composé des débris des végétaux; mais je n'arrive qu'à une
clairière formée par quelques pins tombés. Bientôt la forêt redevient plus sombre; l'œil n'aperçoit que des troncs de chênes
et de noyers qui se succèdent les uns aux autres, et qui semblent se serrer en s'éloignant : l'idée de l'infini se présente à
moi.

Six heures.

J'avais entrevu de nouveau une clarté et j'avais marché vers
elle. Me voilà au point de lumière : triste champ plus mélancolique que les forêts qui l'environnent! Ce champ est un ancien
cimetière indien. Que je me repose un instant dans cette double
solitude de la mort et de la nature : est-il un asile où j'aimasse
mieux dormir pour toujours?

Sept heures.

Ne pouvant sortir de ces bois, nous y avons campé. La ré-
verbération de notre bûcher s'étend au loin; éclairé en dessous
par la lueur scarlatine, le feuillage paraît ensanglanté, les troncs

1. Parmi les morceaux remarquables de l'*Itinéraire* dont nous recommandons la lecture, nous citerons : dans la troisième partie,
l'*arrivée en Terre-Sainte, Bethléem, la mer Morte;* dans la quatrième
partie, la *description de Jérusalem;* dans la dernière partie, la *campagne de Carthage.*

2. Nous conserverons à ce morceau le caractère même que lui a
donné l'auteur : c'est la relation presque heure par heure d'une journée et d'une nuit passées dans la forêt.

des arbres les plus proches s'élèvent comme des colonnes de granit rouge ; mais les plus distants, atteints à peine de la lumière, ressemblent, dans l'enfoncement du bois, à de pâles fantômes rangés en cercle au bord d'une nuit profonde.

Minuit.

Le feu commence à s'éteindre, le cercle de sa lumière se rétrécit. J'écoute : un calme formidable pèse sur ces forêts ; on dirait que des silences succèdent à des silences. Je cherche vainement à entendre dans un tombeau universel quelque bruit qui décèle la vie. D'où vient ce soupir ? d'un de mes compagnons : il se plaint, bien qu'il sommeille. Tu vis donc, tu souffres : voilà l'homme.

Minuit et demi.

Le repos continue ; mais l'arbre décrépit se rompt : il tombe. Les forêts mugissent ; mille voix s'élèvent. Bientôt les bruits s'affaiblissent ; ils meurent dans des lointains presque imaginaires [1] ; le silence envahit de nouveau le désert.

Une heure du matin.

Voici le vent ; il court sur la cime des arbres ; il les secoue en passant sur ma tête. Maintenant c'est comme le flot de la mer qui se brise tristement sur le rivage.

Les bruits ont réveillé les bruits. La forêt est toute harmonie. Est-ce [2] les sons graves de l'orgue que j'entends, tandis que des sons plus légers errent dans les voûtes de verdure ? Un court silence succède ; la musique aérienne recommence : partout de douces plaintes, des murmures qui renferment en eux-mêmes d'autres murmures ; chaque feuille parle un différent langage, chaque brin d'herbe rend une note particulière.

Une voix extraordinaire retentit : c'est celle de cette grenouille qui imite les mugissements du taureau. De toutes les parties de la forêt, les chauves-souris accrochées aux feuilles élèvent leurs chants monotones : on croit ouïr des glas continus ou le tintement funèbre d'une cloche. Tout nous ramène à quelque idée de la mort, parce que cette idée est au fond de la vie.

Voyage en Amérique [3].

1. C'est-à-dire dans des lointains dont l'imagination recule les bornes presque à l'infini.

2. Le singulier n'est pas d'une parfaite régularité ; mais l'auteur a reculé devant une cacophonie plus désagréable qu'une légère faute de grammaire.

3. On remarquera encore dans cette relation une belle description du *lac Supérieur*.

NAPOLÉON Iᴱᴿ.

(1769-1821.)

La vie de Napoléon Iᵉʳ ne se prête pas aux limites restreintes
d'une courte notice. Nous ne pouvons toucher ici que le seul côté
par lequel il appartient à notre histoire littéraire. Ses proclamations
ont créé un genre nouveau d'éloquence dont elles resteront les modèles. Chez les anciens, l'éloquence militaire ne fut le plus souvent
que l'œuvre curieuse et méditée des historiens ; les harangues dont
ils aimaient à orner leurs récits n'étaient que des cadres ingénieux et
artificiels où ils disposaient avec art leurs réflexions personnelles.
Dans les temps modernes, grâce à l'imprimerie, il peut s'établir entre
le chef et les soldats un contact facile et immédiat. Napoléon ne
négligea pas ce moyen d'action. C'est dans le camp et sous la tente
que furent écrites ou dictées ces courtes et belles proclamations qui,
selon le mot de Joseph Chénier, « du sein de la victoire commandaient encore la victoire. » L'éloquence y jaillit vive et naturelle ; la
pensée, toujours grande et forte, se revêt d'une expression colorée et
poétique. Que de traits se sont gravés dans la mémoire populaire, et
sont devenus, si l'on peut dire, comme les proverbes de l'héroïsme
français ! C'est à peine si le goût pourrait relever çà et là quelque
recherche dans les effets ; encore faut-il penser que la première condition de ce genre d'éloquence est de saisir l'imagination par ces
mots soudains qui éclatent et entraînent comme une fanfare guerrière. La *correspondance* de l'Empereur Napoléon Iᵉʳ, parvenue aujourd'hui à son vingt-troisième volume, n'est pas seulement le plus
précieux monument de l'histoire de cette époque ; c'est encore l'image
la plus complète, la plus vivante, du vaste génie qui marqua notre
siècle de son ineffaçable empreinte : ce style sévère, im,érieux et
brusque, marque admirablement le mouvement même de ce grand
esprit qui réunissait la précision du détail à la hauteur des vues.
Ses *mémoires*, publiés en 1823, offrent, aussi au milieu de l'aridité de
faits purement techniques et militaires, des parties largement tracées,
d'un coloris vigoureux et éclatant. « Napoléon, a dit un bon juge[1],
a la grandeur dans le style comme en toute chose. Son horizon est
toujours sévère. Il a la ligne précise, brève ; ce n'est pas de l'atti-
cisme comme chez César ; il appuie davantage : c'est parfois comme
la pointe du compas. Il se borne au trait indispensable ; hors de ses
bulletins, qui ont l'appareil qu'exige le genre, il a le grandiose
simple et le sérieux un peu sombre. »

1. M. Sainte-Beuve, *Causeries du Lundi*, t. XI : Henri IV écrivain.

Campagne d'Italie (1796-1797).

Ce fut au mois de mars 1796 que le général Bonaparte prit le commandement de l'armée d'Italie. Vingt jours après il gagne sur l'armée
austro-sarde, commandée par Beaulieu, la victoire de Montenotte.
Celles de Millesimo, de Dego et de Mondovi forcent le roi de Sar-
daigne à signer un armistice qui livre trois forteresses à l'armée française. Peu de jours avant la bataille de Lodi, Bonaparte adressa
cette proclamation à ses troupes :

Soldats, vous avez remporté en quinze jours six victoires,
pris vingt et un drapeaux, cinquante-cinq pièces de canon,
plusieurs places fortes, et conquis la partie la plus riche du
Piémont ; vous avez fait quinze mille prisonniers, tué ou blessé
plus de dix mille hommes ; vous vous étiez jusqu'ici battus pour
des rochers stériles, illustrés par votre courage, mais inutiles
à la patrie ; vous égalez aujourd'hui, par vos services, l'armée
de Hollande et du Rhin [1]. Dénués de tout, vous avez suppléé à
tout. Vous avez gagné des batailles sans canons, passé des rivières sans ponts, fait des marches forcées sans souliers, bi-
vaqué sans eau-de-vie et souvent sans pain. Les phalanges
républicaines, les soldats de la liberté, étaient seuls capables
de souffrir ce que vous avez souffert : grâces vous en soient
rendues, soldats ! La patrie reconnaissante vous devra sa prospérité ; et si, vainqueurs de Toulon, vous présageâtes l'immortelle campagne de 1793, vos victoires actuelles en présagent
une plus belle encore. Les deux armées qui naguère vous attaquaient avec audace fuient épouvantées devant vous ; les
hommes pervers qui riaient de votre misère, et se réjouis-
saient dans leur pensée des triomphes de vos ennemis, sont
confondus et tremblants [2]. Mais, soldats. vous n'avez rien fait,
puisqu'il vous reste à faire. Ni Turin ni Milan ne sont à vous :
les cendres des vainqueurs de Tarquin sont encore foulées par
les assassins de Basseville [3] ! On dit qu'il en est parmi vous dont

---

1. L'armée du Nord, destinée à couvrir la Belgique et la Hollande,
était commandée par Beurnonville. Jourdan était à la tête de l'armée
de Sambre-et-Meuse, Moreau commandait sur le haut Rhin.
2. Ce sont les émigrés que Bonaparte désigne dans cette phrase.
3. Diplomate français qui fut assassiné à Rome le 13 janvier 1793,
pour avoir fait prendre à ses gens la cocarde tricolore.
    3.

le courage mollit, qui préféreraient retourner sur les sommets
de l'Apennin et des Alpes. Non, je ne puis le croire. Les vainqueurs de Montenotte, de Millesimo, de Dego, de Mondovi,
brûlent de porter au loin la gloire du peuple français[1].

Campagne d'Autriche (1805).

La Russie et l'Angleterre, effrayées des agrandissements territoriaux
de l'empire français, avaient conclu le 11 avril 1805 un traité d'alliance par lequel elles s'engageaient à fomenter une ligue générale
contre la France. L'Autriche avait accédé à la ligue ; elle commença
les hostilités sans attendre que ses alliés fussent prêts à la soutenir.
Cette précipitation lui coûta cher. Le 15 novembre, Napoléon entrait
à Vienne. L'empereur d'Autriche s'enfuit à Brunn auprès du czar.
Le 2 décembre fut livrée la bataille d'Austerlitz, qui rompit la coalition en forçant l'Autriche à demander la paix. Le lendemain de
cette grande journée, Napoléon adressait à ses troupes cette proclamation :

Soldats, je suis content de vous ; vous avez à la journée d'Austerlitz justifié tout ce que j'attendais de votre intrépidité ; vous
avez décoré vos aigles d'une immortelle gloire. Une armée de
cent mille hommes, commandée par les empereurs de Russie
et d'Autriche, a été, en moins de quatre heures, ou coupée
ou dispersée ; ce qui a échappé à votre feu s'est noyé dans les
lacs.

Quarante drapeaux, les étendards de la garde impériale de
Russie, cent vingt pièces de canon, vingt généraux, plus de
trente mille prisonniers, sont le résultat de cette journée à jamais célèbre. Cette infanterie tant vantée, et en nombre supérieur, n'a pu résister à votre choc, et désormais vous n'avez
plus de rivaux à redouter. Ainsi, en deux mois, cette troisième
coalition a été vaincue et dissoute. La paix ne peut être éloi-
gnée ; mais, comme je l'ai promis avant de passer le Rhin, je
ne ferai qu'une paix qui nous donne des garanties et assure des
récompenses à nos alliés[2].

Soldats, lorsque le peuple français plaça sur ma tête la cou-

---

1. La bataille de Lodi ouvrit à l'armée française les portes de
Milan.
2. Les petits États de l'Allemagne (Bavière, Bade, Wurtemberg).

ronne impériale, je me confiai à vous pour la maintenir toujours dans ce haut état de gloire qui seul pouvait lui donner du prix à mes yeux ; mais dans le même moment nos ennemis pensaient à la détruire et à l'avilir ; et cette couronne de fer, conquise par le sang de tant de Français, ils voulaient m'obliger à la placer sur la tête de nos plus cruels ennemis : projets téméraires et insensés, que, le jour même de l'anniversaire du couronnement de votre empereur, vous avez anéantis et confondus. Vous leur avez appris qu'il est plus facile de nous braver et de nous menacer que de nous vaincre.

Soldats, lorsque tout ce qui est nécessaire pour assurer le bonheur et la prospérité de notre patrie sera accompli, je vous ramènerai en France : là, vous serez l'objet de mes tendres sollicitudes. Mon peuple vous reverra avec joie, et il vous suffira de dire : *J'étais à la bataille d'Austerlitz,* pour que l'on vous réponde : *Voilà un brave !*

Campagne de Prusse (1806).

La Prusse, encouragée par les subsides de la Russie et l'argent de l'Angleterre, sortit de l'inaction au mois de septembre 1806 et envahit la Saxe, malgré les protestations de l'électeur qui voulait garder la neutralité. Le 7 octobre, l'*ultimatum* du roi de Prusse fut porté à Napoléon. Il exigeait de l'Empereur : 1° qu'il repassât le Rhin sans délai ; 2° qu'il ne mît plus aucun obstacle à la formation de la ligue du Nord, qui devait embrasser tous les États non compris dans la confédération du Rhin. L'Empereur répondit par cette lettre :

Napoléon au roi de Prusse[1].

Monsieur mon frère, je n'ai reçu que le 7 la lettre de Votre Majesté, du 25 septembre. Je suis fâché qu'on lui ait fait signer cette espèce de pamphlet. Je ne lui réponds que pour lui protester que jamais je n'attribuerai à elle les choses qui y sont contenues ; toutes sont contraires à son caractère et à l'honneur de tous deux. Je plains et dédaigne les rédacteurs d'un pareil ouvrage. J'ai reçu immédiatement après la note de son ministre, du 1er octobre. Elle m'a donné rendez-vous le 8 : en bon che-

1. Gera, 12 octobre 1806.

valier je lui ai tenu parole; je suis au milieu de la Saxe.
Qu'elle m'en croie, j'ai des forces telles que toutes ses forces
ne peuvent balancer longtemps la victoire. Mais pourquoi répandre tant de sang? A quel but? Je tiendrai à Votre Majesté
le même langage que j'ai tenu à l'empereur Alexandre deux jours
avant la bataille d'Austerlitz. Fasse le ciel que des hommes ven-
dus ou fanatisés, plus les ennemis d'elle et de son règne qu'ils
ne sont les miens et ceux de ma nation, ne lui donnent pas les
mêmes conseils pour la faire arriver au même résultat!

Sire, j'ai été ami de Votre Majesté depuis six ans. Je ne veux
point profiter de cette espèce de vertige qui anime ses conseils,
et qui lui ont fait commettre des erreurs politiques dont l'Europe
est encore tout étonnée, et des erreurs militaires de l'énormité
desquelles l'Europe ne tardera pas à retentir. Si elle m'eût demandé des choses possibles par sa note, je les lui eusse accor-
dées; elle a demandé mon déshonneur, elle devait être certaine
de ma réponse. La guerre est donc faite entre nous, l'alliance
rompue pour jamais. Mais pourquoi faire égorger nos sujets? Je
ne prise point une victoire qui sera achetée par la vie d'un bon
nombre de mes enfants. Si j'étais à mon début dans la carrière
militaire, et si je pouvais craindre les hasards des combats, ce
langage serait tout à fait déplacé. Sire, Votre Majesté sera
vaincue; elle aura compromis le repos de ses jours, l'existence
de ses sujets, sans l'ombre d'un prétexte. Elle est aujourd'hui
intacte, et peut traiter avec moi d'une manière conforme à son
rang; elle traitera avant un mois dans une situation différente.
Elle s'est laissée aller à des irritations qu'on a calculées et pré-
parées avec art; elle m'a dit qu'elle m'avait souvent rendu des
services; eh bien! je veux lui donner la plus grande preuve du
souvenir que j'en ai : elle est maîtresse de sauver à ses sujets
les ravages et les malheurs de la guerre; à peine commencée,
elle peut la terminer, et elle fera une chose dont l'Europe lui
saura gré. Si elle écoute les furibonds qui, il y a quatorze ans,
voulaient prendre Paris, et qui aujourd'hui l'ont embarquée
dans une guerre, et immédiatement après dans des plans offen-
sifs également inconcevables, elle fera à son peuple un mal
que le reste de sa vie ne pourra guérir. Sire, je n'ai rien à gagner contre Votre Majesté; je ne veux rien et n'ai rien voulu
d'elle; la guerre actuelle est une guerre impolitique. Je sens
que peut-être j'irrite dans cette lettre une certaine susceptibi-
lité naturelle à tout souverain; mais les circonstances ne demandent aucun ménagement : je lui dis les choses comme je le

pense ; et d'ailleurs, que Votre Majesté me permette de le lui
dire, ce n'est pas pour l'Europe une grande découverte que
d'apprendre que la France est du triple plus populeuse, et aussi
brave et aguerrie, que les États de Votre Majesté. Je ne lui ai
donné aucun sujet réel de guerre. Qu'elle ordonne à cet essaim
de malveillants et d'inconsidérés de se taire à l'aspect de son
trône dans le respect qui lui est dû, et qu'elle rende la tranquillité à elle et à ses États. Si elle ne retrouve plus jamais en
moi un allié, elle retrouvera un homme désireux de ne faire
que des guerres indispensables à la politique de mes peuples,
et de ne point répandre le sang dans une lutte avec des souverains qui n'ont avec moi aucune opposition d'industrie, de commerce et de politique. Je prie Votre Majesté de ne voir dans
cette lettre que le désir que j'ai d'épargner le sang des hommes,
et d'éviter à une nation qui, géographiquement, ne saurait
être ennemie de la mienne, l'amer repentir d'avoir trop écouté
des sentiments éphémères qui s'excitent et se calment avec tant
de facilité parmi les peuples[1].

Sur ce, je prie Dieu, monsieur mon frère, qu'il vous ait en
sa sainte et digne garde, etc.

Retour de l'île d'Elbe (1815).

Napoléon a raconté lui-même les motifs qui le décidèrent à quitter
l'île d'Elbe : « Retiré dans mon île, sans aucune espèce de projet
pour l'avenir, je n'étais plus qu'un spectateur du siècle. Mais je
savais mieux que personne en quelles mains l'Europe était tombée.
Je savais d'après cela qu'elle serait menée par le hasard, et les
chances du hasard pouvaient me remettre en jeu. Cependant l'impuissance d'y contribuer m'empêchait de former des plans, et je
vivais comme étranger à l'histoire. Mais la marche des événements se
précipita plus que je ne croyais, et je fus surpris par eux dans ma
retraite. J'étais bien informé de ce qui se passait à Vienne, dans le

1. Le roi de Prusse n'écouta point ces nobles conseils, et les hostilités commencèrent aussitôt. Après la sanglante bataille d'Iéna,
Napoléon entrait le 25 octobre à Berlin, et pouvait dire à ses troupes :
« Soldats, une des premières puissances militaires de l'Europe, qui
osa naguère nous proposer une honteuse capitulation, est anéantie.
Les forêts, les défilés de la Franconie, la Saale, l'Elbe, que nos pères
n'eussent pas traversés en sept ans, nous les avons traversés en sept
jours; nous avons précédé à Berlin la renommée de nos victoires.... »

congrès où l'on s'amusait à me singer. Je sus, dans le courant de janvier, que les ministres de France avaient décidé le congrès à m'enlever de l'île d'Elbe, pour m'exiler à Sainte-Hélène... Je pensai alors à me soustraire au sort qu'on me destinait, et, pour cela, à remonter sur le trône de France. » Du golfe Juan il adressait cette proclamation à l'armée, le 1ᵉʳ mars 1815 :

Soldats, *nous n'avons pas été vaincus!* Deux hommes sortis de nos rangs ont trahi nos lauriers, leur prince, leur bienfaiteur.

Ceux que nous avons vus pendant vingt-cinq ans parcourir toute l'Europe pour nous susciter des ennemis; qui ont passé leur vie à combattre contre nous dans les rangs des armées étrangères en maudissant notre belle France, prétendraient-ils commander et enchaîner nos aigles, eux qui n'ont jamais pu en soutenir les regards? Souffrirons-nous qu'ils héritent du fruit de nos glorieux travaux; qu'ils s'emparent de nos honneurs, de nos biens; qu'ils calomnient notre gloire? Si leur règne durait, tout serait perdu, même le souvenir de ces immortelles journées!

Avec quel acharnement ils les dénaturent et cherchent à empoisonner ce que le monde admire! S'il reste encore des défenseurs de notre gloire, c'est parmi ces mêmes ennemis que nous avons combattus sur le champ de bataille.

Soldats! dans mon exil j'ai entendu votre voix. Je suis arrivé à travers tous les obstacles et tous les périls.

Votre général, appelé au trône par le choix du peuple et élevé sur vos pavois, vous est rendu : venez le joindre.

Arrachez ces couleurs que la nation a proscrites et qui, pendant vingt-cinq ans, servirent de ralliement à tous les ennemis de la France. Arborez cette cocarde tricolore; vous la portiez dans nos grandes journées.

Nous devons oublier que nous avons été les maîtres des nations; mais nous ne devons pas souffrir qu'aucune se mêle de nos affaires. Qui prétendrait être maître chez nous? qui en aurait la pensée? Reprenez ces aigles que vous aviez à Ulm, à Austerlitz, à Iéna, à Eylau, à Friedland, à Tudela, à Eckmühl, à Essling, à Wagram, à Smolensk, à la Moskowa, à Lutzen, à Varthen, à Montmirail. Pensez-vous que cette poignée de Français, aujourd'hui si arrogante, puisse en soutenir la vue? Ils retourneront d'où ils viennent, et là, s'ils le veulent, ils régneront comme ils prétendent avoir régné depuis dix-neuf ans.

Vos biens, vos rangs, votre gloire, les biens, les rangs et la gloire de vos enfants, n'ont pas de plus grands ennemis que ces princes que les étrangers nous ont imposés; ils sont les ennemis de votre gloire, puisque le récit de tant d'actions héroïques qui ont illustré le peuple français, combattant contre eux pour se soustraire à leur joug, est leur condamnation.

Les vétérans des armées de Sambre-et-Meuse, du Rhin, d'Italie, d'Égypte, de l'Ouest, de la grande armée, sont humiliés; leurs honorables cicatrices sont flétries: leurs succès seraient des crimes, ces braves seraient des rebelles, si, comme le prétendent les ennemis du peuple, des souverains légitimes étaient au milieu des armées étrangères. Les honneurs, les récompenses, les affections, sont pour ceux qui les ont servis contre la patrie et nous.

Soldats! venez vous ranger sous les drapeaux de votre chef. Son existence ne se compose que de la vôtre; ses droits ne sont que ceux du peuple et les vôtres; son intérêt, son honneur, sa gloire, ne sont autres que votre intérêt, votre honneur, votre gloire. La victoire marchera au pas de charge: l'aigle, avec les couleurs nationales, volera de clocher en clocher jusqu'aux tours de Notre-Dame: alors vous pourrez montrer avec honneur vos cicatrices; alors vous pourrez vous vanter de ce que vous avez fait, vous serez les libérateurs de la patrie.

Dans votre vieillesse, entourés et considérés de vos concitoyens, ils vous entendront avec respect raconter vos hauts faits. Vous pourrez dire avec orgueil: *Et moi aussi je faisais partie de cette grande armée* qui est entrée deux fois dans les murs de Vienne, dans ceux de Rome, de Berlin, de Madrid, de Moscou, qui a délivré Paris de la souillure que la trahison et la présence de l'ennemi y ont empreinte. Honneur à ces braves soldats, la gloire de la patrie; et honte éternelle aux Français criminels, dans quelque rang que la fortune les ait fait naître, qui combattirent vingt-cinq ans avec l'étranger pour déchirer le sein de la patrie!

Jésus-Christ [1].

Il n'y a pas de Dieu dans le ciel, si un homme a pu concevoir et exécuter avec un plein succès le dessein gigantesque de dérober pour lui le culte suprême, en usurpant le nom de Dieu. Jésus est le seul qui l'ait osé. Il est le seul qui ait dit clairement : « Je suis Dieu. » Ce qui est bien différent de cette affirmation : « Je suis un Dieu, » ou de cette autre : « Il y a des dieux. » L'histoire ne mentionne aucun autre individu qui se soit qualifié lui-même de ce titre de Dieu dans le sens absolu. La Fable n'établit nulle part que Jupiter et les autres dieux se soient eux-mêmes divinisés. C'eût été de leur part le comble de l'orgueil, et une monstruosité, une extravagance absurde. C'est la postérité, ce sont les héritiers des premiers despotes qui les ont déifiés. Tous les hommes étant d'une même race, Alexandre a pu se dire le fils de Jupiter. Mais toute la Grèce a souri de cette supercherie ; et, de même, l'apothéose des empereurs romains n'a jamais été une chose sérieuse pour les Romains. Mahomet et Confucius se sont donnés simplement pour des agents de la divinité. La déesse Égérie de Numa n'a jamais été qu'une inspiration puisée dans la solitude des bois. Les dieux Brahma de l'Inde sont une invention psychologique.

Comment donc un Juif, dont l'existence historique est plus avérée que toutes celles des temps où il a vécu, lui seul fils d'un charpentier, se donne-t-il tout d'abord pour Dieu même, pour l'être par excellence, pour le créateur des êtres ? Il s'arroge toutes les sortes d'adoration ; il bâtit son culte de ses mains, non avec des pierres, mais avec des hommes. On s'extasie sur les conquêtes d'Alexandre : eh bien ! voici un conquérant qui confisque à son profit, qui unit, qui incorpore à lui-même, non pas une nation, mais l'espèce humaine. Quel miracle !

Eh comment ? par un prodige qui surpasse tout prodige. Il veut l'amour des hommes, c'est-à-dire, ce qu'il est le plus difficile au monde d'obtenir, ce qu'un sage demande vainement

---

1. Ce morceau, qui est le fragment d'une conversation de l'Empereur à Sainte-Hélène, a été publié dans un livre écrit en 1841 d'après les communications du général Montholon. Le nom de l'honorable général en garantirait au besoin l'authenticité, s'il n'était aisé à la lecture d'y reconnaître ce cachet inimitable de force et de soudaineté brusque qui marquait les conversations de l'Empereur.

à quelques amis, un père à ses enfants, une épouse à son époux, un frère à son frère, en un mot, le cœur ; c'est là ce qu'il veut pour lui ; il l'exige absolument et il réussit tout de suite. J'en conclus sa divinité. Alexandre, César, Annibal, Louis XIV, avec tout son génie, ont échoué. Ils ont conquis le monde, et ils n'ont pu parvenir à avoir un ami. Je suis peut-être le seul de nos jours qui aime Annibal, César, Alexandre : le grand Louis XIV, qui a jeté tant d'éclat sur la France et dans le monde, n'avait pas un ami dans tout son royaume, même dans sa famille. Il est vrai, nous aimons nos enfants ; pourquoi ? Nous obéissons à un instinct de la nature, à une volonté de Dieu, à une nécessité que les bêtes elles-mêmes reconnaissent et remplissent ; mais combien d'enfants qui restent insensibles à nos caresses, à tant de soins que nous leurs prodiguons ! combien d'enfants ingrats ! Vos enfants, général Bertrand, vous aiment-ils ? Vous les aimez, et vous n'êtes pas sûr d'être payé de retour. Ni vos bienfaits ni la nature ne réussiront jamais à leur inspirer un amour tel que celui des chrétiens pour leur Dieu ! Si vous veniez à mourir, vos enfants se souviendraient de vous en dépensant votre fortune, sans doute ; mais vos petits-enfants sauraient à peine si vous avez existé..... Et vous êtes le général Bertrand, et nous sommes dans une île, et vous n'avez d'autre distraction que la vue de votre famille !

Le Christ parle, et désormais les générations lui appartiennent par des liens plus étroits, plus intimes que ceux du sang ; par une union plus intime, plus sacrée, plus impérieuse que quelque union que ce soit. Il allume la flamme d'un amour qui fait mourir l'amour de soi, qui prévaut sur tout autre amour[1].

A ce miracle de sa volonté, comment ne pas reconnaître le Verbe créateur du monde ?

Les fondateurs de religion n'ont pas même eu l'idée de cet amour mystique qui est l'essence du christianisme sous le beau nom de charité.

C'est qu'ils avaient garde de se lancer contre un écueil ; c'est que dans une opération semblable, se faire aimer, l'homme porte en lui-même le sentiment profond de son impuissance.

Aussi le plus grand miracle du Christ, sans contredit, c'est le règne de la charité.

Lui seul, il est parvenu à élever le cœur des hommes jusqu'à

1. La même pensée a inspiré l'une des plus éloquentes conférences (la 39ᵉ) du P. Lacordaire. Elle a pour titre *De l'établissement du règne de Jésus-Christ.*

l'invisible, jusqu'au sacrifice du temps; lui seul, en créant cette immolation, a créé un lien entre le ciel et la terre.

Tous ceux qui croient sincèrement en lui ressentent cet amour admirable, surnaturel, supérieur; phénomène inexplicable, impossible à la raison et aux forces de l'homme, feu sacré donné à la terre par ce nouveau Prométhée, dont le temps, ce grand destructeur, ne peut ni user la force ni limiter la durée..... Moi, Napoléon, c'est ce que j'admire davantage, parce que j'y ai pensé souvent, et c'est ce qui me prouve absolument la divinité du Christ.

J'ai passionné des multitudes qui mouraient pour moi. A Dieu ne plaise que je forme aucune comparaison entre l'enthousiasme des soldats et la charité chrétienne, qui sont aussi différents que leur cause!

Mais enfin il fallait ma présence, l'électricité de mon regard, mon accent, une parole de moi : j'allumais le feu sacré dans les cœurs... Certes, je possède le secret de cette puissance magique qui enlève l'esprit; mais je ne saurais le communiquer à personne; aucun de mes généraux ne l'a reçu ou deviné de moi; je n'ai pas davantage le secret d'éterniser mon nom et mon amour dans les cœurs, et d'y opérer des prodiges sans le secours de la matière.

Maintenant, je suis à Sainte-Hélène.... maintenant que je suis seul et cloué sur ce roc, qui bataille et conquiert des empires pour moi? Où sont les courtisans de mon infortune? Pense-t-on à moi? Qui se remue pour moi en Europe? Qui m'est demeuré fidèle? Où sont mes amis? Oui, deux ou trois, que votre fidélité immortalise, vous partagez, vous consolez mon exil.

(Ici la voix de l'empereur prit un accent particulier d'ironique mélancolie et de profonde tristesse.)

Oui, notre existence a brillé de tout l'éclat du diadème et de la souveraineté; et la vôtre, Bertrand, réfléchissait cet éclat comme le dôme des Invalides, doré par nous, réfléchit les rayons du soleil.... Mais les revers sont venus, l'or peu à peu s'est effacé; la pluie du malheur et des outrages dont on m'abreuve chaque jour en emporte les dernières parcelles. Nous ne sommes plus que le plomb, général Bertrand; et bientôt, je serai de la terre.

Telle est la destinée des grands hommes! telle a été celle de César et d'Alexandre! et l'on nous oublie! et le nom d'un conquérant, comme celui d'un empereur, n'est plus qu'un thème de collège! nos exploits tombent sous la férule d'un pédant qui

nous insulte ou nous loue. Que de jugements divers on se permet sur le grand Louis XIV! A peine mort, le grand roi lui-
même fut laissé seul dans l'isolement de sa chambre à coucher
de Versailles...... négligé par ses courtisans et peut-être l'objet de leur risée. Ce n'était plus leur maître! C'était un cadavre,
un cercueil, une fosse, et l'horreur d'une imminente décom-
position.

Encore un moment...; voilà mon sort, et ce qui va m'arriver
à moi - même.... Assassiné par l'oligarchie anglaise, je meurs
avant le temps, et mon cadavre va aussi être rendu à la terre
pour y devenir la pâture des vers.

Voilà la destinée très-prochaine du grand Napoléon... Quel
abîme entre ma misère profonde et le règne éternel du Christ
prêché, aimé, adoré, vivant dans tout l'univers! Est-ce là
mourir? N'est-ce pas plutôt vivre? Voilà la mort du Christ,
voilà celle de Dieu.

M. GUIZOT.

(1787.)

Le dix-neuvième siècle a été l'âge de renaissance des études historiques. Trop souvent dédaignée au dix-septième siècle, écrite au dix-huitième avec frivolité ou passion, l'histoire rencontre à l'époque de la restauration un milieu plus favorable à son développement. Une cause explique le retour sérieux des esprits vers ces études. La révolution française a posé devant nous des problèmes nouveaux et complexes dont nous poursuivons, non sans labeur, les solutions définitives. Dans quelle mesure devons-nous accepter les réformes et les principes de 1789? à quelles formes pratiques les ramener? Comment établir un compromis équitable entre les deux principes de l'autorité et de la liberté, dont l'un est nécessaire à la sécurité et l'autre à la dignité des sociétés modernes? Préoccupés de ces redoutables questions de l'ordre politique et social, le public et les écrivains de la restauration jugèrent que, dans ce vaste procès engagé entre des principes et des intérêts opposés, l'histoire devait être entendue comme le témoin le plus désintéressé et le plus impartial. De là cette ardeur à rechercher les traces effacées des révolutions qui avaient précédé ou préparé la nôtre; de là aussi cette tendance commune des historiens de cette époque à laisser dans l'ombre les détails de la vie des princes, qui jusque-là avaient encombré l'histoire, pour suivre d'une vue plus attentive le mouvement général des idées et de la civilisation. Grâce à cette direction nouvelle et plus élevée. des parties entières de l'histoire ancienne et moderne ont été rajeunies et replacées dans leur vraie lumière, chaque époque mieux comprise a été mieux dépeinte. Ce fut par ce scrupule plus exigeant dans l'étude des faits et la vérité des peintures que les historiens de la restauration, supérieurs à ceux qui les avaient précédés, se distinguèrent encore des historiens de l'antiquité. L'histoire chez les anciens était une œuvre d'art plus encore qu'une œuvre de vérité et de science; l'historien se contentait trop souvent d'une érudition incomplète et superficielle, et dans les tableaux qu'il traçait il sacrifiait volontiers les détails expressifs, s'ils manquaient de dignité. Les écoles historiques de la restauration eurent ce mérite commun de rejeter ces fausses délicatesses. L'érudit dut précéder le peintre, et la sagacité du sens critique fut justement regardée comme la première des qualités de l'historien.

Parmi les noms éminents qui personnifient cette renaissance des études historiques, M. Guizot peut être regardé comme le chef de l'école philosophique, celle qui s'applique moins à donner à l'histoire les couleurs et l'intérêt du drame qu'à retirer de l'étude des faits les enseignements qu'ils renferment. Né à Nîmes en 1787, M. Guizot dès 1812 était nommé à la Sorbonne professeur d'histoire moderne; il montait à vingt-cinq ans dans cette chaire bientôt entourée d'un studieux auditoire qui sut apprécier les rares qualités du jeune professeur, la gravité sobre d'une parole toujours maîtresse d'elle-même, le calme d'une raison élevée, d'un esprit juste et ferme, hardi avec prudence, et plein de grandeur dans ses vues. Les ouvrages de M. Guizot sur les origines et la suite de l'histoire de France représentent son enseignement. M. Augustin Thierry les juge en ces termes : « Les *Essais sur l'Histoire de France*, l'*Histoire de la civilisation européenne* et l'*Histoire de la civilisation française* sont trois parties du même tout, trois phases successives du même travail continué durant dix années. Chaque fois que l'auteur a repris son sujet, les révolutions de la société en Gaule depuis la chute de l'empire romain, il a montré plus de profondeur dans l'analyse, plus de hauteur et de fermeté dans les vues... Ses travaux sont ainsi devenus le fondement le plus solide, le plus fidèle miroir de la science historique moderne, dans ce qu'elle a de certain et d'invariable. Il a ouvert, comme historien de nos vieilles institutions, l'ère de la science proprement dite; avant lui, Montesquieu seul excepté, il n'y avait eu que des systèmes. » Un autre ouvrage, fruit de la disgrâce momentanée de M. Guizot, dont le cours avait été suspendu en 1825, ajoutait encore à sa réputation; c'étaient les deux premiers volumes de l'*Histoire de la Révolution d'Angleterre* (1827). Sans perdre aucune de ses premières qualités de force et de concision, l'historien donnait une plus large place à la peinture des caractères, et trouvait les couleurs sévèrement brillantes qui convenaient le mieux aux graves et austères tableaux de cette époque. Il semblait que M. Guizot préludât par cet ouvrage au rôle politique qu'il allait jouer après 1830. L'historien avait préparé l'homme d'État et l'orateur. Aussi, dans les assemblées parlementaires comme dans les conseils de la couronne, M. Guizot répondit à toutes les espérances, et dédaigneux d'une vaine popularité, jusqu'à paraître hautain, par la supériorité de son éloquence et par la noble fermeté de son caractère, il imposa le respect et l'estime à ceux mêmes qu'il combattait. La révolution de 1848, en condamnant M. Guizot à une retraite prématurée, l'a rendu tout entier aux études historiques. Semblable à ces orateurs d'une cause vaincue, mais non humiliée, dont Cicéron nous retrace dans le *de Oratore* les graves entretiens et les studieux loisirs, M. Guizot, dans le calme honoré de la vie privée, a repris son œuvre et l'a achevée. L'*Histoire de la Révolution d'Angleterre* a été conduite jusqu'à la restauration des Stuarts, et jamais le talent de M. Guizot, agrandi de toute son expérience d'homme

d'État, n'a paru s'être élevé plus haut. « Rien ne lui échappe, a dit
M. de Sacy, dans l'âme ardente, sombre, égoïste, mais profondément
anglaise, de Cromwell. L'obstination absurde des sectaires, la légèreté des royalistes, toujours vaincus et toujours confiants, la sagesse
méticuleuse de ceux des anciens indépendants qui ne croyaient plus
qu'à la fortune et au pouvoir et servaient Cromwell avec toute la
fidélité qu'on peut avoir pour un maître passager, la résignation des
masses fatiguées, le patriotisme se réfugiant sur les flottes victorieuses
de Blake, tout ce tableau de l'Angleterre rassasiée de guerres civiles
et de destruction, quoique révolutionnaire encore, est retracé par
M. Guizot avec une vérité admirable. Voilà l'histoire telle que je la
conçois et telle qu'elle ne peut être écrite que par ceux qui ont fait
eux-mêmes de l'histoire[1]. » Ce livre n'a pas épuisé l'activité de
M. Guizot. Les sept volumes qu'il a publiés sous le titre de *Mémoires
pour servir à l'histoire de mon temps* attestent combien ce vigoureux
esprit est étranger aux défaillances de l'âge, et ses belles *Méditations
morales et religieuses*, qui sont les derniers présents de cette plume
infatigable, ajoutent encore à cette noble physionomie, et la com-
plètent pour ainsi dire par ces teintes plus douces de calme sérénité
qui donnent à la vieillesse une expression auguste et touchante[2].

Jugement et mort de Strafford[3] (1641).

Après la défaite des armées royales à Newburn (28 août 1640),
Charles Ier, pour obtenir de nouveaux subsides qui lui permissent de
continuer la guerre contre l'Écosse, se décida à convoquer le célèbre
parlement qui ne devait pas se séparer avant d'avoir donné l'exemple
du meurtre juridique d'un roi. L'un des premiers actes du *long parlement* fut de mettre en accusation le comte de Strafford, gouverneur

1. *Variétés littéraires, morales et historiques*, par M. de Sacy, t. II,
p. 356.
2. Les ouvrages historiques de M. Guizot ont été publiés en volumes du format in-8° et in-12 par la librairie Didier. Chaque ouvrage se vend séparément. Les mémoires et les œuvres philosophiques ont paru à la librairie Michel Lévy.
3. M. Guizot, dans le livre II, a tracé de Strafford cet admirable portrait : « Agir, s'élever, dominer, tel était son but, ou plutôt le besoin
de sa nature. Entré au service de la couronne, il prit son pouvoir à
cœur, comme il avait fait naguères les libertés du pays, mais sérieusement, fièrement, en ministre habile et rude, non en courtisan frivole et obséquieux. D'un esprit trop étendu pour s'enfermer dans les
intrigues domestiques, et d'un orgueil trop emporté pour se plier aux
convenances du palais, il s'adonnait aux affaires avec passion, bra-

d'Irlande, que le parti populaire regardait comme son plus grand ennemi. Son administration en Irlande, souvent dure et arbitraire, avait eu du moins un caractère de sévère impartialité. En s'attaquant à un tel homme, le parlement privait la couronne de son plus ferme soutien et préparait les coups plus audacieux qu'il allait bientôt porter au roi lui-même.

La perte de Strafford fut irrévocablement résolue; son procès commença. La chambre des communes tout entière y voulut assister, pour soutenir l'accusation de sa présence. Avec les communes d'Angleterre siégeaient les commissaires d'Écosse et d'Irlande, également accusateurs. Quatre-vingts pairs étaient présents comme juges; les évêques, d'après le vœu violemment exprimé des communes, s'étaient récusés, comme dans tout procès de vie et de mort. Au-dessus des pairs, dans une tribune fermée, prirent place le roi et la reine, avides de tout voir, mais cachant, l'un son angoisse, l'autre sa curiosité. Dans des galeries et sur des gradins plus élevés se pressaient une foule de spectateurs, hommes, femmes, presque tous de haut rang, émus d'avance par la pompe du spectacle, la grandeur de la cause et l'attente qu'excitait le caractère connu de l'accusé.

Conduit par eau de la Tour à Westminster, il traversa sans trouble ni insulte la multitude assemblée aux portes : en dépit de la haine, sa grandeur si récente, son maintien, la terreur même naguère attachée à son nom, commandaient encore le respect. A mesure qu'il passait, le corps un peu courbé avant l'âge par la maladie, mais le regard brillant et fier comme dans la jeunesse, la foule s'écartait, tous ôtaient leur chapeau, et il saluait avec courtoisie, regardant cette attitude du peuple

vant toutes les rivalités, comme il brisait toutes les résistances, ardent à étendre et affermir l'autorité royale, devenue la sienne, mais appliqué en même temps à rétablir l'ordre, à réprimer les abus, à dompter les intérêts privés qu'il jugeait illégitimes, à servir les intérêts généraux qu'il ne redoutait pas. Despote fougueux, tout amour de la patrie, de sa prospérité, de sa gloire, n'était pourtant pas éteint dans son cœur, et il comprenait à quelles conditions, par quels moyens le pouvoir absolu veut être acheté. Une administration arbitraire mais forte, conséquente, laborieuse, dédaignant les droits du peuple, mais s'occupant du bien-être public, étrangère aux abus journaliers, aux déréglements inutiles, subordonnant à ses volontés et à ses vues les grands comme les petits, la cour comme la nation, c'était là son vœu, le caractère de sa conduite, et celui qu'il s'efforçait d'imprimer au gouvernement du roi. »

comme de bon augure. L'espérance ne lui manquait point : il dédaignait ses adversaires, avait bien étudié les charges, et ne doutait pas qu'il ne réussît à se laver du crime de haute trahison. L'accusation des Irlandais l'avait seule étonné un moment : il ne pouvait comprendre qu'un royaume jusque-là si soumis, si empressé même à le flatter et le servir, eût ainsi changé tout à coup.

Dès le second jour, un incident lui fit voir qu'il avait mal jugé de sa situation, et quelles seraient les difficultés de sa défense : « J'espère, dit-il, que je repousserai sans peine les imputations de mes malicieux ennemis. » A ces mots Pym[1], qui dirigeait la poursuite, se récria avec emportement : « C'était, dit-il, aux communes que s'adressait cette injure, et il y avait crime à les taxer ainsi de malicieuse inimitié. » Strafford troublé tomba à genoux, s'excusa, et dès ce moment, parfaitement calme et maître de lui-même, il ne laissa échapper aucun signe de colère ou seulement d'impatience, aucune parole qu'on pût tourner contre lui.

Pendant dix-sept jours, il discuta seul, contre treize accusateurs qui se relevaient tour à tour, les faits qui lui étaient imputés. Un grand nombre furent prouvés invinciblement, pleins d'iniquité et de tyrannie; mais d'autres, follement exagérés ou aveuglément accueillis par la haine, furent faciles à repousser, et aucun ne rentrait, à vrai dire, dans la définition légale de la haute trahison. Strafford mit tous ses soins à les dépouiller de ce caractère, parlant noblement de ses imperfections, de ses faiblesses, opposant à la violence de ses adversaires une dignité modeste, faisant ressortir, sans injure, l'illégalité passionnée de leurs procédés.

Tant d'énergie embarrassait et humiliait les accusateurs. Deux fois les communes sommèrent les lords de mener plus vite un procès qui leur faisait perdre, disaient-elles, un temps précieux pour le pays. Les lords[2] refusèrent; le succès de l'accusé leur rendait quelque énergie. Le débat des faits terminé, avant que les conseils de Strafford eussent ouvert la bouche et qu'il eût lui-même résumé sa défense, le comité d'accusation se sentit vaincu, du moins quant à la preuve de la haute trahison. L'agi-

1. Avocat et l'un des hommes les plus influents du parti parlementaire.

2. La chambre des lords avait autorisé contre son gré la poursuite de Strafford, décrétée par la chambre des communes.

tation des communes devint extrême ; à la faveur du texte de
la loi et de son fatal génie, un grand coupable allait donc échapper, et la réforme, à peine commencée, retrouverait son plus
dangereux ennemi. Un coup d'État fut résolu. Sir Arthur Has-
lerig, homme dur et grossièrement passionné, proposa de déclarer Strafford coupable et de le condamner par acte du parlement. Ce procédé, qui affranchissait les juges de toute loi,
n'était pas sans exemple, quoique toujours dans des temps de
tyrannie et toujours qualifié bientôt après d'iniquité. Quelques
notes trouvées dans les papiers du secrétaire d'État Vane, et
livrées à Pym par son fils, furent produites comme supplément
de preuve suffisant pour démontrer la haute trahison [1]. Elles
imputaient à Strafford d'avoir donné au roi, en plein conseil,
l'avis d'employer l'armée d'Irlande à dompter l'Angleterre. Les
paroles qu'elles lui attribuaient, bien que démenties par le témoignage de plusieurs conseillers, et susceptibles d'un sens
moins odieux, étaient trop conformes à sa conduite et aux
maximes qu'il avait souvent professées, pour ne pas produire
une vive impression sur les esprits. Le bill obtint sur-le-champ
une première lecture. Les uns crurent sacrifier la loi à la justice, d'autres la justice à la nécessité.

En même temps le procès continuait, car on ne voulait perdre
contre l'accusé aucune chance, ni que le péril du coup d'État
l'affranchît de celui du jugement légal. Avant que ses conseils
prissent la parole pour traiter la question de droit, Strafford
résuma sa défense ; il parla longtemps et avec une merveilleuse
éloquence, toujours appliqué à prouver que, par aucune loi,
aucun de ses actes n'était qualifié de haute trahison. La conviction grandissait de moment en moment dans l'âme de ses juges,
et il en suivait habilement les progrès, adaptant ses paroles
aux impressions qu'il voyait naître, profondément ému, mais
sans que l'émotion l'empêchât d'observer et d'apercevoir ce
qui se passait autour de lui : « Mylords, dit-il en finissant, ces
messieurs disent qu'ils parlent pour le salut de la république

---

1. Cette note, écrite de la main de Strafford après la dissolution
du dernier parlement, était ainsi conçue : « Votre Majesté est maintenant affranchie de toute règle, de toute forme de gouvernement ;
ayant essayé de toutes les voies de conciliation, et n'ayant rencontré
que des refus, elle peut tenter tout ce que la force lui permettra :
elle en sera justifiée devant Dieu et devant les hommes. Vous avez,
sire, une armée en Irlande que vous pouvez employer à réduire le
royaume en obéissance. »

contre ma tyrannie arbitraire; permettez-moi de dire que je
parle pour le salut de la république contre leur trahison arbitraire. Nous vivons à l'ombre des lois; faudra-t-il que nous
mourions par des lois qui n'existent point? Vos ancêtres ont
soigneusement enchaîné, dans les liens de nos statuts, ces terribles accusations de haute trahison : ne recherchez pas l'honneur d'être plus savants et plus habiles dans l'art de tuer. Ne
vous armez pas de quelques sanglants exemples; n'allez pas,
en fouillant de vieux registres rongés des vers et oubliés le
long des murs, réveiller ces lions endormis, car ils pourraient
un jour vous mettre aussi en pièces, vous et vos enfants. Quant
à moi, pauvre créature que je suis, n'était l'intérêt de vos sei-
gneuries, et aussi celui de ces gages sacrés que m'a laissés une
sainte maintenant au ciel... (à ces mots il s'arrêta, fondit en
larmes, et relevant aussitôt la tête...) je ne prendrais pas tant
de peine pour défendre ce corps qui tombe en ruine, et déjà
chargé de tant d'infirmités qu'en vérité j'ai peu de plaisir à en
porter le poids plus longtemps. » Il s'arrêta de nouveau comme
à la recherche d'une idée : « Mylords, reprit-il, il me semble
que j'avais encore quelque chose à vous dire; mais ma force et
ma voix défaillent; je remets humblement mon sort en vos
mains; quel que soit votre arrêt, qu'il m'apporte la vie ou la
mort, je l'accepte d'avance librement; *te Deum laudamus*. »

L'auditoire demeura saisi d'attendrissement et d'admiration.
Pym voulut répondre; Strafford le regarda; la menace éclatait
dans l'immobilité de son maintien; sa lèvre pâle et avancée
portait l'expression d'un dédain passionné; Pym troublé s'arrêta; ses mains tremblaient, et il cherchait, sans le trouver,
un papier placé devant ses yeux. C'était sa réponse qu'il avait
préparée, et qu'il lut sans que personne l'écoutât, se hâtant de
lui-même de finir un discours étranger aux sentiments de l'assemblée, et qu'il avait peine à prononcer.

Le trouble passe, la colère demeure; celle de Pym et de ses
amis fut au comble; ils pressèrent la seconde lecture du bill
d'*attainder*[1]. En vain Selden, le plus ancien et le plus il-

1. Le *bill d'attainder* ou loi de proscription avait pour effet de suspendre les formes légales de la juridiction commune et de priver
l'accusé de tous les privilèges attachés à son rang. On trouve dès le
quatorzième siècle en Angleterre des exemples de l'application de
cette loi d'exception. Le *bill d'attainder* porté par la commune contre
Strafford déclarait que le crime de haute trahison était suffisamment
établi, et que l'accusé ni ses conseils ne seraient plus admis à présenter une nouvelle défense.

lustre des défenseurs de la liberté, Holborne, l'un des avocats de Hampden dans l'affaire de la taxe des vaisseaux[1], et plusieurs autres, le combattirent. C'était maintenant l'unique ressource du parti, car il voyait bien que les lords ne condamneraient point Strafford comme juges et au nom de la loi. Il eût voulu même que le procès fût tout à coup suspendu, qu'on n'entendît point les conseils de Strafford, et tel était l'emportement, qu'il fut question de mander à la barre et de punir « ces avocats insolents qui osaient défendre un homme que la chambre déclarait coupable de haute trahison. » Les lords repoussèrent ces propositions furieuses ; les conseils de Strafford furent entendus ; mais les communes ne leur répondirent point, n'assistèrent même pas à la séance, disant qu'il était au-dessous de leur dignité de lutter contre des avocats ; et quatre jours après, malgré la vive opposition de lord Digby, jusque-là l'un des plus acharnés accusateurs de Strafford, le bill d'*attainder* fut définitivement adopté.

A cette nouvelle, le roi désolé ne songea plus qu'à sauver le comte, n'importe à quel prix : « Soyez sûr, lui écrivit-il, sur ma parole de roi, que vous ne souffrirez ni dans votre vie, ni dans votre fortune, ni dans votre honneur. » Tout fut tenté à la fois, avec l'aveugle empressement de la crainte et de la douleur. On essayait, par des concessions et des promesses, d'adoucir les chefs des communes, on conspirait pour faire évader le prisonnier. Mais les complots nuisaient aux négociations, les négociations aux complots. Le comte de Bedford, qui semblait disposé à quelque complaisance, mourut subitement. Le comte d'Essex répondit à Hyde qui lui parlait de la résistance insurmontable qu'opposerait au bill la conscience du roi : « Le roi est obligé de se conformer, lui et sa conscience, à l'avis et à la conscience du parlement. » On fit offrir à sir William Balfour, gouverneur de la tour, 20,000 livres sterling et une fille de Strafford pour son fils, s'il voulait se prêter à l'évasion : il s'y refusa. On lui ordonna de recevoir dans la prison, à titre de gardes, cent hommes choisis, commandés par le capitaine Billingsley, officier mécontent : il en informa les communes. Chaque jour voyait naître et échouer, pour le salut du comte, quelque nouveau dessein. Enfin le roi, contre l'avis de Strafford lui-même, fit appeler les deux chambres, et reconnaissant les fautes

---

1. On trouvera les détails de cette affaire au livre II de l'*Histoire de la Révolution d'Angleterre.*

du comte, promettant que jamais il ne l'emploierait, fût-ce comme constable, il leur déclara que jamais aucune raison, aucune crainte, ne le ferait consentir à sa mort.

Mais la haine des communes était inflexible et plus hardie que la douleur du roi ; elles avaient prévu sa résistance et préparé les moyens de la vaincre. Depuis que le bill d'*attainder* avait été porté à la chambre haute, la multitude s'assemblait chaque jour autour de Westminster, armée d'épées, de couteaux, de bâtons, criant : *Justice! justice!* et menaçant les lords qui tardaient à prononcer. Lord Arundel fut contraint de descendre de voiture, et, chapeau bas, il pria le peuple de se retirer, s'engageant à presser l'accomplissement de ses vœux. Cinquante-neuf membres des communes avaient voté contre le bill ; leurs noms furent placardés dans les rues avec ces mots : *Voici les Straffordiens, traîtres à leur pays!* La chaire retentissait des mêmes menaces ; on prêchait, on priait pour le supplice d'un grand délinquant. Les lords, provoqués par un message du roi, se plaignirent aux communes de ces désordres ; les communes ne répondirent point. Cependant le bill demeurait toujours en suspens. Un coup décisif, jusque-là tenu en réserve, fut résolu : Pym, appelant la peur à l'aide de la vengeance, vint dénoncer le complot de la cour et des officiers pour soulever l'armée contre le parlement. Quelques-uns des prévenus prirent soudain la fuite, ce qui confirma tous les soupçons. Une terreur furieuse s'empara de la chambre et du peuple. On décréta que les ports seraient fermés, qu'on ouvrirait toutes les lettres venues du dehors. D'absurdes alarmes révélèrent et accrurent encore le trouble des esprits. Le bruit se répandit dans la cité que la salle des communes était minée et près de sauter ; la milice prit les armes, une foule immense se précipita vers Westminster. Sir Walter Earl accourut en toute hâte pour en informer la chambre ; comme il parlait, MM. Middleton et Moyle, remarquables par leur corpulence, se levèrent brusquement pour l'écouter ; le plancher craqua : « La chambre saute! » s'écrièrent plusieurs membres en s'élançant hors de la salle, qui fut aussitôt inondée du peuple ; et des scènes de même nature se renouvelèrent deux fois en huit jours. Au milieu de tant d'agitations, des mesures savamment combinées assuraient l'empire des communes et le succès de leurs desseins. A l'imitation du covenant écossais [1], un serment d'union,

1. On appelle de ce nom le célèbre pacte populaire du 1er mars

pour la défense de la religion protestante et des libertés publiques, fut adopté par les deux chambres ; les communes voulurent même l'imposer à tous les citoyens ; et sur le refus des lords, elles déclarèrent quiconque s'y refuserait incapable de toute fonction dans l'Église et dans l'État. Enfin, pour mettre l'avenir à l'abri de tout péril, un bill fut proposé, portant que ce parlement ne pourrait être dissous sans son propre aveu. A peine une mesure si hardie excita-t-elle quelque surprise : la nécessité de donner une garantie aux emprunts, devenus, dit-on, plus difficiles, servit de prétexte ; l'emportement universel étouffa toute objection. Les lords essayèrent d'amender le bill, mais en vain : la chambre haute était vaincue ; les juges offrirent à sa faiblesse la sanction de leur lâcheté ; ils déclarèrent qu'aux termes des lois les crimes de Strafford constituaient vraiment la haute trahison. Le bill d'*attainder* fut soumis à un dernier débat ; trente-quatre des lords qui avaient assisté au procès s'absentèrent de la chambre ; parmi les présents, vingt-six votèrent pour le bill, dix-neuf contre ; il n'y manquait plus que l'adhésion du roi.

Charles se débattait encore, se croyant incapable d'accepter un tel déshonneur. Il fit venir Hollis, beau-frère de Strafford, et qui, à ce titre, était demeuré étranger à l'accusation. « Que peut-on faire pour le sauver ? » lui demanda-t-il avec angoisse. Hollis fut d'avis que Strafford sollicitât du roi un sursis, et que le roi allât en personne présenter sa pétition aux chambres, en leur adressant un discours qu'il rédigea lui-même sur-le-champ ; en même temps, il promit de tout faire pour décider ses amis à se contenter du bannissement du comte : tout ainsi convenu, ils se séparèrent. Déjà, dit-on, les démarches de Hollis dans la chambre avaient obtenu quelque succès ; mais la reine, épouvantée des émeutes chaque jour plus vives, de tout temps ennemie de Strafford, et craignant même, dit-on, d'après les rapports de quelques affidés, qu'il ne se fût engagé, pour sauver sa vie, à révéler tout ce qu'il savait de ses intrigues, vint assiéger son mari de ses soupçons et de ses terreurs[1] ; son

1638, par lequel l'Ecosse repoussait publiquement l'introduction arbitraire de la discipline et du culte de l'Église anglicane. L'Église d'Ecosse, dont la constitution, empruntée du calvinisme, était toute républicaine, ne reconnaissait pas l'autorité des évêques, et rejetait toute hiérarchie comme contraire à la pureté de la doctrine. Walter Scott a retracé dans plusieurs de ses romans (*les Puritains, etc.*) la longue lutte soutenue par l'Ecosse confédérée sous la loi du covenant.

1. C'était la fille de Henri IV, la reine Henriette de France, celle

ffroi était si grand, qu'elle voulait s'enfuir, s'embarquer, re-
ourner en France, et faisait déjà ses préparatifs de départ.
Troublé des pleurs de sa femme, hors d'état de se résoudre seul,
Charles convoqua d'abord un conseil privé, puis les évêques.
Le seul évêque de Londres, Juxon, lui conseilla de suivre sa
conscience; tous les autres, l'évêque de Lincoln surtout, pré-
lat intrigant, longtemps opposé à la cour, le pressèrent de sacrifier un individu au trône, sa conscience d'homme à sa conscience de roi. Il sortait à peine de cette conférence, une lettre
de Strafford lui fut remise : « Sire, lui écrivait le comte, après
un long et rude combat, j'ai pris la seule résolution qui me con-
vienne; tout intérêt privé doit céder au bonheur de votre personne sacrée et de l'État; je vous supplie d'écarter, en accep-
tant ce bill, l'obstacle qui s'oppose à un accord entre vous et
vos sujets. Mon consentement, sire, vous acquittera plus devant Dieu que tout ce que pourraient faire les hommes; nul
raitement n'est injuste envers qui veut le subir. Mon âme, près
de s'échapper, pardonne tout et à tous avec la douceur d'une
joie infinie. Je vous demande seulement d'accorder à mon pauvre
fils et à ses trois sœurs autant de bienveillance, ni plus ni
moins, qu'en méritera leur malheureux père, selon qu'il paraîtra un jour coupable ou innocent. »

Le lendemain, le secrétaire d'État Carlton vint, de la part
du roi, annoncer à Strafford qu'il avait consenti au bill fatal.
Quelque surprise parut dans les regards du comte, et pour
toute réponse il leva les mains au ciel, en disant : « *Nolite
confidere in principibus et filiis hominum, in quibus non est
salus.* »

Au lieu d'aller en personne, comme il l'avait promis à Hollis,
demander aux chambres un sursis, le roi se contenta de leur
envoyer par le prince de Galles une lettre qui finissait par
ce *post-scriptum :* « S'il doit mourir, ce serait une charité de
lui laisser jusqu'à samedi. » Les chambres la relurent deux fois,
et, sans tenir compte de cette froide prière, fixèrent l'exécution au lendemain.

Le gouverneur de la tour, chargé d'accompagner Strafford[1],
l'engagea à prendre une voiture pour échapper aux violences

___

dont Bossuet prononça l'oraison funèbre. Un écrivain catholique,
M. Poujoulat, dans un livre intitulé *Charles Ier et le parlement,* se
montre plus favorable à la reine Henriette, et oppose M. Guizot à
l'historien anglais Lingard, dont le récit est impartial.

1. Le 12 mai 1641.

du peuple : « Non, monsieur, lui dit le comte ; je sais regarder
la mort en face, et le peuple aussi. Que je ne m'échappe point,
cela vous suffit ; quant à moi, que je meure par la main du
bourreau ou par la furie de ces gens-là, si cela peut leur plaire,
rien ne m'est plus indifférent. » Et il sortit à pied, précédant
les gardes et promenant de tous côtés ses regards, comme s'il
eût marché à la tête de ses soldats. En passant devant la prison de Laud, il s'arrêta ; la veille il l'avait fait prier de se trouver à la fenêtre et de le bénir au moment de son passage :
« Mylord, dit-il en élevant la tête, votre bénédiction et vos
prières ! » L'archevêque étendit les bras vers lui ; mais d'un
cœur moins ferme et affaibli par l'âge, il tomba évanoui.
« Adieu, mylord, dit Strafford en s'éloignant, que Dieu protège
votre innocence[1] ! Arrivé au pied de l'échafaud, il y monta sur-
le-champ, suivi de son frère, des ministres de l'Église et de
plusieurs de ses amis, s'agenouilla un moment, puis se relevant pour parler au peuple : « Je souhaite, dit-il, à ce royaume
toutes les prospérités de la terre : vivant, je l'ai toujours fait ;
mourant, c'est mon seul vœu. Mais je supplie chacun de ceux
qui m'écoutent d'examiner sérieusement, et la main sur le
cœur, si le début de la réformation d'un royaume doit être
écrit en caractères de sang ; pensez-y bien en rentrant chez
vous. A Dieu ne plaise que la moindre goutte de mon sang retombe sur aucun de vous ! Mais je crains que vous ne soyez dans
une mauvaise voie. » Il s'agenouilla de nouveau et pria un quart
d'heure ; puis se tournant vers ses amis, il prit congé de tous,
serrant à chacun la main et leur donnant quelques conseils :
« J'ai presque fini, leur dit-il ; un seul coup va rendre ma
femme veuve, mes chers enfants orphelins, mes pauvres serviteurs sans maître ; que Dieu soit avec vous et avec eux tous !
Grâce à lui, ajouta-t-il en se déshabillant, j'ôte mon habit, le
cœur aussi tranquille qu'en le quittant pour dormir. » Il appela
le bourreau, lui pardonna, pria encore un moment, posa sa tête
sur le billot et donna lui-même le signal. Sa tête tomba ; le
bourreau la montra au peuple en criant : « Dieu sauve le roi ! »
De violentes acclamations éclatèrent ; plusieurs bandes se ré-
pandirent dans la cité, célébrant à grands cris leur victoire ;
d'autres se retirèrent silencieusement, pleins de doute et d'in-
quiétude sur la justice du vœu qu'ils venaient de voir accompli.

Histoire de la Révolution d'Angleterre, liv. III.

1. Un tableau de M. Paul Delaroche retrace ce touchant épisode.

Mort de Charles Ier (30 janvier 1648 [1]).

Trahi et livré par l'armée, Charles Ier s'était vu enlever de l'île de Wight, la dernière retraite où l'avaient suivi quelques amis fidèles. Les presbytériens qui voulaient traiter avec le roi furent expulsés de la chambre, et les républicains maîtres de la situation se hâtèrent, malgré l'opposition des lords et au mépris de la constitution du royaume, de mettre Charles Ier en accusation. Le 29 janvier 1648 Charles fut condamné, « comme traître et meurtrier, ennemi du bon peuple anglais, à avoir la tête tranchée. » La sentence devait recevoir son exécution le lendemain.

Après quatre heures d'un sommeil profond, Charles sortait de son lit : « J'ai une grande affaire à terminer, dit-il à Herbert [2], il faut que je me lève promptement; » et il se mit à sa toilette. Herbert troublé le peignait avec moins de soin : « Prenez, je vous prie, lui dit le roi, la même peine qu'à l'ordinaire, quoique ma tête ne doive pas rester longtemps sur mes épaules; je veux être paré aujourd'hui comme un marié. » En s'habillant, il demanda une chemise de plus : « La saison est si froide, dit-il, que je pourrais trembler; quelques personnes l'attribueraient peut-être à la peur : je ne veux pas qu'une telle supposition soit possible. Le jour à peine levé, l'évêque arriva et commença les exercices religieux : comme il lisait dans le XXVIIe chapitre de l'Évangile selon saint Matthieu le récit de la Passion de Jésus-Christ : « Mylord, lui demanda le roi, avez-vous choisi ce chapitre comme le plus applicable à ma situation? — Je prie Votre Majesté de remarquer, répondit l'évêque, que c'est l'Évangile du jour, comme le prouve le calendrier. » Le roi parut profondément touché, et continua ses prières avec un redoublement de ferveur. Vers dix heures, on frappa doucement à la porte de la chambre. Herbert demeurait immobile; un second coup se fit entendre, un peu plus fort, quoique léger encore : « Allez voir qui est là, » dit le roi : c'était le colonel Hacker. « Faites-le entrer, dit-il. — Sire, dit le colonel à voix basse et à demi tremblant, voici le moment d'aller à Whitehall :

1. L'année anglaise, ne se réglant pas encore sur le calendrier grégorien, commençait alors le 24 mars; le 30 janvier 1648 correspond pour nous au 9 février 1649.
2. Valet de chambre du roi.

6

Votre Majesté aura encore plus d'une heure pour s'y reposer. — Je pars dans l'instant, répondit Charles; laissez-moi. » Hacker sortit : le roi se recueillit encore quelques minutes; puis prenant l'évêque par la main : « Venez, dit-il, partons. Herbert, ouvrez la porte; Hacker m'avertit pour la seconde fois; » et il descendit dans le parc, qu'il devait traverser pour se rendre à Whitehall.

Plusieurs compagnies d'infanterie l'y attendaient, formant une double haie sur son passage; un détachement de hallebardiers marchait avant, enseignes déployées; les tambours battaient; le bruit couvrait toutes les voix. A la droite du roi était l'évêque; à la gauche, tête nue, le colonel Tomlinson, commandant de la garde, et à qui Charles, touché de ses égards, avait demandé de ne le point quitter jusqu'au dernier moment. Il s'entretint avec lui pendant la route, lui parla de son enterrement, des personnes à qui il désirait que le soin en fût confié, l'air serein, le regard brillant, le pas ferme, marchant même plus vite que la troupe, et s'étonnant de sa lenteur. Un des officiers de service, se flattant sans doute de le troubler, lui demanda s'il n'avait pas concouru, avec le feu duc de Buckingham, à la mort du roi son père : « Mon ami, lui répondit Charles avec mépris et douceur, si je n'avais d'autre péché que celui-là, j'en prends Dieu à témoin, je t'assure que je n'aurais pas besoin de lui demander pardon. » Arrivé à Whitehall, il monta légèrement l'escalier, traversa la grande galerie et gagna sa chambre à coucher, où on le laissa seul avec l'évêque, qui s'apprêtait à lui donner la communion. Quelques ministres indépendants [1], Nye et Goodwin entre autres, vinrent frapper à la porte, disant qu'ils voulaient offrir au roi leurs services : « Le roi est en prières, » leur répondit Juxon; ils insistèrent : « Eh bien! dit Charles à l'évêque, remerciez-les en mon nom de leur offre; mais dites-leur franchement qu'après avoir si souvent prié contre moi, et sans aucun sujet, ils ne prieront jamais avec moi pendant mon agonie. Ils peuvent, s'ils veulent, prier pour moi; j'en serai reconnaissant. » Ils se retirèrent : le roi

---

1. Les *Indépendants* étaient la secte tout à la fois religieuse et politique qui acceptait la réforme jusque dans ses dernières conséquences : ils professaient que chacun est libre dans l'interprétation de la Bible, et, par une conséquence naturelle, ils repoussaient toute autorité aussi bien dans l'ordre temporel que dans l'ordre spirituel. Cromwell et Milton appartenaient à cette secte : l'un en fut le soldat, l'autre en fut l'apôtre.

s'agenouilla, reçut la communion des mains de l'évêque, et se relevant avec vivacité : « Maintenant, dit-il, que ces drôles-là viennent; je leur ai pardonné du fond du cœur; je suis prêt à tout ce qui va m'arriver. » On avait préparé son dîner; il n'en voulait rien prendre : « Sire, lui dit Juxon, Votre Majesté est à jeun depuis longtemps, il fait froid; peut-être, sur l'échafaud, quelque faiblesse.... — Vous avez raison, » dit le roi; et il mangea un morceau de pain et but un verre de vin. Il était une heure : Hacker frappa à la porte. Juxon et Herbert tombèrent à genoux : « Relevez-vous, mon vieil ami, » dit le roi à l'évêque en lui tendant la main. Hacker frappa de nouveau; Charles fit ouvrir la porte : « Marchez, dit-il au colonel. je vous suis. » Il s'avança le long de la salle des banquets, toujours entre deux haies de troupes; une foule d'hommes et de femmes s'y étaient précipités au péril de leur vie, immobiles derrière la garde, et priant pour le roi à mesure qu'il passait : les soldats, silencieux eux-mêmes, ne les rudoyaient point. A l'extrémité de la salle, une ouverture, pratiquée la veille dans le mur, conduisait de plain-pied à l'échafaud tendu de noir; deux hommes debout auprès de la hache, tous deux en habits de matelots et masqués. Le roi arriva, la tête haute, promenant de tous côtés ses regards et cherchant le peuple pour lui parler : mais les troupes couvraient seules la place; nul ne pouvait approcher : il se tourna vers Juxon et Tomlinson : « Je ne puis guère être entendu que de vous, leur dit-il; ce sera donc à vous que j'adresserai quelques paroles; » et il leur adressa, en effet, un petit discours qu'il avait préparé, grave et calme jusqu'à la froideur, uniquement appliqué à soutenir qu'il avait eu raison, que le mépris des droits du souverain était la vraie cause des malheurs du peuple, que le peuple ne devait avoir aucune part dans le gouvernement, qu'à cette seule condition le royaume retrouverait la paix et ses libertés. Pendant qu'il parlait, quelqu'un toucha à la hache; il se tourna précipitamment, disant : « Ne gâtez pas la hache, elle me ferait plus de mal. » Et son discours terminé, quelqu'un s'en approcha encore : « Prenez garde à la hache! prenez garde à la hache! » répétait-il d'un ton d'effroi. Le plus profond silence régnait : il mit sur sa tête un bonnet de soie, et s'adressant à l'exécuteur : « Mes cheveux vous gênent-ils? — Je prie Votre Majesté de les ranger sous son bonnet, » répondit l'homme en s'inclinant. Le roi les rangea avec l'aide de l'évêque : « J'ai pour moi, lui dit-il en prenant ce soin, une bonne cause et un Dieu clément.

— Juxon. Oui, sire, il n'y a plus qu'un pas à franchir; il est plein de trouble et d'angoisse, mais de peu de durée; et songez qu'il vous fait faire un grand trajet : il vous transporte de la terre au ciel. — Le Roi. Je passe d'une couronne corruptible à une couronne incorruptible, où je n'aurai à craindre aucun trouble, aucune espèce de trouble; » et se tournant vers l'exécuteur : « Mes cheveux sont-ils bien ? » Il ôta son manteau et son Saint-Georges, donna le Saint-Georges à l'évêque en lui disant : « Souvenez-vous [1], » ôta son habit, remit son manteau, et regardant le billot : « Placez-le de manière qu'il soit bien ferme, dit-il à l'exécuteur. — Il est ferme, sire. — Le Roi. Je ferai une courte prière, et quand j'étendrai les mains, alors.... » Il se recueillit, se dit à lui-même quelques mots à voix basse, leva les yeux au ciel, s'agenouilla, posa sa tête sur le billot : l'exécuteur toucha ses cheveux pour les ranger encore sous son bonnet; le roi crut qu'il allait frapper : « Attendez le signe, lui dit-il. — Je l'attendrai, sire, avec le bon plaisir de Votre Majesté. » Au bout d'un instant, le roi étendit les mains, l'exécuteur frappa, la tête tomba au premier coup : « Voilà la tête d'un traître ! » dit-il en la montrant au peuple. Un long et sourd gémissement s'éleva autour de Whitehall; beaucoup de gens se précipitaient autour de l'échafaud pour tremper leur mouchoir dans le sang du roi. Deux corps de cavalerie, s'avançant dans deux directions différentes, dispersèrent lentement la foule. L'échafaud demeuré solitaire, on enleva le corps : il était déjà enfermé dans le cercueil; Cromwell voulut le voir, le considéra attentivement, et soulevant de ses mains la tête comme pour s'assurer qu'elle était bien séparée du tronc : « C'était là un corps bien constitué, dit-il, et qui promettait une longue vie [2]. »

Ibid., liv. VIII.

1. On n'a jamais su à quelle recommandation se rapportait ce mot.
2. Ce tableau, d'une simplicité sobre et grave, pénètre l'âme de pitié et d'admiration : l'émotion douloureuse ne devient pas cependant une souffrance; la fermeté, la dignité du roi donnent à cette scène un caractère de majesté sereine qui en dérobe l'horreur, et c'est le mérite de l'historien d'avoir ressenti et fait partager à ses lecteurs cette double impression. Nous recommandons dans le IVe volume de l'*Histoire de la Révolution d'Angleterre* le tableau de la mort de Cromwell. « La mort de Cromwell, a dit M. de Sacy, termine ces deux volumes, comme celle du roi Charles terminait les deux premiers. Morts terribles l'une et l'autre ! tableaux dignes d'un Tacite, et dans lesquels la plume éloquente et sévère de M. Guizot ne laisse rien à désirer ! »

De l'impiété et de l'insouciance[1].

L'esprit d'autorité et de foi dominait puissamment au dix-septième siècle ; l'esprit d'indépendance et d'innovation au dix-huitième. Le dix-neuvième siècle s'écoule sous l'empire d'esprits divers, simultanément actifs et puissants, et qui remettent en présence, en attendant qu'ils soient remis en harmonie, les principes et les éléments divers, bons ou mauvais, de notre société. J'ai retracé le réveil et le progrès chrétien ; je ne retranche rien de la force que je leur ai reconnue et de la confiance qu'ils m'inspirent ; mais je crois en même temps à la force de l'impiété et de l'insouciance antichrétiennes, et à la perplexité où cette grande lutte jette tant d'esprits faibles et même des esprits éminents.

C'est surtout au sein des classes ouvrières, et dans la jeune génération des classes moyennes appelées aux professions libérales, que, de nos jours, l'impiété se répand et s'aggrave. Non que ces classes et cette génération en soient universellement infectées : là aussi il y a des dispositions très-diverses ; là aussi le respect des croyances religieuses et le réveil chrétien ont fait des progrès. Mais c'est là que le mal de l'impiété a son foyer et son travail d'expansion. Il s'y manifeste tantôt sous des formes grossières et cyniques, tantôt avec des prétentions réfléchies et savantes, là par la brutale licence des mœurs, ici par l'arrogant égarement des esprits. De ces deux sortes d'impiété, l'impiété grossière et cynique, celle qui naît de l'immoralité ou qui produit l'immoralité, est sans doute la plus funeste pour l'âme humaine, pour sa dignité et son sort ; mais l'impiété systématique, celle qui s'érige en doctrine, est la plus dange-

1. Les belles études religieuses de M. Guizot, dont les deux premières séries ont déjà paru, se composeront de quatre volumes. Après avoir dans une première partie étudié l'essence de la religion chrétienne et les solutions qu'elle donne aux problèmes fondamentaux de l'humanité, M. Guizot consacre la seconde partie à retracer le réveil chrétien au dix-neuvième siècle et le mouvement antichrétien que le premier a bientôt amené. Dans la troisième partie, M. Guizot présentera l'histoire du christianisme, et enfin il cherchera dans une dernière série à pressentir l'avenir de la religion chrétienne. Le grand historien, nous en avons la ferme espérance, aura le temps et la force de remplir ce vaste programme, et d'élever à côté de ses études historiques un second monument aussi glorieux pour sa mémoire. C'est de la seconde partie que nous détachons un fragment.

6.

reuse pour les sociétés humaines, car elle se·complaît en elle-
même et met son orgueil à se proclamer et à se propager. Les
impies ambitieux obtiennent plus de crédit que les impies licen-
cieux.

L'insouciance religieuse est, de nos jours, un mal plus répandu que l'impiété. Je ne parle pas de cette indifférence en
matière de religion que l'abbé de Lamennais a si éloquemment
attaquée[1] : celle-là peut être profonde aussi bien que frivole ;
elle peut provenir du matérialisme, du scepticisme, de l'impiété
réfléchie, aussi bien que d'un grossier oubli des questions supérieures qui travaillent l'esprit humain. L'insouciance, aujourd'hui
commune, ne pense seulement pas à ces questions, n'imagine pas·
qu'il y ait lieu d'y penser : là où domine cette disposition, la
pensée de l'homme se renferme dans sa vie terrestre et actuelle ;
les affaires et les intérêts de cette vie le préoccupent seuls et lui
suffisent ; c'est comme un sommeil des instincts et des besoins
de l'âme humaine qui dépassent cette région infime, et sinon
une complète abdication, du moins un pesant engourdissement
de la portion divine de notre nature.

Que les amis de la vie religieuse et de la foi chrétienne ne
se fassent pas illusion : c'est là le plus grand obstacle qu'ils
rencontrent, le poids le plus lourd qu'ils aient à soulever. L'a-
gression provoque la résistance ; la lutte amène le déploiement
des forces diverses ; la foi savante ne craint pas d'entrer dans
l'arène contre l'incrédulité savante ; l'insouciance religieuse est
comme une vaste mer morte où aucun être ne vit, un immense
désert stérile où aucun germe ne pousse. C'est le mal moral sinon le plus choquant, du moins le plus grave de notre temps.
C'est contre ce mal que les chrétiens doivent surtout diriger
leurs efforts ; ils ont là un monde et des peuples entiers à conquérir.

Méditations sur l'état actuel du christianisme, VIIIe.

----

1. L'abbé de Lamennais, né à Saint-Malo en 1782 et mort en 1854,
fit paraître en 1817 le premier volume de son *Essai sur l'indifféren e
en matière de religion*. Cette partie s'adressait surtout à ceux qui
nient l'importance de la religion pour les sociétés et les individus.
M. de Lamennais combattait moins l'insouciance religieuse que l'indifférence systématique et réfléchie.

M. VILLEMAIN.

(1790.)

« Notre siècle, a dit M. de Sacy, a vu s'élever à côté de l'éloquence de la chaire et de celle de la tribune une éloquence nouvelle, l'éloquence du professorat et de l'enseignement[1]. » Trois noms justement célèbres, ceux de MM. Guizot, Cousin et Villemain, réveillent le souvenir de ces fêtes de la Sorbonne où se pressait, dans les dernières années de la restauration, une foule studieuse et attentive. De grands spectacles cependant ne manquaient pas ailleurs. Le savant évêque d'Hermopolis, Mgr Frayssinous, inaugurait dans la chaire de Notre-Dame de Paris, sous la forme nouvelle de conférences régulières et suivies, cet enseignement religieux qui devait, quelques années plus tard recevoir un nouvel éclat de la libre et fière parole du P. Lacordaire. Si la mort du général Foy venait de priver la France d'un de ses plus patriotiques orateurs, la ferme et grave éloquence de M. Royer-Collard au corps législatif; à la chambre des pairs, les brillants discours de M. de Châteaubriand, renvoyés par tous les échos de la presse[2], occupaient et passionnaient l'esprit public. C'est l'honneur des trois illustres professeurs de la Sorbonne que d'avoir, tout en se maintenant dans les voies de la grande tradition classique, donné à leur enseignement un si vif attrait de sérieuse et piquante nouveauté, qu'ils rivalisèrent d'éclat avec la tribune politique, et virent se former et se maintenir autour de leurs chaires un immense auditoire où se confondaient tous les âges, où se rencontraient tous les partis. Les grands corps de l'État, la Sorbonne et Notre-Dame formaient alors comme un triple foyer d'enseignement politique, moral et religieux : les grandes questions de l'ordre spéculatif et pratique s'y débattaient librement, et malgré la diversité et les inévitables conflits d'opinions, ces maîtres et ces orateurs avaient une ambition commune, celle d'entretenir dans la jeunesse le goût des études, la passion du beau et l'enthousiasme pour tout ce qui honore et élève l'humanité.

De rapides et brillants succès avaient de bonne heure placé M. Villemain dans cette élite d'esprits supérieurs. Né à Paris en 1790, il avait avant vingt-six ans obtenu trois fois le prix d'éloquence à l'Académie française. L'*Éloge de Montaigne* (1812), le *Discours sur la*

1. Discours de réception à l'Académie française.
2. Les séances de la chambre des pairs n'étaient pas publiques.

critique (1814) et l'*Éloge de Montesquieu* (1816) étaient plus que les brillants essais d'une plume élégante et facile : un rare talent dont la précoce maturité n'empruntait à la jeunesse qu'une grâce de plus, la fermeté du goût unie au charme de l'expression, la nouveauté enfin d'une critique qui mêlait aux larges vues d'ensemble les délicatesses d'une analyse pénétrante, donnèrent à ces premiers travaux de M. Villemain un juste retentissement. Dans la chaire d'éloquence française qu'il occupa pendant dix ans (1816-1826), M. Villemain put déployer librement ses riches facultés, cette verve étincelante que réglait sans l'affaiblir la sévère pureté d'un goût exquis, cette élévation de jugement, ces richesses d'une mémoire presque sans limites qui se jouait sans effort de tous les obstacles et ménageait à son auditoire tant d'heureuses surprises. Le cours de M. Villemain marqua l'avénement de cette forme supérieure de critique dont Mᵐᵉ de Staël avait la première offert d'admirables modèles. Cette nouvelle école sut éviter les deux obstacles qui avaient si longtemps entravé en France les progrès de la critique : elle n'eut pas la dangereuse ambition de prétendre fonder sur d'inflexibles principes une théorie complète et dogmatique des arts ; elle n'eut pas non plus la timidité de la critique du dix-huitième siècle, qui trop souvent, dépourvue d'idées générales et de science historique, aveuglée d'ailleurs par ses préventions, ne portait que des jugements sans hauteur, sans équité et sans autorité. L'école critique de Mᵐᵉ de Staël et de M. Villemain s'agrandit de toutes les conquêtes de l'histoire et de la philosophie morale ; elle replaça les livres qu'elle voulait juger dans le milieu social qui les avait vus naître[1] ; elle rapprocha l'auteur de l'homme, expliquant l'un par l'autre ; enfin par la science des littératures comparées elle éclaira d'un jour nouveau les grandes époques de l'histoire, elle montra que les formes mobiles de l'art justifient, loin de les contredire, les principes éternels du beau. L'histoire littéraire, grâce à cette méthode, est devenue l'analyse vivante de l'esprit humain. Tels sont les caractères des ouvrages qui résument l'enseignement de M. Villemain, le *Tableau de la littérature au moyen âge* et l'*Histoire de la littérature française au dix-huitième siècle*. Les hautes fonctions politiques que M. Villemain fut appelé à remplir après 1830 ne firent que doubler sa prodigieuse activité. En 1846 paraissait la belle étude sur l'*Éloquence chrétienne au quatrième siècle*, qui, retouchée dans les loisirs d'une retraite laborieuse, est devenue le tableau complet de cette grande époque. D'autres œuvres importantes sont venues presque

1. La préoccupation exclusive de cette idée a conduit M. Taine à cette sorte de *critique fataliste* dont il a lui-même tracé la théorie au début de son *Histoire de la littérature anglaise*. C'est faire injure à la nature humaine que de la courber ainsi sous la fatalité des *milieux*. Exagérer un tel principe, c'est nier la morale et l'histoire.

chaque année consacrer la grande réputation de M. Villemain et attester la variété infinie d'une science qui embrasse tout à la fois le passé et le présent. Ce sont les *Souvenirs contemporains d'histoire et de littérature* (1856), l'*Étude sur M. de Châteaubriand* (1857), l'*Essai sur le génie de Pindare et sur la poésie lyrique* (1859). S'il fallait placer une épigraphe au début des œuvres de M. Villemain, volontiers nous lui appliquerions ce que lui-même a dit de Quintilien : « Son goût le fait juge des écrivains supérieurs, son style le fait leur rival[1]. »

De l'éloquence au dix-septième siècle.

Dans l'antiquité, le plus grand intérêt, la plus puissante affection, c'était la liberté; dans le dix-septième siècle, ce fut la religion. C'était en touchant cette partie sensible et féconde du cœur humain que l'éloquence pouvait élever une tribune à côté de celle de Démosthène. L'éloquence religieuse, voilà l'immortelle couronne du siècle de Louis XIV. La langue était assez épurée pour n'avoir plus besoin que de hautes pensées. Les poëtes, ces devanciers ordinaires des orateurs, étaient déjà venus; Malherbe avait enseigné l'harmonie[2], et Corneille élevait les âmes en leur montrant le sublime, qui semblait disparu du monde depuis qu'il n'y avait plus de Romains. Pour créer des orateurs, il ne fallait qu'un grand intérêt social, une grande passion : ce grand intérêt fut Dieu, la révélation et l'éternité; et comme il n'y avait jamais eu de pareilles questions agitées dans la tribune antique, jamais on n'avait entendu si haute éloquence. Les philosophes de la Grèce énoncèrent, dans l'enceinte de leurs écoles, quelques grandes vérités morales; et Platon avait eu de sublimes pressentiments sur les destinées humaines. Mais ces idées mêlées d'erreurs et enveloppées de ténèbres, divulguées à voix basse depuis la mort de Socrate, ne s'adressaient pas à la foule du peuple; et dans ces gouvernements si favorables en apparence à la dignité de l'homme, on ne faisait rien pour lui apprendre ses devoirs et ses immortelles

1. *Discours sur la critique.* — Les œuvres de M. Villemain ont été publiées dans les formats in-8° et in-12 à la librairie Didier. Chaque ouvrage se vend séparément.

2. Boileau, *Art poét.*, ch. Ier :

    Enfin Malherbe vint, et, le premier en France,
    Fit sentir dans les vers une juste cadence....

espérances. Le christianisme élevait une tribune où les plus sublimes vérités étaient annoncées hautement pour tout le monde, où les plus pures leçons de la morale étaient rendues familières à la multitude ignorante; tribune formidable, devant laquelle s'étaient humiliés les empereurs souillés du sang des peuples[1]; tribune pacifique et tutélaire, qui plus d'une fois donna refuge à ses mortels ennemis[2]; tribune où furent long-temps défendus des intérêts partout abandonnés, et qui, seule, plaidait éternellement la cause du pauvre contre le riche, du faible contre l'oppresseur et de l'homme contre lui-même.

Là, tout s'ennoblit et se divinise; l'orateur, maître des esprits qu'il élève et qu'il consterne tour à tour, peut leur montrer quelque chose de plus grand que la gloire et de plus effrayant que la mort; il peut faire descendre du haut des cieux une éternelle espérance sur ces tombeaux où Périclès n'apportait que des regrets et des larmes[3]. Si, comme l'orateur romain, il célèbre les guerriers de la légion de Mars tombés au champ de bataille, il donne à leurs âmes cette immortalité que Cicéron n'osait promettre qu'à leur souvenir[4]; il charge Dieu lui-même d'acquitter la reconnaissance de la pa-

---

1. Allusion à la pénitence publique imposée par saint Ambroise à l'empereur Théodose, qui avait fait massacrer sept mille habitants de Thessalonique pour punir cette ville d'avoir renversé ses statues. Voir à ce sujet, dans le *Tableau de l'éloquence chrétienne au quatrième siècle*, le chap. sur saint Ambroise.

2. Le ministre d'Arcadius, Eutrope, disgracié par son maître et poursuivi par le peuple, se réfugia dans Sainte-Sophie, et ce fut pour défendre le *réfugié* de l'Église chrétienne que saint Chrysostome prononça le célèbre *discours pour Eutrope*.

3. L'oraison funèbre que Thucydide, au livre II de son *Histoire*, met dans la bouche de Périclès célébrant les premières victimes de la guerre du Péloponnèse, est en effet absolument étrangère aux idées et aux espérances religieuses. Aux parents des guerriers morts Périclès adresse ces singulières consolations: « Ceux qui par leur âge peuvent encore avoir des enfants doivent se soutenir par l'espérance d'une autre postérité. De nouveaux fils feront oublier ceux qui ne sont plus.... Pour vous dont l'âge est plus avancé, et qui, par un avantage désormais irrévocable, avez heureusement traversé la plus grande partie de votre vie, songez que le reste sera court, et consolez votre douleur par la pensée de la gloire que vos fils ont obtenue. »

4. Voir dans la 14me *Philippique*, ch. xii, la belle invocation de Cicéron aux guerriers de la légion de Mars morts en combattant Antoine: « Actum igitur praeclare vobiscum, fortissimi, dum vixistis, nunc etiam sanctissimi milites, quod vestra virtus nec oblivione eorum, qui nunc sunt, nec reticentia posterorum insepulta esse poterit, quum vobis immortale monumentum suis poene manibus senatus populusque romanus extruxerit. » — « Je vous félicite de votre bon-

trie. Veut-il se renfermer dans la prédication évangélique, cette science de la morale, cette expérience de l'homme, ces secrets des passions, étude éternelle des philosophes et des orateurs anciens, doivent être dans sa main. C'est lui, plus encore que tous les orateurs de l'antiquité, qui doit connaître tous les détours du cœur humain, toutes les vicissitudes des émotions, toutes les parties sensibles de l'âme, non pour exciter ces émotions violentes, ces animosités populaires, ces grands incendies des passions, ces feux de vengeance et de haine où triomphait l'antique éloquence, mais pour apaiser, pour adoucir, pour purifier les âmes. Armé contre toutes les passions, sans avoir le droit d'en appeler aucune à son secours, il est obligé de créer une passion nouvelle, s'il est permis de profaner par ce nom le sentiment profond et sublime qui seul peut tout vaincre et tout remplacer dans les cœurs, l'enthousiasme religieux, qui doit donner à son accent, à ses pensées, à ses paroles, plutôt l'inspiration d'un prophète que le mouvement d'un orateur.

À cette image de l'éloquence apostolique n'avez-vous pas reconnu Bossuet? Grand homme, ta gloire vaincra toujours la monotonie d'un éloge tant de fois entendu. Le privilège du sublime te fut donné, et rien n'est inépuisable comme l'admiration que le sublime inspire. Soit que tu racontes les renversements des États et que tu pénètres dans les causes profondes des révolutions; soit que tu verses des pleurs sur une jeune femme mourante au milieu des pompes et des dangers de la cour; soit que ton âme s'élance avec celle de Condé et partage les ardeurs qu'elle décrit; soit que dans l'impétueuse richesse de tes sermons à demi préparés tu saisisses, tu entraînes toutes les vérités de la morale et de la religion, partout tu agrandis la parole humaine, tu surpasses l'orateur antique; tu ne lui ressembles pas. Réunissant une imagination plus hardie, un enthousiasme plus élevé, une fécondité plus originale, une vocation plus haute, tu sembles ajouter l'éclat de ton génie à la majesté du culte public, et consacrer encore la religion elle-même[1].

Discours prononcé à l'ouverture du cours d'éloquence française (1822).

heur, ô vous, braves guerriers pendant votre vie, et maintenant, ombres sacrées, je vous félicite encore : votre valeur ne pourra se perdre dans l'oubli des générations présentes ni dans le silence des races futures, puisque de leurs propres mains le sénat et le peuple vont vous dresser un immortel monument. »

1. Il serait intéressant de rapprocher de cette belle page ce que

Buffon écrivain.

Marmontel, dans ses *Mémoires*[1], reproche à Buffon d'avoir quitté par orgueil les salons philosophiques de Paris, où, dit-il, on ne lui accordait, avec raison, que le mince éloge d'élégant écrivain et de grand *coloriste*. Permis à Marmontel de compter pour peu cet éloge ; mais, en vérité, si le mot de grand *coloriste*, inconnu dans la langue de Bossuet et de Racine, signifie quelque chose, on concevra difficilement plus grande louange pour un écrivain qui veut peindre la nature. Le langage métaphysique de Buffon a manqué parfois de précision, parce que sa pensée sur ce point n'était pas complétement nette et libre. Mais lorsque, saisi par les objets mêmes, tirant ses idées de ses perceptions, et les réalisant par la parole, il peint les formes extérieures et les grâces sauvages, les instincts et les habitudes des êtres divers ; lorsqu'en les étudiant, il a pris tour à tour pour eux des sentiments d'intérêt, d'affection, d'horreur, alors son style est inimitable ; et le *grand coloriste* est le grand écrivain, l'homme de génie qui peint avec force la réalité.

Buffon, à cet égard, n'est pas seulement un écrivain à part, mais le créateur d'un genre nouveau, de cette éloquence descriptive qui doit succéder à l'épuisement des grands sujets religieux, moraux, politiques. Dans cette voie, Buffon, arrivant le premier, avec une imagination juste et un esprit élevé, et trouvant sous ses yeux une nature encore nouvelle pour le peintre philosophe, n'a point exagéré les couleurs. Mais bientôt sont venus les imitateurs, les élèves que Buffon, malgré son orgueil, ou peut-être au nom de cet orgueil même, croyait assez inspirés par son génie, assez créés par sa présence, pour pouvoir achever ses tableaux : mais lui seul était peintre. Ses plus ingénieux continuateurs n'étaient que des rhéteurs descriptifs ; non peut-être qu'il ne soit rigoureux de désigner ainsi Guéneau de Montbéliard[2], mort trop jeune, et dont les pages

---

M. Villemain dit encore de Bossuet dans son *Essai sur l'Oraison funèbre.*

1. *Mémoires*, liv. VIII. « Je me souviens qu'une des amies de Buffon m'ayant demandé comment je parlerais de lui, s'il m'arrivait d'avoir à faire son éloge funèbre à l'Académie française, je répondis que je lui donnerais une place distinguée parmi les poëtes du genre descriptif ; façon de le louer dont elle ne fut pas contente. »

2. Né à Semur en 1720, mort en 1785. Un choix de ses meilleurs

brillantes furent confondues par le public avec celles de son modèle. Mais il est vrai cependant que sous sa plume, et plus tard sous celle de M. de Lacépède[1], l'histoire naturelle prend un luxe d'images, un éclat de couleurs que ne soutient plus la correction du dessin, la pureté du trait; on a dérobé le *gros rouge* dont se servait quelquefois le maître : on l'a prodigué sans mesure, et on a laissé sur sa palette tant d'autres nuances que seul il savait distribuer avec art et admirablement ménager.

Cet art était pour Buffon l'étude de sa vie entière, et, s'il définissait le génie *une longue patience,* c'était au travail de son style, plus encore qu'à la conception de ses systèmes, qu'il appliquait cette expression. Son hypothèse de l'origine du monde, en effet, il la conçut assez légèrement sur quelques vraisemblances, et jamais avec cette conviction d'inventeur que Newton avait acquise sur d'autres matières, en y pensant toujours : mais son style, l'ordonnance, la forme, l'expression de sa pensée, l'occupaient sans cesse.

Ses contemporains ont dit comment il travaillait, retiré dans ses châteaux de Montbard ou de Buffon; ils ont décrit cette tour solitaire de Saint-Louis, environnée de jardins, où il s'enfermait dès le point du jour, ce cabinet sans livres, et sans autre ornement qu'une gravure de Newton, cette table verte où il écrivait : c'est là que Buffon méditait profondément, et composait avec une lente inspiration ses belles périodes, écrivant, effaçant, récitant à haute voix, et ne pouvant se satisfaire lui-même que par le plus haut degré d'élégance et d'harmonie. Après trente ans de ce labeur, il disait encore dans sa vieillesse : « J'apprends tous les jours à écrire; » et il ajoutait avec un naïf orgueil : « Il y a dans mes derniers ouvrages infiniment plus de perfection que dans les premiers. » Et ce témoignage est vrai, au moins pour les *Époques de la nature,* qu'il écrivait à soixante-dix ans, et qu'il avait dix-huit fois recopiées[2].

chapitres a été placé par M. Hémardinquer à la suite de ses *Morceaux choisis de Buffon.*

1. Né à Agen en 1756, mort en 1825. Son principal ouvrage est une *histoire naturelle des poissons.*

2. Les *Époques de la nature* parurent en 1778. « C'est peut-être, a dit M. Flourens dans son *Histoire des travaux et des idées de Buffon,* l'ouvrage du dix-huitième siècle qui a le plus élevé l'imagination des hommes. » Sur Buffon, savant et naturaliste, nous ne saurions trop recommander la lecture du livre que nous venons de citer : c'est l'exposé complet et impartial de tout ce que la science doit à Buffon de progrès réels et de fécondes inductions.

Longtemps auparavant il avait donné, dans une occasion solennelle, la théorie de ce grand art qu'il cultivait avec un soin si religieux. Reçu à l'Académie française après la publication de ses premiers volumes, il ne laissa pas languir sa parole dans un remercîment ou dans le panégyrique exagéré d'un obscur prédécesseur ; et il saisit tout d'abord son auditoire du sujet même que sa présence rappelait, l'éloquence, la perfection du style.

En général, un grand écrivain, dans les questions de goût, a pour type involontaire son propre talent. Les grands écrivains n'en sont pas moins les meilleurs critiques à étudier. Chacun d'eux ne donne qu'un point de vue de l'art ; mais ces points de vue divers sont supérieurs, et, en les comparant, vous avez l'art tout entier. Ainsi, sur l'éloquence, après Aristote, Platon, Cicéron, Tacite, Bossuet, Fénelon, il y avait quelque chose à dire encore pour un homme de génie qui ne leur ressemble pas : ce sera le discours de Buffon *sur le style*[1]. Fort admiré de son temps, ce discours parut surpasser tout ce qu'on avait conçu jamais sur un tel sujet ; et on le cite encore aujourd'hui comme une règle universelle de goût. Ce n'est cependant que la confidence un peu apprêtée d'un grand artiste, et non la théorie de l'art dans sa belle et inépuisable variété.

Dès le commencement, Buffon, par une singulière préoccupation de lui-même et de son siècle, met, pour ainsi dire, la puissance oratoire en dehors de l'éloquence ; ou du moins l'éloquence qu'il conçoit lui paraît bien différente de cette facilité naturelle de parler, qui n'est qu'un talent, une qualité accordée, dit-il, à ceux dont les passions sont fortes, les organes souples et l'imagination prompte.

« Ces hommes, ajoute-t-il, sentent vivement, s'affectent de même, le marquent fortement au dehors ; et, par une impression purement mécanique, ils transmettent aux autres leur enthousiasme et leurs affections. »

Est-ce donc si peu de chose, de sentir et transmettre l'enthousiasme ! Ainsi l'entendait Démosthène, ce sublime et véhément logicien[2]. Buffon veut que l'éloquence ne s'adresse qu'au petit nombre de ceux dont la tête est ferme, le goût délicat et exquis, et qui « comme vous, dit-il à l'Académie, comptent

---

1. Lire ce discours, annoté avec soin et commenté par de nombreux rapprochements, dans les *Morceaux choisis des classiques français* (classes supérieures). par M. Léon Feugère.

2. On sait, en effet, tout le prix que Démosthène attachait à cette *action* définie par Cicéron, *sermo corporis* (*de Oratore*, III, 59).

4.

pour peu le ton, les gestes et le vain son des mots. Il leur faut
des choses, des pensées, des raisons ; il faut savoir les présenter, les nuancer, les ordonner. Il ne suffit pas de frapper l'oreille
et d'occuper les yeux : il faut agir sur l'âme, et toucher le
cœur en parlant à l'esprit. » Mais cela même rentre dans les
règles de cette éloquence communicative et populaire que Buffon dédaignait tout à l'heure, et dont Cicéron disait si bien :
Res verba rapiunt[1] : « Les choses emportent les paroles. » Il
disait encore : *Quid est eloquentia, nisi continuus animæ motus?*
Définition d'orateur, à laquelle l'écrivain solitaire a dû substituer celle-ci : « Le style n'est que l'ordre et le mouvement
qu'on met dans ses pensées. »

Buffon donne ensuite d'excellents et de vieux préceptes sur
la nécessité de la composition et du plan. Oui, sans doute,
pour bien écrire, il faut avant tout posséder pleinement son sujet : *Nisi res subest percepta et cognita, inanis et irridenda ver-*
borum volubilitas[2]. Mais si Buffon ajoute : « Il faut former dans
son esprit une suite, une chaîne continue, dont chaque point
représente une idée; et lorsqu'on aura pris la plume, il faudra
la conduire successivement sur ce premier trait, sans lui permettre de s'en écarter, sans l'appuyer trop inégalement, sans
lui donner d'autre mouvement que celui qui sera déterminé par
l'espace qu'elle doit parcourir, » je l'avoue, ce conseil rigoureux et cette image exactement compassée me paraissent mal
convenir à la verve de travail qui suit la méditation. Je doute
que l'auteur lui-même, qui donne un semblable précepte, ait
pu le suivre toujours, et s'il a réussi du moins à s'y conformer,
on y trouvera peut-être la cause de la roideur monotone mêlée
parfois à son beau langage. Exprimer sa pensée, c'est la produire, c'est la rendre vivante au dehors; et par cela même,
c'est souvent la transformer, l'agrandir, et non pas seulement
colorer d'une teinte visible des caractères rangés dans un ordre
immobile.

A cette règle que Buffon prétend dictée par le génie, il en
joint une autre, dont il offre surtout le modèle : c'est le scrupule sur le choix des expressions, l'attention à ne nommer les
choses que par les termes les plus généraux. Grand sujet de

1. *De Finibus*, III, 5.
2. « Sans un fond de solides connaissances, [l'art oratoire] ne serait
qu'un vain et ridicule verbiage. » On trouvera le développement de
cette idée dans les premiers chapitres du *de Oratore*.

débat, messieurs! c'est le précepte qu'on reproche à l'école classique, et qu'on a trop méconnu depuis elle. Mais il ne faut donner ni dans un excès ni dans l'autre. Notre dix-septième siècle, si bienséant et si magnifique dans son langage, n'avait, vous le savez, nulle crainte de la propriété des termes : témoin Pascal, Corneille, Bossuet, Boileau lui-même, qui sans cesse ont usé du mot expressif et simple, du mot de la chose, *verba quibus deberent loqui*, et n'ont cherché les termes les plus généraux que lorsque l'imagination ou la pudeur s'en accommodait mieux. D'autre part, si le précepte de Buffon, appuyé sur son propre exemple[1], est trop exclusif, il faut avouer aussi qu'une crudité basse, qui se sert du mot propre pour indiquer des objets ou des images indignes d'être offerts à la pensée, n'est pas une richesse pour la langue et pour le talent[2]. Changeons, s'il le faut, quelque chose à la catégorie des termes nobles ou bas. Le progrès de l'état social et des mœurs a déjà fait beaucoup pour cela. Il y avait une fausse roture du langage, comme des hommes; il y avait des choses moralement fort nobles, qui n'avaient point place dans le style noble. C'était un mauvais scrupule qui devait disparaître. Mais que ce qui rappelle des objets immondes ou des idées obscènes soit retranché de l'idiome des arts, qu'on n'imite point par raffinement le cynisme des temps grossiers, c'est un bon préjugé auquel le goût et la vérité gagneront. « Le style est la physionomie de l'âme, » disait heureusement un philosophe antique, *Oratio vultus animi est*[3]. N'est-ce pas un motif de conserver toujours à l'expression cette décence qui fait la dignité avec les autres et avec nous-mêmes? Dans ce mot, du reste, messieurs, vous

---

1. C'est pour cette raison sans doute que Buffon regardait Massillon comme le premier de nos prosateurs. Souvent, en écrivant son *Discours sur le style*, il semble l'avoir eu présent à l'esprit.

2. Quintilien a parlé de même (*Inst. orat.*, X, 1) : « Omnibus fere verbis, præter pauca quæ sunt parum verecunda, in oratione locus est. » « Presque tous les mots, sauf un petit nombre que repousse la bienséance, peuvent trouver place dans le discours. » Le goût français est sur ce point plus facile à inquiéter que le goût des Romains :

> Le latin, dans les mots, brave l'honnêteté;
> Mais le lecteur français veut être respecté :
> Du moindre sens impur la liberté l'outrage,
> Si la pudeur des mots n'en adoucit l'image.
>
> (Boileau, *Art poét.*, II.)

3. Sénèque, *lettre* CXV. « Chacun se peint sans y penser dans ce qu'il écrit, » a dit pareillement Fénelon.

retrouvez l'axiome tant cité et souvent mal cité de Buffon :
« Le style est l'homme même ; » résumé naturel de son discours
à l'Académie et de son génie tout entier.

Oui, messieurs, en effet, si vous voulez retrouver l'image
de cet homme à part dans le dix-huitième siècle, grave et même
un peu fastueux, épris de la gloire avec circonspection, philosophe respectant tous les pouvoirs et presque tous les préjugés,
gentilhomme cher à ses vassaux, comme dit Saint-Lambert,
et paraissant devant eux le dimanche en habit doré, ayant plus
de dignité dans les manières que de délicatesse dans les goûts,
plus de bonté que d'émotion, toutes ces nuances morales peuvent se démêler dans le caractère même de son style, si soi-
gné, si noble, si paré. Le mot est plus vrai encore dans un sens
plus littéral, et pour exprimer la personnalité même de l'auteur.
L'ensemble des connaissances, des sentiments, des idées, des
erreurs de Buffon, forme, avec ses expressions, un tout indestructible qui appartient à l'avenir. Sans le style, ses découvertes
partielles, et à plus forte raison ses erreurs, ne vivraient plus
que dispersées dans vingt ouvrages. Par le génie de l'expression, il s'est fait une place durable dans l'instabilité progres-
sive de la science, et ses ouvrages ont pu cesser d'être utiles
sans cesser d'être admirés[1].

Tableau de la littérature au dix-huitième siècle, leçon 22.

Les deux Chénier.

Parmi les poëtes de cette époque (1789), il en est deux portant le même nom, issus du même sang, et qu'on ne peut séparer : ce sont les deux Chénier. Une tristesse uniforme se répand sur leurs destinées si différentes. Un intérêt particulier
s'attachait à leur naissance, à leur éducation, à leurs premières
années. De plus cruels souvenirs ont fait oublier cet intérêt. Fils
d'un homme savant qui passa la plus grande part de sa vie dans
les consulats d'Orient, ils étaient nés tous deux à Constantinople d'une femme belle et spirituelle, d'une Grecque[2]. Il est
resté d'elle des pages élégantes, ingénieuses, où le goût fran-

1. Cf. l'*Histoire de la littérature française* de M. Nisard, liv. IV,
et les *Causeries du lundi* de M. Sainte-Beuve, tomes IV et X.
2. André Chénier était né en 1762, Joseph en 1764.

çais, qu'elle avait appris de son mari, est animé de je ne sais quelle grâce asiatique[1]....

Envoyé de Constantinople en France, André Chénier, l'aîné des deux frères, fut placé dans un collége de Paris. Son goût vif pour les arts, son instinct de l'antiquité, comme d'une patrie, se montrèrent d'abord. En apprenant la langue grecque, alors très-négligée de nos savants, il semblait se souvenir des jeux de son enfance et des chants de sa mère. Il fit des progrès rapides dans toutes les études classiques. A quatorze ans, plus instruit que tous ses compagnons, il était poëte; il traduisait Anacréon et Sapho, et rendait avec grâce la douceur et la passion de ces chants nationaux pour lui. Au sortir du collége, il entra dans la vie militaire, qui convenait peu à son humeur libre et rêveuse. Il la quitta, et se livra de nouveau à de fortes études, à la méditation assidue des chefs-d'œuvre antiques, retenant son talent pour le fortifier, et ne se hâtant pas d'écrire.

Son frère, plus jeune que lui, se précipita plus vite vers la renommée littéraire. Après des études incomplètes et rapides dans le même collége, après quelque séjour dans une garnison, emporté par l'ardeur de la célébrité, il se jette dans cette carrière de la tragédie, si haute et pourtant si fréquentée, qui semblait alors, par la multitude des concurrents et la facilité des succès, une continuation immédiate de la rhétorique[2]. Il fait sa tragédie d'*Azémire*, jouée et même applaudie, je crois, à Fontainebeau. Puis, esprit supérieur, il s'aperçoit, dans son succès, de tout ce qui manque à son talent; il recommence de sérieuses études au moins sur l'école française. Une ambition ardente lui impose trois ans de retraite, pendant lesquels tout va changer en France.

Il préparait sa tragédie de *Charles IX* pour cette époque nou-

1. Ce sont deux lettres dont l'une a pour objet les danses de la Grèce moderne, et l'autre, les cérémonies funèbres de la Grèce chrétienne.

2. La fin du dix-huitième siècle et la période impériale virent en effet se multiplier cette forme de tragédies froidement régulières, conçues d'ailleurs dans un esprit de système qui sacrifiait l'intérêt dramatique aux préoccupations de thèses politiques ou philosophiques. Les poëtes de cette école qui méritent cependant un souvenir sont, avec Joseph Chénier, Lafosse, une fois heureux dans son *Manlius*, Lamotte, qui rencontra dans son *Inès* d'heureuses inspirations, Raynouard, dont on lit encore les *Templiers*, de Jouy, l'auteur de *Sylla*, Arnault, l'auteur de *Marius à Minturnes*, et enfin Ducis. Nous nous réservons de parler de ce dernier avec plus de détail.

velle, que son frère ne salua pas d'abord avec moins d'ardeur. Les voilà donc tous deux contemporains, spectateurs animés des mêmes événements, le plus jeune accroissant à la hâte sa célébrité, l'autre commençant la sienne. Parlons d'abord d'André Chénier ; c'est justice : il avait la préséance de l'âge ; il a eu celle de l'échafaud. La destinée de ces deux frères offre d'ailleurs un tragique intérêt. En repoussant avec horreur les traditions de la calomnie, on voit en eux un lamentable exemple du malheur des révolutions. L'un d'eux se dévoue lentement à l'étude de l'art : sa gloire est obscure, son imagination est à la fois studieuse et passionnée ; et quand ce grand mouvement de 1789 arrive, il en est saisi vivement. Les premiers vers connus d'André Chénier sont un hymne d'enthousiasme et de joie sur la fameuse séance du Jeu de paume[1] ; c'est l'inauguration pindarique de la révolution sociale. Les premières tragédies célèbres de Marie-Joseph Chénier sont des tragédies partiales, comme il le dit lui-même, tout empreintes de la véhémence des passions nouvelles : c'est *Charles IX, Henri III* ; ce sont des pièces qui, flétrissant d'un légitime opprobre les vieux forfaits de la souveraineté absolue, étaient, surtout à l'époque où elles parurent, de menaçantes allusions pour une souveraineté affaiblie et tombante. Cette voie commune d'enthousiasme et d'ardeur pour la réformation sociale où s'étaient précipités les deux frères, ils ne la suivirent pas longtemps du même pas ni avec le même cœur. André Chénier était de la race de ces hommes généreux que l'on voit paraître au commencement des révolutions, qui se passionnent avec une courageuse candeur pour toutes les nobles idées de liberté, de réparation, de justice ; qui les réclament, au péril de tous leurs intérêts ; et puis qui, lorsque les révolutions s'avancent ou s'égarent, lorsque les réformes demandées par des âmes généreuses, et souvent repoussées par d'imprudentes résistances, sont tombées dans des

---

1. Dans cette célèbre pièce adressée au peintre Louis David, le poëte, inspiré par ses patriotiques espérances, s'écriait :

O jour ! jour triomphant ! jour saint ! jour immortel !
    Jour le plus beau qu'ait fait luire le ciel
Depuis qu'au fier Clovis Bellone fut propice !
        O soleil ! ton char étonné
S'arrêta. Du sommet de ton brûlant solstice
    Tu contemplais ce divin sacrifice !
        O jour de splendeur couronné !
Tu verras nos neveux, superbes de ta gloire,
    Vers toi d'un œil religieux
    Remonter au loin dans l'histoire.

mains brutales et violentes, s'indignent, se séparent, deviennent
transfuges du plus fort, et désertent vers le parti des vaincus et
des opprimés.

Ainsi, quand la révolution fut souillée, quand des meurtres
ensanglantèrent des théories, alors son âme fut saisie d'indignation. Cependant cette émotion de sa pitié ne devint pas une
réaction de sa raison : il ne rejeta pas les principes généreux
et libres qu'il avait d'abord embrassés ; il les retint avec la
même énergie, il les professa avec la même éloquence, mais
il sépara les assassins des réformateurs. Et ainsi, se dévouant
presque à une double haine, il continuait de proclamer toutes les
théories de liberté et d'attaquer avec une vertueuse colère tous
les promoteurs de l'anarchie[1]. C'est une voie d'honneur et de
courage ; ce n'est pas celle d'une longue vie, dans les temps de
révolution.

Tandis que, par des écrits polémiques, André Chénier signa-
lait sa haine contre des tyrans démocrates, et qu'en silence son
imagination toute grecque se répandait dans des poésies d'une
grâce ravissante, son frère obtenait la célébrité bruyante du
théâtre, devenu le tumultueux écho des passions politiques. Les
lettres le conduisirent à la tribune. Poëte tragique et patriotique, au milieu de ce drame épouvantable d'une révolution, il
devint orateur. Il survécut à des temps affreux qui le mena-
çaient lui-même. Il vit plus tard sa gloire littéraire s'accroître.
Son frère fut plus heureux : il ne fut que victime ; il porta jeune
sa tête sur l'échafaud, où il n'avait fait monter personne[2].

Ibid., leçon 58e [3].

1. On sait, en effet, que ce même André Chénier qui avait si vigou-
reusement attaqué les excès de la monarchie sollicita de M. de Males-
herbes l'honneur de partager avec lui la défense du roi. La lettre
dans laquelle Louis XVI demandait à l'Assemblée le droit d'appeler
au peuple était d'André-Chénier. C'était assez, sans parler des vers
célèbres adressés à Charlotte Corday, pour attirer sur Chénier la
haine des factieux. On peut lire sur André Chénier, *homme politique,*
une *causerie* de M. Sainte-Beuve, tome IV.

2. On trouvera dans un roman de M. A. de Vigny, intitulé *Stello*,
un récit émouvant et pathétique de la mort d'André Chénier, « de ce
jeune cygne, a dit M. de Latouche, étouffé par la main sanglante des
révolutions. » Revoir les extraits d'André Chénier dans les *Morceaux
choisis pour les classes supérieures,* de M. Léon Feugère.

3. M. Sainte-Beuve parle en ces termes du *Tableau de la littérature au dix-huitième siècle :* « Il y reste de la parole première une sorte
de mouvement général, la facilité et le courant ; mais le style a désormais toute la précision et tout le fini que les plus curieux peuvent

V. COUSIN.

(1792-1867.)

Né à Paris en 1792, M. Victor Cousin, après de fortes études couronnées par le prix d'honneur de rhétorique, entrait en 1811 à l'école normale, où se développa rapidement sa double vocation philosophique et littéraire. Appelé peu d'années après (1815) à suppléer M. Royer-Collard à la Sorbonne, dans la chaire d'histoire de la philosophie, loin de fléchir sous le poids d'une si lourde succession, il dépassa toutes les espérances, et ses leçons partagèrent bientôt avec celles de MM. Guizot et Villemain les honneurs d'une égale popularité. Le loisir forcé d'une disgrâce temporaire (1821) permit à M. Cousin de publier ses *éditions de Proclus* et de *Descartes*, de commencer la *traduction de Platon*, et de s'initier plus profondément à la pensée philosophique de l'Allemagne dont il devait combattre avec éloquence les conclusions extrêmes. M. Cousin remonta dans sa chaire en 1828 sous le ministère de M. de Martignac. Deux ouvrages importants résument les dernières années de son enseignement public, l'*Introduction à l'histoire de la philosophie* et l'*Examen de la philosophie de Locke*. Devenu, après 1830, membre du conseil royal de l'instruction publique, directeur de l'école normale, pair de France, il profita de cette haute situation pour imprimer aux études philosophiques une nouvelle et vigoureuse impulsion. Chef reconnu du spiritualisme, il avait l'art de pressentir et de diriger les vocations; il savait surtout communiquer aux jeunes esprits qui se donnaient à lui l'enthousiasme dont il était lui-même animé; et si parfois, dans une école qui relevait de la libre pensée, il se montra jaloux à l'excès de son autorité, il payait assez généreusement de sa personne pour faire oublier cette légère contradiction. C'est ainsi qu'à la chambre des pairs il défendit avec éclat contre des préventions passionnées les deux causes qui lui étaient également chères, celles de l'Université et de la philosophie. Rentré dans

souhaiter; la pensée sur chaque point a sa solidité et sa nuance. On y est conduit sans interruption depuis les premiers pas un peu timides de La Motte et de Fontenelle, à travers les conquêtes et les hardiesses triomphantes de leurs successeurs, jusqu'à l'entrée en scène de Mme de Staël et de M. de Châteaubriand. » Le même critique signale les portraits de Gresset, de d'Aguesseau et de Vauvenargues « comme touchés avec une grâce parfaite et enlevés avec légèreté. » Les belles leçons sur la tribune anglaise au dix-huitième siècle resteront aussi l'une des parties les plus neuves et les plus attachantes de cet ouvrage.

7.

la vie privée après 1848, il consacra à la révision complète de ses
œuvres philosophiques les premières années d'une vieillesse qui devait être trop courte; il rassembla et condensa dans son beau livre
Du vrai, du beau et du bien ce qui lui parut la partie la plus solide
de son enseignement, et les loisirs de ces sévères travaux nous valurent
les brillantes études sur la société française au dix-septième siècle
(*Mme de Longueville, Mme Sablé, Mme de Chevreuse, etc.*) et sur la
Jeunesse de Mazarin. M. Cousin est mort à Cannes en 1867.

Nous devons dire ici quelques mots de l'œuvre philosophique de
M. Cousin. Tout d'abord il continue contre l'école sensualiste du
dix-huitième siècle la réaction commencée par La Romiguière et
Royer-Collard. Mais il fit plus que défendre et relever le spiritualisme, il eut l'ambition de fonder lui-même une école et proclama
l'*Eclectisme* (ἐκλέγω, *choisir*), qui est à proprement parler une méthode plus encore qu'un système. S'emparant d'une pensée féconde
de Leibnitz, M. Cousin, à l'encontre de cette vieille opinion qui considère l'histoire des doctrines philosophiques comme l'histoire même
des aberrations de l'esprit humain, pose au contraire en principe que
toute grande doctrine qui a vécu contient en soi quelque chose de
vrai. L'erreur pure sans alliage de vérité se dissoudrait aussitôt.
Mais comment dégager ces précieuses parcelles de vérité? Suffirait-il
de choisir prudemment avec la seule lumière de la raison et du bon
sens? Cette méthode ne fonderait pas la science : c'est une forme
inférieure et vulgaire de l'éclectisme. Pour séparer le vrai du faux,
nous avons besoin d'un autre *criterium* plus exact, plus philosophique. Or ce *criterium* (et c'est là le côté original du système de
M. Cousin) sera fourni par l'observation approfondie et complète de
la nature humaine. C'est par l'étude attentive et impartiale de
l'homme et de ses facultés que nous parviendrons à démêler la part
d'erreur et de vérité étroitement mêlée dans les conceptions des philosophes. La psychologie devient ainsi la base de la science philosophique.

Quoi qu'il en soit de la valeur absolue de l'*éclectisme*, il imprima
un nouvel essor aux études d'histoire de la philosophie, et c'est un
honneur incontestable pour la mémoire de M. Cousin que d'avoir été,
grâce à son esprit d'ardente initiative, le promoteur de ce mouvement. D'ailleurs, si la philosophie de M. Cousin doit encore rencontrer des adversaires, son mérite littéraire restera hors d'atteinte. Nul
écrivain de ce temps n'a mieux parlé la belle et grande langue du
dix-septième siècle [1], nul n'a possédé à un égal degré l'ampleur du

1. « La qualité de cette prose du dix-septième siècle, a dit M. Cousin dans l'avant-propos de son *Étude sur Pascal*, est presque indéfi-
nissable, et on n'en peut acquérir le sentiment que par un commerce assidu. C'est par-dessus tout un mélange exquis de naïveté et

tour, la propriété de l'expression, et cette simple et large période qui dessine avec aisance tous les replis de la pensée [1].

Des différents arts et de leur classification.

L'expression [2] ne fournit pas seulement les règles générales des arts, elle donne encore le principe qui permet de les classer.

En effet, toute classification suppose un principe qui serve de mesure commune.

Cette mesure n'est autre que l'expression. L'expression étant le but suprême, l'art qui s'en rapproche le plus est le premier de tous les arts.

Tous les arts vrais sont expressifs, mais ils le sont diversement. Prenez la musique; c'est l'art sans contredit le plus pénétrant, le plus intime. Il y a physiquement et moralement entre un son et l'âme un rapport merveilleux. Il semble que l'âme est un écho où le son prend une puissance nouvelle. On raconte de la musique ancienne des choses extraordinaires. Et il ne faut pas croire que la grandeur des effets suppose ici des moyens très-compliqués. Non, moins la musique fait de bruit, et plus elle touche. Donnez quelques notes à Pergolèse [3], don-

de grandeur. Elle est tour à tour, ou plutôt en même temps, de la simplicité la plus familière et de la plus vive poésie, sans jamais tomber dans une négligence maniérée, la pire des affectations, ou dans ce vulgaire amalgame de deux genres opposés qu'on appelle la prose poétique, signe fatal des littératures en décadence, qui a paru chez nous à la fin du siècle dernier et au commencement du nôtre. »

1. Les ouvrages philosophiques de M. Cousin ont été publiés à la librairie Didier, dans les formats in-8° et in-12.

2. *L'expression* est ce quelque chose d'immatériel que l'artiste imprime sur son œuvre. C'est la pensée invisible et idéale cachée derrière la forme matérielle. Au début de cette même leçon, M. Cousin a montré que les arts ne sont arts que parce qu'ils ont tous plus ou moins cette propriété d'*exprimer les idées*. L'obstacle à l'expression est la *forme*, et c'est le mérite du génie de convertir l'obstacle en moyen. Mais tous les arts n'ont pas la puissance de l'*expression* à un égal degré; plus un art est assujetti à la matière, plus il aura de difficulté à exprimer l'idée. C'est là le principe qui permet d'établir la classification des arts.

3. Pergolèse, l'auteur du *Stabat mater dolorosa*, naquit à Jési (délégation d'Ancône) en 1710 et mourut à l'âge de vingt-six ans, en 1736.

nez-lui surtout quelques voix pures et suaves, et il vous ravit jusqu'au ciel, il vous emporte dans les espaces de l'infini, il vous plonge dans d'ineffables rêveries. Le pouvoir propre de la musique est d'ouvrir à l'imagination une carrière sans limites, de se prêter avec une souplesse étonnante à toutes les dispositions de chacun, d'irriter ou de bercer, aux sons de la plus simple mélodie, nos sentiments accoutumés, nos affections favorites. Sous ce rapport, la musique est un art sans rival : elle n'est pourtant pas le premier des arts.

La musique paye la rançon du pouvoir immense qui lui a été donné; elle éveille plus que tout autre art le sentiment de l'infini, parce qu'elle est vague, obscure, indéterminée dans ses effets. Elle est juste l'art opposé à la sculpture, qui porte moins vers l'infini, parce que tout en elle est arrêté avec la dernière précision. Telle est la force et en même temps la faiblesse de la musique; elle exprime tout et elle n'exprime rien en particulier. La sculpture, au contraire, ne fait guère rêver, car elle représente nettement telle chose et non pas telle autre. La musique ne peint pas, elle touche; elle met en mouvement l'imagination, non celle qui reproduit des images, mais celle qui fait battre le cœur, car il est absurde de borner l'imagination à l'empire des images[1]. Le cœur une fois ému ébranle tout le reste : c'est ainsi que la musique peut indirectement et jusqu'à un certain point susciter des images et des idées; mais sa puissance directe et naturelle n'est ni sur l'imagination représentative[2] ni sur l'intelligence; elle est sur le cœur : c'est un assez bel avantage.

Le domaine de la musique est le sentiment; mais là même son pouvoir est plus profond qu'étendu, et si elle exprime certains sentiments avec une force incomparable, elle n'en exprime qu'un fort petit nombre. Par voie d'association, elle peut les réveiller tous, mais directement elle en produit très-peu, et encore les plus simples et les plus élémentaires, la tristesse et la joie avec leurs mille nuances[3]. Demandez à la musique d'ex-

1. Cette idée a été développée dans la 6e leçon du même livre.
2. C'est-à-dire l'imagination qui nous *représente* les objets.
3. M. Cousin nous paraît ici restreindre beaucoup trop la puissance de la musique. Cet art se prête au contraire à l'expression d'effets et de sentiments très-divers, la grandeur, l'héroïsme, la tendresse, la crainte, la majesté calme. Dans différents passages des symphonies de Beethoven on trouverait une expression de grandeur majestueuse qui n'appartient ni à la joie ni à la tristesse. Gluck excelle dans la musique héroïque, Haydn dans la musique tendrement naïve; et sans

primer la magnanimité, la résolution vertueuse, et d'autres sentiments de ce genre : elle en est aussi incapable que de peindre
un lac ou une montagne. Elle s'y prend comme elle peut : elle
emploie le large, le rapide, le fort, le doux, etc., mais c'est à
l'imagination à faire le reste, et l'imagination ne fait que ce qui
lui plaît. Sous la même mesure, celui-ci met une montagne et
celui-là l'océan; le guerrier y puise des inspirations héroïques,
le solitaire des inspirations religieuses[1]. Sans doute les paroles
déterminent l'expression musicale, mais le mérite alors est à
la parole, non à la musique; et quelquefois la parole imprime à
la musique une précision qui la tue et lui ôte ses effets propres,
le vague, l'obscurité, la monotonie, mais aussi l'ampleur et la
profondeur, j'allais presque dire l'infinitude. Elle n'est pas faite
pour exprimer des sentiments compliqués et factices, ou terrestres et vulgaires. Son charme singulier est d'élever l'âme vers
l'infini. Elle s'allie donc naturellement à la religion, surtout à
cette religion de l'infini qui est en même temps la religion du
cœur; elle excelle à transporter aux pieds de l'éternelle miséricorde l'âme tremblante sur les ailes du repentir, de l'espérance et de l'amour. Heureux ceux qui, à Rome, au Vatican,
dans les solennités du culte catholique, ont entendu les mélodies de Leo, de Durante[2], de Pergolèse, sur le vieux texte consacré! Ils ont un moment entrevu le ciel, et leur âme a pu y
monter sans distinction de rang, de pays, de croyance même,
par ces degrés invisibles et mystérieux, composés pour ainsi
dire de tous les sentiments simples, naturels, universels, qui
sur tous les points de la terre tirent du sein de la créature humaine un soupir vers un autre monde!

Entre la sculpture et la musique, ces deux extrêmes opposés,
est la peinture, presque aussi précise que l'une, presque aussi
touchante que l'autre. Comme la sculpture, elle marque les
formes visibles des objets, mais en y ajoutant la vie; comme la
musique, elle exprime les sentiments les plus profonds de l'âme,

prétendre donner à cet art une précision qu'il ne comporte pas, n'y
a-t-il pas jusque de la moquerie dans certains morceaux de Mozart?
1. Cependant rien ne se ressemble moins que la musique religieuse et la musique militaire.
2. Leo, l'auteur du *Miserere* à deux chœurs, naquit à Naples en
1694 et mourut en 1756. Durante, le maître de Pergolèse, naquit
aussi à Naples en 1693 et mourut en 1755. Il est à remarquer que
M. Cousin prend ses exemples exclusivement dans la musique italienne, plus mélodieuse souvent que la musique allemande, mais en
général moins variée et moins expressive.

et elle les exprime tous. Dites-moi quel est le sentiment qui ne soit pas sur la palette du peintre? Il a la nature entière à sa disposition, le monde physique et le monde moral, un cimetière, un paysage, un coucher de soleil, l'océan, les grandes scènes de la vie civile et religieuse, tous les êtres de la création, par-dessus tout le visage de l'homme, et son regard, ce vivant miroir de ce qui se passe dans l'âme. Plus pathétique que la sculpture, plus claire que la musique, la peinture s'élève, selon nous, au-dessus de toutes deux, parce qu'elle exprime davantage la beauté sous toutes ses formes, l'âme humaine dans toute la richesse et la variété de ses sentiments[1].

Mais l'art par excellence, celui qui surpasse tous les autres, parce qu'il est incomparablement plus expressif, c'est la poésie.

La parole est l'instrument de la poésie; la poésie la façonne à son usage et l'idéalise pour lui faire exprimer la beauté idéale. Elle lui donne le charme et la puissance de la mesure; elle en fait quelque chose d'intermédiaire entre la voix ordinaire et la musique, quelque chose à la fois de matériel et d'immatériel, de fini, de clair et de précis, comme les contours et les formes les plus arrêtés, de vivant et d'animé comme la couleur, de pathétique et d'infini comme le son. Le mot en lui-même, surtout le mot choisi et transfiguré par la poésie, est le symbole le plus énergique et le plus universel. Armée de ce talisman qu'elle a fait pour elle, la poésie réfléchit toutes les images du monde sensible, comme la sculpture et la peinture; elle réfléchit le sentiment comme la peinture et la musique, avec toutes ses variétés, que la musique n'atteint pas, et dans leur succession rapide que ne peut suivre la peinture, aussi arrêtée et immobile que la sculpture; et elle n'exprime pas seulement tout cela, elle exprime ce qui est inaccessible à tout autre art, je veux dire la pensée, entièrement séparée des sens et même du sentiment, la pensée qui n'a pas de formes, la pensée qui n'a pas de couleur, la pensée qui ne laisse échapper aucun son, qui

---

1. On peut regretter ici que M. Cousin n'ait pas développé les caractères propres de la peinture et de la sculpture. L'architecture méritait aussi une place dans cette classification. Sur la question de la musique, M. Cousin se trouve en opposition avec Hégel. Celui-ci, partant du même principe, donne à la musique un rang supérieur à la sculpture et à la peinture, parce qu'elle subit moins les conditions de la matière et qu'elle saisit l'âme plus directement par l'élément immatériel du son. L'empire de la musique est par cela même plus étendu et plus varié dans ses modes d'expression.

nè se manifeste dans aucun regard, la pensée dans son vol le plus sublime, dans son abstraction la plus raffinée.

Quel monde d'images, de sentiments, de pensées à la fois distinctes et confuses, suscite en vous ce seul mot : la patrie ! et cet autre mot, bref et immense : Dieu ! Quoi de plus clair et tout ensemble de plus profond et de plus vaste !

Dites à l'architecte, au sculpteur, au peintre, au musicien même, d'évoquer ainsi d'un seul coup toutes les puissances de la nature et de l'âme ! ils ne le peuvent, et par là ils reconnaissent la supériorité de la parole et de la poésie.

Ils la proclament eux-mêmes, car ils prennent la poésie pour la mesure de la beauté de leurs œuvres ; ils les estiment à proportion qu'elles se rapprochent davantage de l'idéal poétique. Et le genre humain fait comme les artistes : Quelle poésie ! s'écrie-t-on à la vue d'un beau tableau, d'une noble mélodie, d'une statue vivante et expressive. Ce n'est pas là une comparaison arbitraire, c'est un jugement naturel qui fait de la poésie le type de la perfection de tous les arts, l'art par excellence, qui comprend tous les autres, auquel tous aspirent, auquel nul ne peut atteindre.

Et cela ne veut pas dire que les arts doivent imiter servilement la poésie, et copier ses chefs-d'œuvre ; loin de là : quand ils le tentent, la plupart du temps ils s'égarent, ils perdent leur propre génie, sans dérober celui de la poésie. Mais la poésie bâtit à son gré des palais et des temples comme l'architecture ; elle les fait simples ou magnifiques ; tous les ordres lui obéissent ainsi que tous les systèmes ; les différents âges de l'art lui sont égaux ; elle reproduit, s'il lui plaît, le classique ou le gothique, le beau ou le sublime, le mesuré ou l'infini. Lessing a pu comparer, avec la justesse la plus exquise, Homère au plus parfait sculpteur, tant les formes que ce ciseau merveilleux donne à tous les êtres sont déterminées avec netteté ! Et quel peintre aussi qu'Homère, et, dans un genre différent, le Dante ! La musique seule a quelque chose de plus pénétrant que la poésie, mais elle est vague, elle est bornée, elle est fugitive. Outre sa netteté, sa variété, sa durée, la poésie a aussi les plus pathétiques accents. Rappelez-vous les paroles que Priam laisse tomber aux pieds d'Achille en lui redemandant le cadavre de son fils, plus d'un vers de Virgile, des scènes entières du Cid et de Polyeucte, la prière d'Esther agenouillée devant Dieu, les chœurs d'Esther et d'Athalie. Dans le chant célèbre de Pergolèse, *Stabat mater dolorosa*, on peut demander ce qui émeut le plus de la musique ou des paroles. Le *Dies iræ, dies illa,* récité seulement, est déjà de l'effet le plus terrible. Dans ces paroles formidables, tous les coups portent, pour ainsi dire ; chaque mot renferme un sentiment distinct, une idée à la fois profonde et déterminée. L'intelligence avance à chaque pas, et le cœur s'élance à sa suite. La parole humaine, idéalisée par la poésie, a la profondeur et l'éclat de la note musicale ; et elle est lumineuse autant que pathétique ; elle parle à l'esprit comme au cœur ; elle est en cela inimitable, unique, qu'elle rassemble en elle tous les extrêmes et tous les contraires, dans une harmonie qui redouble leur effet, et où tour à tour paraissent et se développent toutes les images, tous les sentiments, toutes les idées, toutes les facultés humaines, tous les replis de l'âme, toutes les faces des choses, tous les mondes réels et tous les mondes intelligibles !

Du vrai, du beau et du bien, leçon 9e [1].

⋯⋯⋯

La morale de l'intérêt démentie par la conscience du genre humain.

Hâtons-nous d'arriver à la doctrine morale d'Helvétius [2]. Est-il vrai que l'intérêt seul règle les jugements et les actions, soit des individus, soit des sociétés ? Il s'agit ici d'une question de

---

1. La 10e leçon du même ouvrage est la suite et le complément naturel de la précédente. M. Cousin y montre fort bien que l'*expression* ne sert pas seulement à apprécier et classer les différents arts, mais encore les différentes écoles : de là un fort beau développement sur l'art français (poésie, peinture, sculpture) au dix-septième siècle, dont le mérite propre a été dans l'expression.

2. Helvétius, né à Paris en 1715, mort en 1771, fut le disciple de Locke et de Condillac, dont il exagéra encore le dangereux système en le poussant à ses dernières conséquences. Sa philosophie est tout entière dans le livre de l'*Esprit,* qui parut en 1758. Dans cet ouvrage, divisé en quatre discours, Helvétius cherchait à établir qu'il n'y a entre l'homme et la bête qu'une différence d'organisation et non de nature : l'homme réduit aux sensations n'est pas libre. La seule loi de nos actions est donc le plaisir et l'intérêt. Helvétius, entraîné par ces monstrueux principes, livre au ridicule toute vertu et toute religion et proclame que le seul art de gouverner les hommes est d'exciter leurs passions. La philosophie de *la sensation* de Locke et de Condillac devient chez Helvétius un sensualime grossier et brutal.

fait : voyons donc ce qui se passe dans la conscience de chacun de nous et dans la conscience du genre humain.

Commençons par le genre humain, et consultons les langues
où il dépose ses sentiments, ses idées , ses croyances. Je vois
d'abord que le langage du genre humain ne s'accorde guère avec
celui d'Helvétius. Le dictionnaire moral d'Helvétius se réduit
à un mot, l'intérêt. Celui du genre humain est plus varié et
plus riche ; il parle de justice, de probité, de devoir[1]. Partout
on oppose le bien au mal, le dévouement à l'égoïsme ; on célèbre les sacrifices de la vertu, les saintes douleurs qui accom-
pagnent l'accomplissement du devoir, et on flétrit les lâches voluptés du vice et du crime.

Or le langage humain, c'est l'humanité même. Quand le
genre humain recommande le devoir désintéressé, et dans les
religions, et dans les législations, et dans les poésies, comment
ne pas croire qu'il reconnaisse une loi morale différente de l'intérêt ? Comment admettre que d'un bout du monde à l'autre,
depuis trois mille ans, le genre humain ait fait comme une con-
spiration pour se tromper lui-même ?

Pour reconnaître si le genre humain pense avec Helvétius que
les actions ne sont moralement bonnes qu'en raison de leur
utilité[2], soumettons à son jugement deux actions différentes. Je
crois de mon devoir de faire telle action ; supposons, par
exemple, une fondation charitable, un asile, une école, une
maison pénitentiaire, ou tout autre établissement semblable :
je fais cette action avec la conscience qu'il n'y a pas en moi
le moindre calcul d'intérêt personnel ; je la fais uniquement
parce que je crois devoir la faire. Mais voilà que cette action,
noble dans ses motifs, et conduite avec sagesse et prudence,
tourne mal cependant, et me porte préjudice à moi-même, et
même aussi à la société. Si donc le genre humain pense comme
Helvétius, il jugera que cette action est mauvaise moralement
il jugera que c'est un crime, puisqu'au lieu de servir elle nuit.
Or le genre humain juge-t-il ainsi ? Pas le moins du monde. Il
regrette que cette action n'ait point réussi, il s'afflige de son
mauvais succès , il recherche s'il y a eu témérité et impru-

1. Cet argument est développé dans la IIe leçon *du vrai, du beau
et du bien*.
2. Helvétius en effet, dans le XIVe chap. du IIe discours de l'*Esprit*, distingue les *vertus de préjugés* des *vertus vraies*. Les premières
sont toutes les vertus qui se rapportent à nous-mêmes, les secondes
sont les vertus qui sont utiles au public.

dence : s'il ne trouve qu'un malheur immérité, il absout le malheur et il déclare l'action elle-même juste et bonne ; et cela, bien qu'il ne soit pas intéressé à la juger telle, bien qu'il en ait été comme moi la victime. Changeons l'hypothèse. Supposons que j'accomplisse cette même action, non pour satisfaire à ma conscience, mais par intérêt personnel, par hypocrisie, ou par vanité, ou par tout autre motif de ce genre qui paraisse et soit connu, et supposons que cette action produise les meilleurs résultats pour moi comme pour la société. Voilà une très-bonne action dans le système d'Helvétius. Mais le genre humain proteste contre une pareille qualification : il profite du résultat, il blâme le principe ; il honore le dévouement même stérile, même funeste ; il condamne l'égoïsme utile. S'il admire une action qui a été utile à son auteur, ce n'est pas du tout par cet endroit qu'il la prise ; l'utilité que son auteur en retire arrête même l'élan de l'admiration, et quelquefois rend l'action suspecte. A-t-elle été utile à la société, sans être utile à son auteur, le genre humain admire plus volontiers. Mais pour que l'admiration soit entière, il faut qu'il y ait ou un grand génie déployé, ou un grand danger bravé, ou un sacrifice consommé, enfin une intention généreuse accomplie[1].

Y a-t-il eu au monde une vertu plus malheureuse et même plus mal employée que celle des citoyens qu'on a appelés les derniers Romains? Brutus, en tuant César, se perd lui-même, et replonge le monde dans l'anarchie et la guerre. Et cependant si Brutus, nourri dans les traditions de la république, a cru devoir délivrer sa patrie de l'homme qui lui avait ravi sa liberté et ses vieilles institutions, qui peut trouver sa conduite criminelle? Et si Brutus, comblé de bienfaits par César, a étouffé les mouvements d'une tendresse presque filiale, s'il s'est déchiré les entrailles pour obéir à la voix de la patrie, qui peut refuser son admiration à ce grand effort de la nature humaine, même en regrettant qu'il ait eu un pareil but[2]? Au contraire, en vain aurais-je sauvé le monde ; si je n'ai voulu sauver que moi-même, le monde, qui me doit son salut, ne me doit pas son estime.

1. Dans la leçon déjà citée *du vrai, du beau et du bien*, on trouvera une analyse du sentiment de l'admiration, supposant à la fois le désintéressement de celui qui l'éprouve et de celui qui l'inspire.
2. Dans sa tragédie de la *Mort de César* (1732), Voltaire, s'appuyant sur une tradition sans valeur historique, a fait de Brutus le fils de César ; mais le spectacle du patriotisme poussé jusqu'au parricide ré-

Mais cette conception du bien en soi et de la vertu désintéressée ne serait-elle pas un idéal impossible à réaliser? Nous
avouons que les hommes, pour parler sans cesse de justice et
de dévouement, ne se montrent pas toujours justes ni très-
empressés à sacrifier leur intérêt. Le poëte l'a dit : *Video me-
liora proboque, Deteriora sequor*[1]. La conduite du genre humain
est un bien pâle reflet de sa croyance, quand sa croyance est
difficile à pratiquer. Quelle force et quelle sublimité dans la
pensée! quelles faiblesses, quelles misères dans l'action[2]!
Mais est-ce à dire qu'elle en soit absolument vide? Qu'il se
trouve un seul acte de vertu, je dis un seul, et la vertu n'est
plus une chimère. Si un homme a pu être vertueux une fois en
sa vie, il a pu l'être deux fois, cent fois; d'autres peuvent
l'être comme lui : la vertu n'est donc point au-dessus des forces
humaines, et c'est calomnier l'humanité que de prétendre
qu'elle ne peut suivre d'autre règle de conduite que la passion
ou l'intérêt. Il ne faut pas, dira Helvétius, être dupe de l'apparence; il faut se rendre compte des intentions. Assurément;
mais, en s'appliquant à ne pas être trompé par les autres, il
ne faut pas se tromper soi-même en imposant aux actions
humaines des interprétations systématiques en contradiction
avec leurs caractères manifestes. Si dans l'obscurité du cœur
humain le champ est ouvert à toutes les interprétations, il en
est pourtant qui répugnent à la raison. Le genre humain a
toujours cru à l'héroïsme de Décius, qui, pour ramener la
victoire sous les drapeaux de Rome, se dévoue aux dieux infer-
naux; de Régulus, qui s'arrache à sa famille et à sa patrie
pour aller chercher à Carthage une mort affreuse[3]; de d'Assas,

volte la conscience. Il suffit bien, pour que le problème soit encore
douloureux à résoudre, que Brutus ait été comblé de bienfaits par
César. Si Brutus est le fils de l'homme qu'il va frapper, ce n'est plus
qu'un insensé dont le fanatisme a égaré la raison. Shakspeare, dont
Voltaire croyait avoir taillé le *diamant brut*, s'est bien gardé de tomber dans une pareille faute.

1.   Je vois, j'aime le bien; c'est le mal que je fais.

2. Racine, imitant l'épître de saint Paul aux Romains, ch. VII, dit
dans un de ses *cantiques spirituels* :

> Mon Dieu, quelle guerre cruelle!
> Je trouve deux hommes en moi :
> L'un veut que, plein d'amour pour toi,
> Mon cœur te soit toujours fidèle;
> L'autre, à tes volontés rebelle,
> Me révolte contre ta loi....

3. Il faut lire à ce sujet la belle ode d'Horace, la Ve du livre III.

qui, sous la pointe des baïonnettes, s'écrie : « A moi, Auvergne ; ce sont les ennemis! » D'âge en âge, le genre humain a célébré ces grands actes de vertu ; il n'a jamais pu croire, quoi qu'en aient dit les sophistes de tous les temps, qu'un calcul d'intérêt ait engendré de pareils sacrifices ; il n'a jamais souffert qu'on transformât ses héros et ses martyrs en marchands habiles[1].

Philosophie sensualiste au XVIIIe siècle, 4e leçon.

1. Cf. la XIIe leçon sur la morale de l'intérêt dans *le vrai, le beau et le bien.*

AUGUSTIN THIERRY.

(1795-1856.)

M. Augustin Thierry a sa place marquée parmi les écrivains supérieurs de notre époque qui ont régénéré la science historique. Né à Blois en 1795, il recevait encore enfant, à la lecture des *Martyrs* de M. de Châteaubriand, comme le premier pressentiment de sa vocation, et, bien des années après, il consacrait ce souvenir éloigné en adressant à l'écrivain de génie qui domine notre siècle littéraire l'hommage que le Dante rend à Virgile : *Tu duca, tu signore, e tu maestro.* Cette décisive influence ne fut pas la seule. A l'opposé de plusieurs contemporains célèbres qui s'initièrent en écrivant l'histoire à la vie publique, le polémiste chez M. Augustin Thierry précéda et prépara à quelques égards l'historien. Placé sous la restauration dans les rangs de l'opposition libérale, il demandait à l'histoire des armes nouvelles pour la cause qu'il avait embrassée avec foi et ardeur. Un problème surtout passionnait sa curiosité, et ce fut dans la *Première lettre sur l'histoire de France* qu'il posa nettement les termes de la question. Pourquoi entre les diverses classes de la société française cette hostilité séculaire qui se marquait à chaque époque de nos annales tantôt par un sourd malaise, tantôt par de violentes et subites commotions ? Sur quel droit primordial reposaient les priviléges et les prétentions de la noblesse ? Pourquoi cette longue oppression des classes moyennes et inférieures ? Les historiens des deux derniers siècles qui avaient étudié la question des origines françaises n'avaient montré, selon M. Augustin Thierry, ni assez de science dans leurs recherches ni assez d'impartialité dans leurs conclusions pour donner à ce problème sa solution vraie et définitive. Le fait capital était resté dans l'ombre, ou avait été mal étudié, celui de la conquête des Gaules par les Franks, et cependant c'était là le point de départ et la cause originelle des souffrances et des révolutions de notre pays. L'affranchissement des communes, l'élévation graduelle du tiers-état, devenaient ainsi la juste revendication des droits de la race vaincue, et la révolution française était la dernière revanche des Gaulois sur le peuple frank. Au milieu des témérités de pensée et des violences d'expression auxquelles se laissait parfois entrainer M. Augustin Thierry, il y avait dans ces vues une nouveauté hardie et séduisante qui hâta, on ne peut le nier, la réforme de l'histoire en la rappelant à l'étude des monuments originaux. D'ailleurs M. Augustin Thierry entrait dans la voie qu'il avait

ouverte, et peu à peu son talent souple et varié, en se dégageant des
préoccupations d'une polémique irritante, gagnait en élévation et en
sévérité.

Après avoir agité plus encore que résolu dans ses *Lettres sur l'histoire de France* cette question des origines à laquelle il devait revenir
dans la maturité de son talent, M. Augustin Thierry reporta son
attention sur le premier objet de ses études, l'*Histoire de la conquête
d'Angleterre par les Normands*. Là encore se rencontrait le fait analogue à celui que présentait l'histoire de nos origines, le fait d'une
conquête étrangère, et d'une lutte entre deux races violemment réunies sur le même sol. L'ouvrage de M. Augustin Thierry parut en
1825 et excita une vive admiration. Sous le pinceau de l'historien,
cette lointaine époque reprenait sa vie première, et l'érudition semblait être pour l'art comme une aide docile qui apprêtait ses couleurs. M. Augustin Thierry, en effet, devient comme le contemporain
des âges qu'il retrace; il prend part au drame des événements, il
s'associe aux émotions qu'il décrit, il réhabilite la race vaincue,
toujours calomniée par les vainqueurs; avec des matériaux grossiers
et informes il recompose des histoires vivantes qui réunissent au
charme naïf de la légende la sévère exactitude de la science moderne.
M. Augustin Thierry devait bientôt expier cruellement la joie d'un
si grand succès : ses yeux s'étaient usés au travail, et dans les premiers mois de l'année 1826, après l'inutile délassement d'un voyage
en Provence, il revenait presque aveugle à Paris, condamné désormais
à lire par les yeux d'autrui et à dicter au lieu d'écrire. Il accepta sa
destinée et « fit amitié avec les ténèbres. » Ce fut en 1833, après la
révision complète et sévère de ses *Lettres sur l'histoire de France*,
qu'il conçut la pensée d'entreprendre la peinture de la période Mérovingienne. Mais, au lieu d'une narration suivie, il choisit la méthode
plus libre des récits détachés. De 1833 à 1837, la *Revue des deux
Mondes* publia six de ces épisodes sous le titre de *Nouvelles lettres
sur l'histoire de France* ; en 1840, les sept fragments qui composent
l'ouvrage parurent sous leur nom définitif : *Récits des temps mèro-
vingiens* C'est peut-être l'œuvre la plus achevée de M. Augustin
Thierry. Nulle part l'historien n'avait trouvé une telle fraîcheur et
une telle vérité de coloris pour peindre dans la variété de ses aspects
toutes les classes de cette société confuse et mêlée : « Frédégonde,
l'idéal de la barbarie élémentaire, sans conscience du bien et du mal ;
Hilperic, l'homme de race barbare qui prend les goûts de la civilisation et se polit à l'extérieur sans que la réforme aille plus avant ;
Mummolus, l'homme civilisé qui se fait barbare et se déprave à
plaisir pour être de son temps ; Grégoire de Tours, l'homme du temps
passé, mais d'un temps meilleur que le présent qui lui pèse, l'écho
fidèle des regrets que fait naître dans quelques âmes élevées une

civilisation qui s'éteint[1]. » Malgré les souffrances croissantes d'une
santé détruite, et du milieu de cette cécité physique qui semblait doubler les rayons de sa pensée, M. Augustin Thierry put encore achever
(1853) l'*Essai sur l'histoire de la formation et des progrès du tiers-
état*. C'était l'histoire même du développement de la nation depuis
l'époque de la naissance du tiers-état, longtemps caché sous le nom de
serfs et de *colons*, jusqu'au jour de son émancipation définitive sous
Louis XIV, quand il remplissait les conseils du roi, le clergé et la
magistrature. Cet ouvrage reçut quinze années de suite de l'Académie
française le grand prix Gobert, et le suffrage public consacra cette
sorte de « majorat annuellement électif[2] » qui protégea jusqu'à la
fin la retraite laborieuse du grand historien. Ce fut en 1856 que mourut
M. Augustin Thierry. Pour résumer l'enseignement moral d'une vie
si féconde en nobles travaux, malgré tant de souffrances qui la traversèrent, il faut citer en terminant les lignes que M. Augustin
Thierry écrivait en 1834 : « Aveugle et souffrant sans espoir et presque sans relâche, je puis rendre ce témoignage, qui de ma part ne
sera pas suspect : il y a au monde quelque chose qui vaut mieux
que les jouissances matérielles, mieux que la fortune, mieux que la
santé elle-même, c'est le dévouement à la science[3]. »

Conquête des Gaules par les Franks.

Dans le première partie de la *VIe lettre sur l'histoire de France*[4],
M. Augustin Thierry marque l'origine des Franks[5] et fixe, autant
qu'il est possible, la limite des territoires qu'ils occupaient au delà
du Rhin. Les Franks étaient une confédération de peuplades appar-
tenant à la race tudesque ou germanique. Au moment où ils entrèrent en lutte avec les Romains, les Franks étendaient leur em-

1. *Récits des temps mérovingiens*, préface.
2. Expression de M. Villemain.
3. *Histoire de mes idées et de mes travaux historiques*, préface de
Dix ans d'études.
4. Les cinq premières lettres sur l'histoire de France sont la partie critique de l'ouvrage. M. Augustin Thierry passe en revue les diverses écoles historiques qui se sont succédé depuis le quinzième
siècle, l'école populaire au moyen âge, l'école italienne ou classique
au seizième siècle, enfin l'école philosophique au dix-huitième siècle.
Ces chapitres sont d'un très-vif intérêt.
5. Le nom de *frank* ou *frak*, qu'on l'écrivit avec ou sans l'*n* eupho-
nique, voulait dire *fier, intrépide, féroce*, et non pas *homme libre*,
comme l'ont prétendu certains historiens modernes. *Frech*, en allemand moderne, signifie *hardi, téméraire; wrang*, en hollandais, veut
dire *âpre, rude*.

pire sur les côtes de la mer du Nord, depuis l'embouchure du Rhin jusqu'à celle de l'Elbe, et sur la rive droite du Rhin jusqu'à l'endroit où le Mein s'y jette. Mais comme l'association franke confinait avec les associations des Saxons et des Alamands, les limites de leur territoire variaient selon les chances de la guerre.

Les guerres des Franks contre les Romains, depuis le milieu du troisième siècle, ne furent point des guerres défensives. Dans ses entreprises militaires, la confédération avait un double but, celui de gagner du terrain aux dépens de l'empire et celui de s'enrichir par le pillage des provinces limitrophes. Sa première conquête fut celle de la grande île du Rhin qu'on nommait l'île des Bataves. Il est évident qu'elle nourrissait le projet de s'emparer de la rive gauche du fleuve et de conquérir le nord de la Gaule. Animés par de petits succès et par les relations de leurs espions ou de leurs coureurs à la poursuite de ce dessein gigantesque, les Franks suppléaient à la faiblesse de leurs moyens d'attaque par une activité infatigable. Chaque année ils lançaient de l'autre côté du Rhin des bandes de jeunes fanatiques dont l'imagination s'était enflammée au récit des exploits d'Odin et des plaisirs qui attendaient les braves dans les salles du palais des morts [1]. Peu de ces enfants perdus repassaient le fleuve. Souvent leurs incursions, qu'elles fussent avouées ou désavouées par les chefs de leurs tribus, étaient cruellement punies, et les légions romaines venaient mettre à feu et à sang la rive germanique du Rhin; mais, dès que le fleuve était gelé, les passages et l'agression recommençaient. S'il arrivait que les postes militaires fussent dégarnis par les mouvements de troupes qui avaient lieu d'une frontière de l'em-

---

1. Odin était le héros du Danemark, à la fois prêtre, soldat, poëte, roi et législateur. Il vivait, à ce que l'on pense, vers 70 avant J. C. Quand il mourut, pour frapper l'esprit de ses concitoyens, il se fit en leur présence sept blessures en forme de cercle et déclara qu'il allait dans la Scythie, où il serait mis au rang des dieux. Il ajouta qu'il ouvrirait le palais des morts à ceux qui mèneraient une vie vertueuse ou mourraient sur le champ de bataille. Les Franks l'invoquaient en allant au combat. On pourra lire dans l'*Histoire littéraire de la France avant le douzième siècle,* par M. Ampère, un curieux chapitre (le 2ᵉ du livre II) où l'auteur recherche les traces de l'*odinisme* dans les croyances populaires du moyen âge (follets, fées, sorcières, loups-garous). La tradition du *grand veneur de Fontainebleau,* personnage mystérieux qui traverse la forêt pendant la nuit avec un bruit affreux de cors et de chiens, ne serait, selon M. Ampère, que la transformation de la *chasse d'Odin,* dans laquelle Odin est représenté chevauchant à travers les airs, avec un grand fracas, à la tête de ses guerriers.

pire à l'autre, toute la confédération, chefs, hommes faits et jeunes gens, se levait en armes pour faire une trouée et détruire les forteresses qui protégeaient la rive romaine. C'est à l'aide de pareilles tentatives, bien des fois réitérées, que s'accomplit enfin, dans la dernière moitié du cinquième siècle, la conquête du nord de la Gaule par une portion de la ligue des Franks.

Parmi les tribus dont se composait la confédération franke, un certain nombre se trouvaient placées plus avantageusement que les autres pour l'invasion du territoire gaulois : c'étaient les plus occidentales, celles qui habitaient les dunes voisines de l'embouchure du Rhin. De ce côté, la frontière romaine n'était garantie par aucun obstacle naturel ; les forteresses étaient bien moins nombreuses que vers le cours du haut Rhin ; et le pays, coupé de marécages et de vastes forêts, offrait un terrain aussi peu propre aux manœuvres des troupes régulières qu'il était favorable aux courses aventureuses des bandes germaniques. C'est en effet près de l'embouchure du Rhin que sa rive gauche fut la première envahie d'une manière durable, et que les incursions des Franks eurent un résultat fixe, celui d'un établissement territorial qui s'agrandit de proche en proche. Le nouveau rôle que jouèrent dès lors, comme conquérants territoriaux, les Franks de la contrée maritime leur fit prendre un ascendant marqué sur le reste de la confédération. Soit par influence, soit par force, ils devinrent population dominante, et leur principale tribu, celle qui habitait, vers les bouches de l'Yssel, le territoire appelé *Saliland,* ou pays de Sale, devint la tête de toutes les autres. Les *Saliskes,* ou Saliens, furent regardés comme les plus nobles d'entre les Franks ; et ce fut dans une famille salienne, celle des *Merowings,* ou enfants de Merowig, que la confédération prit ses rois, lorsqu'elle eut le besoin d'en créer [1].

Le premier de ces rois dont l'histoire constate l'existence par des faits positifs est Chlodio ; car Faramond [2], fils de Mar-

1. Il est probable que le nom de *Merowings* ou Mérovingiens est d'une date antérieure à l'existence de *Merowig* ou Mérovée, successeur de Clodion. Ce nom paraît avoir appartenu à une ancienne famille extrêmement nombreuse, et dont les membres étaient répandus sur tout le territoire des Franks saliens. On trouve même dans les documents du sixième siècle des passages où il paraît désigner la masse entière des tribus saliennes. (A. T.)

2. M. Augustin Thierry a pensé qu'il fallait restituer l'orthographe germanique aux noms des personnages franks de notre histoire. Sans contester que cette restitution contribue à la vérité de la cou-

komir, quoique son nom soit bien germanique et son règne possible, ne figure pas dans les histoires les plus dignes de foi.
C'est au nom de Chlodio que se rattachèrent, dans les temps
postérieurs, tous les souvenirs de la conquête. On lui attribuait
à la fois l'honneur d'être entré le premier sur le territoire des
Gaules et celui d'avoir porté jusqu'au bord de la Somme la domination des Franks. Ainsi l'on personnifiait en quelque sorte
les victoires obtenues par une succession de chefs dont les noms
demeuraient dans l'oubli, et l'on concentrait sur quelques années des progrès qui avaient dû être fort lents, et mêlés de
beaucoup de traverses.

Cependant tout ne se passa pas avec une continuité de progrès si régulière ; et le terrain de la seconde province belgique fut plus d'une fois pris et repris avant de rester au pouvoir des Franks. Clodion lui-même fut battu par les légions
romaines et obligé de ramener ses troupes en désordre vers le
Rhin. Le souvenir de ce combat nous a été conservé par un
poëte latin du cinquième siècle[1]. Les Franks étaient arrivés
jusqu'à un bourg appelé Helena, qu'on croit être la ville de
Lens. Ils avaient placé leur camp, fermé par des chariots, sur
des collines près d'une petite rivière, et se gardaient négligem-
ment à la manière des barbares, lorsqu'ils furent surpris par
les Romains sous les ordres d'Aétius[2]. Au moment de l'attaque
ils étaient en fêtes et en danses pour le mariage d'un de leurs
chefs. On entendait au loin le bruit de leurs chants, et l'on
voyait la fumée du feu où cuisaient les viandes du banquet.
Tout à coup les légions débouchèrent, en files serrées et au pas
de course, par une chaussée étroite et un pont de bois qui traversait la rivière. Les barbares eurent à peine le temps de
prendre leurs armes et de former leurs lignes. Enfoncés et obligés à la retraite, ils entassèrent pêle-mêle sur leurs chariots
tous les apprêts de leur festin, des mets de toute espèce et de

leur historique, il est difficile de ne pas éprouver quelque surprise
et presque un léger regret en retrouvant sous cette physionomie
inaccoutumée des noms propres dont l'orthographe semblait consacrée par l'usage. N'y avait-il pas prescription ?

1. Sidoine Apollinaire, *Carmen in panegyr. Majoriani.* — On pourra
lire dans l'ouvrage précédemment cité de M. Ampère deux chapitres
intéressants (le 8e et le 9e du livre III) sur Sidoine Apollinaire, né à
Lyon en 430, gendre de l'empereur Avitus, grand seigneur et bel
esprit, le plus brillant représentant de la société gallo-romaine du
cinquième siècle.

2. Général romain et gouverneur des Gaules. L'empereur Valenti-
nien III, jaloux de sa gloire, le tua de sa propre main en 454.

grandes marmites parées de guirlandes. Mais les voitures, avec
ce qu'elles contenaient, dit le poëte, et l'épousée elle-même,
blonde comme son mari, tombèrent entre les mains des vainqueurs.

La peinture que les écrivains du temps tracent des guerriers
franks à cette époque, et jusque dans le sixième siècle, a quelque
chose de singulièrement sauvage. Ils relevaient et rattachaient
sur le sommet du front leurs cheveux d'un blond roux, qui formaient une espèce d'aigrette et retombaient par derrière en
queue de cheval. Leur visage était entièrement rasé, à l'exception de deux longues moustaches qui leur tombaient de chaque
côté de la bouche. Ils portaient des habits de toile serrés au corps
et sur les membres avec un large ceinturon auquel pendait l'épée.
Leur arme favorite était une hache à un ou deux tranchants,
dont le fer était épais et acéré et le manche très-court. Ils commençaient le combat en lançant de loin cette hache, soit au
visage, soit contre le bouclier de l'ennemi, et rarement ils manquaient d'atteindre l'endroit précis où ils voulaient frapper.

Outre la hache, qui, de leur nom, s'appelait *francisque,* ils
avaient une arme de trait qui leur était particulière, et que,
dans leur langue, ils nommaient *hang,* c'est-à-dire hameçon.
C'était une pique de médiocre longueur et capable de servir
également de près et de loin. La pointe, longue et forte, était
armée de plusieurs barbes ou crochets tranchants et recourbés.
Le bois était couvert de lames de fer dans presque toute sa
longueur, de manière à ne pouvoir être brisé ni entamé à coups
d'épée. Lorsque le hang s'était fiché au travers d'un bouclier,
les crocs dont il était garni en rendant l'extraction impossible,
il restait suspendu, balayant la terre par son extrémité : alors
le Frank qui l'avait jeté s'élançait, et posant un pied sur le javelot, appuyait de tout le poids de son corps et forçait l'adversaire à baisser le bras et à se dégarnir ainsi la tête et la poitrine. Quelquefois le hang attaché au bout d'une corde servait
en guise de harpon à amener tout ce qu'il atteignait. Pendant
qu'un des Franks lançait le trait, son compagnon tenait la corde,
puis tous deux joignaient leurs efforts, soit pour désarmer leur
ennemi, soit pour l'attirer lui-même par son vêtement ou son
armure.

Les soldats franks conservaient encore cette physionomie et
cette manière de combattre un demi-siècle après la conquête,
lorsque le roi Théodebert passa les Alpes et alla faire la guerre
en Italie. La garde du roi avait seule des chevaux et portait des

lances du modèle romain; le reste des troupes était à pied, et
leur armure paraissait misérable. Ils n'avaient ni cuirasses ni
bottines garnies de fer; un petit nombre portait des casques,
les autres combattaient nu-tête. Pour être moins incommodés
par la chaleur, ils avaient quitté leur justaucorps de toile et
gardaient seulement des culottes d'étoffe ou de cuir, qui leur
descendaient jusqu'au bas des jambes. Ils n'avaient ni arc, ni
fronde, ni autres armes de traits, si ce n'est le hang et la francisque [1]. C'est dans cet état qu'ils se mesurèrent avec plus
de courage que de succès contre les troupes de l'empereur
Justinien.

Quant au caractère moral qui distinguait les Franks à leur
entrée en Gaule, c'était celui de tous les croyants à la divinité
d'Odin. Ils aimaient la guerre avec passion, comme le moyen
de devenir riches dans ce monde, et, dans l'autre, convives des
dieux. Les plus jeunes et les plus violents d'entre eux éprou-
vaient quelquefois dans le combat des accès d'extase fréné-
tique, pendant lesquels ils paraissaient insensibles à la douleur
et doués d'une puissance de vie tout à fait extraordinaire. Ils
restaient debout et combattaient encore, atteints de plusieurs
blessures dont la moindre eût suffi pour terrasser d'autres
hommes. Une conquête exécutée par de pareilles gens dut être
sanglante et accompagnée de cruautés gratuites : malheureusement les détails manquent pour en marquer les circonstances
et les progrès [2]....

..... Parmi les rois franks de la première race, Clovis est
l'homme politique. C'est lui qui, dans la vue de fonder un empire, mit sous ses pieds le culte des dieux du Nord et s'associa
aux évêques orthodoxes pour la destruction des deux royaumes
ariens [3]. Mais instrument plutôt que moteur de cette ligue, malgré son amitié pour les prélats, malgré l'emploi qu'il fit, dans
ses diverses négociations, de Romains auxquels la tradition attribuait une finesse à toute épreuve, il resta sous l'influence
des mœurs de son peuple. L'impulsion donnée à ces mœurs par
l'habitude de la vie barbare et une religion sanguinaire ne fut

---

1. *Francisca;* ce mot, qui suppose le sous-entendu *securis,* n'est
autre que la transcription latine de l'adjectif teutonique *frankisk.*
(A. T.)
2. Après avoir raconté la conquête des provinces méridionales et
orientales de la Gaule par les Visigoths et les Burgondes, M. Augustin Thierry caractérise l'époque de Clovis, dont le règne marque
la date de l'établissement définitif des Franks dans les Gaules.
3. Ceux des Burgondes et des Visigoths.

point arrêtée par la conversion des Franks au christianisme.
L'évêque de Reims eut beau dire à ses néophytes : « Sicambre
adouci; courbe la tête, adore ce que tu as brûlé, » l'incendie et
le pillage n'épargnèrent pas les églises dans les expéditions entreprises vers la Saône et au midi de la Loire.

Il ne faut pas d'ailleurs s'imaginer que cette mémorable conversion ait été soudaine et complète. D'abord il y eut scission
politique entre les partisans du nouveau culte et ceux de l'ancien ; la plupart de ces derniers quittèrent le royaume de Chlodowig[1] pour se retirer au delà de la Somme; de plus, il resta
auprès du roi beaucoup de gens qui gardèrent leur croyance,
sans renoncer à leur vasselage. Les légendes attestent que non-
seulement le premier roi chrétien, mais encore ses successeurs,
furent souvent obligés de s'asseoir à table avec des païens obs-
tinés et qu'il y en avait un grand nombre parmi les Franks de
la plus haute classe.

Lorsque les nobles efforts du clergé chrétien eurent déraciné
les pratiques féroces et les superstitions apportées au nord de
la Gaule par la nation conquérante, il resta dans les mœurs de
cette race d'hommes un fond de rudesse sauvage qui se montrait en paix comme en guerre, soit dans les actions, soit dans
les paroles. Cet accent de barbarie, si frappant dans les récits
de Grégoire de Tours[2], se retrouve çà et là dans les documents
originaux du second siècle des rois Mérovingiens. Je prends
pour exemple le plus important de tous, la loi des Franks saliens
ou *loi salique*, dont la rédaction latine appartient au règne de
Dagobert. Le prologue dont elle est précédée, ouvrage de quelque
clerc d'origine franke, montre à nu tout ce qu'il y avait de violent, de rude, d'informe, si l'on peut s'exprimer ainsi, dans
l'esprit des hommes de cette nation qui s'étaient adonnés aux
lettres. Les premières lignes de ce prologue semblent être la
traduction littérale d'une ancienne chanson germanique : « La
nation des Franks, illustre, ayant Dieu pour fondateur, forte
sous les armes, ferme dans les traités de paix, profonde en

1. Forme germanique du nom de Clovis.
2. Grégoire, évêque de Tours, naquit en Auvergne en 539. Son ouvrage intitulé *Histoire ecclésiastique des Franks* remonte à l'origine
du monde pour arriver à son temps. A partir de la mort de saint
Martin, vers la fin du quatrième siècle, commence la narration originale de Grégoire de Tours, et le double but qu'il se propose est de
raconter à la fois l'histoire de la barbarie et celle de l'Église dans les
Gaules. C'est le livre que M. Augustin Thierry a pris pour base dans
ses *Récits mérovingiens*.

8.

conseil, noble et saine de corps, d'une blancheur et d'une beauté singulières, hardie, agile et rude au combat, depuis peu convertie à la foi catholique, libre d'hérésie lorsqu'elle était encore sous une croyance barbare, avec l'inspiration de Dieu, recherchant la clef de la science selon la nature de ses qualités, désirant la justice, gardant la piété; la *loi salique* fut dictée par les chefs de cette nation, qui en ce temps commandaient chez elle.

« On choisit, entre plusieurs, quatre hommes, savoir : le Gast de Wise, le Gast de Bode, le Gast de Sale et le Gast de Winde, dans les lieux appelés canton de Wise, canton de Sale, canton de Bode et canton de Winde[1]. Ces hommes se réunirent dans trois Mâls[2], discutèrent avec soin toutes les causes de procès, traitèrent de chacune en particulier, et décrétèrent leur jugement en la manière qui suit. Puis lorsque, avec l'aide de Dieu, Chlodowig le Chevelu, le beau, l'illustre roi des Franks, eut reçu le premier le baptême catholique, tout ce qui dans ce pacte était jugé peu convenable fut amendé avec clarté par les illustres rois Chlodowig, Hildebert et Chlother; et ainsi fut dressé le décret suivant :

« Vive le Christ qui aime les Franks; qu'il garde leur royaume et remplisse leurs chefs de la lumière de sa grâce; qu'il protége l'armée; qu'il leur accorde des signes qui attestent leur foi, les joies de la paix et de la félicité; que le Seigneur Christ-Jésus dirige dans les voies de la piété les règnes de ceux qui gouvernent : car cette nation est celle qui, brave et forte, secoua de sa tête le dur joug des Romains et qui, après avoir reconnu la sainteté du baptême, orna somptueusement d'or et de pierres précieuses les corps des saints martyrs, que les Romains avaient brûlés par le feu, massacrés, mutilés par le fer, ou fait déchirer par les bêtes. »

Extrait de la *Sixième lettre sur l'histoire de France*[3].

1. *Gast,* dans les dialectes actuels de la langue germanique, signifie *hôte*. Il paraît que, dans l'ancienne langue, il servait à exprimer la dignité patriarcale des chefs de tribu ou de canton. On trouve encore dans la province d'Over-Yssel, antique demeure des Saliens, un canton nommé *Salland* et un autre appelé *Twente*. Le canton de *Wise* tirait probablement son nom de sa situation occidentale, et celui de *Bode* rappelle l'ancien nom de l'île des Bataves. (A. T.)

2. *Mâl,* dans la langue teutonique, signifiait *parole:* d'où, par extension, *conseil, assemblée.*

3. On rapprochera avec intérêt cette lettre de M. Augustin Thierry du deuxième *Essai sur l'Histoire de France,* par M. Guizot, intitulé:

De la véritable époque de l'établissement de la monarchie.

Nos historiens ont coutume de distinguer trois périodes principales dans la longue durée qu'ils accordent à l'existence de la
nation française. D'abord ils posent la monarchie qui, étendue, selon eux, jusqu'aux limites de la France actuelle, est dissoute vers
le dixième siècle par la révolte des gouverneurs des provinces,
qu'ils appellent grands feudataires; ensuite, ils montrent la
féodalité produite par cette révolte que le temps a légitimée;
enfin ils présentent la monarchie renaissant, comme ils le disent, reprenant tous ses anciens droits et devenant aussi absolue qu'au premier jour de son établissement. Le petit nombre
de faits épars dans les Lettres précédentes suffit pour renverser
l'absurde hypothèse qui attribue à Chlodowig, ou même à Karl
le Grand la royauté de Louis XIV[1]; et quant à la féodalité,
loin qu'elle soit venue morceler un empire embrassant régulièrement toute la Gaule, c'est le système féodal qui a fourni le
principe sur lequel s'est établie l'unité du territoire, élément
essentiel de la monarchie dans le sens moderne de ce mot.

Il est certain que ni la conquête des Franks, ni même cette
seconde conquête, opérée sous une couleur politique par les
fondateurs de la dynastie Carolingienne[2], ne purent opérer

De l'origine et de l'établissement des Francs dans la Gaule. On y
trouve un remarquable portrait de Clovis : « C'était, dit l'historien,
au milieu des barbares, un barbare doué de facultés supérieures et
de cette insatiable activité qui les accompagne; un de ces hommes
que rien ne satisfait ni ne lasse, qui ne trouvent dans le repos qu'impatience et fatigue, nés pour le mouvement parce qu'ils portent en
eux-mêmes la force qui remue toutes choses, et incapables de s'arrêter devant un crime, un obstacle ou un danger.... Ce fut l'impulsion de sa propre nature, le besoin d'agir et de dominer, qui le
poussa en tous sens dans les Gaules et fit, du chef de quelques milliers de guerriers, le fondateur de la prédominance des Francs sur
tous les peuples voisins. »

1. On peut voir dans l'ouvrage déjà cité de M. Guizot le quatrième
Essai, chapitre III, sur les *Institutions monarchiques sous Charlemagne*. « Qu'on n'attribue point à l'administration de Charlemagne des
effets pareils à ceux dont, neuf siècles plus tard, les monarchies européennes ont offert l'exemple. Malgré tous ses efforts, le désordre
était immense, l'unité du pouvoir sans cesse rompue ou déjouée; en
mille occasions, en mille lieux, les choses et les hommes lui demeuraient absolument étrangers.... »

2. Le nom de *Carlovingien*, forgé pour obtenir la plus grande
ressemblance possible avec celui de *Mérovingien*, est un barbarisme
absurde. On l'a construit comme si le nom propre dont il dérive

entre les différentes parties de la Gaule, surtout entre le nord
et le midi, une véritable réunion. Elles n'eurent d'autre effet
que celui de rapprocher, malgré elles, des populations étrangères l'une à l'autre, et qui bientôt se séparèrent violemment.
Avant le douzième siècle, les rois établis au nord de la Loire ne
parvinrent jamais à faire reconnaître, seulement pour cinquante
années, leur autorité au sud de ce fleuve[1]. Ainsi, quand bien
même on supposerait que, dès la première invasion des Franks,
une monarchie à la façon moderne s'établit dans la partie de
la Gaule où ils fixèrent leur habitation, ce serait encore une
chose absurde que d'étendre cette monarchie à tous les pays
qu'elle embrassa dans les siècles postérieurs, et à la suite d'une
nouvelle conquête, plus lente et plus durable que les autres.

Cette conquête, à laquelle on pourrait donner le nom d'admi-
nistrative, s'effectua dans l'intervalle du douzième siècle au
dix-septième, époque où elle parut accomplie, où il n'y eut plus,
dans toute l'étendue de la Gaule, qu'un roi et des magistrats
révocables à sa volonté. Au temps des rois franks de la race de
Clovis ou de celle de Charlemagne, lorsque ces rois envoyaient
des gouverneurs de leur nation dans les provinces, surtout
dans les provinces méridionales, il n'était pas rare de voir ces
chefs étrangers aider, contre leur propre gouvernement, la ré-
bellion des indigènes. La présence d'un intérêt national, toujours
hostile envers l'autorité qu'ils avaient juré de servir, excitait
leur ambition, et quelquefois exerçait sur eux un entraînement
irrésistible. Ils entraient dans le parti des *serfs romains* contre
la noble race des Franks, *Edil Frankono liudi,* comme elle se
qualifiait dans sa langue ; et, devenant les chefs de ce parti, ils
lui prêtaient l'autorité de leur nom et de leur expérience militaire. Ces révoltes, qui offraient le double caractère d'une insurrection nationale et d'une trahison de vassaux, se terminèrent,
après bien des fluctuations, par le complet affranchissement
de la Gaule méridionale. De là naquit cette foule d'États indépendants qu'on vit s'élever, dans l'intervalle du neuvième au

était *Karlov* et non pas *Karl.* En latin, *Carolingi* et *Merovingi* sont
exactement conformes à l'étymologie teutonique ; le premier de
ces mots n'aurait pas dû subir en français plus de changement que
l'autre. (A. T.)

1. Dans le onzième siècle, l'abbé d'un monastère français, voya-
geant dans le comté de Toulouse, disait en plaisantant : « Maintenant je suis aussi puissant que mon seigneur le roi de France ;
car personne ici ne fait plus de cas de ses ordres que des miens. »
(A. T.)

onzième siècle, entre la Loire, les Pyrénées, les Alpes et les deux mers.

Mais lorsque ces petits États se formèrent du démembrement de la conquête franke, une opinion contraire à la plénitude et à la durée de leur indépendance, celle du vasselage territorial, régnait d'un bout à l'autre de la Gaule. Fille des anciennes mœurs germaniques appliquées à un état nouveau, à la possession, par droit de conquête, d'une immense quantité de domaines, de villages, de villes entières, cette opinion avait, par une fiction bizarre, transporté à la terre elle-même toutes les obligations du guerrier qui l'avait reçue en partage [1]. Les terres étaient en quelque sorte, suivant la condition de leur possesseur primitif, vassales et sujettes les unes des autres. Ce système, étendu aux provinces régies souverainement comme aux simples domaines privés, établissait entre toutes les parties du territoire un lien d'une nature indécise, il est vrai, mais capable d'acquérir une grande force, quand la prépondérance politique viendrait s'ajouter chez le suzerain à la suprématie féodale. Or, dans la hiérarchie des souverainetés, celle qui avait le titre de royaume, quelque faible qu'elle fût, devait prendre rang avant toutes les autres, et se trouvait la mieux placée pour faire valoir dans la suite, à leur détriment, un droit effectif de supériorité. Telle fut la source de la fortune des petits souverains de l'Ile-de-France, que nous appelons rois de la troisième race. L'opinion qui, au temps de leur plus grande faiblesse, les faisait regarder comme supérieurs à leurs puissants voisins, les ducs et les comtes de Bretagne, d'Aquitaine, de Provence, de Bourgogne, conduisait également à l'idée d'une subordination universelle de tous les royaumes à l'empire d'Allemagne, comme décoré d'un titre anciennement supérieur au titre de roi. Cette idée, il est vrai, ne fut point réalisée politiquement par les empereurs; mais les rois de France s'en prévalurent avec succès : pour eux, les prétentions de suzeraineté préparèrent les voies à la conquête, favorisées qu'elles étaient d'ailleurs par tous les avantages d'une position centrale et par le caractère belliqueux des habitants du nord de la Gaule.

1. M. Guizot, dans les *Essais sur l'Histoire de France,* a porté une grande lumière sur la question de l'*état des terres* si étroitement lié à l'*état des personnes* au moyen âge. Il faut lire ce qu'il a écrit dans le quatrième Essai sur les différentes sortes de propriétés territoriales auxquelles se rattachaient des priviléges et des devoirs différents : les terres allodiales, les terres bénéficiaires et les terres tributaires.

C'est ainsi que le royaume de France, considéré comme supérieur aux autres États gaulois, comme seul régi en toute puissance et en pleine liberté, devint le centre d'un système politique embrassant toutes les fractions de l'ancienne Gaule. Les conquêtes réitérées de la nation franke n'avaient pu opérer, à l'égard de ces fractions diverses, qu'un rapprochement passager : elles furent ralliées alors d'une manière uniforme et stable. La terre romaine s'unit à la terre franke par les liens de l'obligation féodale : les ducs ou comtes, d'abord indépendants, s'avouèrent successivement vassaux et hommes-liges des successeurs des rois franks. Aussitôt qu'ils se reconnurent astreints d'une manière générale, quoiqu'en termes vagues et mal définis, aux devoirs de la *féauté*, de ce moment naquit le germe encore informe de la France moderne et de la monarchie française.

Le lien d'obligation personnelle entre le vassal et le seigneur, entre le duc ou le comte et le roi, fut d'abord considéré comme réciproque. Les rois avaient envers leurs *hommes-liges* des devoirs stricts et déterminés ; mais peu à peu ils s'en affranchirent et exigèrent gratuitement la fidélité et la sujétion féodale. C'était de leur part une véritable usurpation : ils y réussirent cependant, parce que l'habitude du vasselage, enracinée de plus en plus, effaça par degrés l'ancien esprit d'indépendance locale, ou, pour mieux dire, nationale, qui durant cinq siècles avait maintenu les deux tiers méridionaux de la Gaule isolés de la domination franque. De cette rupture du contrat féodal résulta, dans tout son complément, la monarchie absolue.

Extrait de la *Neuvième lettre sur l'histoire de France.*

Démembrement de l'empire de Karl le Grand[1].

C'est une erreur de croire que toujours la chute d'une grande puissance produise l'anarchie sociale. Souvent le renversement du pouvoir n'est autre chose que la restauration de l'ordre et

---

1. A propos de ce nom, je dois dire que je ne prétends pas supprimer celui de Charlemagne, mais seulement l'interpréter, laissant chacun libre de se conformer à l'usage. Les noms célèbres qui, par l'histoire, sont entrés dans la langue nationale font partie de cette langue, je le reconnais, et j'accorde qu'on écrive Charlemagne, Charles Martel, et même Clovis, pourvu qu'on sache bien ce qu'on fait, et qu'on ait l'attention, une fois au moins, de le faire savoir au lecteur. (A. T.)

de l'indépendance naturelle des peuples, restauration laborieuse, à laquelle on n'arrive qu'après de longs essais, et lorsque plusieurs générations ont péri au milieu des troubles.

Or, il semble qu'à travers toutes les fluctuations causées par les chances de la guerre, un instinct de bon sens ramenait toujours les peuples au mode de démembrement le plus conforme à leur division naturelle. Dès le commencement des guerres civiles entre l'empereur Lodewig ou Louis[1] et ses enfants, guerre où le père et les fils étaient poussés à leur insu par des mouvements nationaux, une grande divergence d'opinion politique se laisse apercevoir entre les Franks vivant au milieu de la population gauloise et ceux qui sont demeurés sur l'ancien territoire germanique. Les premiers, ralliés, malgré leur descendance, à l'intérêt du peuple vaincu par leurs ancêtres, prirent en général parti contre l'empereur, c'est-à-dire contre l'empire, qui était pour les Gaulois indigènes un gouvernement de conquête. Les autres s'unirent, dans le parti contraire, avec toutes les peuplades tudesques, même anciennement ennemies des Franks. Ainsi tous les peuples teutons, ligués en apparence pour les droits d'un homme, défendaient leur cause nationale en soutenant, contre les Gallo-Franks et les *Welskes*[2], une puissance qui était le résultat des victoires germaniques. Selon le témoignage d'un contemporain, l'empereur Lodewig se défiait des Gallo-Franks et n'avait de confiance que dans les Germains. Lorsqu'en l'année 830 les partisans de la réconciliation entre le père et le fils proposèrent, comme moyen d'y parvenir, une assemblée générale, les malintentionnés travaillèrent pour que cette assemblée eût lieu dans une ville de la France romane : « Mais l'empereur, dit le même historien, n'était pas de cet avis ; et il obtint, selon ses désirs, que le peuple fût convoqué à Nimègue : toute la Germanie s'y rendit en grande affluence, afin de lui prêter secours. »

Peu de temps après, la Germanie elle-même, jusqu'alors si fidèle à l'empire, sépara sa cause nationale de celle des nouveaux césars. Lorsque Lodewig Ier, en mourant, eut laissé la

1. Louis le Débonnaire, qui régna de 814 à 840.
2. *Welske* ou *Welsche* était le nom que les peuples germains donnaient à tous les Occidentaux, Bretons, Gaulois ou Italiens Ils appelaient langue *welsche* la langue latine, et population *welsche*, les indigènes de la Gaule, au milieu desquels vivaient les Franks. On a tort d'employer aujourd'hui ce mot dans le sens de *barbare ;* car, dans la langue d'où il provient, il servait à désigner des peuples dont la civilisation était fort avancée. (A. T.)

domination franke partagée entre ses trois fils, Lother, Lodewig et Karl, quoique le premier eût le titre d'empereur, les nations teutoniques s'attachèrent davantage au second, qui n'était que roi. Bientôt la question de la prééminence de l'empire sur les royaumes se débattit à main armée entre les frères ; et, dès le commencement de la guerre, les Franks orientaux, les Alamans, les Saxons et les Thuringiens prirent parti contre le *Keisar* [1].

Réduit, en fait, au gouvernement de l'Italie, de l'Helvétie, de la Provence et d'une petite portion de la Gaule-Belgique, l'empereur Lother eut aussi peu de partisans sur les bords du Rhin et de l'Elbe que sur ceux de la Seine et de la Loire. « Sachez, mandait-il à ses frères qui le priaient de les laisser en paix chacun dans son royaume, sachez que le titre d'empereur m'a été donné par une autorité supérieure, et considérez quelle étendue de pouvoir et quelle magnificence doivent accompagner un pareil titre [2]. » Cette réponse altière était, à proprement parler, un manifeste contre l'indépendance nationale dont les peuples sentaient le besoin ; ils y répondirent d'une manière terrible par cette fameuse bataille de Fontanet, près d'Auxerre [3], où les fils des *Welskes* et des *Teutskes* combattirent sous les mêmes drapeaux pour le renversement du système politique fondé par Karl le Grand.

Cette alliance formée entre deux grandes masses d'hommes qui, par une circonstance bizarre, ne s'unissaient momentanément qu'afin d'être à l'avenir séparés d'une manière plus complète, fut confirmée l'année suivante (842) par des serments publics. Louis et Charles se réunirent à Strasbourg avec leurs armées, dont l'une était composée d'hommes de toutes les tribus teutoniques, l'autre de Gaulois septentrionaux, commandés par des seigneurs franks, et de méridionaux, sous des chefs indigènes. Afin de prouver au peuple que la guerre où ils étaient engagés de nouveau ne serait pas un jeu politique, les deux rois se jurèrent mutuellement de maintenir contre l'empereur la séparation nationale, et de ne point faire de paix avec lui au détriment l'un de l'autre [4].

1. C'est ainsi que les Franks orthographiaient le nom de *César*, qu'ils employaient pour *empereur*. En allemand moderne on dit *kaiser*. (A. T.)

2. Nithard, *Histoire des divisions entre les fils de Louis le Débonnaire*, livre II, ch. x.

3. En juin 841.

4. Cf. l'introduction des *Morceaux choisis des classiques français* (Prose) pour les classes supérieures, par M. Léon Feugère, page vi.

Après la conclusion de ce traité d'alliance, il y eut des réjouissances et des fêtes militaires. On se plut surtout à mettre aux prises, dans un combat simulé, des guerriers qui appartenaient aux différentes nations que Charlemagne avait le plus souvent fait combattre les unes contre les autres, comme les Franks orientaux et les Bretons, les habitants des bords du Weser et ceux du pied des Pyrénées. En dépit des ressentiments nationaux, produits d'un côté par les invasions et de l'autre par les révoltes, la volonté de maintenir ce bon accord, qui devait leur procurer l'indépendance, était si forte dans l'esprit des peuples qu'on n'apercevait pas la moindre trace de leur ancienne hostilité. Ils paraissaient bien mieux unis par leur intérêt mutuel qu'ils ne l'avaient été durant leur soumission au même pouvoir. « C'était un spectacle digne d'être vu, dit un contemporain, à « cause de sa magnificence et du bon ordre qui y régnait. Car, « dans une si grande foule et parmi tant de gens de diverse ori- « gine, il n'y eut personne de blessé ou d'insulté, comme il ar- « rive si souvent dans des réunions de gens de guerre peu nom- « breux et qui se connaissent[1]. »

Pendant ce temps, l'empereur Lother était à Aix-la-Chapelle, où il tenait sa cour en grande pompe, à la manière de Karl le Grand, pour essayer si l'appareil et l'ancien prestige de cette puissance ne lui gagneraient pas des partisans en Gaule et en Germanie. Il avait posté des corps de troupes pour arrêter les confédérés au passage de la Moselle ; mais à l'approche de l'armée ennemie, tous ses soldats prirent la fuite ; et lui-même apprenant que ses deux frères marchaient sur la capitale de l'empire, il l'abandonna en grande hâte, après avoir enlevé le trésor et les ornements impériaux. Suivi de peu de monde, il se rendit à Troyes, et de là à Lyon, pour se mettre en sûreté derrière le Rhône et faire de nouvelles recrues d'Italiens et de Provençaux. Il ne tarda pas à sentir qu'aucune nation n'était disposée à se dévouer pour la cause de la prééminence impériale ; et, résolu de ne point courir les chances d'une nouvelle bataille, il envoya vers ses deux frères des messagers pour traiter de la paix[2].

Extrait de la XIe *Lettre sur l'histoire de France.*

1. Voir Nithard, *Histoire*, livre III, chap. vi.
2. Le démembrement de l'empire devint ainsi définitif par le traité de Verdun (843). Toute la partie de la Gaule à l'ouest de l'Escaut, de la Meuse, de la Saône et du Rhône, avec le nord de l'Espagne jusqu'à l'Ebre, fut donnée à Charles le Chauve, sous le nom de *nouvelle France.* Le nom d'*ancienne France* désigna le royaume de

5. *Contemporains.* 9

Bataille d'Hastings.

Le roi Édouard le Confesseur avait, en mourant (1066), désigné
pour son successeur son neveu Harold, fils de ce Godwin qui avait
combattu avec énergie l'influence croissante des Normands en Angleterre. Guillaume, duc de Normandie, envoya au nouveau roi un
ambassadeur pour réclamer la couronne : il fondait ses prétentions
sur le serment qu'Harold avait prononcé dans un voyage en Normandie,
et par lequel il s'était engagé à faire reconnaître Guillaume roi d'Angleterre. Sur le refus d'Harold d'exécuter sa promesse, le duc de Normandie lui déclara la guerre : il débarqua sans rencontrer de résistance à Pevensey, près d'Hastings, le 28 septembre 1066. Quinze jours
après se livrait la célèbre bataille qui livra la couronne à Guillaume.

Sur le terrain qui porta depuis et qui aujourd'hui porte encore le nom de *lieu de la bataille*, les lignes des Anglo-Saxons
occupaient une longue chaîne de collines fortifiées par un rempart de pieux et de claies d'osier. Dans la nuit du 13 octobre,
Guillaume fit annoncer aux Normands que le lendemain serait
jour de combat. Des prêtres et des religieux qui avaient suivi
en grand nombre l'armée d'invasion se réunirent pour prier
et chanter des litanies, pendant que les gens de guerre prépa-
raient leurs armes. Ceux-ci, après ce premier soin, employè-
rent le temps qui leur restait à faire la confession de leurs pé-
chés, soit à un homme d'Église s'ils en trouvaient quelqu'un,
soit entre compagnons sous la tente. Dans l'autre armée, la nuit
se passa d'une manière bien différente ; tout entiers à l'exaltation patriotique et pleins d'une confiance en eux-mêmes que
l'événement devait démentir, les Saxons se divertissaient avec
grand bruit et chantaient de vieux chants nationaux, en vidant,
autour de leurs feux, des cornes remplies de bière et de vin.

Au matin, dans le camp normand, l'évêque de Bayeux, fils de
la mère du duc Guillaume, célébra la messe et bénit les troupes,
armé d'un haubert sous son rochet ; puis il monta un grand
coursier blanc, prit un bâton de commandement et fit ranger la

Louis le Germanique, qui comprenait tous les pays de langue teutonique jusqu'au Rhin et aux Alpes. Enfin Lothaire réunit à l'Italie
toute la partie orientale de la Gaule, comprise, au sud, entre le Rhône
et les Alpes, au nord, entre le Rhin et la Meuse et entre la Meuse
et l'Escaut, jusqu'à l'embouchure de ces fleuves. Ce royaume fut
désigné par le nom de famille de ses chefs, *Lotharingia*, dont nous
avons fait Lorraine.

5.

cavalerie. L'armée se divisa en trois colonnes d'attaque : à la
première étaient les gens d'armes venus des comtés de Boulogne
et de Ponthieu, avec la plupart des aventuriers engagés indivi-
duellement pour une solde ; à la seconde se trouvaient les auxi-
liaires bretons, manceaux et poitevins ; Guillaume en personne
commandait la troisième, formée de la chevalerie normande.
En tête et sur les flancs de chaque corps de bataille marchaient
plusieurs rangs de fantassins armés à la légère, vêtus de ca-
saques matelassées et portant de longs arcs de bois ou des
arbalètes d'acier. Le duc montait un cheval d'Espagne, qu'un
riche Normand lui avait amené d'un pèlerinage à Saint-Jacques
en Galice. Il tenait suspendues à son cou les plus révérées
d'entre les reliques sur lesquelles Harold avait juré[1], et l'étendard bénit par le pape était porté à côté de lui par un jeune
homme appelé Toustain le blanc. Au moment où les troupes
allaient se mettre en marche, le duc, élevant la voix, leur parla
en ces termes :

« Mes vrais et loyaux amis, vous avez passé la mer pour l'a-
« mour de moi et vous êtes mis en aventure de mort, ce dont
« je me tiens grandement obligé envers vous. Or, sachez que
« c'est pour une bonne querelle que nous allons combattre, et
« que ce n'est pas seulement pour conquérir ce royaume que je
« suis venu ici d'outre-mer. Les gens de ce pays, vous ne l'ignorez
« pas, sont faux et doubles, parjures et traîtres. Ils ont tué sans
« cause les Danois, hommes, femmes et enfants, dans la nuit
« de Saint-Brice ; ils ont décimé les compagnons d'Alfred, frère
« d'Édouard mon parent, et l'ont aveuglé et mis à mort[2]. Ils
« ont fait encore d'autres cruautés et trahisons contre les Nor-
« mands ; vous vengerez aujourd'hui ces méfaits, s'il plaît à
« Dieu. Pensez à bien combattre et mettez tout à mort, car si
« nous pouvons les vaincre, nous serons tous riches. Ce que je

1. L'année précédente, Harold s'était rendu auprès de Guillaume
pour réclamer son jeune frère et son neveu, livrés comme ôtages par
le roi Édouard au duc de Normandie. Celui-ci avait par adresse
obtenu d'Harold la promesse de l'aider à obtenir le royaume d'Angleterre après la mort d'Édouard. Pour donner à cet engagement un
caractère sacré, Guillaume avait fait répéter son serment à Harold
devant un grand conseil de barons et seigneurs normands assemblés à
Avranches ou à Bayeux. L'Anglais avait juré en étendant la main sur
deux reliquaires, et à un signe de Guillaume, un drap d'or s'était
levé et « l'on découvrit les ossements et les corps saints dont la cuve
était remplie jusqu'au bord, et sur lesquels le fils de Godwin avait
juré à son insu. »
2. Voir le livre II du même ouvrage.

« gagnerai, vous le gagnerez ; si je conquiers, vous conquerrez ;
« si je prends la terre, vous l'aurez. Pensez aussi au grand
« honneur que vous aurez aujourd'hui, si la victoire est à nous,
« et songez bien que si vous êtes vaincus, vous êtes morts sans
« remède, car vous n'avez aucune voie de retraite. Vous trou-
« verez devant vous, d'un côté, des armes et un pays inconnu,
« de l'autre, la mer et des armes. Qui fuira sera mort, qui se
« battra bien sera sauvé. Pour Dieu ! que chacun fasse bien
« son devoir et la journée sera pour nous. »

L'armée se trouva bientôt en vue du camp saxon, au nord-
ouest d'Hastings. Les prêtres et les moines qui l'accompagnaient se détachèrent, et montèrent sur une hauteur voisine,
pour prier et regarder le combat. Un Normand, appelé Taillefer,
poussa son cheval en avant du front de bataille et entonna le
chant, fameux dans toute la Gaule, de Charlemagne et de Roland[1]. En chantant, il jouait de son épée, la lançait en l'air
avec force et la recevait dans sa main droite ; les Normands
répétaient ses refrains ou criaient : Dieu aide ! Dieu aide !

A portée de trait, les archers commencèrent à lancer leurs
flèches, et les arbalétriers leurs carreaux[2] ; mais la plupart des
coups furent amortis par le haut parapet des redoutes saxonnes.
Les fantassins armés de lances et la cavalerie s'avancèrent jusqu'aux portes des retranchements et tentèrent de les forcer.
Les Anglo-Saxons, tous à pied autour de leur étendard planté
en terre, et formant derrière leurs palissades une masse com-
pacte et solide, reçurent les assaillants à grands coups de hache,
qui, d'un revers, brisaient les lances et coupaient les armures de
mailles. Les Normands, ne pouvant pénétrer dans les redoutes
ni en arracher les pieux, se replièrent, fatigués d'une attaque
inutile, vers la division que commandait Guillaume.

Le duc alors fit avancer de nouveau tous ses archers et leur
ordonna de ne plus tirer droit devant eux, mais de lancer leurs
traits en haut, pour qu'ils tombassent par-dessus le rempart
du camp ennemi. Beaucoup d'Anglais furent blessés, la plupart
au visage, par suite de cette manœuvre ; Harold lui-même eut

---

1. La *Chanson de Roland* ou de *Roncevaux*, dont la première rédaction écrite est due à un trouvère normand du onzième siècle, Tu-
rold, a été publiée pour la première fois en 1837 par M. Michel et
en 1850 par M. F. Génin. Dans son *Histoire de la littérature française*, M. Démogeot en a traduit avec goût quelques fragments (V.
ch. VII).

2. Flèches courtes, épaisses et de forme carrée.

l'œil crevé d'une flèche, mais il n'en continua pas moins de commander et de combattre. L'attaque des gens de pied et de cheval recommença de près, aux cris de Notre-Dame! Dieu aide! Dieu aide! Mais les Normands furent repoussés, à l'une des portes du camp, jusqu'à un grand ravin recouvert de broussailles et d'herbes, où leurs chevaux trébuchèrent et où ils tombèrent pêle-mêle et périrent en grand nombre. Il y eut un moment de terreur dans l'armée d'outre-mer. Le bruit courut que le duc avait été tué, et, à cette nouvelle, la fuite commença. Guillaume se jeta lui-même au-devant des fuyards et leur barra le passage, les menaçant et les frappant de sa lance ; puis se découvrant la tête : « Me voilà, leur cria-t-il, regardez-moi, je « vis encore, et je vaincrai avec l'aide de Dieu. »

Les cavaliers retournèrent aux redoutes ; mais ils ne purent davantage en forcer les portes ni faire brèche : alors le duc s'avisa d'un stratagème pour faire quitter aux Anglais leur position et leurs rangs ; il donna l'ordre à mille cavaliers de s'avancer et de fuir aussitôt. La vue de cette déroute simulée fit perdre aux Saxons leur sang-froid ; ils coururent tous à la poursuite, la hache suspendue au cou. A une certaine distance, un corps posté à dessein joignit les fuyards, qui tournèrent bride ; et les Anglais, surpris dans leur désordre, furent assaillis de tous côtés à coups de lance et d'épée dont ils ne pouvaient se garantir, ayant les deux mains occupées à manier leurs grandes haches. Quand ils eurent perdu leurs rangs, les clôtures des redoutes furent enfoncées ; cavaliers et fantassins y pénétrèrent ; mais le combat fut encore vif, pêle-mêle et corps à corps. Guillaume eut son cheval tué sous lui ; le roi Harold et ses deux frères tombèrent morts, au pied de leur étendard, qui fut arraché et remplacé par la bannière envoyée de Rome. Les débris de l'armée anglaise, sans chef et sans drapeau, prolongèrent la lutte jusqu'à la fin du jour, tellement que les combattants des deux partis ne se reconnaissaient plus qu'au langage.

Après avoir, dit un vieil historien, fait pour le pays tout ce qu'ils devaient, les compagnons d'Harold se dispersèrent, et beaucoup moururent, sur les chemins, de leurs blessures et de la fatigue du combat. Les cavaliers normands les poursuivirent sans relâche, ne faisant quartier à personne. Ils passèrent la nuit sur le champ de bataille, et le lendemain, au point du jour, le duc Guillaume rangea ses troupes et fit faire l'appel de tous les hommes qui avaient passé la mer à sa suite. Un grand nombre d'entre eux, morts ou mourants, gisaient à côté des vaincus.

Les heureux qui survivaient eurent, pour premier gain de leur victoire, la dépouille des ennemis morts. En retournant les cadavres, on en trouva treize revêtus d'un habit de moine sous leurs armes : c'étaient l'abbé de Hida et ses douze compagnons. Le nom de leur monastère fut inscrit le premier sur le livre noir des conquérants.

Les mères et les femmes de ceux qui étaient venus de la contrée voisine combattre et mourir avec leur roi se réunirent pour rechercher ensemble et ensevelir les corps de leurs proches. Celui du roi Harold demeura quelque temps sur le champ de bataille, sans que personne osât le réclamer ; enfin la veuve de Godwin, appelée Githa, surmontant sa douleur, envoya un message au duc Guillaume pour lui demander la permission de rendre à son fils les derniers honneurs : elle offrait, disent les historiens normands, de donner en or le poids du corps de son fils. Mais le duc refusa durement, et dit que l'homme qui avait menti à sa foi et à sa religion n'aurait d'autre sépulture que le sable du rivage. Il s'adoucit pourtant, si l'on en croit une vieille tradition, en faveur des religieux de Waltham, abbaye que, de son vivant, Harold avait fondée et enrichie.

Histoire de la conquête de l'Angleterre par les Normands, liv. III.

Mort de Sighebert (575).

Les fils de Clotaire Ier s'étaient partagé le royaume après la mort de leur père. Sighebert avait reçu la France orientale ou Ostrasie; Chilpéric (Hilperik), la France occidentale ou Neustrie; Gontran, la Bourgogne; Kharibert, l'Aquitaine. Sighebert avait demandé et obtenu en mariage la fille du roi des Wisigoths d'Espagne, Brunehaut. La sœur de cette princesse, Galswinthe, épousa Chilpéric, qui, bientôt égaré par les conseils de Frédegonde, la fit étrangler. Ce fut le signal d'une longue guerre entre les deux frères. Chilpéric et Frédegonde enfermés dans Tournay étaient sur le point de tomber entre les mains de Sighebert établi au village de Vitry, entre Arras et Douai : la mort de ce dernier pouvait seule les sauver. Frédegonde se chargea de consommer cet odieux fratricide.

Sighebert envoya une partie de ses troupes investir la place de Tournay et en commencer le siége ; lui-même fit ses préparatifs pour se rendre au lieu où il devait être inauguré comme roi des Franks occidentaux[1]. Paris, ni toute autre ville, ne pouvait convenir pour cette cérémonie, qui devait s'accomplir en plein air au milieu d'un camp. On choisit pour lieu d'assemblée l'un des domaines fiscaux du royaume de Neustrie, celui de Vitry sur la Scarpe, soit parce qu'il était peu éloigné de Tournay, soit parce que sa position septentrionale en faisait un rendez-vous commode pour la population franke, moins clairsemée en Gaule à mesure qu'on remontait vers le nord. Au moment du départ, lorsque le roi se mit en route escorté de ses cavaliers d'élite, tous régulièrement armés de lances et de boucliers peints, un homme pâle, en habits sacerdotaux, parut au-devant de lui; c'était l'évêque Germain[2], qui venait de s'arracher à son lit de souffrances pour faire une dernière et solennelle tentative : « Roi Sighebert, dit-il, si tu pars sans intention de mettre à mort ton frère, tu reviendras vivant et victorieux; mais si tu as une autre pensée, tu mourras; car le Seigneur a dit par la bouche de Salomon : La fosse que tu prépares afin que ton frère y tombe te fera tomber toi-même. » Le roi ne fut nullement troublé de cette allocution inattendue; son parti était pris et il se croyait sûr de la victoire. Sans répondre un seul mot, il passa outre, et bientôt il perdit de vue les portes de la ville où sa femme et ses trois enfants restaient pour attendre son retour.

Le passage de Sighebert à travers le royaume qui allait lui appartenir par élection fut comme un triomphe anticipé. Les habitants gaulois et le clergé des villes venaient processionnellement à sa rencontre; les Frauks montaient à cheval pour se joindre à son cortége. Partout les acclamations retentissaient en langue tudesque et en langue romaine. Des bords de la Seine à ceux de la Somme, les Gallo-Romains étaient, quant au nombre, la population dominante; mais, à partir de ce dernier fleuve vers le nord, une teinte germanique de plus en plus forte com-

---

1. Sighebert se trouvait alors à Paris, où il avait établi son quartier général.

2. Saint Germain s'était efforcé, dès le commencement de la guerre civile, de s'interposer comme médiateur entre les deux frères. « C'était, dit M. Augustin Thierry, un homme de civilisation autant que de foi chrétienne, une de ces natures délicates à qui la vue du monde romain gouverné par des barbares causait d'incroyables dégoûts, et qui s'épuisaient dans une lutte inutile contre la force brutale et contre les passions des rois. » Retenu sur son lit par la souffrance, il avait écrit à Brunehaut une lettre admirable en faveur de la paix; M. Augustin Thierry en cite des extraits dans le deuxième récit.

mençait à se montrer. Plus on avançait, plus les hommes de race franke devenaient nombreux parmi les masses indigènes; ils ne formaient pas simplement, comme dans les provinces centrales de la Gaule, de petites bandes de guerriers oisifs, cantonnés de loin en loin; ils vivaient à l'état de tribu et en colonies agricoles, au bord des marécages et des forêts de la province belgique. Vitry, près de Douai, se trouvait, pour ainsi dire, sur la limite de ces deux régions; les Franks du nord, cultivateurs et fermiers, et les Franks du sud, vassaux militaires, purent aisément s'y réunir pour l'inauguration du nouveau roi.

La cérémonie eut lieu dans une plaine bordée par les tentes et les baraques de ceux qui, n'ayant pu se loger dans les bâti- ments du domaine de Vitry, étaient contraints de bivouaquer en plein champ. Les Franks, en armes, formèrent un vaste cercle au milieu duquel se plaça le roi Sighebert, entouré de ses offi- ciers et des seigneurs de haut rang. Quatre soldats robustes s'avancèrent, tenant un bouclier sur lequel ils firent asseoir le roi, et qu'ils soulevèrent ensuite à la hauteur de leurs épaules. Sur cette espèce de trône ambulant, Sighebert fit trois fois le tour du cercle, escorté par les seigneurs et salué par la multitude qui, pour rendre ses acclamations plus bruyantes, applaudissait en frappant du plat de l'épée sur les boucliers garnis de fer. Après le troisième tour, selon les anciens rites germaniques, l'inauguration royale était complète, et de ce moment Sighebert eut le droit de s'intituler roi des Franks, tant de l'*Oster* que du *Neoster-Rike* [1]. Le reste du jour et plusieurs des jours suivants se passèrent en réjouissances, en combats simulés et en festins somptueux, dans lesquels le roi, épuisant les provisions de la ferme de Vitry, faisait à tout venant les honneurs de son nou- veau domaine.

A quelques milles de là, Tournay, bloqué par les troupes austrasiennes, était le théâtre de scènes bien différentes. Au- tant que sa grossière organisation le rendait capable de souf- france morale, Hilperik ressentait les chagrins d'un roi trahi et dépossédé; Frédegonde, dans ses accès de terreur et de déses- poir, avait des emportements de bête sauvage. A son arrivée dans les murs de Tournay, elle se trouvait enceinte et presque à terme; bientôt elle accoucha d'un fils au milieu du tumulte d'un siége et de la crainte de la mort qui l'obsédait jour et nuit.

1. Tant de l'*Ostrasie* que de la *Neustrie*.

Son premier mouvement fut d'abandonner et de laisser périr, faute de soins et de nourriture, l'enfant qu'elle regardait comme une nouvelle cause de danger; mais ce ne fut qu'une mauvaise pensée; et l'instinct maternel reprit le dessus. Le nouveau-né, présenté au baptême et tenu sur les fonts par l'évêque de Tournay, reçut, contre la coutume des Franks, un nom étranger à la langue germanique, celui de Samson, que ses parents, dans leur détresse, choisirent comme un présage de délivrance.

Jugeant sa position presque désespérée, le roi attendait l'événement dans une sorte d'impassibilité; mais la reine, moins lente d'esprit, s'ingéniait de mille manières, faisait des projets d'évasion, et observait autour d'elle pour épier la moindre lueur d'espérance. Parmi les hommes qui étaient venus à Tournay partager la fortune de leur prince, elle en remarqua deux dont les visages ou les discours indiquaient un sentiment profond de sympathie et de dévouement : c'étaient deux jeunes gens nés au pays de Térouanne, Franks d'origine, et disposés par caractère à ce fanatisme de loyauté qui fut le point d'honneur des vassaux du moyen âge. Frédégonde mit en usage, pour gagner l'esprit de ces hommes, toute son adresse et tous les prestiges de son rang : elle les fit venir auprès d'elle, leur parla de ses malheurs et de son peu d'espoir, joignit à ses propos gracieux des boissons enivrantes ; et, quand elle crut les avoir en quelque sorte fascinés, elle leur proposa d'aller à Vitry assassiner le roi Sighebert. Les jeunes soldats promirent de faire tout ce que la reine leur commanderait ; et alors elle donna de sa propre main à chacun d'eux un long couteau à gaîne, ou, comme disaient les Franks, un *skramasax*[1], dont elle avait, par surcroît de précautions, empoisonné la lame. « Allez, leur dit-elle, et si vous revenez vivants, je vous comblerai d'honneurs, vous et votre postérité; si vous succombez, je distribuerai pour vous des aumônes à tous les lieux saints[2]. »

Les deux jeunes gens sortirent de Tournay, et, se donnant pour déserteurs, ils traversèrent les lignes des Austrasiens et prirent la route qui conduisait au domaine royal de Vitry. Quand ils y arrivèrent, toutes les salles retentissaient encore de la joie des fêtes et des banquets. Ils dirent qu'ils étaient du royaume de Neustrie, qu'ils venaient pour saluer le roi Sighebert et

1. *Skrama-sax* veut dire couteau de défense.
2. Voilà un de ces traits précieux que M. Augustin Thierry excelle à relever dans les anciennes chroniques, et qui mieux que de longs commentaires peignent admirablement le caractère d'une époque.

pour lui parler. Dans ces jours de royauté nouvelle, Sighebert était tenu de se montrer affable et de donner audience à quiconque venait réclamer de lui protection ou justice. Les Neustriens sollicitèrent un moment d'entretien à l'écart, ce qui leur fut accordé sans peine ; le couteau que chacun d'eux portait à la ceinture n'excita pas le moindre soupçon, c'était une partie du costume germanique. Pendant que le roi les écoutait avec bienveillance, ayant l'un à sa droite et l'autre à sa gauche, ils tirèrent à la fois leur skramasax et lui en portèrent en même temps deux coups à travers les côtes. Sighebert poussa un cri et tomba mort. A ce cri le camérier du roi, Hareghisel, et un Goth nommé Sighila accoururent l'épée à la main ; le premier fut tué et le second blessé par les assassins, qui se défendirent avec une sorte de rage extatique. Mais d'autres hommes armés survinrent aussitôt, la chambre se remplit de monde, et les deux Neustriens assaillis de toutes parts succombèrent dans une lutte inégale [1].

A la nouvelle de ces événements, les Austrasiens qui faisaient le siége de Tournay se hâtèrent de plier bagage et de reprendre le chemin de leur pays. Chacun d'eux était pressé d'aller voir ce qui se passait chez lui ; car la mort imprévue du roi devait amener en Austrasie le signal d'une foule de désordres, de violences et de brigandages. Cette nombreuse et redoutable armée s'écoula ainsi vers le Rhin, laissant Hilperik sans ennemi et libre de se transporter où il voudrait. Échappé à une mort presque infaillible, il quitta les murs de Tournay pour aller reprendre possession de son royaume. Le domaine de Vitry, témoin de tant d'événements, fut le lieu où il se rendit d'abord. Il n'y retrouva plus la brillante assemblée des Neustriens, tous étaient retournés à leurs affaires, mais seulement quelques serviteurs austrasiens qui gardaient le corps de Sighebert. Hilperik vit ce cadavre sans remords et sans haine, et il voulut que son frère eût des funérailles dignes d'un roi. Par son ordre, Sighebert fut revêtu, selon la coutume germanique, d'habits et d'armes d'un grand prix et enseveli avec pompe dans le village de Lambres, sur la Scarpe.

Telle fut la fin de ce long drame qui s'ouvre par un meurtre [2]

1. C'est là, on peut le dire, le modèle de la narration historique : aucune circonstance inutile ne vient ralentir la marche du récit, et cependant aucun trait ne manque au tableau, tout y est indiqué avec une rapidité précise qui ne laisse rien à désirer au lecteur.
2. Celui de Galswinthe, sœur de Brunehaut.

et qui se dénoue par un meurtre ; véritable tragédie où rien ne manque, ni les passions, ni les caractères, ni cette sombre fatalité qui était l'âme de la tragédie antique, et qui donne aux accidents de la vie réelle tout le grandiose de la poésie. Le sceau d'une destinée irrésistible n'est, dans aucune histoire, plus fortement empreint que dans celle des rois de la dynastie mérovingienne. Ces fils de conquérants à demi sauvages, nés avec les idées de leurs pères au milieu des jouissances du luxe et des tentations du pouvoir, n'avaient dans leurs passions et leurs désirs ni règle ni mesure. Vainement des hommes plus éclairés qu'eux élevaient la voix pour leur conseiller la modération et la prudence, ils n'écoutaient rien ; ils se perdaient faute de comprendre ; et l'on disait : Le doigt de Dieu est là. C'était la formule chrétienne ; mais, à les voir suivre en aveugles, et comme des barques emmenées à la dérive, le courant de leurs instincts brutaux et de leurs passions désordonnées, on pouvait, sans être un prophète, deviner et prédire la fin qui les attendait presque tous.

Un jour que la famille de Hilperik, rétablie dans ses grandeurs, résidait au palais de Braîne, deux évêques gaulois, Salvius d'Alby et Grégoire de Tours, après avoir reçu audience, se promenaient ensemble autour du palais. Au milieu de la conversation, Salvius, comme frappé d'une idée, s'interrompit tout à coup et dit à Grégoire : « Est-ce que tu ne vois pas quelque chose au-dessus du toit de ce bâtiment? — Je vois, répondit l'évêque de Tours, le nouveau belvédère que le roi vient d'y faire élever. — Et tu n'aperçois rien de plus? — Rien du tout, repartit Grégoire ; si tu vois autre chose, dis-moi ce que c'est. » L'évêque Salvius fit un grand soupir et reprit : « Je vois le glaive de la colère de Dieu suspendu sur cette maison[1]. » Quatre ans après, le roi de Neustrie avait péri de mort violente[2].

Extrait des *Récits des temps mérovingiens* (2e Récit).

1. Grégoire de Tours, *Histoire,* livre V.
2. Chilpéric mourut assassiné en 585, laissant pour héritier un enfant de quatre mois, que Frédegonde sa mère plaça sous la protection de Gontran.

Douleur maternelle de Frédegonde.

L'année 780 fut marquée dans toute la Gaule par des fléaux
naturels. Au printemps, le Rhône et la Saône, la Loire et ses
affluents, grossis par des pluies continuelles, débordèrent et
firent de grands ravages. Toute la plaine d'Auvergne fut inondée; à Lyon, beaucoup de maisons furent détruites par les
eaux, et une partie des murs de la ville s'écroula. Dans l'été,
un orage de grêle dévasta le territoire de Bourges; la ville d'Orléans fut à demi consumée par un incendie. Un tremblement de
terre assez violent pour ébranler les remparts de la ville se fit
sentir à Bordeaux et dans le pays voisin; la secousse, prolongée
vers l'Espagne, détacha des Pyrénées d'énormes quartiers de
roche qui écrasèrent les troupeaux et les hommes. Enfin, au
mois d'août, une épidémie de petite vérole de la nature la plus
meurtrière se déclara sur quelques points de la Gaule centrale
et, gagnant de proche en proche, parcourut presque tout le pays.

L'idée de poison occulte, qui dans de semblables désastres
ne manque jamais de s'offrir aux imaginations populaires, fut
admise presque généralement, et les potions d'herbes antivéné-
neuses jouèrent le principal rôle parmi les remèdes qu'on essaya. La mortalité, qui était effrayante, frappait surtout les enfants et les personnes jeunes. La douleur des pères et des mères
dominait dans ces scènes lugubres, comme le trait le plus dé-
chirant; elle arrache aux contemporains un cri de sympathie
dont l'expression a quelque chose de tendre et de gracieux :
« Nous perdions, dit-il[1], nos doux et chers petits enfants que
« nous avions réchauffés dans notre sein, portés dans nos bras,
« nourris, avec un soin attentif, d'aliments donnés de notre
« propre main; mais nous essuyâmes nos larmes et nous dîmes
« avec le saint homme Job : Le Seigneur me les a donnés, le
« Seigneur me les a ôtés, que le nom du Seigneur soit béni[2]. »

Lorsque l'épidémie, après avoir désolé Paris et son territoire,
se porta vers Soissons, enveloppant avec cette ville le territoire
royal de Braine, l'un des premiers qu'elle atteignit fut le roi
Hilperik. Il ressentit les graves symptômes du mal à son début; mais il eut, dans cette épreuve, le bénéfice de l'âge, et il

1. Grégoire de Tours, *Histoire,* livre V.
2. Job, ch. i, 21.

se releva promptement. A peine il entrait en convalescence que
le plus jeune de ses fils, Dagobert, qui n'était pas encore bap-
tisé, tomba malade. Par un sentiment de prévoyance religieuse,
et dans l'espoir d'attirer sur lui la protection divine, ses parents
se hâtèrent de le présenter au baptême ; l'enfant parut se trouver mieux, mais bientôt son frère, Chlodobert, âgé de quinze
ans, fut pris comme lui de la maladie régnante. A la vue de
ses deux fils en péril de mort, Frédegonde fut saisie des cruelles
angoisses de cœur que la nature fait souffrir aux mères, et,
sous le poids de l'anxiété maternelle, quelque chose d'étrange
se passa dans cette âme si brutalement égoïste. Elle eut des
éclairs de conscience et des sentiments d'humanité ; il lui vint
des pensées de remords, de pitié pour les souffrances d'autrui,
de crainte des jugements de Dieu. Le mal qu'elle avait fait ou
conseillé jusque-là, surtout les sombres événements de cette
année, le sang versé à Limoges[1], les misères de tout genre
qu'avait produites par tout le royaume l'établissement des nouveaux tributs, se représentaient à elle, troublaient son imagination et lui causaient un repentir mêlé d'effroi.

Agitée par ses craintes maternelles et par ce soudain retour
sur elle-même, Frédegonde se trouvait un jour avec le roi dans
la pièce où leurs deux fils étaient couchés, en proie à l'accable-
ment de la fièvre. Il y avait du feu dans l'âtre à cause des premiers froids de septembre et pour la préparation des breuvages
qu'on administrait aux jeunes malades. Hilperik, silencieux,
donnait peu de signes d'émotion ; la reine au contraire, soupirant, promenant ses regards autour d'elle, et les fixant tantôt
sur l'un, tantôt sur l'autre de ses enfants, montrait, par son attitude et ses gestes, la vivacité et le trouble des pensées qui
l'obsédaient. Dans un pareil état de l'âme, il arrivait souvent
aux femmes germaines de prendre la parole en vers impro-
visés ou dans un langage plus poétique et plus modulé que le
simple discours. Soit qu'une passion véhémente les dominât,
soit qu'elles voulussent, par un épanchement de cœur, diminuer
le poids de quelque souffrance morale, elles recouraient d'instinct à cette manière plus solennelle d'exprimer leurs émotions
et leurs sentiments de tout genre, la douleur, la joie, l'amour,

1. Pour châtier Limoges qui avait refusé de payer de nouveaux impôts, Hilperik avait envoyé des commissaires royaux avec ordre de
sévir contre les plus coupables. Plusieurs habitants avaient été mis
à mort ou soumis, en place publique, à divers genres de tortures. On
peut voir la première partie du septième récit.

la haine, l'indignation, le mépris [1]. Ce moment d'inspiration
vint pour Frédegonde ; elle se tourna vers le roi, et attachant
sur lui un regard qui commandait l'attention, elle prononça les
paroles suivantes :

« Il y a longtemps que nous faisons le mal, et que la bonté de
« Dieu nous supporte ; souvent elle nous a châtiés par des
« fièvres et d'autres maux, et nous ne nous sommes pas amendés.

« Voilà que nous perdons nos fils ; voilà que les larmes des
« pauvres, les plaintes des veuves, les soupirs des orphelins,
« les tuent, et nous n'avons plus l'espérance d'amasser pour
« quelqu'un.

« Nous thésaurisons sans savoir pour qui nous accumulons
« tant de choses, voilà que nos trésors restent vides de posses-
« seur, pleins de rapines et de malédictions.

« Est-ce que nos celliers ne regorgeaient pas de vin ? Est-ce que
« nos greniers n'étaient pas combles de froment ? Est-ce que
« nos coffres n'étaient pas remplis d'or, d'argent, de pierres
« précieuses, de colliers et d'autres ornements impériaux ? Ce
« que nous avions de plus beau, voilà que nous le perdons [2]. »

Ici les larmes, qui dès le début de cette lamentation avaient
commencé à couler des yeux de la reine, et qui, à chaque
pause, étaient devenues plus abondantes, étouffèrent sa voix.
Elle se tut et resta la tête penchée, sanglotant et se frappant la
poitrine ; puis elle se redressa, comme inspirée par une résolution soudaine, et dit au roi : « Eh bien ! si tu m'en crois, viens
« et jetons au feu tous ces rôles d'impôts iniques ; contentons-
« nous pour notre fisc de ce qui a suffi à ton père, le roi Chlo-
« ter. » Aussitôt elle donna l'ordre d'aller chercher dans ses
coffres les registres de recensement. Lorsqu'elle les eut sous sa
main, elle les prit l'un après l'autre et les jeta dans le large
foyer au milieu des tisons brûlants. Ses yeux s'animaient en
voyant la flamme envelopper et consumer ces rôles obtenus à
grand'peine ; mais le roi Hilperik, étonné bien plus que joyeux

---

1. On en trouve une foule d'exemples dans les *Sagas*, qui sont le
monument le plus complet des anciennes mœurs germaniques. (A. T.)

2. Il est difficile de croire que ce discours, si plein d'accent et de
mouvement, soit une amplification de l'historien ; Grégoire de Tours
n'a pas le défaut de déclamer sous le nom de ses personnages ; il
leur fait dire les paroles qu'il avait lui-même entendues ou que
l'opinion des contemporains leur attribuait. Or, si le discours de
Frédegonde fut, comme il y a lieu de le penser, reproduit par les
ouï dire, on ne peut en expliquer le caractère que par l'induction
qui précède. (A. T.)

de cette action inattendue, regardait sans proférer un seul mot
d'acquiescement. « Est-ce que tu hésites? lui dit la reine d'un
« ton impérieux ; fais ce que tu me vois faire, afin que, si nous
« perdons nos fils, nous échappions du moins aux peines éter-
« nelles. »

Obéissant à l'impulsion qui lui était donnée, Hilperik se rendit à la salle du palais où les actes publics étaient réunis et conservés ; il en fit extraire tous les rôles dressés pour la percep-
tion des nouvelles taxes, et commanda qu'ils fussent jetés au
feu. Ensuite il envoya dans les diverses provinces de son
royaume des hommes chargés d'annoncer que le décret de l'année précédente sur l'impôt territorial était annulé par le roi, et
de défendre aux comtes et à tous les officiers fiscaux de l'exécuter à l'avenir.

Cependant la maladie mortelle suivait son cours ; le plus
jeune des deux enfants succomba le premier. Ses parents voulurent qu'il fût enseveli dans la basilique de Saint-Denis, et ils
firent transporter son corps du palais de Braîne à Paris, sans
l'accompagner eux-mêmes. Tous leurs soins se portaient dès
lors sur Chlodobert, dont l'état ne donnait plus qu'une faible
espérance. Renonçant pour lui à tout secours humain, ils le
placèrent sur un brancard et le conduisirent à pied jusque
dans Soissons, à la basilique de Saint-Médard. Là, suivant une
des pratiques religieuses du siècle, ils l'exposèrent couché dans
son lit sur la tombe du saint et firent un vœu solennel pour le
rétablissement de sa santé. Mais le malade, épuisé par la fatigue
d'un trajet de plusieurs lieues, entra en agonie le jour même,
et il expira vers minuit. Cette mort émut vivement toute la population de la ville ; à l'impression de sympathie que cause d'ordinaire la fin prématurée des personnes royales se joignait,
pour les habitants de Soissons, un retour personnel sur eux-
mêmes : presque tous avaient à pleurer quelque perte récente.
Ils se portèrent en foule aux funérailles du jeune prince, et le
suivirent processionnellement jusqu'au lieu de sa sépulture, la
basilique des martyrs saint Crépin et saint Crépinien. Les
hommes versaient des larmes, et les femmes, vêtues de noir,
donnaient les mêmes signes de douleur qu'aux obsèques d'un
père ou d'un époux ; il leur semblait, en accompagnant ce con-
voi, mener le deuil de toutes les familles[1].

Extrait des *Récits des temps mérovingiens* (7e Récit).

1. Rien n'est plus tragique que le spectacle de cette âme barbare

JOUFFROY.

(1796-1842.)

L'histoire de M. Jouffroy doit être surtout l'histoire de sa pensée philosophique. Il se mêla peu au mouvement politique de notre époque : le goût de la méditation, de l'étude silencieuse de soi-même, aussi bien que les exigences d'une santé délicate, le mirent facilement en garde contre les séductions de la vie publique, qui est pour le talent une stérile diversion, quand elle ne lui apporte pas un surcroit d'honneur et de force. Né en 1796 au hameau des Pontets, près de Mouthe, sur l'une des chaînes du Jura, il se fit remarquer de bonne heure au collège de Dijon par d'heureuses dispositions ; mais ce ne fut qu'à l'École normale, où il entra en 1814, que M. Cousin, alors maître de conférences, éveilla sa vocation philosophique. Professeur au collège Bourbon, et chargé bientôt après d'une conférence à l'École normale, M. Jouffroy ne démentit pas les justes espérances de ses premiers succès : il plaisait à la jeunesse par la précision sévère d'une parole élégante et sobre, comme par la pureté d'un spiritualisme élevé et généreux. Quand l'École normale fut fermée en 1822, l'auditoire se reforma librement autour de son jeune maître, dans les conférences qu'il avait ouvertes chez lui. En 1826 paraissait la traduction des *Esquisses de philosophie morale* de Dugald Stewart et une remarquable préface sur la distinction des faits de conscience et des faits sensibles assignait dès lors à M. Jouffroy une place élevée parmi les philosophes et les écrivains de notre temps. Rendu à l'École normale sous le ministère de M. de Martignac, et devenu après 1830 suppléant de M. Royer-Collard à la Sorbonne, M. Jouffroy poursuivit pendant plusieurs années l'étude du *droit naturel;* mais il faut regretter qu'il n'ait eu le loisir de donner une forme définitive et personnelle qu'aux deux premières parties de ce cours; les dernières leçons recueillies par la sténographie ont été publiées par ses élèves (3 vol., 1835-1842). Les différentes séries des *Mélanges philosophiques* de M. Jouffroy donneront une idée plus complète de son mérite d'écrivain et de penseur. Plusieurs fragments de ces *Mélanges* marquent la partie supérieure de M. Jouffroy, son talent d'analyse psychologique ; et l'admirable leçon sur le problème de la destinée

vaincue par l'instinct maternel et ramenée par la douleur à la pitié. Ce ne fut d'ailleurs qu'un éclair, et la suite du septième récit nous montre Frédegonde reprise de « sa fièvre de cruauté, » selon la forte expression de M. Augustin Thierry.

humaine révèle le côté mélancolique et douloureux de cette âme
élevée, mais que n'éclairaient plus les grands horizons de la pensée
chrétienne. A peine M. Jouffroy était-il monté dans la chaire de philosophie grecque et latine du Collége de France, que les soucis d'une
santé depuis longtemps menacée le forçaient de suspendre son cours.
Ce fut en Italie, pendant l'hiver de 1835, qu'il termina la traduction
des *Œuvres de Reid*. Sa préface, d'une sévérité quelquefois excessive
contre l'école écossaise, portait aussi l'empreinte d'un doute tristement résigné. Ce noble et sincère esprit se sentait lui-même atteint
de ce mal de notre temps, « le grand et irrémédiable scepticisme. »
M. Jouffroy mourut en 1842.

Le mérite de M. Jouffroy est d'avoir contribué à établir sur des
bases légitimes la science psychologique. Là est sa vraie originalité
comme penseur. « Nul ne posséda, a dit M. Cousin [1], nul ne pratiqua
mieux la méthode d'observation appliquée à l'âme humaine. Il interrogeait la conscience avec tant de bonne foi et de sagacité, il en
exprimait la voix avec une telle fidélité, qu'en l'écoutant ou en le
lisant on croyait entendre la conscience elle-même racontant les merveilles du monde intérieur de l'âme dans un langage exquis, pur, lucide, harmonieux. » M. Jouffroy montra en effet cette constante préoccupation, d'établir la philosophie sur les données de l'observation
intérieure, et quoiqu'il n'ait pas laissé d'œuvre complète et de système arrêté, plusieurs de ses analyses psychologiques resteront des
modèles de la méthode scientifique. D'accord avec lui-même, il appuyait sa morale sur l'observation, et par l'analyse il arrivait à démontrer que les penchants de la nature humaine en indiquent la fin.
La raison reconnaît ces tendances primitives, et la volonté libre en
dirige l'effort vers leur but légitime. La destinée de l'homme en ce
monde est donc la création et le développement de la personnalité
humaine concourant librement, malgré les obstacles qu'elle rencontre, au triomphe de l'ordre universel. Très-réservé sur les questions de métaphysique, M. Jouffroy abordait cependant avec prédilec-
tion la question de la spiritualité de l'âme, et lui donnait une solution
conforme à sa méthode. Ce qui, en effet, lui appartient en propre,
c'est d'avoir su démontrer l'existence et l'immatérialité de l'âme par
l'intuition directe que le *moi* a de son activité et de son unité comme
force pensante.

L'*Esthétique* de M. Jouffroy, œuvre posthume et incomplète, se
distingue cependant par le même talent d'analyse et d'observation. Le
beau, suivant M. Jouffroy, est l'expression harmonieuse de la force
libre apparaissant dans les diverses formes ou symboles de la nature.
Le côté supérieur de l'art est de traduire cette force d'une manière

1. Discours prononcé aux funérailles de M. Jouffroy, le 13 mars 1842.

plus claire, plus complète et plus énergique. Ce spectacle du développement de la force éveille dans l'âme humaine le sentiment de la
sympathie, fait mystérieux que M. Jouffroy a décrit avec profondeur
et vérité.

Telles sont les grandes lignes de l'œuvre philosophique de M. Jouffroy. Il resterait à parler du professeur. M. Jouffroy n'était pas orateur et ne cherchait pas à le paraître; mais par la simplicité élégante
de sa diction, par l'attrait d'une parole fine, mesurée et gracieuse,
et surtout par cet accent de parfaite sincérité avec soi-même et les
autres, il captivait son auditoire et le tenait sous le charme. Si la nature lui avait refusé la force physique, il avait l'art, disait-on spiri-
tuellement, de se faire entendre à force de se faire écouter.

De la loi morale.

Après avoir établi l'objet du *droit naturel,* qui est la recherche des
règles de la conduite humaine, M. Jouffroy examine une première
question : Y a-t-il réellement un droit naturel ? en d'autres termes,
est-il pour l'homme des règles obligatoires, ou la morale se réduit-
elle à des conseils de prudence que nous pouvons suivre ou négliger
à nos risques et périls ? M. Jouffroy cherche la solution de ce problème dans l'analyse des faits moraux de la nature humaine. Il reconnaît que chaque être ayant sa nature à lui est prédestiné à une
certaine fin conforme à cette nature. Le bien pour chaque être est
d'aller au but pour lequel il a été organisé. L'homme a donc tout à
la fois des tendances, qui sont l'expression de sa nature, et des facultés
propres à donner satisfaction à ses tendances. Ces facultés rencontrent
des obstacles à leur développement, et la raison intervient pour empêcher nos facultés de dévier de leur fin légitime. Enfin par un dernier progrès l'homme se dégage de l'idée égoïste de son bien et de sa
fin personnelle pour s'élever à la notion du bien en soi, du bien absolu, c'est-à-dire de l'ordre universel. C'est là ce qui achève la *personne morale,* en nous révélant que l'accomplissement de la destinée de chaque être concourt à la réalisation du plan général de la
création. M. Jouffroy est ainsi amené par la force logique de ses déductions à marquer les caractères de cette idée de l'ordre, qui n'est
autre chose que la loi morale elle-même, dans sa plus haute conception.

Dès que l'idée de l'ordre a été conçue par notre raison, il y
a entre notre raison et cette idée une sympathie si profonde,
si vraie, si immédiate, qu'elle se prosterne devant cette idée,

qu'elle la reconnaît sacrée et obligatoire pour elle, qu'elle l'adore comme sa légitime souveraine, qu'elle l'honore et s'y soumet comme à sa *loi naturelle* et éternelle. Violer l'ordre, c'est une indignité aux yeux de la raison; réaliser l'ordre autant qu'il est donné à notre faiblesse, cela est bien, cela est beau. Un nouveau motif d'agir est apparu, une nouvelle règle véritablement règle, une nouvelle loi véritablement loi, un motif, une règle, une loi qui se légitime par elle-même, qui oblige immédiatement, qui n'a besoin, pour se faire respecter et reconnaître, d'invoquer rien qui lui soit étranger, rien qui lui soit antérieur ou supérieur.

Nier qu'il y ait pour nous, qui sommes des êtres raisonnables, quelque chose de saint, de sacré, d'obligatoire, c'est nier l'une de ces deux choses, ou que la raison humaine s'élève à l'idée du bien en soi, de l'ordre universel, ou qu'après avoir conçu cette idée, notre raison ne se courbe pas devant elle et ne sente pas immédiatement et intimement qu'elle a rencontré sa véritable loi, qu'elle n'avait pas encore aperçue, deux faits également impossibles à méconnaître ou à contester.

Cette idée, cette loi est lumineuse et féconde. En nous montrant la fin de chaque créature comme un élément de l'ordre universel, elle imprime à la fin de chacune, et aux tendances instinctives par lesquelles chacune y aspire, un caractère respectable et sacré qu'elles n'avaient pas auparavant. Jusque-là nous étions déterminés à satisfaire les tendances de notre nature par l'impulsion même de ces tendances ou par l'attrait du plaisir qui suit cette satisfaction : la raison pouvait juger cette satisfaction convenable, utile, agréable ; elle pouvait, à ce titre, calculer les meilleurs moyens de l'opérer ; mais si elle était légitime, bonne en soi, s'il était ou n'était pas de notre devoir de la poursuivre, de notre droit de l'obtenir, elle ne pouvait le savoir, elle l'ignorait. Le droit et le devoir d'aller à notre fin, qui est notre bien, ne commencent que le jour où notre fin nous apparaît comme un élément de l'ordre universel et notre bien comme un fragment du bien absolu. Ce jour-là, les caractères de légitimité, de bonté absolue, que notre bien n'avait pas, il les revêt; mais il ne les revêt pas seul : le bien, la fin de chaque créature les revêtent en même temps et au même titre. Auparavant nous pouvions bien concevoir que les autres créatures avaient aussi des tendances à satisfaire, et, par conséquent, qu'il y avait du bien pour elles comme pour nous ; poussés par la sympathie, nous pouvions bien désirer instinctivement leur bien, trouver du plaisir à le faire, et, par conséquent, faire entrer la production de ce bien dans les calculs de notre égoïsme. Mais qu'il fût bon et légitime en soi qu'elles atteignissent ce bien, et que par conséquent ce bien dût être en quelque chose et sous quelque rapport respectable et sacré pour nous, voilà ce que notre raison ne pouvait décider ni même concevoir. Mais l'idée du bien absolu conçue, ce qui n'était pas visible apparaît, et le bien des autres devient sacré pour nous en même temps et au même titre que le nôtre, c'est-à-dire comme élément égal d'une même chose, qui seule est respectable et sacrée en soi, l'ordre. Ainsi, du même coup, le caractère qui les rend obligatoires va s'attacher au bien des autres et au nôtre. Il n'y a plus de différence entre le devoir d'accomplir celui-ci et le devoir de respecter et de contribuer à accomplir celui-là : l'un et l'autre se perdent et se confondent dans le sein du bien absolu, qui, étant obligatoire par lui-même, leur communique au même degré la légitimité qui est en lui.

Tout devoir, tout droit, toute obligation, toute morale, découlent donc d'une même source, qui est l'idée du bien en soi, l'idée d'ordre. Supprimez cette idée : il n'y a plus rien de sacré en soi pour la raison, par conséquent plus rien d'obligatoire, par conséquent plus de différence morale entre les buts que nous pouvons poursuivre, entre les actions que nous pouvons faire; la création est inintelligible, et toute destinée une énigme. Rétablissez-la, tout devient clair dans l'univers et dans l'homme; il y a une fin à tout et à chaque chose; il y a un ordre sacré que toute créature raisonnable doit respecter et concourir à accomplir en elle et hors d'elle; par conséquent des devoirs, par conséquent des droits, par conséquent une morale, une législation naturelle de la conduite humaine. Telles sont les conséquences qu'entraîne après elle dans la nature humaine la conception de l'ordre ou du bien en soi[1].

1. Cette conception de l'ordre et du bien absolu n'est autre que le principe admis et reconnu comme base de la loi morale par tous les grands moralistes anciens et modernes; c'est l'idée qui domine toute la morale de Platon : elle est formulée dans le *Gorgias*, la *République* et les *Lois*. Aristote fait aussi de cette notion, savoir la conformité d'un être avec sa fin et avec la raison, l'essence du bonheur. Les stoïciens, on le sait, concevaient le monde comme la réalisation de l'ordre, ce qui les a conduits à l'idée de l'univers formant la cité universelle. Cicéron, interprète de ces grandes doctrines, explique l'origine de l'*honnête* (honestum) par l'idée de l'ordre : « unum hoc est animal (homo) quod sentit quid sit ordo... » On retrouverait la

Mais cette idée de l'ordre elle-même, si haute qu'elle soit, n'est pas le dernier terme de la pensée humaine ; elle fait un pas de plus et s'élève jusqu'à Dieu qui a créé cet ordre universel, et qui a donné à chaque créature qui y concourt sa constitution, et par conséquent sa fin et son bien. Ainsi rattaché à sa substance éternelle, l'ordre sort de son abstraction métaphysique et devient l'expression de la pensée divine : dès lors aussi la morale montre son côté religieux. Mais il n'était pas besoin qu'elle le montrât pour qu'elle fût obligatoire. Au delà de l'ordre, notre raison n'aurait pas vu Dieu, que l'ordre n'en serait pas moins sacré pour elle ; car le rapport qu'il y a entre notre raison et l'idée d'ordre subsiste indépendamment de toute pensée religieuse. Seulement, quand Dieu apparaît comme substance de l'ordre, si je puis parler ainsi, comme la volonté qui l'a établi, comme l'intelligence qui l'a pensé, la soumission religieuse s'unit à la soumission morale, et par là encore l'ordre devient respectable [1].

Cours de droit naturel, 2e leçon.

même pensée dans Sénèque, dans Épictète et surtout dans Marc-Aurèle. Dans la philosophie moderne, Kant, aussi grand moraliste que grand métaphysicien, donne aussi pour caractère à la loi morale l'universalité, à laquelle il ajoute le caractère obligatif comme dérivant du même principe, c'est-à-dire de la raison, et c'est en effet l'idée de la raison comme concevant l'ordre absolu qui est la base commune de ces grandes doctrines. On voit par là l'accord et l'unanimité de tous ces grands représentants de la science morale. Ce qui fait l'originalité de M. Jouffroy, ce n'est pas l'idée même qu'il proclame, mais la méthode par laquelle il y arrive, c'est-à-dire la méthode psychologique et la description des phases successives par lesquelles l'homme parvient à la moralité ; c'est là, outre le caractère élevé de cette doctrine, ce qui en fait la valeur philosophique.

1. Cette distinction que l'auteur établit entre le point de vue moral et religieux est surtout moderne. Une science rigoureuse et précise distingue ces deux côtés, sans les isoler ni les séparer, comme le fait aujourd'hui l'école qui proclame la morale indépendante.

Du problème de la destinée humaine.

(Extrait.)

Dans la première partie de ce discours, M. Jouffroy a démontré
que, seul de tous les êtres de la création, l'homme a la faculté de
comprendre qu'il a une destinée à accomplir, tandis que chez les êtres
insensibles et inintelligents la nature va à sa fin sans qu'ils le sentent
et sans qu'ils le sachent. Mais l'homme lui-même ne s'élève que tard
à la conception de cette pensée, et c'est au philosophe à déterminer
les causes qui font naître dans notre esprit le problème de notre destinée. Tel est l'objet du morceau qui va suivre.

Jamais peut-être l'homme ne se demanderait pourquoi il a
été mis dans ce monde, si les tendances de sa nature y étaient
continuellement et complétement satisfaites. Une parfaite, une
invariable harmonie entre la pente de ses désirs et le cours des
choses laisserait peut-être sa raison éternellement endormie.
Ce qui éveille la raison, ce qui l'oblige à s'inquiéter de la destinée de l'homme, c'est le mal : le mal, qui est partout dans la
condition humaine, jusque dans ces jouissances passagères
qu'on appelle le bonheur.

Au début de la vie, notre nature, s'éveillant avec tous les
besoins et toutes les facultés dont elle est pourvue, rencontre un
monde qui semble offrir un champ illimité à la satisfaction des
uns et au développement des autres. A la vue de ce monde qui
paraît renfermer pour elle le bonheur, notre nature s'élance,
pleine d'espérances et d'illusions. Mais il est dans la condition humaine qu'aucune de ces espérances ne soit remplie, qu'aucune
de ces illusions ne soit justifiée. De tant de passions que Dieu a
mises en nous, de tant de facultés dont il nous a doués, exami-
nez, et voyez laquelle ici-bas a son but et parvient à sa fin. Il
semble que le monde qui nous entoure ait été constitué de
manière à rendre impossible un pareil résultat. Et cependant
ces désirs et ces facultés résultent de notre nature; ce qu'ils
veulent, c'est ce qu'elle veut; ce qu'elle veut, c'est la fin pour
laquelle elle a été faite, c'est son bonheur, c'est son bien. Elle
souffre donc, et non-seulement elle souffre, mais elle s'é-
tonne et s'indigne : car, comme elle ne s'est point faite, il n'a
point dépendu d'elle d'avoir ou de n'avoir pas ces tendances;
la satisfaction de ces tendances lui semble donc non-seulement
naturelle, mais encore légitime; elle trouve donc que les lois

de la nature et celles de la justice sont blessées dans ce qui lui
arrive ; et de là cette longue incrédulité d'abord, puis ensuite
cette sourde protestation que nous opposons aux misères de la
vie. Tant que dure notre jeunesse, le malheur nous étonne plus
qu'il ne nous effraye ; il nous semble que ce qui nous arrive est
une anomalie, et notre confiance n'en est point ébranlée. Cette
anomalie a beau se répéter, nous ne sommes point désabusés :
nous aimons mieux nous accuser que de mettre en doute la justice de la Providence ; nous croyons que, si nous éprouvons
des mécomptes, la faute en est à nous, et nous nous encoura-
geons à être plus habiles ; et, alors même que notre habileté a
échoué mille fois, nous nous obstinons encore à le croire. Mais,
à la fin, soit que quelque grand coup, venant à nous frapper,
nous ouvre subitement les yeux, soit que, la vie s'écoulant, une
expérience si longtemps prolongée l'emporte, la triste vérité
nous apparaît : alors s'évanouissent les espérances qui nous
avaient adouci le malheur ; alors leur succède cette amère indignation qui le rend plus pénible ; alors du fond de notre cœur
oppressé de douleur, du fond de notre raison blessée dans ses
croyances les plus intimes, s'élève inévitablement cette mélancolique question : Pourquoi donc l'homme a-t-il été mis en ce
monde[1] ?

Et ne croyez pas que les misères de la vie aient seules le
privilége de tourner notre esprit vers ce problème : il sort de
nos félicités comme de nos infortunes, parce que notre nature
n'est pas moins trompée dans les unes que dans les autres[2].

1. On sera frappé de l'analogie que présente ce morceau avec différents passages de Pascal, dont il sera facile de le rapprocher. Cette
plainte de l'homme en face du mystère de sa destinée nous a été
renvoyée par tous les siècles comme un écho mélancolique ; c'est l'é-
ternel tourment des grandes âmes blessées par le spectacle de la vie,
c'est déjà le cri désespéré de Lucrèce préférant nier les dieux que
leur attribuer une œuvre indigne de leur puissance et de leur bonté.
Chez les modernes, la poésie lyrique a souvent traduit ces sentiments
avec force et éclat. Mais ce qu'il importe de remarquer, c'est la variété de tons et d'accents que peut revêtir une même pensée. L'énigme
de notre destinée qui jette Lucrèce dans un sombre athéisme inspirera le scepticisme railleur de Byron, le doute découragé d'Alfred de
Musset, les plaintes éloquentes de M. de Lamartine, et fera jaillir du
cœur et des lèvres du chrétien un acte de foi et d'amour envers la
Providence qui n'a entouré d'ombre ce grand mystère que par respect pour la liberté humaine.

2. Lucrèce a rendu la même pensée dans le *De natura rerum*,
liv. IV :

. . . . Medio de fonte leporum
Surgit amari aliquid quod in ipsis floribus angat.

Dans le premier moment de la satisfaction de nos désirs
nous avons la présomption, ou, pour mieux dire, l'innocence de
nous croire heureux ; mais, si ce bonheur dure, bientôt ce qu'il
avait d'abord de charmant se flétrit ; et là où vous aviez cru
sentir une satisfaction complète, vous n'éprouvez plus qu'une
satisfaction moindre, à laquelle succède une satisfaction moindre
encore, qui s'épuise peu à peu, et vient s'éteindre dans l'ennui
et le dégoût. Tel est le dénoûment inévitable de tout bonheur
humain ; telle est la loi fatale à laquelle aucun d'eux ne saurait
se dérober. Que si, dans le moment du triomphe d'une passion,
vous avez la bonne fortune d'être saisi par une autre, alors, emporté par cette passion nouvelle, vous échappez, il est vrai, au
désenchantement de la première, et c'est ainsi que, dans une
existence très-remplie et très-agitée, vous pouvez vivre assez
longtemps avec le bonheur de ce monde avant d'en connaître
la vanité. Mais cet étourdissement ne peut durer toujours : le
moment vient où cette impétueuse inconstance dans la poursuite du bonheur, qui naît de la variété et de l'indécision de
nos désirs, se fixe enfin, et où notre nature, ramassant, pour
ainsi dire, et concentrant dans une seule passion tout le besoin
de bonheur qui est en elle, voit ce bonheur, l'aime, le désire
dans une seule chose qui est là, et à laquelle elle aspire de toutes
les forces qui sont en elle. Alors, quelle que soit cette passion,
alors arrive inévitablement l'amère expérience que le hasard
avait différée : car, à peine obtenu, ce bonheur si ardemment,
si uniquement désiré, effraye l'âme de son insuffisance ; en vain
elle s'épuise à y chercher ce qu'elle y avait rêvé : cette recherche même le flétrit et le décolore : ce qu'il paraissait, il ne
l'est point ; ce qu'il promettait, il ne le tient pas ; tout le bonheur que la vie pouvait donner est venu, et le désir du bonheur
n'est point éteint[1]. Le bonheur est donc une ombre, la vie une

« De la source des plaisirs jaillit quelque chose d'amer qui *nous serre
à la gorge* au milieu des délices elles-mêmes. » Nous gardons, en
traduisant le vers de Lucrèce, la hardiesse de l'expression devant laquelle Pascal n'avait pas reculé.

1. Voir la xviie pièce des *Feuilles d'automne* de M. Victor Hugo :

Où donc est le bonheur ? disais-je. Infortuné !...

et le poëte, après avoir énuméré les stériles illusions du bonheur
que nous poursuivons sans l'atteindre, termine ainsi :

Hélas ! naître pour vivre en désirant la mort !
Grandir en regrettant l'enfance où le cœur dort,
Vieillir en regrettant la jeunesse ravie,
Mourir en regrettant la vieillesse et la vie !

déception, nos désirs un piége trompeur. Il n'y a rien à répondre à une pareille démonstration ; elle est plus décisive que celle du malheur même : car, dans le malheur, vous pouvez encore vous faire illusion, et, en accusant votre mauvaise fortune, absoudre la nature des choses ; tandis qu'ici c'est la nature même des choses qui est convaincue de méchanceté : le cœur de l'homme et toutes les félicités de la vie mis en présence, le cœur de l'homme n'est point satisfait. Aussi ce retour mélancolique sur lui-même, qui élève l'homme mûr à la pensée de sa destinée, qui le conduit à s'en inquiéter et à se demander ce qu'elle est, naît-il plus ordinairement encore de l'expérience des bonheurs de la vie que de celle de ses misères. Ce sont là deux cas où la question se pose ; ce ne sont pas les seuls.

Dans le sein des villes, l'homme semble être la grande affaire de la création ; c'est là qu'éclate toute son apparente supériorité, c'est là qu'il semble dominer la scène du monde, ou, pour mieux dire, l'occuper à lui seul. Mais lorsque cet être si fort, si fier, si plein de lui-même, si exclusivement préoccupé de ses intérêts dans l'enceinte des cités et parmi la foule de ses semblables, se trouve par hasard jeté au milieu d'une immense nature, qu'il se trouve seul en face de ce ciel sans fin, en face de cet horizon qui s'étend au loin et au delà duquel il y a d'autres horizons encore, au milieu de ces grandes productions de la nature qui l'écrasent, sinon par leur intelligence, du moins par leur masse ; mais lorsque voyant à ses pieds, du haut d'une montagne et sous la lumière des astres, de petits villages se perdre dans de petites forêts, qui se perdent elles-mêmes dans l'étendue de la perspective, il songe que ces villages sont peuplés d'êtres infirmes comme lui, qu'il compare ces êtres et leurs misérables habitations avec la nature qui les environne, cette nature elle-même avec notre monde sur la surface duquel elle n'est qu'un point, et ce monde, à son tour, avec les mille autres mondes qui flottent dans les airs, et auprès desquels il n'est rien : à la vue de ce spectacle, l'homme prend aussi en pitié ses misérables passions toujours contrariées, ses misérables bonheurs qui aboutissent invariablement au dégoût ; et alors aussi la question de savoir ce qu'il est et ce qu'il fait ici-bas lui vient ; et alors aussi il se pose le problème de sa destination[1].

Cf. les *novissima verba* dans les *Méditations poétiques* de M. de Lamartine.
1. Ce passage rappelle, sans l'égaler, le célèbre morceau de Pascal au début de ses *Pensées* : « Que l'homme contemple la nature en-

Ce n'est pas tout. Non-seulement le bonheur, le malheur, la comparaison de notre infirmité avec la grandeur de la nature, mais encore les regards jetés, soit sur l'histoire de notre espèce, soit sur celle de cette terre que nous habitons, évoquent dans l'âme la plus préoccupée, la plus exclusivement renfermée dans la satisfaction de ses besoins et de ses passions, le problème de la destination.

Vous qui savez l'histoire, voyez un peu comment l'humanité a marché.

Dans les grandes plaines de l'Asie, vous voyez arriver des races qui descendent des montagnes centrales de ce vaste continent, des races qui ont peut-être des ancêtres, mais qui n'ont pas d'histoire. Elles s'en viennent sauvages, presque nues, à peine armées; elles s'en viennent sans dire d'où elles sortent, ni à qui elles appartiennent; elles arrivent là un jour, elles s'emparent de ces plaines. D'un autre côté, et des déserts de l'Arabie, arrivent d'autres races, qui n'ont pas les mêmes idées, mais qui sont dans la même ignorance de leur origine et de leurs ancêtres. En se rencontrant, elles se trouvent hostiles les unes aux autres : de longues luttes s'engagent, qui fondent de grands empires aussitôt renversés qu'établis ; une race surnage enfin, qui demeure en possession de ces terres et y domine seule, tenant les autres sous ses pieds. Cet empire à peine créé entre en contact avec l'Europe. Là aussi des hommes sans histoire, qui ont encore d'autres idées, une autre manière de vivre. Et ces deux races, l'une asiatique et l'autre grecque, se disputent la prépondérance : les Grecs l'emportent, et l'Asie est soumise. Mais bientôt un nouveau peuple, habitant l'occident, s'élève, grandit rapidement, et dans les cadres immenses de son empire engloutit la race grecque et ses conquêtes. Cet autre peuple est lui-même entouré de races inconnues à elles-mêmes et aux autres, qui vivent, depuis des époques ignorées, dans

tière dans sa haute et pleine majesté; qu'il éloigne sa vue des objets bas qui l'environnent; qu'il regarde cette éclatante lumière mise comme une lampe éternelle pour éclairer l'univers; que la terre lui paraisse comme un point, au prix du vaste tour que cet astre décrit; et qu'il s'étonne de ce que ce vaste tour lui-même n'est qu'un point très-délicat à l'égard de celui que les astres qui roulent dans le firmament embrassent..... Que l'homme, étant revenu à soi, considère ce qu'il est au prix de ce qui est; qu'il se regarde comme *égaré dans ce canton détourné* de la nature; et que de ce *petit cachot* où il se trouve logé, j'entends l'univers, il apprenne à estimer la terre, les royaumes, les villes et soi-même au juste prix. »

l'occident et le nord de l'Europe. Ces hommes, qui ne ressemblent ni aux Romains, ni aux Grecs, ni aux Orientaux, qui ont d'autres croyances, d'autres idées, d'autres langues, ont aussi leur vocation qui les agite au sein de leurs forêts et qui les appelle à leur tour sur la scène du monde. Ils y paraissent quand l'heure est venue, et Rome s'écroule sous leur souffle. Et puis, plus tard, on pénètre dans des pays ignorés, on découvre le nord de l'Asie, le midi de l'Afrique, l'Amérique, les innombrables îles semées comme de la poussière sur la surface de l'océan, et partout de nouveaux peuples, des peuples de toutes les couleurs, blancs, noirs, rouges, cuivrés, à crânes de toutes les formes, à civilisation de tous les degrés, à idées de toutes les espèces : et de ces peuples, aucun ne sait d'où il vient, ce qu'il fait sur la terre, où il va ; aucun ne sait par quel lien il se rattache à la commune humanité !

Quand on réfléchit à cette histoire de l'espèce humaine, à cette nuit profonde qui couvre en tous lieux son berceau, à ces races qui se trouvent partout en même temps et partout dans la même ignorance de leur origine, aux diversités de toute espèce qui les séparent encore plus que les distances, les montagnes et les mers, à l'étonnement dont elles sont saisies quand elles se rencontrent, à la constante hostilité qui se déclare entre elles dès qu'elles se connaissent ; quand on songe à cette obscure prédestination qui les appelle tour à tour sur la scène du monde, qui les y fait briller un moment, et qui les replonge bientôt dans l'obscurité, un sentiment d'effroi s'empare de l'âme, et l'individu se sent accablé de la mystérieuse fatalité qui semble peser sur l'espèce. Qu'est-ce donc que cette humanité dont nous faisons partie? d'où vient-elle? où va-t-elle? En est-il d'elle comme des herbes des champs et des arbres des forêts? comme eux, est-elle sortie de terre, en tous lieux, au jour marqué par les lois générales de l'univers, pour y rentrer un autre jour avec eux? ou bien, comme l'a rêvé son orgueil, la création n'est-elle qu'un théâtre sur lequel elle vient jouer un acte de ses destinées immortelles? Encore, si la lumière qui ne luit pas sur son berceau éclairait son développement? Mais qui sait où elle va, comment elle va? La civilisation orientale est tombée sous la civilisation grecque ; la civilisation grecque est tombée sous la civilisation romaine ; une nouvelle civilisation sortie des forêts de la Germanie a détruit la civilisation romaine : que deviendra cette nouvelle civilisation? Conquerra-t-elle le monde, ou bien est-il dans la destinée de toute civilisation de s'accroître et de tomber ? En un mot , l'humanité ne fait-elle que tourner éternellement dans le même cercle, ou bien avance-t-elle ? ou bien encore, comme quelques-uns le prétendent, re-cule-t-elle ? Car on a supposé aussi que toute lumière était au commencement, que de traditions en traditions, de transmis-missions en transmissions, cette lumière allait s'éteignant, et que, sans nous en douter, nous marchions à la barbarie par le chemin de la civilisation [1]. L'homme demeure éperdu en face de ces problèmes : anéanti qu'il est dans l'espèce, l'anéan-tissement de l'espèce elle-même au milieu d'une mer de té-nèbres glace son cœur et confond son imagination. Il se de-mande quelle est cette loi sous laquelle marche le troupeau des hommes sans la connaître, et qui l'emporte avec eux d'une ori-gine ignorée à une fin ignorée : et de cette manière encore se pose pour lui la question de sa destinée.

Enfin , un motif de se la poser, plus formidable encore, si je puis me servir de cette expression , c'est celui dont la science nous a récemment mis en possession. Vous savez qu'en sondant les entrailles de la terre on y a trouvé des témoignages, des monuments authentiques de l'histoire de ce petit globe que nous habitons. On s'est convaincu qu'il fut un temps où la na-ture n'avait su produire à sa surface que des végétaux, végé-taux immenses, auprès desquels les nôtres ne sont que des pygmées, et qui ne couvraient de leur ombre aucun être animé. Vous savez qu'on a constaté qu'une grande révolution vint dé-truire cette création, comme si elle n'eût pas été digne de la main qui l'avait formée. Vous savez qu'à la seconde création, parmi ces grandes herbes et sous le dôme de ces forêts gigan-tesques qui avaient distingué la première, on vit se dérouler de monstrueux reptiles, premiers essais d'organisation animale, premiers propriétaires de cette terre, dont ils étaient les seuls

1. La *philosophie de l'histoire* a pour objet de rechercher les causes et la loi de ces divers changements qui transforment sans cesse l'hu-manité. On pourra lire dans les *Mélanges philosophiques* de M. Jouf-froy un article intéressant sur Bossuet, Vico et Herder qui, partant de principes opposés, ont donné à ce problème des solutions con-traires; mais on devra se mettre en garde contre les préventions de M. Jouffroy, qui le rendent injuste à l'égard de Bossuet. Schlegel, dans ses leçons sur la *Philosophie de l'histoire*, a montré une grande hau-teur de vues, une science profonde des religions et des lois : comme Bossuet, il a cherché la lumière dans le grand fait de la Rédemp-tion, qu'il appelle éloquemment « le pôle divin placé au milieu des temps. »

habitants. La nature brisa cette création, et, dans la suivante, elle jeta sur la terre des quadrupèdes dont les espèces n'existent plus, animaux informes, grossièrement organisés, qui ne pouvaient vivre qu'avec peine, et qui ne semblaient que la première ébauche d'un ouvrier malhabile. La nature brisa encore cette création, comme elle en avait fait des autres, et d'essai en essai, allant du plus imparfait au plus parfait, elle arriva à cette dernière création qui mit pour la première fois l'homme sur la terre. Ainsi, l'homme ne semble être qu'un essai de la part du Créateur, un essai, après beaucoup d'autres qu'il s'est donné le plaisir de faire et de briser. Ces immenses reptiles, ces animaux informes, qui ont disparu de la face de la terre, y ont vécu autrefois comme nous y vivons maintenant. Pourquoi le jour ne viendrait-il pas où notre race sera effacée, et où nos ossements déterrés ne sembleront aux espèces vivantes que des ébauches grossières d'une nature qui s'essaye? et si nous ne sommes ainsi qu'un anneau dans cette chaîne de créations de moins en moins imparfaites, qu'une méchante épreuve d'un type inconnu, tirée à son tour pour être déchirée à son tour, que sommes-nous donc, et où sont nos titres pour nous livrer à l'espérance et à l'orgueil[1] ?

Telles sont quelques-unes des circonstances qui, au milieu même de la vie la plus insouciante, viennent subitement provoquer dans l'esprit de l'homme l'apparition du problème de la destinée. Vous voyez qu'on peut résumer toutes ces circonstances sous une même formule; car ce qui leur est commun à toutes et ce qui fait qu'elles conduisent également l'âme à ce mélancolique retour sur elle-même, c'est qu'elles mettent en évidence la contradiction qui existe entre sa gran-

---

1. On pourra lire à ce sujet le livre de Cuvier sur les *Révolutions de la surface du globe* et sur les changements qu'elles ont produits dans le règne animal. La conclusion de cet ouvrage est que les recherches géologiques et historiques confirment l'apparition relativement nouvelle de l'homme sur la terre. « Ce qui est certain, dit Cuvier, c'est que nous sommes maintenant au moins au milieu d'une quatrième succession d'animaux terrestres, et qu'après l'âge des reptiles, après celui des paléothériums, après celui des mammouths, des mastodontes et des mégathériums, est venu l'âge où l'espèce humaine, aidée de quelques animaux domestiques, domine et féconde paisiblement la terre. » La dernière hypothèse de M. Jouffroy, celle d'une nouvelle succession d'êtres plus parfaits que l'homme, ne saurait être donnée comme la conséquence possible des changements antérieurs. Un être raisonnable et libre ne peut être en aucun cas « la méchante épreuve d'un type inconnu. »

deur naturelle et la misère de sa condition présente; c'est qu'elles la désabusent de la profonde confiance qu'elle avait en elle-même; c'est qu'en lui montrant partout ses instincts trompés, ses espérances déçues, ses croyances contredites; partout des bornes, partout des ténèbres, partout de l'impuissance, elles la mettent en alarmes sur elle-même et la forcent de remarquer que sa destinée est une énigme dont elle n'a pas le mot.

Discours sur le problème de la destinée humaine [1].

1. Ce discours était la première leçon du cours de morale professé par M. Jouffroy à la faculté des lettres de 1830 à 1831. Le philosophe posait les termes du problème avec trop d'émotion pour qu'il ne fût pas facile d'entrevoir les tourments de son inquiète pensée : ce n'est pas que M. Jouffroy se complût à agiter cette question sans la résoudre; tout au contraire, dans les leçons qui suivirent, il s'attacha à démontrer que notre destinée n'est plus une énigme impénétrable à la lumière du grand dogme spiritualiste de l'immortalité de l'âme. M. de Lamartine lui aussi a été heureusement inspiré quand il fait ainsi parler la Providence à l'homme assailli par le doute (8e *Méditation*) :

Attends; ce demi-jour, mêlé d'une ombre obscure,
Suffit pour te guider en ce terrestre lieu :
Regarde qui je suis, et marche sans murmure,
Comme fait la nature
Sur la foi de son Dieu.

M. MIGNET.

(1796.)

M. Mignet est né à Aix en 1796. Un éloge de Charles VII, couronné en 1818 par l'académie de Nîmes, et deux ans plus tard un mémoire sur les institutions de saint Louis furent les premiers essais de sa plume. Venu à Paris en 1822, M. Mignet ouvrit un cours d'histoire à l'Athénée; de brillantes leçons sur les temps de la réforme et sur la révolution d'Angleterre révélèrent un esprit d'une pénétrante sagacité, d'une méthode sévère, et qui cherchait dans l'histoire moins le drame des passions que l'affirmation des lois selon lesquelles se développe l'humanité. L'*Histoire de la révolution française*, qui parut en 1824, donna la mesure entière de ces rares qualités et plaça dès lors M. Mignet au premier rang des historiens de l'école philosophique. Engagé dans les mêmes voies politiques que M. Thiers, il prêta quelque temps au *National* une active collaboration; devenu après 1830 conseiller d'État et directeur des archives au ministère des affaires étrangères, il profita de sa nouvelle situation pour publier en 4 volumes (1836 à 1842) les *Négociations relatives à la succession d'Espagne,* précédées d'une remarquable introduction sur l'époque et le règne de Louis XIV. Une mission en Espagne (1833) fut presque le seul acte public de M. Mignet : la politique devait avoir peu d'attrait pour un esprit méditatif dont le talent fin, mesuré et abstrait ne parvenait pas jusqu'à la foule. M. Mignet d'ailleurs eut bientôt l'auditoire le mieux fait pour le comprendre et le goûter : déjà membre de l'académie française, il fut nommé en 1837 secrétaire perpétuel de l'académie des sciences morales et politiques. L'un des devoirs de cette dignité est d'honorer par un éloge public la mémoire des académiciens qui ont appartenu à cette classe de l'Institut. Cette mission convenait particulièrement à l'esprit souple et délicat de M. Mignet; ses *Portraits et notices historiques et littéraires,* réunis en 1852, forment un ensemble précieux d'études variées et solides. Des œuvres plus vastes et d'une grande valeur sont venues confirmer encore la juste réputation de M. Mignet, sans l'étendre peut-être au delà du public choisi qu'il s'est fait; il convient surtout de signaler avec la *Vie de Franklin,* écrite en 1848, l'*Histoire de Marie Stuart* et un livre définitif sur *Charles-Quint, son abdication, son séjour et sa mort au monastère de Saint-Juste.* Une série d'études d'un égal intérêt sur la *rivalité de François Ier et de Charles-Quint* a paru pendant ces dernières années dans la Revue des deux Mondes : le public les relira sans doute bientôt réunies en un volume.

Malgré des titres si divers, l'œuvre de M. Mignet offre une grande unité de tendance et de méthode. Sa constante préoccupation a été d'élever l'histoire à la hauteur d'une science rigoureuse et précise. M. Mignet semble n'avoir pas voulu se laisser distraire de son but par le plaisir de raconter et de peindre. De là dans ses récits une certaine uniformité de teintes : si le dessin est toujours pur et correct, la ligne menée avec finesse et fermeté, les tableaux de M. Mignet manquent un peu de ces jeux d'ombre et de lumière qui effacent tel objet pour donner à tel autre plus d'éclat et de relief. Au premier abord nul trait ne fait saillie et n'arrête le regard. C'est là, d'ailleurs, une conséquence de la méthode historique de M. Mignet. En effet, ce qu'il cherche avant tout à découvrir, ce qu'il excelle à démêler, c'est la partie fixe de l'histoire, les influences supérieures qui dominent une époque et expliquent son caractère, les résultats généraux qui marquent les progrès de la civilisation, en un mot l'idée philosophique qui se dégage de la mobilité confuse des événements. On comprend dès lors pourquoi l'historien donne une place secondaire et quelquefois effacée aux personnages qu'il met en scène, et dont les actions ne l'intéressent que dans la mesure où elles lui semblent l'expression d'une idée générale ou d'une loi historique. M. Mignet n'a même pas échappé au reproche d'avoir fait dans l'histoire la part trop étroite à la libre activité humaine. Cette tendance fataliste apparaît surtout dans l'*Histoire de la Révolution française*. On regrette d'entendre dire « qu'il n'était pas plus possible d'éviter la révolution que de la conduire, » et sans pouvoir se défendre toujours contre la logique habile et serrée de l'historien philosophe, on lui sait mauvais gré de la faire servir à diminuer la responsabilité morale des hommes dont la mémoire a été justement flétrie par la conscience publique. C'est là un abus regrettable de l'esprit scientifique, quand il prétend imposer à des objets qui ne la comportent pas la rigueur de ses déductions. Les *notices et portraits*, moins asservis à certaines idées préconçues, ont aussi plus d'aisance et de grâce; c'est le cadre qui convient peut-être le mieux au talent de M. Mignet. Sans faire oublier Fontenelle, il le rappelle souvent par la finesse et le surpasse par la hauteur des jugements; à des biographies particulières il rattache avec à-propos et dans une juste mesure les événements publics; il montre avec une heureuse rapidité le mouvement général des idées dans les ouvrages de ceux dont il raconte la vie. Si parfois son style a un certain tour trop régulier et trop symétrique, qui amène quelque froideur, il reste vraiment classique par ses caractères de netteté, de précision et de gravité sans roideur [1].

1. Les œuvres historiques de M. Mignet ont été publiées à la librairie Firmin Didot, en plusieurs volumes, qui se vendent séparément.

Mort de Marie Stuart (1587).

Après une captivité de dix-huit ans, Marie Stuart, dont on avait saisi les lettres où elle appelait l'Espagne à son secours, fut traduite devant une commission de lords et de conseillers de la reine Élisabeth et accusée du crime d'attentat contre la personne royale. Le procès commença à Fotheringay le 23 octobre 1586. Marie Stuart déclara qu'elle avait cherché à faire venir dans le royaume des forces étrangères, mais qu'elle n'avait pas consenti à attenter à la vie de la reine. Les juges, revenus à Londres le 3 novembre, se réunirent le lendemain à Westminster, dans la chambre étoilée, et prononcèrent contre la reine d'Écosse une sentence de mort, que confirmèrent les deux chambres du parlement. La condamnation fut signifiée à Marie Stuart : le dais, signe de la dignité royale, fut enlevé, et sa chambre tendue en noir. Une tardive et molle intervention de Henri III en faveur de sa belle-sœur ne changea pas les résolutions de la reine Élisabeth, et le 18 février 1587 la sentence reçut son exécution.

Quand la lecture de la sentence fut achevée, Marie fit le signe de la croix. « Loué soit Dieu, dit-elle, de la nouvelle que vous m'apportez ! Je n'en pouvais recevoir une meilleure, puisqu'elle m'annonce le terme de mes misères. » Se regardant comme une victime de la foi religieuse, elle ressentit la joie pure du martyre, en prit la douce sérénité, et en conserva jusqu'au bout le tranquille courage. Après que les deux comtes[1] furent sortis, Marie consola ses serviteurs, qui fondaient en larmes. Elle devança l'heure de son souper, afin d'avoir toute la nuit pour écrire et pour prier. A la fin de son repas, elle appela tous ses serviteurs, et ayant versé du vin dans une coupe, elle en but à leur intention, et d'un air affectueux elle leur proposa de leur faire raison. Ils se mirent tous à genoux, et, les larmes aux yeux, répondirent à son toast avec une douloureuse effusion, lui demandant pardon des offenses qu'ils pouvaient avoir commises contre elle[2]. Elle les exhorta à demeurer fermes dans

1. Les comtes de Shrewsbury et de Kent, qui avaient reçu l'ordre, avec d'autres gentilshommes voisins de Fotheringay, d'assister à l'exécution.
2. « Ce qu'elle accorda de bon cœur, ajoute Étienne Pasquier en racontant le même fait, les priant de lui rendre le contre-échange. » Il serait curieux de rapprocher la narration de M. Mignet de celle de notre vieil annaliste dans ses Recherches de la France ch. xxx, éd. Léon Feugère (Didot, 1849). Schiller, au 5e acte de Marie Stuart,

la religion catholique. Elle se retira ensuite à part et écrivit de
sa main, pendant plusieurs heures, des lettres et son testament,
dont elle fit le duc de Guise principal exécuteur. Quand elle
eut fini d'écrire, il était près de deux heures du matin. Elle mit
dans un coffre son testament et ses lettres ouvertes, en disant
qu'elle ne voulait plus s'occuper des affaires de ce monde et ne
devait songer qu'à paraître devant Dieu. Elle chercha dans la
Vie des Saints, que ses filles avaient coutume de lui lire tous les
soirs, un grand coupable à qui Dieu eût pardonné : elle s'arrêta
à la touchante histoire du bon larron, qui lui sembla le plus rassu-
rant exemple de la confiance humaine et de la clémence divine.

Se sentant un peu fatiguée et voulant conserver ou reprendre ses forces pour le dernier moment, elle se mit au lit. Ses
femmes continuaient à prier, et pendant ce dernier repos de son
corps, bien que ses yeux fussent fermés, on voyait au léger
mouvement de ses lèvres, et à une sorte de ravissement répandu
sur son visage, qu'elle s'adressait à celui en qui seul reposaient
maintenant ses espérances. Au point du jour, elle se leva et dit
qu'elle n'avait plus que deux heures à vivre. Elle choisit un
de ses mouchoirs à frange d'or pour servir à lui bander les
yeux sur l'échafaud et s'habilla avec une sévère magnificence.

Après ces derniers soins accordés aux souvenirs terrestres,
elle se rendit dans son oratoire. Elle s'agenouilla devant l'autel et lut avec une grande ferveur les prières des agonisants.
Avant qu'elle les eût achevées, on vint heurter à la porte. Le
shérif[1] entra, une baguette blanche à la main, s'avança jusqu'auprès de Marie, qui n'avait pas détourné la tête, et ne lui
dit que ces mots : « Madame, les lords vous attendent, et m'ont
envoyé vers vous. — Oui, répondit Marie en se levant, allons! »
Au moment où elle partait, Bourgoin[2] lui donna le crucifix
d'ivoire qui était sur l'autel ; elle le baisa et le fit porter devant
elle. Comme elle ne pouvait se soutenir toute seule, à cause
de la faiblesse de ses jambes, elle marcha appuyée sur deux
des siens jusqu'à l'extrémité de ses appartements. Quand on
fut sur l'escalier où les comtes de Shrewsbury et de Kent attendaient Marie Stuart, et par où elle devait descendre dans la
salle basse, au fond de laquelle avait été dressé l'échafaud, on

s'est inspiré de l'histoire en retraçant la belle scène des adieux de la
reine d'Écosse à ses femmes.
  1. Le shérif remplissait les offices du prévôt des maréchaux ou
juge criminel.
  2. Médecin de Marie Stuart.

refusa à ses gens la consolation de l'accompagner plus longtemps. Malgré leurs supplications et leurs gémissements, on
les sépara d'elle, non sans peine, car ils s'étaient jetés à ses
pieds, baisaient ses mains et ne voulaient pas la quitter.

Lorsqu'on les eut éloignés, elle se remit en marche d'un air
noble et doux, le crucifix d'une main et un livre d'Heures de
l'autre, revêtue du costume de veuve qu'elle portait les jours
de grande solennité. Elle avait la dignité d'une reine et le paisible recueillement d'une chrétienne. L'échafaud avait été dressé
dans la salle basse du château de Fotheringay. Il avait deux
pieds et demi de hauteur et douze pieds carrés d'étendue; il
était couvert de frise noire d'Angleterre, ainsi que le siége, le
coussin et le billot où Marie devait s'asseoir, s'agenouiller et
recevoir le coup fatal. Elle prit place sur ce siége lugubre sans
changer de couleur, et sans rien perdre de sa grâce et de sa
majesté accoutumées, ayant à sa droite les comtes de Shrewsbury et de Kent assis, à sa gauche le shérif debout, en face
les deux bourreaux; à peu de distance, le long du mur, ses serviteurs, et dans le reste de la salle, retenus par une barrière,
environ deux cents gentlemen et habitants du voisinage, admis dans le château, dont on avait fermé les portes. Robert
Beale lut alors la sentence, que Marie écouta en silence, et si
profondément recueillie en elle-même, qu'elle semblait étrangère
à tout ce qui se passait.

Après quelques paroles données à sa justification[1], elle se
mit à prier.

Le docteur Flechter se mit à lire la prière des morts selon
le rit anglican, tandis que Marie récitait en latin les psaumes de
la pénitence et de la miséricorde et embrassait avec ferveur
son crucifix. « Madame, lui dit durement le comte de Kent,
il vous sert peu d'avoir en la main cette image du Christ, si
vous ne l'avez gravée dans le cœur. — Il est malaisé, lui répondit-elle, de l'avoir en la main sans que le cœur en soit touché, et rien ne sied mieux au chrétien qui va mourir que l'image
de son Rédempteur. »

Lorsqu'elle eut achevé à genoux les psaumes, elle s'adressa à
Dieu en anglais et le supplia de donner la paix au monde, la
vraie religion à l'Angleterre, la constance à tous les persécutés,
et de lui accorder à elle-même l'assistance de sa grâce et les

1. On pourra lire cette justification dans les *Recherches de la France*
d'Étienne Pasquier, ch. xxx, éd. citée plus haut.

clartés de l'Esprit-Saint à cette heure suprême. Sa piété était si vive, son effusion si touchante, son courage si admirable, qu'elle arrachait les larmes à tous les assistants. La prière finie, elle se releva. Le terrible moment était arrivé, et le bourreau s'approcha d'elle pour l'aider à se dépouiller d'une partie de ses vêtements; mais elle l'écarta et dit en souriant qu'elle n'avait jamais eu de pareil valet de chambre. Ses femmes, qui étaient restées à genoux au pied de l'échafaud, lui rendirent ce triste et dernier office en pleurant.

« Loin de pleurer, réjouissez-vous, leur disait-elle; je suis bien heureuse de sortir de ce monde, et pour une si bonne cause. » Elle déposa son manteau, ôta son voile, et ne conserva qu'une jupe de taffetas velouté rouge. Elle s'assit alors sur son siége et donna sa bénédiction à tous ses serviteurs, qui pleuraient. Le bourreau lui demanda pardon à genoux; elle répondit qu'elle l'accordait à tout le monde. Elle embrassa ses femmes, les bénit en faisant le signe de la croix sur elles, et, après qu'une d'elles lui eut bandé les yeux, elle leur ordonna de s'éloigner, ce qu'elles firent en sanglotant.

En même temps, elle se jeta à genoux d'un grand courage, et, tenant toujours le crucifix entre ses mains, elle tendit le cou au bourreau.

Elle disait à haute voix et avec le sentiment de la plus ardente confiance : « Mon Dieu, j'ai espéré en vous; je remets mon âme entre vos mains. »

Elle croyait qu'on l'exécuterait comme en France, dans une attitude droite et avec le glaive. Les deux maîtres des hautes-œuvres l'avertirent de son erreur et l'aidèrent à poser sa tête sur le billot, sans qu'elle cessât de prier.

L'attendrissement était universel à la vue de cette lamentable infortune, de cet héroïque courage, de cette admirable douceur. Le bourreau lui-même était ému et la frappa d'une main mal assurée. La hache, au lieu d'atteindre le cou, tomba sur le derrière de la tête et la blessa, sans qu'elle proférât une plainte. Au second coup seulement, le bourreau lui abattit la tête, qu'il montra en disant : « Dieu sauve la reine Élisabeth !... — Ainsi périssent tous ses ennemis ! » ajouta le docteur Flechter. Une seule voix se fit entendre après la sienne, et dit *amen !* C'était celle du sombre comte de Kent[1].

Histoire de Marie Stuart, ch. XI.

1. « La nouvelle de la mort de Marie Stuart, écrivait M. Chérue

Enseignements de la vie de Franklin [1].

« Né dans l'indigence et dans l'obscurité, dit Franklin en
écrivant ses Mémoires, et y ayant passé mes premières années,
je me suis élevé dans le monde à un état d'opulence et j'y ai
acquis quelque célébrité. La fortune ayant continué à me favo-
riser, même à une époque de ma vie déjà avancée, mes des-
cendants seront peut-être charmés de connaître les moyens
que j'ai employés pour cela, et qui, grâce à la Providence,
m'ont si bien réussi ; et ils peuvent servir de leçon utile à ceux
d'entre eux qui, se trouvant dans des circonstances semblables, croiraient devoir les imiter. »

dans un remarquable article inséré dans la Revue contemporaine du
30 novembre 1856, souleva l'indignation de la France. Les prédica-
teurs racontèrent la passion de la reine d'Ecosse, et on exposa dans
les églises des tableaux qui en retraçaient toutes les circonstances.
Sur un des manuscrits de la Bibliothèque impériale où sont copiées
les correspondances relatives à la mort de Marie Stuart, une main
du seizième siècle a écrit les paroles du psalmiste maudissant la fille
de Babylone : *Filia Babylonis misera, beatus qui retribuet tibi re-
tributionem quam retribuisti nobis.* A la suite on lit cette traduction
en vers :

> Fille de Babylon, race ingrate et maudite,
> Heureux qui te rendra le mal que tu nous fais,
> Balançant le salaire à l'égal du mérite
> Et mesurant ta peine à tes propres méfaits, »

Plusieurs oraisons funèbres furent prononcées en l'honneur de
Marie Stuart, et Gilles Durand lui a consacré un discours en vers où
il exhorte avec feu les Français à venger sa mort. Auparavant Ronsard avait gémi sur son départ : la cour était, suivant lui, après
l'éloignement de cette princesse,

> Comme le ciel, s'il perdait ses étoiles,
> La mer ses eaux, le navire ses voiles.

1. Franklin naquit à Boston, le 17 janvier 1706. Grâce à son esprit de conduite, d'ouvrier imprimeur il parvint en 1728 à monter
lui-même à Philadelphie une imprimerie qui bientôt prospéra. Il
ajouta la fondation d'un journal, qu'il fit servir à l'enseignement politique et moral de ses compatriotes. Ce fut surtout dans l'almanach
célèbre sous le nom de la *Science du bonhomme Richard* qu'il devint
vraiment l'instituteur pratique et populaire de son pays avant d'être
l'un de ses libérateurs. Un collège, une bibliothèque, un hôpital, furent
aussi fondés par Franklin à Philadelphie. Son esprit inventif ne se
tourna pas avec moins de succès vers l'étude des secrets de la nature :
il démontra le premier l'identité de la matière électrique et de la

Ce que Franklin adresse à ses enfants peut être utile à tout le monde. Sa vie est un modèle à suivre. Chacun peut y apprendre quelque chose, le pauvre comme le riche, l'ignorant comme le savant, le simple citoyen comme l'homme d'État. Elle offre surtout des enseignements et des espérances à ceux qui, nés dans une humble condition, sans appui et sans fortune, sentent en eux le désir d'améliorer leur sort et cherchent les moyens de se distinguer parmi leurs semblables. Ils y verront comment le fils d'un pauvre artisan, ayant lui-même travaillé longtemps de ses mains pour vivre, est parvenu à la richesse à force de labeur, de prudence et d'économie; comment il a formé tout seul son esprit aux connaissances les plus avancées de son temps, et plié son âme à la vertu par des soins et avec un art qu'il a voulu enseigner aux autres; comment il a fait servir sa science inventive et son honnêteté respectée aux progrès du genre humain et au bonheur de sa patrie.

Peu de carrières ont été aussi pleinement, aussi vertueusement, aussi glorieusement remplies que celle de ce fils d'un teinturier de Boston, qui commença par couler du suif dans des moules de chandelles, se fit ensuite imprimeur, rédigea les premiers journaux américains, fonda les premières manufactures de papiers dans ces colonies, dont il accrut la civilisation matérielle et les lumières; découvrit l'identité du fluide électrique et de la foudre; devint membre de l'académie des sciences de Paris et de presque tous les corps savants de l'Europe; fut auprès de la métropole le courageux agent des colonies soumises, auprès de la France et de l'Espagne le négociateur des colonies insurgées, et se plaça à côté de Georges Washington comme fondateur de leur indépendance; enfin, après avoir fait le bien pendant quatre-vingt-quatre ans, mourut environné des respects des deux mondes comme un sage qui avait étendu la connaissance des lois de l'univers, comme un grand homme qui

foudre et inventa les paratonnerres. La vie publique de Franklin ne fut pas moins glorieuse : ses habiles négociations amenèrent le traité d'alliance et de commerce entre les États-Unis et la France (6 février 1778), et il eut la gloire de signer le traité de 1783 qui consacrait l'indépendance de sa patrie reconnue par l'Angleterre. Il mourut le 17 avril 1790, et Mirabeau, se faisant l'interprète de la douleur commune, proposa à l'assemblée nationale de porter pendant trois jours le deuil du grand citoyen. Son éloge a été heureusement résumé dans un vers célèbre :

Eripuit cœlo fulmen sceptrumque tyrannis.

« (Il) ravit la foudre au ciel et le sceptre aux tyrans. »

6.

avait contribué à l'affranchissement et à la prospérité de sa patrie, et mérita non-seulement que l'Amérique tout entière portât son deuil, mais que l'assemblée constituante de France s'y associât par un décret public [1].

Sans doute il ne sera pas facile, à ceux qui connaîtront le mieux Franklin, de l'égaler. Le génie ne s'imite pas; il faut avoir reçu de la nature les plus beaux dons de l'esprit et les plus fortes qualités du caractère pour diriger ses semblables et influer aussi considérablement sur les destinées de son pays. Mais si Franklin a été un homme de génie, il a été aussi un homme de bon sens; s'il a été un homme vertueux, il a été aussi un homme honnête; s'il a été un homme d'État glorieux, il a été aussi un citoyen dévoué. C'est par ce côté du bon sens, de l'honnêteté, du dévouement, qu'il peut apprendre à tous ceux qui liront sa vie à se servir de l'intelligence que Dieu leur a donnée pour éviter les égarements des fausses idées; des bons sentiments que Dieu a déposés dans leur âme, pour combattre les passions et les vices qui rendent malheureux et pauvre. Les bienfaits du travail, les heureux fruits de l'économie, la salutaire habitude d'une réflexion sage qui précède et dirige toujours la conduite, le désir louable de faire du bien aux hommes, et par là de se préparer la plus douce des satisfactions et la plus utile des récompenses, le contentement de soi et la bonne opinion des autres : voilà ce que chacun peut puiser dans cette lecture.

Mais il y a aussi dans la vie de Franklin de belles leçons pour ces natures fortes et généreuses qui doivent s'élever au-dessus des destinées communes. Ce n'est point sans difficulté qu'il a cultivé son génie, sans effort qu'il s'est formé à la vertu, sans un travail opiniâtre qu'il a été utile à son pays et au monde. Il mérite d'être pris pour guide par ces privilégiés de la Providence, par ces nobles serviteurs de l'humanité, qu'on appelle

1. S'il fallait mêler quelques restrictions à cet éloge, on pourrait rapprocher avec intérêt de ce morceau le contre-portrait que M. Philarète Chasles a tracé de Franklin : « Franklin a toutes les qualités ingénieuses, patientes, industrielles et pacifiques..... Froid, sans passions, il fait de la vertu un art, de la probité un commerce, de l'amour des hommes un calcul; il combine, sans errer jamais, la dose d'habileté conciliable avec l'honnêteté; observateur attentif des autres et de soi-même, de la nature et de la société, il respecte avant tout les apparences... » Ce jugement est trop rigoureux, sans doute, mais il marque en l'exagérant ce côté *positif* du caractère de Franklin que M. Mignet nous semble avoir trop adouci.

les grands hommes. C'est par eux que le genre humain marche de plus en plus à la science et au bonheur. L'inégalité qui les sépare des autres hommes et que les autres hommes seraient tentés d'abord de maudire, ils en comblent promptement l'intervalle par le don de leurs idées, par le bienfait de leurs découvertes, par l'énergie féconde de leurs impulsions. Ils élèvent peu à peu jusqu'à leur niveau ceux qui n'auraient jamais pu y arriver tout seuls. Ils les font participer ainsi aux avantages de leur bienfaisante inégalité, qui se transforme bientôt pour tous en égalité d'un ordre supérieur. En effet, au bout de quelques générations, ce qui était le génie d'un homme devient le bon sens du genre humain, et une nouveauté hardie se change en usage universel. Les sages et les habiles des divers siècles ajoutent sans cesse à ce trésor commun où puise l'humanité, qui sans eux serait restée dans sa pauvreté primitive, c'est-à-dire dans son ignorance et dans sa faiblesse. Poussons donc à la vraie science, car il n'y a pas de vérité qui, en détruisant une misère, ne tue un vice. Honorons les hommes supérieurs, et proposons-les en imitation; car c'est en préparer de semblables, et jamais le monde n'en a eu un besoin plus grand.

Vie de Franklin, ch. Ier.

M. THIERS.

(1797.)

M. Thiers est né à Marseille le 16 avril 1797[1]. A cette vivacité méridionale, qui semble un don du terroir, il unissait dès sa première jeunesse cette persévérance dans l'étude qui est le signe des grandes volontés. L'*Éloge de Vauvenargues*, couronné en 1821 par l'académie d'Aix, frappait déjà l'attention publique par de précieuses qualités, dont le travail avait hâté la maturité précoce. Cet esprit souple et délié, net et pratique, qui dès cette époque se portait sans effort vers les côtés les plus opposés des connaissances humaines, agitait avec talent les questions d'art et approfondissait les problèmes de la science économique, semblait, par la diversité même de ses tendances, prédestiné aux études historiques comme à l'activité de la vie politique. Aussi, dans les dernières années de la Restauration, pendant qu'il prêtait une active collaboration au *National*, fondé par Armand Carrel, M. Thiers, par l'*Histoire de la Révolution française*, se plaçait au premier rang de nos historiens modernes. Fidèlement attaché à la monarchie constitutionnelle de 1830, il la servit avec dévouement, et, ce qui vaut mieux encore, avec cette fermeté indépendante qui ose déplaire pour prévenir les fautes. Tour à tour secrétaire d'État au département des finances, député de la ville d'Aix, ministre, président du conseil, M. Thiers s'est trouvé à la hauteur de ces grandes situations. Cependant, par le prodige d'une activité dont nous semblons chaque jour perdre le secret, l'historien savait dérober des heures précieuses à l'homme public, et M. Thiers, au milieu même des luttes quotidiennes de la politique militante, poursuivait ses études avec la même ardeur. En 1840, il commençait l'*Histoire du Consulat et de l'Empire*[2], qu'il achevait après quinze années d'un travail assidu. L'ouvrage se termine au drame suprême de Waterloo, et comprend vingt volumes. On demeure confondu de la grandeur de l'entreprise, quand M. Thiers nous apprend lui-même qu'il « lut, relut et annota de sa propre main les innombrables pièces contenues dans les archives de l'État, les trente mille lettres composant la correspondance personnelle de Napoléon, les lettres non

---

1. M. Thiers est neveu d'André Chénier, à la mode de Bretagne : la mère du poëte était, en effet, la propre sœur de la grand'mère de M. Thiers.

2. L'*Histoire de la Révolution française* a été publiée par la librairie Furne et Jouvet, en 8 vol. in-8°, et l'*Histoire du Consulat et de l'Empire*, par la librairie Lheureux, en 20 vol. in-8°.

moins nombreuses de ses ministres, de ses généraux, de ses aides de
camp, et même des agents de sa police, enfin la plupart des mémoires manuscrits conservés dans le sein des familles. » Après avoir
épuisé cette première source d'informations, M. Thiers parcourut l'Europe entière, suivit partout les traces de nos armées, visita les champs
de bataille, interrogea tous les souvenirs, tous les documents des
archives étrangères, ne reculant devant aucune fatigue pour atteindre
les dernières limites de la certitude historique. Ainsi s'est élevé peu à
peu et enfin s'est achevé ce grand monument qui a mérité à M. Thiers
le titre, consacré par le suffrage public, « d'historien national. »

M. Thiers, traçant au début du XIIe livre une rapide théorie de
l'histoire, a résumé les qualités de l'historien dans ce mot qui, selon lui, les embrasse toutes, l'*intelligence*, c'est-à-dire la faculté de
comprendre et d'exprimer tout avec netteté. Nul autre ne répondrait
mieux à cette définition que M. Thiers lui-même. Sa méthode rappelle celle de Polybe : il ne laisse dans l'ombre aucune partie de
son sujet, il excelle à porter tour à tour sur chaque point du tableau
une lumière égale qui ne dissimule et n'exagère rien : il nous initie
aux jeux savants et complexes de la diplomatie; il sait intéresser l'esprit le plus rebelle aux questions de finances, d'administration, de
tactique militaire; il a le secret de tout éclaircir, parce que lui-même
a le don de tout comprendre. Mais ce que l'on a dit d'un grand historien, il abrége tout parce qu'il voit tout, ne saurait s'appliquer à
M. Thiers : il n'a pas ces coups de pinceau à la Tacite, ces mots har-
dis et soudains qui s'attachent à un homme ou à une époque comme
un honneur ou une flétrissure indélébile; M. Thiers ne les recherche
pas, il y verrait plutôt un danger, celui d'élever une impression personnelle à la hauteur d'un jugement définitif et consacré. Le premier
souci de M. Thiers, on pourrait dire le seul, c'est de garder à chaque
événement son exacte proportion, de ne jamais peindre les choses
plus vives que nature. « L'historien, dit-il, n'a pas le droit de choisir, mais d'ordonner. » M. Thiers, en effet, cherche l'effet dans la vérité seule de la reproduction, il suit tous les contours de son sujet
sans hâte ni impatience, il en accepte les lenteurs nécessaires, et,
pour rappeler une heureuse image de M. Sainte-Beuve, « une fois les
arches du pont jetées, il laisse le courant aller de soi-même en toute
largeur. » Son style a les caractères de son esprit : vif et naturel,
il a ce que lui-même, traçant à son insu sa propre image, demandait
au style de l'histoire, cette transparence absolue d'une glace qui reproduit les objets sans la moindre atténuation de forme ou de couleur. S'il fallait mêler quelques réserves à ce jugement, on pourrait
parfois, dirions-nous, désirer plus de force dans le style, plus de relief
dans la peinture des caractères, plus de décision dans les jugements.
Encore faut-il se garder de placer M. Thiers, comme M. de Château-

briand n'a pas craint de le faire dans la préface de ses *Études historiques*, à la tête de cette école *fataliste* qui ne croyant pas à la liberté humaine, et n'ayant d'autre mesure que celle du succès, exalte et abaisse tour à tour ceux qui s'élèvent et tombent. C'est faire injure à M. Thiers, qui, par sa vie comme par ses ouvrages, a montré qu'il n'acceptait pas cette mauvaise complicité avec la fortune. Ce qui reste vrai, c'est que M. Thiers aime mieux expliquer que juger et condamner; il n'estime pas, comme certaine école critique, que l'on puisse enfermer un homme dans une formule. La nature humaine est trop « diverse et ondoyante » pour se prêter à ces jeux d'esprit. De là aussi cette aversion profonde pour toute déclamation sentimentale. M. Thiers voit dans l'histoire plus de fautes que de crimes, et lui-même se dérobe volontiers quand il faut rendre l'arrêt suprême et « tenir dans ses mains les balances de Dieu. »

L'orateur politique, chez M. Thiers, touche par trop de côtés à l'historien pour qu'il soit possible de les isoler. C'est la même méthode de large exposition qui embrasse l'ensemble des questions, remonte aux origines, et suit tous les replis du problème sans lenteur ni précipitation. Si M. Thiers n'a pas l'éloquence fière et le geste décisif de M. Guizot, il s'insinue et prend faveur par le charme de sa parole vive, légère et finement railleuse : il frappe, il étonne moins, mais il séduit et persuade mieux que son ancien adversaire politique; l'un est plus grand orateur, l'autre est plus souple, plus habile et plus pratique; et dans ces grandes luttes parlementaires de la monarchie de 1830, si M. Guizot montrait plus de force et d'éclat, M. Thiers gagnait plus sûrement les victoires.

Charlotte Corday.

L'insurrection du 31 mai avait décidé le triomphe de la Montagne sur les Girondins : ceux d'entre ces derniers qui purent quitter Paris allèrent soulever les provinces et organiser la guerre civile. Caen devint au nord le centre du mouvement fédéraliste, comme Lyon dans le midi. Charlotte Corday crut sauver la Gironde en allant frapper Marat à Paris.

A cette époque (1793) vivait dans le Calvados une jeune fille âgée de vingt-cinq ans, réunissant à une grande beauté un caractère ferme et indépendant. Elle se nommait Charlotte Corday d'Armans[1]. Ses mœurs étaient pures, mais son esprit était actif

1. Elle était l'arrière-petite-fille de Marie Corneille, sœur de Pierre Corneille.

et inquiet. Elle avait quitté la maison paternelle pour aller vivre avec plus de liberté chez une de ses amies à Caen. Son père avait autrefois, par quelques écrits, réclamé les priviléges de sa province, à l'époque où la France était réduite encore à réclamer des priviléges de villes et de provinces. La jeune Corday s'était enflammée pour la cause de la révolution, comme beaucoup de femmes de son temps, et elle était enivrée de l'idée d'une république soumise aux lois et féconde en vertus. Les Girondins lui paraissaient vouloir réaliser son rêve ; les Montagnards semblaient seuls y apporter des obstacles ; et, à la nouvelle du 31 mai, elle résolut de venger ses orateurs. La guerre du Calvados commençait[1] ; elle crut que la mort du chef des anarchistes, concourant avec l'insurrection des départements, assurerait la victoire de ces derniers : elle résolut donc de faire un grand acte de dévouement, et de consacrer à sa patrie une vie dont un époux, des enfants, une famille, ne faisaient ni l'occupation ni le charme. Elle trompa son père, et lui écrivit que, les troubles de la France devenant tous les jours plus effrayants, elle allait chercher le calme et la sécurité en Angleterre. Tout en écrivant cela, elle s'acheminait vers Paris. Avant son départ, elle voulut voir à Caen les députés, objets de son enthousiasme et de son dévouement. Pour parvenir jusqu'à eux, elle imagina un prétexte, et demanda à Barbaroux une lettre de recommandation auprès du ministre de l'intérieur. Barbaroux lui en donna une pour le député Duperret. Ses collègues, qui la virent comme lui, et comme lui l'entendirent exprimer sa haine contre les Montagnards et son enthousiasme pour une république pure et régulière, furent frappés de sa beauté et touchés de ses sentiments. Tous ignoraient ses projets[2].

Arrivée à Paris, Charlotte Corday songea à choisir sa victime. Danton et Robespierre étaient assez célèbres dans la Montagne pour mériter ses coups, mais Marat était celui qui avait paru le plus effrayant aux provinces, et qu'on regardait comme le chef des anarchistes[3]. Elle voulait d'abord frapper Marat au

---

1. Sous le commandement d'un royaliste, le baron Wimpfen.
2. Voir la scène III, acte II, du drame de *Charlotte Corday*, par M. Ponsard.
3. M. Ponsard a rendu avec énergie le hideux caractère de Marat. Ainsi s'exprime Barbaroux dans la sc. Ire de l'acte III :

     . . . . Si l'on rencontre
Un homme, les bras nus, le bonnet rouge au front,
Sabres et pistolets pendus au ceinturon,

faîte même de la Montagne et au milieu de ses amis ; mais elle ne le pouvait plus, car Marat se trouvait dans un état qui l'empêchait de siéger à la Convention. Une de ces maladies inflammatoires qui, dans les révolutions, terminent ces existences orageuses que ne termine pas l'échafaud, l'obligea à se retirer et à rentrer dans sa demeure. Là, rien ne pouvait calmer sa dévorante activité ; il passait une partie du jour dans son bain, entouré de plumes et de papiers, écrivant sans cesse, rédigeant son journal, adressant des lettres à la Convention et se plaignant de ce qu'on ne leur donnait pas assez d'attention. C'était toujours la même vanité, la même fureur, et la même promptitude à devancer les craintes populaires.

Charlotte Corday, pour l'atteindre, était donc obligée d'aller le chercher chez lui. D'abord elle remit la lettre qu'elle avait pour Duperret, remplit sa commission auprès du ministre de l'intérieur, et se prépara à consommer son projet. Elle demanda à un cocher de fiacre l'adresse de Marat, s'y rendit, et fut refusée. Alors elle lui écrivit, et lui dit qu'arrivée du Calvados elle avait d'importantes choses à lui apprendre. C'était assez pour obtenir son introduction. Le 13 juillet, en effet, elle se présente à huit heures du soir. La gouvernante de Marat lui oppose quelques difficultés ; Marat, qui était dans son bain, entend Charlotte Corday et ordonne qu'on l'introduise. Restée seule avec lui, elle rapporte ce qu'elle a vu à Caen, puis l'écoute, le considère avant de le frapper. Marat demande avec empressement le nom des députés présents à Caen ; elle les nomme, et lui, saisissant un crayon, se met à les écrire, en ajoutant : « C'est bien, ils iront tous à la guillotine. — A la

> Si cet homme applaudit pendant que l'on égorge
> Les malheureux vaincus dont la prison regorge ;
> S'il excite au travail les assassins lassés,
> Qui laissaient choir enfin leurs couteaux émoussés,
> Si, tous les prisonniers hachés membre par membre,
> Il serre dans ses bras les héros de septembre,
> C'est Marat. — Quand le peuple, à qui manque le pain,
> Écoute aveuglément les conseils de la faim,
> Celui qui, dégradant les misères publiques,
> Pousse la multitude à piller les boutiques,
> Celui qui veut montrer, comme un épouvantail,
> Quelques marchands de blé pendus à leur portail,
> C'est Marat. — Quelquefois la tribune est souillée
> Par un homme en casquette, en veste débraillée,
> Qui se croise les bras, et, d'un air outrageux,
> Semble étaler l'orgueil de ses haillons fangeux :
> Écoutez-le parler : « Il faut qu'on institue
> Un magistrat du meurtre, un dictateur qui tue. »
> C'est Marat, c'est Marat ! . . . . .

11.

guillotine! » reprend la jeune Corday indignée ; alors elle tire un couteau de son sein, frappe Marat, et enfonce le fer jusqu'au cœur. « A moi ! s'écrie-t-il, à moi ! » Sa gouvernante s'élance à ce cri ; un commissionnaire qui ployait des journaux accourt de son côté ; tous deux trouvent Marat plongé dans son sang, et la jeune Corday calme, sereine, immobile. Le commissionnaire la renverse d'un coup de chaise, la gouvernante la foule aux pieds. Le tumulte attire du monde, et bientôt tout le quartier est en rumeur. La jeune Corday se relève, et brave avec dignité les outrages et les fureurs de ceux qui l'entourent. Des membres de la section, accourus à ce bruit, et frappés de sa beauté, de son courage, du calme avec lequel elle avoue son action, empêchent qu'on ne la déchire et la conduisent en prison, où elle continue à tout confesser avec la même assurance.

Charlotte Corday, conduite en présence du tribunal, conserve le même calme. On lui lit son acte d'accusation, après quoi on procède à l'audition des témoins ; Corday interrompt le premier témoin, et ne laissant pas le temps de commencer sa déposition : « C'est moi, dit-elle, qui ai tué Marat. — Qui vous a engagée à commettre cet assassinat ? lui demande le président. — Ses crimes. — Qu'entendez-vous par ses crimes ? — Les malheurs dont il est cause depuis la révolution. — Qui sont ceux qui vous ont engagée à cette action ? — Moi seule, répond fièrement la jeune fille. Je l'avais résolu depuis longtemps, et je n'aurais jamais pris conseil des autres pour une pareille action. J'ai voulu donner la paix à mon pays. — Mais croyez-vous avoir tué tous les Marat ? — Non, répond tristement l'accusée, non. » Elle laisse ensuite achever les témoins, et après chaque déposition elle répète chaque fois : « C'est vrai, le déposant a raison. » Elle ne se défend que d'une chose, c'est de sa prétendue complicité avec les Girondins. Charlotte Corday est condamnée à la peine de mort. Son beau visage n'en paraît pas ému ; elle rentre dans sa prison avec le sourire sur les lèvres ; elle écrit à son père pour lui demander pardon d'avoir disposé de sa vie ; elle écrit à Barbaroux, auquel elle raconte son voyage et son action dans une lettre charmante, pleine de grâce, d'esprit et d'élévation ; elle termine par ces mots : « Quel triste peuple pour former une république ! il faut au moins fonder la paix ; le gouvernement viendra comme il pourra. »

Le 15, Charlotte Corday subit son jugement avec le calme qui ne l'avait pas quittée. Elle répondit par l'attitude la plus modeste et la plus digne aux outrages de la vile populace. Cependant tous ne l'outrageaient pas ; beaucoup plaignaient cette fille si jeune, si belle, si désintéressée dans son action, et l'accompagnaient à l'échafaud d'un regard de pitié et d'admiration[1].

Histoire de la Révolution française, chap. X.

―――――

Passage du Saint-Bernard par l'armée française[2] (1800).

L'Angleterre et l'Autriche avaient rejeté les propositions de paix du premier consul. Le total des troupes coalisées s'élevait à 300,000 hommes, 150,000 en Souabe, 20,000 à Mahon, et 120,000 en Lombardie, sous le baron de Mélas. Cette dernière armée devait bloquer Gênes, franchir l'Apennin et le Var, et se présenter devant Toulon,

1. Voir l'ode adressée à Charlotte Corday par André Chénier :

> Non, non, je ne veux pas l'honorer en silence,
> Toi qui crus par ta mort ressusciter la France
> Et dévouas tes jours à punir des forfaits.
> Le glaive arma ton bras, fille grande et sublime,
> Pour faire honte aux dieux, pour réparer leur crime,
> Quand d'un homme à ce monstre ils donnèrent les traits....

On pourra aussi rapprocher avec intérêt les pages consacrées à Charlotte Corday dans l'*Histoire des Girondins* par M. de Lamartine. Le récit de son enfance passée d'abord au couvent de l'Abbaye-aux-Dames, puis dans la maison de son père et chez sa vieille amie, est empreint d'une fraîcheur toute poétique. Mais nous n'irons pas, avec l'illustre auteur, jusqu'à l'appeler l'*ange de l'assassinat ;* cette alliance de mots nous blesse. La morale proteste contre l'action de Charlotte Corday, et l'histoire nous montre qu'en faisant de Marat un martyr, elle précipita la ruine du parti girondin.

2. Ce morceau, que nous détachons du premier volume de l'*Histoire du Consulat et de l'Empire*, est avec raison regardé comme un modèle de narration historique ; il est, en outre, très-propre à donner une idée juste et complète de la *manière* de M. Thiers. Clarté parfaite d'exposition, enchaînement rigoureux des faits, intérêt progressif et ménagé avec un art d'autant plus savant qu'il sait mieux se dérober, telles sont les qualités supérieures qu'il faut ici relever. On pourrait établir un curieux rapprochement entre ces pages de l'historien français et le passage des Alpes par Annibal dans le livre XXI, ch. xxx et suiv. de Tite-Live. Les nombreuses variantes des commentateurs sur la route suivie par Annibal indiquent tout d'abord que l'historien latin n'a pas résolu cette question. Tite-Live est surtout frappé du côté dramatique de l'audacieuse entreprise qu'il raconte ; il prête son éloquence au général carthaginois, mais la partie critique est faible. M. Thiers s'efface derrière son récit, et ne cherche l'effet dramatique que dans la reproduction sévèrement exacte de toutes les circonstances de ce grand fait militaire.

où elle avait rendez-vous avec les Anglais et les émigrés du Midi. La France avait deux armées, celle d'Allemagne, portée à 130,000 hommes, et celle de Ligurie, réduite à 40,000 hommes. Bonaparte n'hésite pas : il commande à Masséna, chef de l'armée de Ligurie, de tenir sur l'Apennin entre Gênes et Nice; à Moreau, commandant de l'armée d'Allemagne, de passer le Rhin et de couper les Autrichiens, s'il était possible, de la route de Vienne. Le premier consul devait lui-même former une troisième armée, passer le Saint-Bernard, tomber en Piémont et prendre par derrière le baron de Mélas. Masséna, enfermé dans Gênes, se défendait héroïquement; quand Bonaparte eut appris que l'armée d'Allemagne était victorieuse, il entra en campagne pour aller débloquer Gênes.

Les divisions étaient échelonnées depuis le Jura jusqu'au pied du Saint-Bernard, pour éviter l'encombrement. Le premier consul était à Martigny, dans un couvent de bernardins. De là il ordonnait tout, et ne cessait de correspondre avec Paris et avec les autres armées de la république. Il avait des nouvelles de la Ligurie, qui lui apprenaient que M. de Mélas, toujours sous l'empire des plus grandes illusions, mettait tout son zèle à prendre Gênes et à forcer le pont du Var[1]. Rassuré sur cet objet important, il fit donner enfin l'ordre du passage. Quant à lui, il resta de ce côté-ci du Saint-Bernard, pour correspondre le plus longtemps possible avec le gouvernement et pour tout expédier lui-même au delà des monts. Berthier, au contraire, devait se transporter de l'autre côté du Saint-Bernard pour recevoir les divisions et le matériel que le premier consul allait lui envoyer.

Lannes passa le premier, à la tête de l'avant-garde, dans la nuit du 14 au 15 mai (24-25 floréal). Il commandait six régiments de troupes d'élite parfaitement armés, et qui sous ce chef bouillant, quelquefois insubordonné, mais toujours si habile et si vaillant, allaient tenter gaiement cette marche aventureuse. On se mit en route entre minuit et deux heures du matin, pour devancer l'instant où la chaleur du soleil, faisant fondre les neiges, précipite les montagnes de glace sur la tête des voyageurs téméraires qui s'engagent dans ces gorges affreuses. Il fallait huit heures pour parvenir au sommet du col, à l'hospice

---

1. M. de Mélas se flattait que les Français ne pourraient descendre les Alpes qu'en très-petit nombre : aussi ne voulait-il pas abandonner ses positions sur le Var et devant Gênes pour se porter à la rencontre de Bonaparte.

même du Saint-Bernard[1], et deux heures seulement pour redescendre à Saint-Remy. On avait donc le temps de passer avant le moment du grand danger. Les soldats surmontèrent avec ardeur les difficultés de cette route. Ils étaient fort chargés, car on les avait obligés à prendre du biscuit pour plusieurs jours, et avec du biscuit une grande quantité de cartouches. Ils gravissaient ces sentiers escarpés, chantant au milieu des précipices, rêvant la conquête de cette Italie où ils avaient goûté tant de fois les jouissances de la victoire, et ayant le noble pressentiment de la gloire immortelle qu'ils allaient acquérir. Pour les fantassins, la peine était moins grande que pour les cavaliers. Ceux-ci faisaient la route à pied, conduisant leur monture par la bride. C'était sans danger à la montée, mais à la descente, le sentier fort étroit les obligeant à marcher devant le cheval, ils étaient exposés, si l'animal faisait un faux pas, à être entraînés avec lui dans les précipices. Il arriva en effet quelques accidents de ce genre, mais en petit nombre, et il périt quelques chevaux, mais presque point de cavaliers. Vers le matin, on parvint à l'hospice, et là une surprise ménagée par le premier consul ranima les forces et la bonne humeur de ces braves troupes. Les religieux, munis d'avance des provisions nécessaires, avaient préparé des tables, et servirent à chaque soldat une ration de pain, de vin et de fromage. Après un moment de repos, on se remit en route, et on descendit à Saint-Remy sans événement fâcheux. Lannes s'établit immédiatement sur le revers de la montagne, et fit toutes les dispositions nécessaires pour recevoir les autres divisions, et particulièrement le matériel.

Chaque jour il devait passer l'une des divisions de l'armée. L'opération devait donc durer plusieurs jours, surtout à cause du matériel qu'il fallait faire passer avec les divisions. On se mit à l'œuvre pendant que les troupes se succédaient. On fit d'abord voyager les vivres et les munitions. Pour cette partie du matériel, qu'on pouvait diviser, placer sur le dos des mulets, dans de petites caisses, la difficulté ne fut pas aussi grande que pour le reste. Elle ne consista que dans l'insuffisance des moyens de transport, car, malgré l'argent prodigué à pleines mains, on n'avait pas autant de mulets qu'il en aurait fallu pour l'énorme poids qu'on avait à transporter de l'autre côté du

1. Depuis des siècles, des religieux vivent dans ces solitudes pour secourir les voyageurs égarés ou surpris par les neiges.

Saint-Bernard. Cependant les vivres et les munitions ayant
passé à la suite des divisions de l'armée, et avec le secours des
soldats, on s'occupa enfin de l'artillerie. Les affûts et les cais-
sons avaient été démontés et placés sur des mulets. Restaient
les pièces de canon elles-mêmes, dont on ne pouvait pas réduire le poids par la division du fardeau. Pour les pièces de
douze surtout, et pour les obusiers, la difficulté fut plus grande
qu'on ne l'avait d'abord imaginé. Les traîneaux à roulettes con-
struits dans les arsenaux ne purent servir. On imagina un
moyen qui fut essayé sur-le-champ, et qui réussit : ce fut de
partager par le milieu des troncs de sapins ; de les creuser,
d'envelopper avec deux de ces demi-troncs une pièce d'artillerie, et de la traîner ainsi enveloppée le long des ravins.
Grâce à ces précautions, aucun choc ne pouvait l'endommager.
Des mulets furent attelés à ce singulier fardeau, et servirent à
élever quelques pièces jusqu'au sommet du col. Mais la descente
était plus difficile : on ne pouvait l'opérer qu'à force de bras,
et en courant des dangers infinis, parce qu'il fallait retenir la
pièce et l'empêcher, en la retenant, de rouler dans les précipices.
Malheureusement les mulets commençaient à manquer. Les mu-
letiers surtout, dont il fallait un grand nombre, étaient épuisés.
On songea dès lors à recourir à d'autres moyens. On offrit aux
paysans des environs jusqu'à mille francs par pièce de canon
qu'ils consentiraient à traîner de Saint-Pierre à Saint-Remy. Il
fallait cent hommes pour en traîner une seule, un jour pour la
monter, un jour pour la descendre. Quelques centaines de paysans
se présentèrent, et transportèrent en effet quelques pièces de canon, conduits par les artilleurs qui les dirigeaient. Mais l'appât
même du gain ne put les décider à renouveler cet effort. Ils dis-
parurent tous, et malgré les officiers envoyés à leur recherche,
et prodiguant l'argent pour les ramener, il fallut y renoncer,
et demander aux soldats des divisions de traîner eux-mêmes
leur artillerie. On pouvait tout obtenir de ces soldats dévoués.
Pour les encourager, on leur promit l'argent que les paysans
épuisés ne voulaient plus gagner ; mais ils refusèrent, disant
que c'était un devoir d'honneur pour une troupe de sauver ses
canons, et ils se saisirent des pièces abandonnées. Des troupes
de cent hommes, sorties successivement des rangs, les traî-
naient chacune à son tour. La musique jouait des airs animés
dans les passages difficiles et les encourageait à surmonter ces
obstacles d'une nature si nouvelle. Arrivé au faîte des monts,
on trouvait les rafraîchissements préparés par les religieux du

Saint-Bernard, on prenait quelque repos, pour recommencer à la descente de plus grands et de plus périlleux efforts. On vit ainsi les divisions Chambarlhac et Monnier traîner elles-mêmes leur artillerie, et l'heure avancée ne permettant pas de descendre dans la même journée, elles aimèrent mieux bivouaquer dans la neige que de se séparer de leurs canons. Heureusement le ciel était serein, et on n'eut pas à braver, outre les difficultés des lieux, les rigueurs du temps.

Pendant les journées des 16, 17, 18, 19, 20 mai, les divisions continuèrent à passer avec les vivres, les munitions et l'artillerie. Le Premier Consul, toujours placé à Martigny, pressait l'expédition du matériel; Berthier, de l'autre côté du Saint-Bernard, le recevait et le faisait réparer par les ouvriers. Le premier consul, dont la prévoyance ne s'arrêtait jamais, songea tout de suite à pousser sur le débouché des montagnes, pour s'en emparer, Lannes, qui avait déjà sa division réunie et quelques pièces de quatre prêtes à rouler. Il lui ordonna de s'avancer jusqu'à Ivrée et d'enlever cette ville, afin de s'assurer ainsi l'entrée de la plaine du Piémont. Lannes marcha le 16 et le 17 mai sur Aoste, où se trouvaient quelques Croates qui furent jetés dans le bas de la vallée; puis il s'achemina vers le bourg de Châtillon, où il arriva le 18. Un bataillon qui se trouvait là fut culbuté et perdit bon nombre de prisonniers. Lannes s'engagea ensuite dans la vallée, qui, à mesure qu'on descendait, s'élargissait sensiblement, et montrait aux yeux charmés de nos soldats des habitations, des arbres, des champs cultivés, tous les avant-coureurs, en un mot, de la fertilité italienne. Ces braves gens marchaient tout joyeux, lorsque la vallée, se resserrant de nouveau, leur présenta une gorge étroite, fermée par un fort hérissé de canons : c'était le fort de Bard, déjà désigné comme un obstacle par plusieurs officiers italiens, mais comme un obstacle qu'on pouvait vaincre. Les officiers du génie attachés à l'avant-garde s'avancèrent, et, après une prompte reconnaissance, déclarèrent que le fort obstruait complétement le chemin de la vallée, et qu'on ne pouvait passer sans forcer cette barrière, qui, au premier aspect, semblait à peu près insurmontable. Cette nouvelle, répandue dans la division, y causa la plus pénible surprise. Voici quelle était la nature de cet obstacle imprévu.

La vallée d'Aoste est parcourue par une rivière qui reçoit toutes les eaux du Saint-Bernard, et qui, sous le nom de Dora-Baltea, va les jeter dans le Pô. En approchant de Bard, la vallée se resserre; la route, courant entre le pied des montagnes et le lit de la rivière, devient successivement plus étroite; et enfin un rocher qui semble tombé des hauteurs voisines au milieu de la vallée la ferme presque entièrement. La rivière coule alors d'un côté du rocher, la route passe de l'autre. Cette route, bordée de maisons, compose toute la ville de Bard. Sur le sommet du rocher, un fort, imprenable par sa position, quoique mal construit, embrasse de ses feux, à droite le cours de la Dora-Baltea, à gauche la rue allongée qui forme la très-petite ville de Bard. Des ponts-levis fermaient l'entrée et la sortie de cette unique rue. Une garnison peu nombreuse, mais bien commandée, occupait le fort[1].

Lannes, qui n'était pas homme à s'arrêter, lança sur-le-champ quelques compagnies de grenadiers qui abattirent les ponts-levis et entrèrent dans Bard, malgré un feu très-vif. Le commandant du fort fit vomir une multitude de boulets, et surtout d'obus, sur ce malheureux bourg; mais enfin il s'arrêta, par égard pour les habitants. La division Lannes stationna en dehors. Il était évident qu'on ne pouvait pas, sous le feu du fort, qui atteignait la route dans tous les sens, faire passer le matériel d'une armée. Lannes fit sur-le-champ son rapport à Berthier, qui se hâta d'arriver, et reconnut avec effroi combien était difficile à vaincre l'obstacle qui venait de se révéler tout à coup. Le général Marescot fut mandé. Il examina le fort et le déclara presque imprenable, non à cause de sa construction, qui était médiocre, mais de sa position, qui était entièrement isolée. En un instant l'alarme se répandit sur les derrières, et on se crut arrêté dans cette glorieuse entreprise. Berthier envoya plusieurs courriers au Premier Consul, afin de l'avertir de ce contre-temps inattendu.

Celui-ci était encore à Martigny, ne voulant pas traverser le Saint-Bernard qu'il n'eût assisté de ses propres yeux à l'expédition des dernières parties du matériel. Cette annonce d'un obstacle jugé insurmontable lui causa d'abord une espèce de saisissement; mais il se remit bientôt, et se refusa obstinément à la supposition d'un mouvement rétrograde. Rien au monde ne pouvait lui faire subir une telle extrémité. Il pensait que si l'une des plus hautes montagnes du globe ne l'avait pas arrêté, un rocher secondaire ne serait pas capable de vaincre son cou-

1. On remarquera la netteté précise de cette courte description qui rend les objets présents à nos yeux.

rage et son génie. On prendrait, se disait-il, le fort avec de l'audace ; si on ne le prenait pas, on le tournerait. D'ailleurs, pourvu que l'infanterie et la cavalerie pussent passer avec quelques pièces de quatre, elles se porteraient à Ivrée, à l'entrée de la plaine, et attendraient là que la grosse artillerie pût les suivre. Si cette grosse artillerie ne pouvait franchir l'obstacle qui venait de se présenter, et si pour en avoir il fallait prendre celle de l'ennemi, l'infanterie française était assez nombreuse et assez brave pour se jeter sur les Autrichiens et leur enlever leurs canons. Au surplus, il étudia de nouveau ses cartes, interrogea une multitude d'officiers italiens, et apprenant par eux que d'autres routes aboutissaient d'Aoste aux vallées environnantes, il écrivit lettres sur lettres à Berthier, lui défendit d'interrompre le mouvement de l'armée, et lui indiqua, avec une étonnante précision, les reconnaissances à faire autour du fort de Bard. Ne voulant voir de danger grave que dans l'arrivée d'un corps ennemi qui viendrait fermer le débouché d'Ivrée, il enjoignit à Berthier de porter Lannes à Ivrée par le sentier d'Albaredo et de lui faire prendre là une forte position qui fût à l'abri de l'artillerie et de la cavalerie autrichiennes. « Quand Lannes, ajoutait le Premier Consul, gardera la porte de la vallée, peu importe ce qui pourra survenir ; ce ne sera qu'une perte de temps. Nous avons des vivres en suffisante quantité pour attendre, et nous viendrons toujours à bout ou de tourner ou de vaincre l'obstacle qui nous arrête en ce moment. »

Ces instructions données à Berthier, il adressa ses derniers ordres au général Moncey qui devait déboucher du Saint-Gothard, au général Chabran qui devait, par le Petit Saint-Bernard, aboutir tout juste devant le fort de Bard[1], et il se décida enfin à passer les monts de sa personne. Il se mit donc en marche pour traverser le col le 20 avant le jour. L'aide de camp Duroc et son secrétaire de Bourrienne l'accompagnaient. Les arts l'ont dépeint franchissant les neiges des Alpes sur un cheval fougueux ; voici la simple vérité. Il gravit le Saint-Bernard monté sur un mulet, revêtu de cette enveloppe grise qu'il a toujours portée, conduit par un guide du pays, montrant dans les passages difficile la distraction d'un esprit occupé ailleurs,

[1]. C'était pour diviser l'attention des Autrichiens que le Premier Consul avait ordonné de faire descendre par d'autres passages des détachements de l'armée française. Nos troupes descendaient ainsi les Alpes par quatre passages à la fois, le Saint-Gothard, le grand et le petit Saint-Bernard et le mont Cenis.

entretenant les officiers répandus sur la route, et puis, par intervalles, interrogeant le conducteur qui l'accompagnait, se
faisant conter sa vie, ses plaisirs, ses peines, comme un voyageur oisif qui n'a pas mieux à faire. Ce conducteur, qui était
tout jeune, lui exposa naïvement les particularités de son obscure existence, et surtout le chagrin qu'il éprouvait de ne
pouvoir, faute d'un peu d'aisance, épouser l'une des filles de
cette vallée. Le Premier Consul, tantôt l'écoutant, tantôt ques-
tiônnant les passants dont la montagne était remplie, parvint
à l'hospice, où les bons religieux le reçurent avec empressement. A peine descendu de sa monture, il écrivit un billet qu'il
confia à son guide, en lui recommandant de le remettre exactement à l'administrateur de l'armée, resté de l'autre côté du
Saint-Bernard. Le soir, le jeune homme retourné à Saint-Pierre
apprit avec surprise quel puissant voyageur il avait conduit le
matin, et sut que le général Bonaparte lui faisait donner un
champ, une maison, les moyens de se marier enfin, et de réaliser tous les rêves de sa modeste ambition. Ce montagnard
vient de mourir de nos jours, dans son pays, propriétaire du
champ que le dominateur du monde lui avait donné. Cet acte
singulier de bienfaisance, dans un moment de si grande préoccupation, est digne d'attention. Si ce n'est là qu'un pur caprice de conquérant, jetant au hasard le bien ou le mal, tour
à tour renversant des empires ou édifiant une chaumière, de
tels caprices sont bons à citer, ne serait-ce que pour tenter les
maîtres de la terre; mais un pareil acte révèle autre chose.
L'âme humaine, dans ces moments où elle éprouve des désirs
ardents, est portée à la bonté : elle fait le bien comme une manière de mériter celui qu'elle sollicite de la Providence.

Le Premier Consul s'arrêta quelques instants avec les religieux, les remercia de leurs soins envers l'armée, et leur fit
un don magnifique pour le soulagement des pauvres et des
voyageurs.

Il descendit rapidement, suivant la coutume du pays, en se
laissant glisser sur la neige, et arriva le soir même à Étroubles.
Le lendemain, après quelques soins donnés au parc d'artillerie
et aux vivres, il partit pour Aoste et pour Bard. Reconnaissant
que ce qu'on lui avait dit était vrai, il résolut de faire passer
son infanterie, sa cavalerie et les pièces de quatre par le sentier d'Albaredo, ce qui était possible en réparant ce sentier.
Toutes les troupes devaient aller prendre possession du débouché des montagnes en avant d'Ivrée, et le Premier Consul, en

attendant, devait essayer quelque tentative sur le fort, ou bien trouver des moyens de tourner l'obstacle, en faisant passer son artillerie, par un des cols voisins. On était en possession de la seule rue composant le bourg, mais à la condition de la traverser sous une telle pluie de feu, qu'il n'y avait guère moyen de passer avec un matériel d'artillerie, le trajet ne fût-il que de deux ou trois cents toises. On somma le commandant; mais celui-ci répondit avec fermeté, en homme qui appréciait l'importance du poste confié à son courage. La force donc pouvait seule nous rendre maîtres du passage. On tenta une escalade sur la première enceinte du fort; mais quelques braves grenadiers et un excellent officier, Dufour, y furent inutilement blessés ou tués. Dans ce moment, les troupes cheminaient par le sentier d'Albaredo. Quinze cents travailleurs avaient fait à ce sentier les ouvrages les plus urgents. On avait élargi les endroits trop resserrés au moyen de quelques levées de terre, diminué les pentes trop rapides en creusant des marches pour retenir les pieds, jeté ailleurs des troncs d'arbres pour former des ponts sur quelques ravins trop difficiles à franchir. L'armée s'avançait successivement homme à homme, les cavaliers menant leurs chevaux par la bride. L'officier autrichien qui commandait le fort de Bard voyait ainsi défiler nos colonnes, désespéré de ne pouvoir arrêter leur marche : et il mandait à M. de Mélas qu'il était témoin du passage de toute une armée, infanterie et cavalerie, sans avoir le moyen d'y mettre obstacle, mais il répondait sur sa tête qu'elle arriverait sans une seule pièce de canon.

Pendant ce temps notre artillerie faisait une tentative des plus hardies : c'était de faire passer une pièce sous le feu même du fort, à la faveur de la nuit. Malheureusement l'ennemi, averti par le bruit, jeta des pots à feu qui éclairèrent la route comme en plein jour et lui permirent de la couvrir d'une grêle de projectiles. Sur treize canonniers qui s'étaient aventurés à traîner cette pièce de canon, sept furent ou tués ou blessés. Il y avait là de quoi décourager les plus braves gens, lorsqu'on s'avisa d'un moyen ingénieux, mais fort périlleux encore. On couvrit la rue de paille et de fumier; on disposa des étoupes autour des pièces, de manière à empêcher le moindre retentissement de ces masses de métal sur leurs affûts; on les détela, et de courageux artilleurs, les traînant à bras, se hasardèrent à les passer sous les batteries du fort, le long de la rue de Bard. Ce moyen leur réussit parfaitement. L'ennemi, qui de temps en temps tirait par précaution, atteignit un certain nombre de nos canonniers; mais bientôt, malgré ce feu, toute la grosse artillerie se trouva transportée au delà du défilé, et ce redoutable obstacle, qui avait donné au Premier Consul plus de soucis que le Saint-Bernard lui-même, se trouva vaincu. Les chevaux de l'artillerie avaient pris le sentier d'Albaredo........

Treize jours s'étaient écoulés, et la prodigieuse entreprise du Premier Consul avait complétement réussi. Une armée de quarante mille hommes, infanterie, cavalerie, artillerie, avait passé, sans routes frayées, les plus grandes montagnes de l'Europe, traînant à force de bras son matériel sur la neige, ou le poussant sous le feu meurtrier d'un fort qui tirait à bout portant. Une division de cinq mille hommes avait descendu le Petit Saint-Bernard, une autre de quatre mille avait débouché par le mont Cenis; un détachement occupait le Simplon; enfin un corps de quinze mille Français, sous le général Moncey, était au sommet du Saint-Gothard. C'étaient soixante et quelques mille soldats qui allaient entrer en Italie, séparés encore, il est vrai, les uns des autres par d'assez grandes distances, mais certains de se rallier bientôt autour d'une masse principale de quarante mille hommes, qui débouchait par Ivrée, au centre du demi-cercle des Alpes[1].

Histoire du Consulat et de l'Empire, liv. IV.

---

1. Ainsi commençait la guerre qui « fut à la fois, a dit M. Thiers, la plus légitime et l'une des plus glorieuses de ces temps héroïques. » Le 2 juin Bonaparte entrait à Milan, et le 14 gagnait la bataille de Marengo, qui « dans le moment donna la paix à la République et, un peu plus tard, l'empire au Premier Consul. »

POËTES.

DUCIS.

(1733-1816.)

Parmi les poëtes de la fin du dix-huitième siècle qui méritent plus qu'une rapide mention, il faut nommer Ducis. Il n'appartient pas sans doute à la famille de ces esprits créateurs qui rajeunissent les littératures et découvrent des voies nouvelles et inexplorées; disciple de Voltaire en poésie, il prétendit, à son exemple, naturaliser sur notre scène le théâtre de Shakespeare, en le ramenant aux scrupuleuses exigences du goût français formé à la sévère école de Corneille et de Racine. Une pareille tentative de conciliation était impossible; cependant il est resté de Ducis mieux que le souvenir d'une honorable défaite, et sa muse formée par la nature pour des sentiments plus doux et des chants plus légers a parfois, grâce à cette lutte avec un modèle supérieur, rencontré quelques accents tragiques que la postérité a retenus.

Né à Versailles en 1733, Ducis demeura de tout temps fidèle aux vertus de famille dont il eut le modèle sous les yeux. Chrétien pratiquant et de mœurs austères, il avait commencé dès sa jeunesse une sorte de journal intime intitulé : *Ma grande affaire*, et dans lequel il écrivit scrupuleusement jusqu'à sa mort des pensées d'édification morale et religieuse qui se rapportaient au salut de son âme. Il n'y eut pas dans la longue carrière de Ducis un jour de désordre ni d'oubli. Ses études achevées, il fut attaché au maréchal de Belle-Isle, puis au comte de Montazet, en qualité de secrétaire ; mais il quitta bientôt des fonctions qui contrariaient l'indépendance de son caractère, et à la faveur de ses modiques appointements, qui ne lui furent pas retirés, il put se livrer à ses études dramatiques. Sa première tragédie imitée de Shakespeare, *Hamlet*, parut en 1769. Le succès qui l'accueillit encouragea Ducis à produire successivement sur la scène française d'autres drames du poëte anglais plutôt travestis que librement imités, *Roméo et Juliette*, dans laquelle il intercala l'épisode d'Ugolin, le *Roi Lear*, *Macbeth*, *Othello*. Telle était à cette époque l'illusion et la timidité du goût public, que les pièces de Ducis réussirent par leurs défauts mêmes ; on lui sut gré d'avoir « heureusement tempéré, comme disait Joseph Chénier, la sombre terreur de la scène anglaise[1]. » En effet, les jugements violents et intéressés de Voltaire sur le *barbare du Nord* n'avaient encore soulevé aucune protestation, et le seul moyen de faire accepter Shakespeare était d'habiller ses personnages à la moderne, fort surpris, peut-on dire, de débiter dans la langue de Racine et de Voltaire les maximes philosophiques du dix-huitième siècle. Tout au moins Ducis ne fut pas ingrat, et chaque année, à la Saint-Guillaume, il entourait de guirlandes le buste de Shakespeare, pour imiter, disait-il avec une grâce aimable, les anciens qui couronnaient de fleurs les sources où ils avaient puisé. Ducis ne s'adressa pas à ce seul modèle ; mais dans la pièce d'*Œdipe chez Admète,* des morceaux brillants et pathétiques ne rachètent pas la faiblesse du plan général, et la faute plus grave d'avoir établi deux intérêts et confondu deux actions distinctes en encadrant l'*Alceste* d'Euripide dans l'*Œdipe à Colone* de Sophocle. La tragédie d'*Abufar* est la seule pièce originale du théâtre de Ducis ; elle a mérité de survivre par la vérité des caractères, l'intérêt des situations et la fidélité souvent heureuse avec laquelle sont retracées les mœurs arabes. Ce dernier ouvrage, qui fut représenté en 1795, avait été commencé par le poëte dans les heures les plus douloureuses de sa vie. Après avoir vu périr sous l'étreinte d'un même mal sa femme et ses deux filles, il avait fermé les yeux à Thomas, dont la touchante amitié l'avait préservé du désespoir. A peine sorti de ces cruelles épreuves, il voyait éclater, surpris et bientôt indigné, la sanglante tragédie de 1793. « Il m'est impossible de m'occuper de tragédies, écrivait-il alors ; je vois trop d'Atrées en sabots pour oser jamais en mettre sur la scène, car c'est un terrible drame que celui où le peuple joue le tyran. » Ducis traversa ces temps périlleux avec courage ; il se compromit pour servir les intérêts de ses amis persécutés, il refusa la place de gardien de la bibliothèque nationale, et chaque mois, au péril de sa vie, il se rendait pour communier à une assemblée secrète. La tourmente passée, Ducis ne renonça plus néanmoins à ses habitudes de vie retirée. Le Premier Consul essaya vainement de l'attirer à lui, il se déroba à toutes les avances avec une fermeté polie[2]. Étranger à la politique,

---

1. *Tableau historique de l'état et des progrès de la littérature française depuis* 1789. Introduction.

2. M. Villemain, dans la 44ᵉ leçon de son *Cours de littérature au dix-huitième siècle,* raconte avec son bonheur habituel une anecdote qui peint à merveille le caractère de Ducis : « Un jour, dans une réunion brillante, Bonaparte l'aborda, comme on aborde un poëte, par des compliments sur son génie : ses louanges n'obtiennent rien en retour. Il va plus loin, il parle plus nettement ; il parle de la né-

mais lié à la famille des Bourbons par les souvenirs d'une gratitude personnelle (*Monsieur,* plus tard Louis XVIII, l'avait nommé secrétaire de ses commandements), il ne voulut donner à l'Empire aucun gage qui pût faire douter de sa fidélité au malheur. Ducis, qui mourut en 1816, passa ses dernières années dans sa petite maison de Versailles. Par un retour naturel vers ses premières inspirations, il égaya sa vieillesse en écrivant là plupart de ces *Épîtres* où il est souvent plus poëte que dans ses tragédies. A travers la bonhomie un peu familière du style, l'homme se montre tout entier avec son ingénuité naïve. « Je ne suis, dit-il de lui-même, qu'un pauvre bourgeois de Versailles, les vêtements des grands seigneurs ne me vont pas. » Donnez-lui à décrire les douces émotions de la vie de famille, à exprimer des sentiments moraux, à peindre les scènes tranquilles avec les riants paysages et les horizons bornés de sa Chartreuse, c'est le cadre qui convient le mieux à cet aimable esprit, c'est là qu'il trouvera des accents qui sauront plus d'une fois nous charmer et nous attendrir.

cessité de réunir toutes les célébrités, toutes les gloires de la France, autour d'un pouvoir réparateur : même silence, même froideur ; enfin, comme il insistait, Ducis, avec une originalité toute shakespearienne, lui prend fortement le bras et lui dit : « Général, aimez-vous la chasse ? » Cette question inattendue laisse le général embarrassé. « Eh bien ! si vous aimez la chasse, avez-vous quelquefois chassé aux canards sauvages ? C'est une chasse difficile, une proie qu'on n'attrape guère, et qui flaire de loin le fusil du chasseur. Eh bien ! je suis un de ces oiseaux, je me suis fait canard sauvage. » Et en même temps il fuit à l'autre bout du salon et laisse le vainqueur d'Arcole et de Lodi fort étonné de cette incartade. »

Macbeth[1].

(Extrait.)

ACTE II, SCÈNE VII.

Macbeth, prince et général écossais a vaincu à Inverness Cador et Herford, ennemis de Duncan, roi d'Écosse. Comme il revenait triomphant à la tête de son armée, une femme s'est montrée à lui la couronne au front, et la nuit suivante trois spectres sont venus troubler son sommeil, et en s'enfuyant dans les airs lui ont crié : « Tu seras roi ! » Ces apparitions ont éveillé l'ambition de Macbeth. Malcome, fils de Duncan, passe pour avoir été massacré par Cador ; et après Glamis, premier prince du sang, Macbeth serait l'héritier légitime de la couronne. De retour dans son palais, Macbeth raconte à sa femme Frédegonde (c'est le nom que Ducis a donné à lady Macbeth) ces visions dont il cherche à comprendre le sens mystérieux.

Macbeth, Frédegonde.

FRÉDEGONDE.
Macbeth, vous me cachez une secrète peine.
Craignez-vous près du roi quelque lâche envieux
De qui votre victoire ait offensé les yeux ?
    MACBETH.
Il en est un. Nolfock[2] a déjà su m'instruire
Que dans le cœur du roi sans doute il veut me nuire.
    FRÉDEGONDE.
Et quel est-il ?
    MACBETH. Glamis.
        FRÉDEGONDE. Faut-il s'en étonner ?

---

1. 1784. — On lira avec un vif intérêt, dans la 44e leçon citée plus haut, le rapprochement ingénieux établi par M. Villemain entre la tragédie de Shakespeare et celle de Ducis. Des considérations générales sur l'esprit de la critique française au dix-huitième siècle, sur la manière étroite et superficielle dont on comprenait alors les littératures étrangères, précèdent et amènent le parallèle entre les deux *Macbeth*. Tout en marquant sur quels points le vrai génie du drame anglais a été manqué par Ducis, M. Villemain reconnaît que « le grand talent du poëte français éclate pourtant à travers les langes d'un faux système et d'une imitation incomplète. »

2. Confident du roi qui ne joue d'ailleurs aucun rôle dans la pièce.

Déjà depuis longtemps j'ai dû le soupçonner.
Quoi ! ne voyez-vous pas comment sa lâche adresse
Du facile Duncan gouverne la vieillesse ?
Je sais que, le roi mort, le droit sacré du sang
L'appelle à la couronne et l'élève à son rang.
Mais cet espoir prochain, dont son âme est ravie,
Ne l'a point préservé des fureurs de l'envie.
Sur Macbeth, illustré par tant d'heureux combats,
Il cherche à se venger d'un éclat qu'il n'a pas.
Cruel dans l'indolence, actif dans la mollesse,
Sa vile ambition s'aigrit par la paresse.
Il porte, en s'agitant, le poids de sa langueur,
Et ne peut pardonner la victoire au vainqueur.
Comment soutiendra-t-il la trop vive lumière
Du jour qui vient dans l'ombre accabler sa paupière ?
Oublierais-je qu'ici (souvenir plein d'horreur !),
Des brigands dans la nuit répandant la terreur,
D'un vaste embrasement, du meurtre et du pillage
Partout à mon réveil je rencontrai l'image ?
J'étais mère, Macbeth : dans son berceau brûlant
Je courus à la flamme arracher mon enfant.
Parmi les cris, les feux, les poignards homicides,
Je le serrai tremblant de mes bras intrépides.
Il était temps encor. Mais quand dans ce palais
La fuite des brigands eut ramené la paix,
Je songeai, cher Macbeth, que j'étais encor mère ;
Quand revoyant enfin mon fils et la lumière,
Lorsque[1] je crus, hélas ! au doux son de sa voix,
Le faire naître encore une seconde fois,
Dans ce trouble confus de mon âme oppressée,
Glamis vint tout à coup s'offrir à ma pensée[2].

1. *Quand revoyant.... lorsque je crus....* légère négligence de style. *Lorsque* paraît inutile.

2. Ce récit, où l'on reconnaîtra facilement le souvenir d'un célèbre passage de Racine (*Athalie*, acte I, sc. 2), n'est pas exempt de quelques longueurs. Cette Frédégonde froidement ambitieuse, qui ne dévoile ses projets qu'avec une perfidie prudente, n'a plus l'audace et la grandeur tragique de lady Macbeth, qui va droit à son crime, et entraîne son mari comme par une force surnaturelle à devenir son complice. On pourra voir dans la pièce de Shakespeare la scène V de l'acte Ier, où le poëte la fait entrer en scène. Après avoir lu la lettre où Macbeth lui fait part de l'apparition des sorcières qui l'ont salué roi, loin de chercher à se justifier à soi-même l'attentat qu'elle mé-

MACBETH.

Mais je ne croirai pas, sans en être certain,
De ces brigands cruels qu'il ait armé la main.

FRÉDEGONDE.

Je saurai par Nolfock éclaircir ce mystère.
Il t'aime, il a des yeux, il est juste et sincère.
Nous connaîtrons bientôt quels sont nos ennemis.
Mais quoi ! je vois errer vos yeux mal affermis[1] !
De ces murs lentement ils parcourent l'enceinte.
Sur votre front, Macbeth, la tristesse est empreinte.
De quelque ennui profond seriez-vous occupé ?

MACBETH.

Quel est donc, réponds-moi, l'objet qui m'a frappé ?
Dans les bois d'Inverness, au milieu de ces roches
Qui de ce palais sombre attristent les approches,
Une femme a paru, fuyant sur mon chemin,
Un diadème au front et le sceptre à la main :
Son regard m'a troublé ; son air, son port terrible,
M'ont saisi tout à coup d'une crainte invincible.
Qui peut-elle être ?

FRÉDEGONDE. Eh quoi ! la méconnaissez-vous ?
Le grand nom d'Iphyctone est-il nouveau pour nous[2] ?
Les dieux dans leurs secrets lui permettent de lire :
Elle y voit les États se heurter, se détruire,
Les forfaits ignorés, ceux que l'on doit punir,
Et semble d'un regard dévorer l'avenir.
On vient la consulter du fond de l'Hibernie,
Des îles de Féro, de la Scandinavie.
Dans ses augustes mains un sceptre révéré

dite, elle s'adresse un monologue qui se termine ainsi : « Viens, Macbeth, que je verse dans ton oreille une généreuse ardeur, et que ma langue audacieuse, châtiant ta faiblesse, lève les scrupules qui t'empêchent de saisir le cercle d'or que les destins et les puissances surnaturelles semblent promettre à ton front. »

1.   Et baissez devant moi vos yeux mal *assurés*,

avait dit Racine dans *Iphigénie*, act. IV, sc. 4.

2. « Voilà, dit M. Villemain, une espèce de magicienne du grand ton, qui s'appelle du beau nom d'Iphyctone, qu'on ne voit pas, qu'on n'entend pas, et qui n'a rien de cette sorcellerie sauvage et populaire étalée par Shakespeare, et qui certes ne fera pas peur à la société polie du dix-huitième siècle. C'est un personnage sans date, sans réalité dans l'imagination. »

De ses prédictions est le garant sacré :
Tantôt au bruit des vents, sous des pins solitaires,
Elle aime à consommer ses sauvages mystères ;
Tantôt dans les palais sa formidable voix
Éclate, et sur leur trône épouvante les rois ;
Quelquefois, dans la nuit, sous ces voûtes antiques,
Elle recueille en paix ses esprits prophétiques,
Élevant vers le ciel un œil fixe, arrêté,
Confident des décrets de la Divinité.
Elle est ici.

    MACBETH. Grands dieux !

           FRÉDEGONDE. Eh bien ! que crains-tu d'elle ?
C'est sans doute en ces lieux ton destin qui l'appelle.
N'a-t-elle pas prédit ta gloire, tes exploits,
Ce bras victorieux et vengeur de nos rois,
L'audace de Cador, nos discordes, nos guerres,
Donalbain expirant sous des mains meurtrières ?
Je ne te parle point de ce jeune héritier
Où l'espoir de Duncan reposait tout entier,
De ce faible Malcome[1], emporté dès l'enfance,
Dont la mort de si près a suivi la naissance.
Enfin, Macbeth, enfin, après la mort du roi,
Il n'est plus que Glamis entre le trône et toi.
On pourrait se flatter... Excuse ma faiblesse ;
D'un désir curieux je ne suis point maîtresse :
Iphyctone entretient commerce avec les dieux :
Je voudrais... Qu'elle est lente à paraître à mes yeux !
Oui, du plus grand bonheur sa présence est le gage...
Elle vient, cher Macbeth, achever son ouvrage.
J'en conçois, je l'avoue, un présage flatteur.
Vois jusqu'où t'ont porté ta gloire et ta valeur !
Le peuple, le soldat, la noblesse t'adore :
Le sort a fait beaucoup, il fera plus encore.

    MACBETH.
Téméraire ! arrêtez.

         FRÉDEGONDE. Pourquoi, pourquoi mes yeux
Craindraient-ils de s'ouvrir sur les décrets des dieux ?
Les destins sont pour nous ; leurs promesses célèbres...

1. Malcome a été sauvé et Duncan l'a confié à Sévar, montagnard
écossais qui passe pour être son père. Au cinquième acte, Macbeth
lui remet la couronne. La situation de Malcome est analogue à celle
d'Egisthe dans la *Mérope* de Voltaire.

MACBETH.

Priez-les bien plutôt d'épaissir leurs ténèbres.

FRÉDEGONDE.

Mais d'où vient qu'Iphyctone a cherché nos forêts?
D'où vient qu'à l'instant même elle est dans ce palais?
Si sa bouche à nos vœux promettant la couronne...

MACBETH.

Malheureuse!... Fuyons.

       FRÉDEGONDE. Ton corps tremble, il frissonne.

MACBETH.

Vaine erreur du sommeil, triste enfant de la nuit,
Non, je ne te crois point : ma raison t'a détruit.

FRÉDEGONDE.

Ainsi, mon cher Macbeth, vous me fermez votre âme.
L'hymen qui nous unit par la plus tendre flamme,
Votre fils au berceau, ce nom de mon époux,
Tous ces titres sacrés n'ont plus de droits sur vous.
Seul vous entretenez une terreur profonde
Dont vous n'instruisez pas la triste Frédegonde.
D'où naissent vos chagrins? Ne verrez-vous jamais
Qu'avec des yeux troublés les murs de ce palais?
Que j'apprenne aujourd'hui cet effroyable songe.

MACBETH.

Au sortir d'un combat dans quel trouble il me plonge[1]!
Mais juge s'il a droit d'exciter ma terreur.
Je croyais traverser, dans sa profonde horreur,
D'un bois silencieux l'obscurité perfide.
Le vent grondait au loin dans son feuillage aride.
C'était l'heure fatale où le jour qui s'enfuit
Appelle avec effroi les erreurs de la nuit,
L'heure où, souvent trompés, nos esprits s'épouvantent.
Près d'un chêne enflammé devant moi se présentent

---

1. Le précepte d'Horace, d'éloigner de la scène ce qui est trop affreux pour le regard :

    Neu populo coram pueros Medea trucidet,

était au dix-huitième siècle une tradition dramatique qui avait force de loi. Aussi Ducis, voulant profiter des inventions de Shakespeare, a eu l'ingénieuse idée, pour en faire accepter quelque chose, de traduire sous la forme d'un songe la scène magique qui ouvre l'exposition du drame anglais. Le récit, d'ailleurs, est rempli de beaux traits et fortement écrit : le contact seul de Shakespeare donne à Ducis comme le frémissement tragique.

Trois femmes. Quel aspect ! Non, l'œil humain jamais
Ne vit d'air plus affreux, de plus difformes traits.
Léur front sauvage et dur, flétri par la vieillesse,
Exprimait par degrés leur féroce allégresse.
Dans les flancs entr'ouverts d'un enfant égorgé,
Pour consulter le sort, leur bras s'était plongé.
Ces trois spectres sanglants, courbés sur leur victime,
Y cherchaient et l'indice et l'espoir d'un grand crime ;
Et, ce grand crime enfin se montrant à leurs yeux,
Par un chant sacrilége ils rendaient grâce aux dieux.
Étonné, je m'avance : « Existez-vous, leur dis-je,
Ou bien ne m'offrez-vous qu'un effrayant prestige ? »
Par des mots inconnus ces êtres monstrueux
S'appelaient tour à tour, s'applaudissaient entre eux,
S'approchaient, me montraient avec un ris farouche ;
Leur doigt mystérieux se posait sur leur bouche.
Je leur parle, et dans l'ombre ils s'échappent soudain,
L'un avec un poignard, l'autre un sceptre à la main ;
L'autre d'un long serpent serrait le corps livide :
Tous trois vers ce palais ont pris un vol rapide ;
Et tous trois dans les airs, en fuyant loin de moi,
M'ont laissé pour adieu ces mots : « Tu seras roi. »

     FRÉDEGONDE.

T'ont-ils réveillé ?

     MACBETH. Non, ma langue s'est glacée.
Un exécrable espoir entrait dans ma pensée.
Si loin du trône encor, comment y parvenir !
Je n'osais sans trembler regarder l'avenir.
Enfin dans mes exploits, dans ma propre innocence,
Ma timide vertu trouvait quelque assurance[1].
Je cherchais dans moi-même un secret défenseur ;
Et déjà du repos je goûtais la douceur :
A l'instant j'ai senti, sous ma main dégouttante,
Un corps meurtri, du sang, une chair palpitante :
C'était moi, dans la nuit, sur un lit ténébreux,
Qui perçais à grands coups un vieillard malheureux.

1. La différence entre Ducis et son modèle s'accuse dans ce passage. Les infernales visions de Shakespeare ne sont plus chez Ducis que l'image allégorique de l'ambition. Le Macbeth anglais n'avait pas seulement à se défendre contre lui-même, mais à lutter contre la fatalité magique qui l'enveloppait pour le précipiter dans le crime ; ces attaques du dehors sont à peu près supprimées chez le poëte français, et la lutte est circonscrite dans le cœur lui-même.

Œdipe à Colone[1].

(Extrait).

Acte III, Scène V.

Polynice, sur le point de combattre Étéocle, vient demander à Œdipe, son père, réfugié avec sa fille Antigone auprès du temple des Euménides[2], le pardon de ses offenses.

Œdipe, Antigone, Polynice.

POLYNICE.

Seigneur, de quelque affront que je sois accablé,
Je vous vois, je respire, et vous m'avez parlé.
Mais puisque de mon sort vous daignez vous instruire,
Apprenez qu'Étéocle, enivré de l'empire,
Me bravant sans respect, moi, son roi, son aîné,
M'a retenu mon sceptre, et s'est seul couronné.
C'est par l'art de séduire, et non par son courage,
Qu'il a conquis sur moi notre antique héritage;
Mais j'ai, pour y rentrer, j'ai des moyens tout prêts.
Adraste avec les miens unit ses intérêts;
Il m'abandonne tout, trésors, soldats, famille :
J'ai fondé nos traités sur l'hymen de sa fille.
Sept intrépides chefs vont, au premier signal,
Dans ses fameux remparts assiéger mon rival ;
Chacun d'eux pour l'attaque a partagé les portes :
Tout est réglé, le temps, les endroits, les cohortes.
Qu'Étéocle pâlisse ; ils vont tous l'accabler :
Mais c'est de cette main que je veux l'immoler.
C'est lui, c'est lui, l'ingrat, dont le conseil parjure
M'a fait envers mon père oublier la nature.

---

1. 1797. — Ducis en 1778 avait donné *Œdipe chez Admète*, où il avait intercalé, comme nous l'avons dit, l'*Admète* d'Euripide dans l'*Œdipe à Colone* de Sophocle. On critiqua avec raison cet amalgame, qui détruisait l'intérêt en le partageant. Ducis dédoubla sa tragédie, dont il écarta l'histoire d'Admète. Le sujet fut ainsi ramené à une simple action et à un intérêt unique, celui de la mort d'Œdipe.

2. Sur le territoire de la petite ville de Colone, aux environs d'Athènes.

Que je dois le haïr ! mais si vous m'exaucez,
Son triomphe est détruit, mes malheurs sont passés ;
Si j'obtiens mon pardon, tout mon camp, sans alarmes,
Croira voir par vos mains le ciel bénir mes armes ;
Et mes soldats vainqueurs viendront tous avec moi
Vous ramener dans Thèbe et vous nommer leur roi[1].

ŒDIPE.

Moi, leur roi ! moi, te suivre ! ingrat, l'as-tu pu croire[2] ?
Hé ! dis-moi, que m'importe et Thèbe et ta victoire ?
Penses-tu, malheureux, si je voulais régner,
Que ce fût à ta main de m'oser couronner ?
Va tenter loin de moi tes combats et tes siéges ;
Transporte où tu voudras tes drapeaux sacriléges.
Je plaindrai les Thébains, s'il faut que pour leur roi
Le ciel n'ait qu'à choisir entre Étéocle et toi[3].
Le trône t'est ravi par un frère infidèle :
Hé ! ne régnais-tu pas, quand ta voix criminelle
De mon pays natal m'exila sans retour ?
Tu m'as chassé, barbare ! il te chasse à ton tour.
Et dans quel temps encor tes ordres tyranniques
M'ont-ils banni du sein de mes dieux domestiques !
Quand mon âme, lassée après tant de malheurs,
Soulevant par degrés le poids de ses douleurs,
Pour vous seuls d'exister reprenait quelque envie

1. Ces vers quelque peu pâles et prosaïques ont le tort de rappeler le discours que Polynice adresse à son père dans l'*Œdipe à Colone* de Sophocle. V. les vers 1274 à 1335. Dans Sophocle, c'est la haine contre son frère bien plutôt qu'un retour de vraie tendresse pour son père qui explique et justifie la démarche de Polynice. Les oracles ont annoncé que la victoire resterait au parti que favoriserait Œdipe. Le pardon paternel est donc pour Polynice la promesse et le gage du triomphe de sa haine.

2. Cf. dans la pièce de Sophocle les imprécations d'Œdipe (vers 1337 à 1386). Le morceau de Ducis, dont M. Villemain a cité avec éloges un fragment dans la 43e leçon de son *Cours de littérature au dix-huitième siècle*, est plein de mouvement, d'énergie et de grandeur poétique.

3. Heureux souvenir de Corneille. C'est avec le même accent de pitié dédaigneuse qu'Auguste parle à Cinna, acte V, sc. I.

> D'un étrange malheur son destin le (*l'État*) menace,
> Si pour monter au trône et lui donner la loi
> Tu ne trouves dans Rome autre obstacle que moi ;
> Si jusques à ce point son sort est déplorable,
> Que tu sois après moi le plus considérable....

Et du sein des tombeaux remontait à la vie[1].
C'est dans ce temps, ingrat, de ton rang enivré[2],
Que tu m'as vu partir d'un œil dénaturé.
Ton devoir, mes bienfaits, mes sanglots[3], ma misère,
Rien n'a pu t'attendrir sur ton malheureux père :
Et si ma digne fille, en consolant mes jours,
A mes pas chancelants n'eût prêté ses secours;
Si ses soins prévenants, sa pieuse tendresse,
Sur mes tristes destins n'eussent veillé sans cesse,
Sans guide, sans appui, mourant, inanimé,
Sur quelque bord désert la faim m'eût consumé.
Va, tu n'es point mon fils : seule elle est ma famille.
Antigone, est-ce toi? Viens, mon sang, viens, ma fille;
Soutiens mon faible corps dans tes bras généreux :
Ton front n'a point rougi de mon sort malheureux[4].
Toi seule as de ce sort corrigé l'injustice :
Voilà mon cher soutien, voilà ma bienfaitrice.
Puisqu'il ne peut te voir, que ton père attendri
Baigne au moins de ses pleurs la main qui l'a nourri.
Toi, va-t'en, scélérat, ou plutôt reste encore
Pour emporter les vœux d'un vieillard qui t'abhorre.
Je rends grâce à ces mains, qui, dans mon désespoir,
M'ont d'avance affranchi de l'horreur de te voir.
Vers Thèbes sur tes pas ton camp se précipite :
J'attache à tes drapeaux l'épouvante et la fuite.
Puissent tous ces sept chefs, qui t'ont juré leur foi,
Par un nouveau serment s'armer tous contre toi!
Que la nature entière à tes regards perfides
S'éclaire en pâlissant du feu des Euménides!
Que ce sceptre sanglant, que ta main croit saisir,
Au moment de l'atteindre échappe à ton désir!
Ton Étéocle et toi, privés de funérailles,
Puissiez-vous tous les deux vous ouvrir les entrailles!
De tous les champs thébains puisses-tu n'acquérir

1. Ce sont là de beaux vers, mais les sentiments sont tout modernes.
2. Vers lourd et sans harmonie qui fait tache.
3. Encore un mot qui ne s'accorde pas avec le caractère traditionnel
de l'Œdipe grec, cette grande victime de la fatalité antique. Œdipe,
au contraire, garde une dignité impassible qui l'élève au-dessus
même de ses malheurs
4. Ducis, comme Voltaire, rime trop souvent avec des épithètes,
ce qui rend quelquefois la facture de ses vers un peu molle.

Que l'espace en tombant que ton corps doit couvrir !
Et, pour comble d'horreur, couché sur la poussière,
Mourir, mais en sujet, et bravé par ton frère !
Adieu, tu peux partir. Raconte à tes amis
Et l'accueil et les vœux que je garde à mes fils [1].

POLYNICE.

Je ne partirai point.

ŒDIPE. Qui ? toi !

POLYNICE. Non.

ŒDIPE. Téméraire !

POLYNICE.

Je vous désobéis, j'ose encor vous déplaire.

ŒDIPE.

De ton indigne voix je saurai m'affranchir.
Qu'attends-tu donc ?

POLYNICE. La mort.

ŒDIPE. Quoi ! tu veux...

POLYNICE. Vous fléchir [2].

ŒDIPE.

Avant qu'Œdipe ému s'ébranle à ta prière,
L'astre éclatant du jour me rendra la lumière.

POLYNICE.

J'approuve vos transports. Mais, seigneur, faites mieux,
Suscitez contre moi les enfers et les cieux ;
Du fond de ces enfers appelez les Furies,
Avec tous leurs serpents, leurs feux, leurs barbaries !
Mais avant de punir, avant de m'accabler,
Entendez mes sanglots ; sentez mes pleurs couler.
Dans vos bras, malgré vous, oui, je répands mes larmes ;
Il faut à ma douleur que vous rendiez les armes.
Mon père....

ŒDIPE. Eh bien !

POLYNICE. Je meurs.

ŒDIPE. Perfide, éloigne-toi.

---

1. On reconnaît dans ce passage d'un souffle cornélien le souvenir des célèbres imprécations de Camille dans *Horace*, acte IV, sc. v.

2. Ce mot nous indique que Ducis a conçu le caractère de Polynice d'une toute autre manière que Sophocle. Après les imprécations d'Œdipe, le Polynice grec se retire en laissant échapper ces mots terribles (V. le vers 1422 et suiv.) : « Ne me retiens pas (c'est à Antigone qu'il s'adresse), je vais entrer dans cette voie malheureuse et funeste où la ruine m'a été préparée par la malédiction d'un père...

POLYNICE.

Nous le vaincrons, ma sœur : joignez-vous avec moi.

OEDIPE.

Que dis-tu ?

ANTIGONE. Permettez...

OEDIPE, *à Antigone.* Ah! soutiens ma colère.
Affermis-la plutôt.

ANTIGONE. Seigneur, il est mon frère.

OEDIPE.

Qu'entends-je? où suis-je?... O ciel! si c'était la vertu!
Je balance... je doute... Ingrat, te repens-tu?
Ne me trompes-tu pas? Puis-je te croire encore?

ANTIGONE.

Je vous réponds de lui.

OEDIPE. Dieux puissants que j'implore!
Dieux! vous que j'invoquais pour sa punition,
Enchaînez, s'il se peut, ma malédiction :
J'ai calmé mon courroux, calmez votre colère.
Viens dans mes bras, ingrat; retrouve enfin ton père.
Que le jour un moment rentre encor dans mes yeux,
Pour embrasser mon fils à la clarté des cieux [1]!

Épître à l'Amitié [2].

Noble et tendre amitié, je te chante en mes vers.
Du poids de tant de maux semés dans l'univers,
Par tes soins consolants c'est toi qui nous soulages.

Laissez-moi, adieu; vous ne me reverrez plus vivant. » Mais le renversement de l'idée grecque va produire chez Ducis des beautés vraiment originales.

1. « La fatalité grecque est vaincue par le pathétique du poëte, » a dit M. Villemain à propos de cette péripétie inattendue. L'OEdipe de Sophocle ne pardonne pas, les efforts tentés auprès de l'inflexible vieillard demeurent inutiles, les dieux l'ont endurci dans sa haine. Ce retour de tendresse n'en reste pas moins l'une des plus heureuses inspirations de Ducis, et le public du dix-huitième siècle eut raison d'applaudir le vers touchant prononcé par OEdipe, et qui exprimait ce triomphe de l'amour paternel :

Crois-tu qu'à pardonner un père ait tant de peine?

2. Ducis lut cette épître à l'Académie française le jour (13 février 1786) où M. de Guibert vint prendre séance à la place de Thomas, mort l'année précédente. Celui-ci n'avait cessé de témoigner à

Trésor de tous les lieux, bonheur de tous les âges,
Le ciel te fit pour l'homme, et tes charmes touchants
Sont nos derniers plaisirs, sont nos premiers penchants.
Qui de nous, lorsque l'âme encor naïve et pure
Commence à s'émouvoir et s'ouvre à la nature,
N'a pas senti d'abord, par un instinct heureux,
Le besoin enchanteur, le besoin d'être deux [1],
De dire à son ami ses plaisirs et ses peines?
D'un zéphyr indulgent si les douces haleines
Ont conduit mon vaisseau vers des bords enchantés,
Sur ce théâtre heureux de mes prospérités,
Brillant d'un vain éclat, et vivant pour moi-même,
Sans épancher mon cœur, sans un ami qui m'aime,
Porterai-je moi seul, de mon ennui chargé,
Tout le poids d'un bonheur qui n'est point partagé?
Qu'un ami sur mes bords soit jeté par l'orage,
Ciel! avec quel transport je l'embrasse au rivage!
Moi-même, entre ses bras si le flot m'a jeté,
Je ris de mon naufrage et du flot irrité.
Si dans l'été brûlant d'une vive jeunesse,
Je saisis du plaisir la coupe enchanteresse,
Je veux, le front ouvert, de la feinte ennemi,
Voir briller mon bonheur dans les yeux d'un ami.
D'un ami! ce nom seul me charme et me rassure.
C'est avec mon ami que ma raison s'épure,
Que je cherche la paix, des conseils, un appui;
Je me soutiens, m'éclaire, et me calme avec lui.
Dans des piéges trompeurs si ma vertu sommeille,
J'embrasse, en le suivant, sa vertu qui m'éveille.
Dans le champ varié de nos doux entretiens,
Son esprit est à moi, ses trésors sont les miens.
Je sens dans mon ardeur, par les siennes pressées,
Naître, accourir en foule et jaillir mes pensées.
Mon discours s'attendrit d'un charme intéressant,

Ducis la plus touchante amitié; à la nouvelle d'un grave accident de
voiture qui avait menacé les jours du poëte revenant de Savoie (1785),
il était, malgré la maladie, accouru pour le soigner; un mois après,
il expirait lui-même dans les bras de Ducis. Rappelons une belle
pensée de Thomas qui fait honneur à sa mémoire et méritait d'inspirer Ducis : « L'amitié est faite pour le sage, les cœurs vils et corrompus n'y ont aucun droit. »

1. « L'amitié, a dit Aristote, est une âme qui habite deux corps. »

Et s'anime à sa voix du geste et de l'accent[1].
Quelquefois tous les deux nous fuyons au village.
Nous fuyons. Plus de soins, plus d'importune image.
Amis, la liberté nous attend dans les bois.
Sans nous plaindre, et de l'homme, et des grands, et des
Nous déplorons sans fiel leur pénible esclavage.   [rois,
De mes tilleuls à peine ai-je aperçu l'ombrage,
Mon cœur s'ouvre à la joie, au calme, à l'amitié.
J'ai revu la nature, et tout est oublié.
Dans nos champs, le matin, deux lis venant d'éclore
Brillent-ils à nos yeux des larmes de l'aurore,
Nous disons : « C'est ainsi que nos cœurs rapprochés
L'un vers l'autre, en naissant, se sont d'abord penchés. »
Voyons-nous dans les airs, sur des rochers sauvages,
Deux chênes s'embrasser pour vaincre les orages,
Nous disons : « C'est ainsi que, du destin jaloux,
L'un par l'autre appuyés, nous repoussons les coups :
Même sort nous unit, même lien nous rassemble.
Avec les mêmes goûts nous vieillissons ensemble.
Le ciel, qui de si près approcha nos berceaux,
Ne voudra pas sans doute éloigner nos tombeaux[2]. »
Que de fois j'ai béni ta clarté douce et sûre,
Amitié, don du ciel, flamme invisible et pure,
A mon dernier soupir échauffe encor mon sein !
Et vous que des plaisirs le dangereux essaim
Étourdit d'un tumulte et d'un éclat frivole,
Vous qui ne soupirez que pour l'or du Pactole,
Et vous qui dans les cours volez avec ardeur
Après ce rien brillant qu'on a nommé grandeur,
Conservez, s'il se peut, vos trompeuses ivresses,
Montez à la faveur, grossissez vos richesses :
Non, je ne vous vois pas d'un regard ennemi ;
Je vous plains seulement, vous n'avez point d'ami.

Poésies diverses.

1. Ces deux vers n'offrent qu'un sens vague à l'esprit.
2. Ducis avait placé comme épigraphe à son épître cette pensée de Fénelon : « Il serait à souhaiter que tous les bons amis s'entendissent pour mourir ensemble le même jour. »

À mes pénates[1].

Petits dieux avec qui j'habite,
Compagnons de ma pauvreté,
Vous dont l'œil voit avec bonté
Mon fauteuil, mes chenets d'ermite,
Mon lit couleur de carmélite[2]
Et mon armoire de noyer,
O mes Pénates, mes dieux Lares,
Chers protecteurs de mon foyer!
Si mes mains pour vous fêtoyer
De gâteaux ne sont point avares;
Si j'ai souvent versé pour vous
Le vin, le miel, un lait si doux,
Oh! veillez bien sur notre porte,
Sur nos gonds et sur nos verroux,
Non point par la peur des filous;
Car que voulez-vous qu'on m'emporte?
Je n'ai ni trésors ni bijoux;
Je peux voyager sans escorte.
Mes vœux sont courts; les voici tous[3].
Qu'un peu d'aisance entre chez nous;
Que jamais la vertu n'en sorte.
Mais n'en laissez point approcher
Tout front qui devrait se cacher,
Les échappés de l'indigence[4],
Que Plutus couvrit de ses dons,
Si surpris de leur opulence,
Si bas avec tant d'arrogance,

1. Ce morceau, d'un tour heureux et facile, nous rend avec fidélité l'image de ce Ducis trop peu connu, le Ducis des *Epîtres*, le poëte familier et aimable des sentiments simples, des affections pures, des joies modestes du foyer.

2. Les carmélites portent des robes d'un brun foncé. — Il ne faut pas s'arrêter à cette légère distraction du poëte qui, au milieu de son paganisme littéraire, laisse échapper ces mots d'*ermite* et de *carmélite* : c'est le plus pardonnable des anachronismes.

3. Cf. Horace, sat. II, 6.

Hoc erat in votis : modus agri non ita magnus...

4. Les parvenus. L'expression de Ducis manque de naturel.

Si petits dans leurs grands salons.
Oh! que j'honore en sa misère
Cet aveugle errant sur la terre,
Sous le fardeau des ans pressé,
Jadis si grand par la victoire,
Maintenant puni de sa gloire,
Qu'un pauvre enfant déjà lassé,
Quand le jour est presque effacé,
Conduit pieds nus, pendant l'orage,
Quêtant pour lui sur son passage,
Dans son casque ou sa faible main,
Avec les grâces de son âge,
De quoi ne pas mourir de faim[1]!
O mes doux Pénates d'argile,
Attirez-les sous mon asile!
S'il est des cœurs faux, dangereux,
Soyez de fer, d'acier pour eux.
Mais qu'un sot vienne à m'apparaître,
Exaucez ma prière, ô dieux!
Fermez vite et porte et fenêtre :
Après m'avoir sauvé du traître,
Défendez-moi de l'ennuyeux.

Ibid.

1. Bélisaire devient pour le poëte la personnification du malheur respectable.

7.

DELILLE.

(1738-1813.)

Delille naquit en 1738 à Aigneperse, dans cette Auvergne qui avait déjà donné à la France L'Hôpital et Pascal. Ses facultés poétiques ne tardèrent pas à se révéler, et à peine avait-il achevé ses études, qu'il entreprenait avec l'heureuse confiance de la jeunesse l'œuvre si périlleuse et vainement tentée plusieurs fois d'une traduction en vers des *Géorgiques* de Virgile. L'ouvrage de Delille parut en 1769 et lui mérita les éloges de Voltaire, qui le défendit contre les malveillances de la critique. « C'est un tableau de Raphaël, a dit M. de Châteaubriand, merveilleusement copié par Mignard; » jugement plein de finesse qui sous une forme ingénieuse laisse entrevoir les défauts en relevant les qualités. Admis à l'Académie française en 1774, Delille fut appelé en même temps à occuper au collége de France la chaire de poésie latine [1]. Le poëme des *Jardins* (1782), qu'il donna bientôt après, lui avait été inspiré par un passage des Géorgiques [2]: il voulut faire le tableau dont Virgile avait esquissé les premiers traits. C'était moins un ouvrage didactique, composé selon les règles du genre, qu'une suite de brillantes descriptions, une sorte de poétique promenade à travers les plus beaux jardins de l'Europe. Malgré le défaut d'une composition peu sévère et le manque d'un intérêt supérieur, ce poëme fut accueilli avec faveur par une société qui avait perdu le sens de la grande poésie, celle qui traduit avec éclat les sentiments profonds du cœur humain. En effet, à la beauté simple et grave du dix-septième siècle s'était depuis longtemps substituée la recherche du joli et de l'ingénieux, et ce qui plaisait alors au goût public c'était l'art secondaire d'embellir les objets communs par les grâces de l'expression et les artifices de la périphrase. Aussi Delille n'a pas échappé aux reproches que mérite son école. Sa poésie, on peut le dire, est impersonnelle : comme elle ne jaillit pas de son âme, elle ne va pas à l'âme du lecteur; elle ne l'ébranle pas, elle glisse au lieu de pénétrer; elle amuse au lieu d'émouvoir. Delille aimait, d'ailleurs, la campagne comme on le faisait au dix-huitième siècle : c'était plutôt une prétention de bon goût, une mode littéraire et un thème poétique,

1. Le comte d'Artois lui donna en 1782 l'abbaye de Saint-Severin, bénéfice simple qui n'exigeait pas l'engagement dans les ordres sacrés : de là ce titre d'*abbé* que porta Delille.
2. V. *Géorg.*, l. IV, v. 116 et suiv.

qu'un profond et vrai sentiment des beautés de la nature. La maison seigneuriale remplaçait la ferme, les champs devenaient des parcs, les oiseaux étaient emprisonnés dans de riches volières, et en un mot le goût de la villégiature s'appelait l'amour de la campagne. Delille a rarement dépassé ce cadre restreint où s'enfermait l'école descriptive. Mais, ces réserves faites, il est juste de donner un souvenir à cet aimable et brillant esprit qui a développé dans toutes leurs richesses les ressources de notre langue poétique et qui, à force de talent, a su vaincre la monotonie d'un sujet peu renouvelé par l'inspiration personnelle. Une circonstance heureuse lui permit de visiter la Grèce, et même d'entrevoir l'Orient, la terre promise des poëtes descriptifs: le comte de Choiseul-Gouffier, ambassadeur de France à Constantinople, l'appela auprès de lui. Quelques années avant M. de Châteaubriand, Delille, dans une lettre éloquente qui semble la préface de l'*Itinéraire*, a retracé le tableau de cette malheureuse contrée que tant de souvenirs auraient dû protéger contre l'humiliante tyrannie des Turcs. Dans l'une des villes du Bosphore, devant l'un des plus beaux horizons que l'œil puisse découvrir, Delille composa les premiers chants de l'*Imagination*, le chef-d'œuvre peut-être de la poésie descriptive : nulle part le talent du peintre ne s'est montré plus souple et plus varié; l'Orient semble l'avoir comme effleuré de sa riche et éclatante lumière. D'autres scènes, mais d'un genre bien différent, allaient bientôt s'offrir à Delille; revenu en France, il assista au drame sanglant de la Terreur et faillit en être la victime. Forcé de payer la rançon de sa liberté en composant un hymne pour la fête de l'Être suprême, il écrivit l'*Ode à l'Immortalité*, qui était la protestation d'une âme fière et indignée[1]. Il voulut même plus tard retracer dans son poëme de la *Pitié* quelques-uns des souvenirs de cette époque; mais la sombre grandeur de ces tableaux s'affaiblit et s'amollit sous le pinceau de Delille. Retiré à Saint-Dié, il y acheva la traduction assez faible de l'*Énéide* (1794). La lutte redoutable que bientôt après il engagea avec Milton, dont il traduisit le *Paradis perdu*, n'est pas demeurée sans honneur pour sa mémoire: son flexible talent s'est parfois, au souffle puissant du poëte anglais, élevé au-dessus de lui-même, et a rencontré, dans la liberté même d'une

---

1. On en a retenu ces deux belles strophes, où l'allusion est à peine voilée :

> Oui, vous qui, de l'Olympe usurpant le tonnerre,
> Des éternelles lois renversez les autels,
> Lâches oppresseurs de la terre,
> Tremblez! vous êtes immortels.

> Et vous, vous, du malheur victimes passagères,
> Sur qui veillent d'un Dieu les regards paternels,
> Voyageurs d'un moment aux terres étrangères,
> Consolez-vous ! vous êtes immortels.

interprétation souvent peu sévère, quelques beautés vraiment originales. Revenu à Paris après un séjour de plusieurs années à Londres, Delille, malgré de précoces infirmités que la perte de a vue rendait plus cruelles, ne laissa pas de publier encore plusieurs ouvrages, l'*Homme des champs* (1800), le poëme des *Trois Règnes* (1808), où il se joue avec une aisance parfaite au milieu des détails les plus techniques, et celui de la *Conversation* (1812), dans lequel on peut relever plusieurs portraits d'une touche fine et heureuse qui n'ont pas vieilli. Delille mourut à Paris en 1813. L'école descriptive ne devait pas lui survivre longtemps. Les deux chefs, Saint-Lambert et Delille, valaient mieux que le genre qu'ils avaient mis en honneur. Leurs disciples fatiguèrent bientôt l'indulgence publique. Aucun art, aucune science, physique, chimie, histoire naturelle, ne fut à l'abri de la description, qui alla bientôt encore envahir l'ode, la tragédie et l'épopée. Il était temps pour la poésie française que de nouvelles inspirations vinssent la purifier et la rajeunir.

Le vieillard de Tarente [1].

Aux lieux où le Galèse [2], en des plaines fécondes,
Parmi les blonds épis roule ses noires ondes,
J'ai vu, je m'en souviens, un vieillard fortuné
Possesseur d'un terrain longtemps abandonné :
C'était un sol ingrat, rebelle à la culture,
Qui n'offrait aux troupeaux qu'une aride verdure ;
Ennemi des raisins, et funeste aux moissons.
Toutefois, en ces lieux hérissés de buissons,
Un parterre de fleurs [3], quelques plantes heureuses
Qu'élevaient avec soin ses mains laborieuses,
Un jardin, un verger, dociles à ses lois,

1. Cf. dans les *Géorgiques* de Virgile, l. IV, v. 125 à 148.
2. Delille n'a pas rendu le premier vers, qui détermine le lieu avec précision :

    . . . Sub OEbaliæ memini me turribus altis.

OEbalie est l'ancien nom de Tarente, fondée par une colonie de Lacédémoniens amenée par OEbalus. Le Galèse, aujourd'hui *Galeso*, traverse la Calabre et se jette dans la mer près de Tarente.
3. Ce *parterre de fleurs* est d'un goût moderne. Le vieillard de Virgile ne cultive que des plantes utiles.

Lui donnaient le bonheur qui s'enfuit loin des rois[1].
Le soir, des simples mets que ce lieu voyait naître
Ses mains chargeaient sans frais une table champêtre.
Il cueillait le premier les roses du printemps,
Le premier de l'automne amassait les présents ;
Et lorsqu'autour de lui, déchaîné sur la terre,
L'hiver impétueux brisait encor la pierre,
D'un frein de glace encore enchaînait les ruisseaux,
Lui déjà de l'acanthe émondait les rameaux,
Et, du printemps tardif accusant la paresse,
Prévenait les zéphyrs et hâtait sa richesse[2].
Chez lui le vert tilleul tempérait les chaleurs ;
Le sapin pour l'abeille y distillait ses pleurs.
Aussi, dès le printemps, toujours prêts à renaître,
D'innombrables essaims enrichissaient leur maître ;
Il pressait le premier ses rayons toujours pleins,
Et le miel le plus pur écumait sous ses mains.
Jamais Flore chez lui n'osa tromper Pomone[3] ;
Chaque fleur du printemps était un fruit d'automne.
Il savait aligner, pour le plaisir des yeux,
Des poiriers déjà forts, des ormes déjà vieux,
Et des pruniers greffés, et des platanes sombres
Qui déjà recevaient les buveurs sous leurs ombres.
Mais d'autres chanteront les trésors des jardins :
Le temps fuit ; je revole aux travaux des essaims.

Géorgiques, l. IV.

1. Réflexion un peu froide qui fait regretter l'hémistiche de Virgile :

Regum animis æquabat opes....

« Il égalait dans sa pensée les richesses des rois. »

2. Ces vers, d'un tour facile et gracieux, sont dignes de l'original. Delille excelle à rendre les parties descriptives de son modèle, et l'on sacrifierait même avec peine les traits qu'il y ajoute.

3. Voilà un vers qu'Ovide eût envié ; mais Virgile, qui dans ses *Géorgiques* n'a pas une fois nommé *Flore* ni *Pomone*, se fût un peu étonné de voir sa pensée ainsi traduite.

Un monastère au milieu des bois.

Les bois peuvent s'offrir sous des aspects sans nombre[1] :
Ici, des troncs pressés rembruniront leur ombre ;
Là, de quelques rayons égayant ce séjour,
Formez un doux combat de la nuit et du jour ;
Plus loin, marquant le sol de leurs feuilles légères,
Quelques arbres épars joueront dans les clairières,
Et, flottant l'un vers l'autre, et n'osant se toucher,
Paraîtront à la fois se fuir et se chercher.
Ainsi, le bois par vous perd sa rudesse austère :
Mais n'en détruisez pas le grave caractère ;
De détails trop fréquents, d'objets minutieux,
N'allez pas découper son ensemble à nos yeux ;
Qu'il soit un, simple et grand, et que votre art lui laisse
Avec toute sa pompe un peu de sa rudesse.
Montrez ces troncs brisés ; je veux de noirs torrents
Dans les creux des ravins suivre les flots errants.
Du temps, des eaux, de l'air, n'effacez point la trace[2] ;
De ces rochers pendants respectez la menace[3] ;
Et qu'enfin dans ces lieux empreints de majesté
Tout respire une mâle et sauvage beauté.
    Mais tel est des humains l'instinct involontaire,
Le désert les effraye. En ce bois solitaire
Placez donc, s'il se peut, pour consoler le cœur,
L'asile du travail ou celui du malheur.
    Il est des temps affreux où des champs de leurs pères
Des proscrits sont jetés aux terres étrangères :
Ah ! plaignez leur destin, mais félicitez-vous ;
De vos riches tableaux le tableau le plus doux,
A ces infortunés vous le devrez peut-être ;
Que dans l'immensité de votre enclos champêtre
Un coin leur soit gardé ; donnez à leurs débris,

1. Le poëte commence par quelques conseils sur l'art de grouper les arbres pour offrir à l'œil d'agréables perspectives.

2. Effacer la *trace de l'air* est une expression qui manque de netteté et surprend.

3. Souvenir heureux des beaux vers de Virgile :

      . . . Pendent opera interrupta, minæque
Murorum ingentes....

Au fond de vos forêts, de tranquilles abris
A vos palais pompeux opposez leurs cabanes ;
Peuplés par eux, vos bois ne seront plus profanes,
Et leur touchant aspect consacrera ces lieux[1].
    Mais surtout, si l'exil de leur cloître pieux
A banni ces reclus qui sous des lois austères
Dérobent aux humains leurs tourments volontaires,
Ces enfants de Bruno, ces enfants de Rancé,
Qui tous, morts au présent, expiant le passé,
Entre le repentir et la douce espérance,
Vers un monde à venir prennent leur vol immense,
Accueillez leur malheur, et que sous d'humbles toits,
Paisible colonie, ils habitent vos bois.
A peine on aura su le sort qui les exile,
Vos soins hospitaliers et leur modeste asile,
Des hameaux d'alentour femmes, enfants, vieillards,
Vers ces hôtes sacrés courront de toutes parts :
La richesse y viendra visiter l'indigence ;
L'orgueil, l'humilité ; le plaisir, la souffrance ;
Vous-même, abandonnant pour leurs âpres forêts
Et vos salons dorés et vos ombrages frais,
Viendrez au milieu d'eux dans une paix profonde
Désenchanter vos cœurs des voluptés du monde[2] :
Loin de ce monde où règne un air contagieux,
Vous aimerez ce bois sombre et religieux,
Ses pâles habitants, leur rigide abstinence,
Leur saint recueillement, leur éternel silence,
Et, la bêche à la main, la pénitence en deuil
Anticipant la mort et creusant son cercueil.
    La terre sentira leur présence féconde :

1. La versification de Delille, comme celle des autres poëtes du
dix-huitième siècle, manque de ce soin curieux, de ce *limæ labor* que
recommande Horace. Vers parasites amenés pour le besoin de la
rime, épithètes vagues ou communes (*temps affreux, palais pompeux*),
hémistiches d'un tour prosaïque, ce sont là chez Delille et son école
des faiblesses trop fréquentes pour qu'il soit utile de les relever toujours.

2. On peut comparer de beaux vers de M. de Lamartine dans la
pièce de la *Semaine sainte à la Roche-Guyon* (*Médit. poét.*):

          Ici viennent mourir les derniers bruits du monde ;
          Nautonier sans étoile, abordez, c'est le port :
          Ici l'âme se plonge en une paix profonde,
              Et cette paix n'est pas la mort.

Pour vous, pour vos moissons, vers le maître du monde
Ils lèveront leurs mains; vous devrez à leurs vœux
Et les biens d'ici-bas et les trésors des cieux;
Et lorsqu'à la lueur des lampes sépulcrales,
De silences profonds coupés par intervalles,
Du sein de la forêt leurs nocturnes concerts
En sons lents et plaintifs monteront dans les airs,
Peut-être à ces accents vous trouverez des charmes;
Vous envierez leurs pleurs, vous y joindrez vos larmes;
Et le corps sur la terre, et l'esprit dans le ciel,
Vos vœux iront ensemble aux pieds de l'Éternel.

Les Jardins, chant 11ᵉ.

La Mélancolie.

O penchant plus flatteur, plus doux que la folie!
Bonheur des malheureux, tendre mélancolie,
Trouverai-je pour toi d'assez douces couleurs?
Que ton souris me plaît et que j'aime tes pleurs!
Que sous tes traits touchants la douleur a de charmes!
Dès que le désespoir peut retrouver des larmes,
A la mélancolie il vient les confier,
Pour adoucir sa peine, et non pour l'oublier.
C'est elle qui, bien mieux que la joie importune,
Au sortir des tourments accueille l'infortune;
Qui, d'un air triste et doux, vient sourire au malheur,
Assoupit les chagrins, émousse la douleur.
De la peine au bonheur délicate nuance,
Ce n'est point le plaisir, ce n'est plus la souffrance;
La joie est loin encor; le désespoir a fui;
Mais, fille du malheur, elle a des traits de lui.
Quels sont les lieux, les temps, les images chéries,
Où se plaisent le mieux ses douces rêveries?
Ah! le cœur le devine : en son secret réduit
Elle évite la foule et redoute le bruit.
Sauvage et se cachant à la foule indiscrète,
Le demi-jour suffit à sa douce retraite.
De loin avec plaisir elle écoute les vents,
Le murmure des mers, la chute des torrents.
La forêt, le désert, voilà les lieux qu'elle aime.

13.

Son cœur, plus recueilli, jouit mieux de lui-même ;
La nature un peu triste est plus douce à son œil ;
Elle semble en secret compatir à son deuil.
Aussi l'astre du soir la voit souvent, rêveuse,
Regarder tendrement sa lumière amoureuse.
Ce n'est point du printemps la brillante gaieté,
Ce n'est point la richesse et l'éclat de l'été
Qui plaît à ses regards ; non, c'est la pâle automne,
D'une main languissante effeuillant sa couronne[1].
Que la foule à grands frais cherche un grossier bonheur :
D'un mot, d'un nom, d'un rêve, elle nourrit son cœur.
Souvent, quand des cités les bruyantes orgies,
Au son des instruments, aux clartés des bougies,
Étincellent partout de l'or des vêtements,
Des éclairs de l'esprit, du feu des diamants,
Pensive, et sur sa main laissant tomber sa tête,
Un tendre souvenir est sa plus douce fête.
Viens donc, viens, charme heureux des arts et des amours !
Je te chantai deux fois[2], inspire-moi toujours.

L'Imagination, ch. III.

1. C'est le même sentiment que dans la pièce de l'*Automne* de M. de Lamartine (*Médit. poét.*) :

Oui, dans ces jours d'automne où la nature expire,
A ses regards voilés je trouve plus d'attraits....

2. Dans les *Jardins*, ch. II. — La Harpe a aussi traité le même sujet, qui l'a fort heureusement inspiré. Les vers suivants méritent d'être retenus :

Elle (*la mélancolie*) verse des pleurs qui ne sont point amers ;
Tout entière à l'objet dont elle est possédée,
Ne redit qu'un seul nom, n'entretient qu'une idée,
Et chérit son secret qui s'échappe à moitié.
Son regard triste et doux inspire la pitié ;
Elle étouffe sa plainte et soupire en silence,
Elle n'ose qu'à peine embrasser l'espérance,
Et tremble en adressant un timide désir
Vers un bonheur lointain qui toujours semble fuir.

A la suite de son *Essai sur les moralistes français*, M. Prévost-Paradol a écrit quelques pages remarquables sur le sentiment de la tristesse. Nous y relevons cette juste et poétique définition de la mélancolie : « C'est une sorte de crépuscule qui suit la douleur. »

L'impression des lieux.

.... Ce qui fait des lieux la plus sûre puissance,
Ah! nous l'éprouvons tous, c'est la reconnaissance,
C'est le tendre regret, dont les charmes flatteurs
Font des lieux nos amis, en font nos bienfaiteurs[1] :
Pareils à ces esprits, à ces légères ombres,
Qui, sitôt que là nuit étend ses voiles sombres,
Visitent, nous dit-on, leur antique séjour ;
Ainsi les souvenirs, les regrets et l'amour,
Et la mélancolique et douce rêverie,
Reviennent vers les lieux chers à l'âme attendrie.
Je l'éprouvai moi-même. Après vingt ans d'absence,
De retour au hameau qu'habita mon enfance,
Dieux! avec quel transport je reconnus sa tour,
Son moulin, sa cascade, et les prés d'alentour!
Ce ruisseau dont mes jeux tyrannisaient les ondes,
Rebelles comme moi, comme moi vagabondes ;
Ce jardin, ce verger, dont ma furtive main
Cueillaient les fruits amers, plus doux par le larcin ;
Et l'humble presbytère, et l'église sans faste ;
Et cet étroit réduit que j'avais cru si vaste,
Où, fuyant le bâton de l'aveugle au long bras,
Je me glissais sans bruit, et ne respirais pas.
   O village charmant! ô riantes demeures,
Où, comme ton ruisseau, coulaient mes douces heures!
Dont les bois et les prés, et les aspects touchants,
Peut-être ont fait de moi le poëte des champs !
Adieu, doux Chanonat[2], adieu, frais paysages !
Il semble qu'un autre air parfume vos rivages ;
Il semble que leur vue ait ranimé mes sens,
M'ait redonné la joie et rendu mon printemps[3].

1. Ce début est prosaïque et l'expression manque d'élégance. On a remarqué avec raison que ce défaut se rencontrait chez Delille dans les transitions surtout et à la fin de ses développements.
2. Situé dans la Limagne d'Auvergne.
3. Ces vers rappellent la pièce de M. de Lamartine sur *Milly*, sa terre natale (*Harmonies poétiques*), dans laquelle le grand poëte moderne a parlé des souvenirs de son enfance avec une émotion pénétrante :

  Là mon cœur en tout lieu se retrouve lui-même ;
  Tout s'y souvient de moi, tout m'y connait, tout m'aime !...

Cette clôture même où l'enfance captive
Prête aux tristes leçons une oreille craintive,
Qui de nous peut la voir sans quelque émotion?
Ah! c'est là que l'étude ébaucha ma raison;
Là je goûtai des arts les premières délices;
Là mon corps se formait par de doux exercices.
Ne vois-je point l'espace où, dans l'air s'élançant,
S'élevait, retombait le ballon bondissant [1].
Ici, sans cesse allant, revenant sur ma trace,
Je murmurais les vers de Virgile et d'Horace.
Là nos voix pour prier venaient se réunir.
Plus loin... Ah! mon cœur bat à ce seul souvenir!
Je remportai la palme, et la douce victoire
Pour la première fois me fit goûter la gloire:
Beaux jours, qu'une autre gloire et de plus grands combats
Rappelaient à Villars, mais qu'ils n'effaçaient pas [2].
Enfin quel lieu ne cède au lieu de la naissance?
Ah! c'est là que l'amour et la reconnaissance,
Que d'un instinct puissant les secrètes douceurs,
Rappellent la pensée et ramènent les cœurs,
Surtout lorsque, imposant, ou sublime, ou sévère,
Le sol frappe les yeux par un grand caractère.
L'habitant de la plaine et des riants vallons,
Insipidement gais ou tristement féconds,
Rêve moins tendrement à ses dieux domestiques.
    Mais voyez l'habitant des rochers helvétiques:
A-t-il quitté ces lieux, tourmentés par les vents,
Hérissés de frimas, sillonnés de torrents?
Dans les plus doux climats, dans leurs molles délices,
Il regrette ses lacs, ses rocs, ses précipices;
Et comme, en le frappant d'une sévère main,
La mère sent son fils se presser sur son sein,
Leurs horreurs même en lui gravent mieux leur image;
Et lorsque la victoire appelle son courage,
Si le fifre imprudent fait entendre ces airs
Si doux à son oreille, à son âme si chers,

1. Exemple d'harmonie imitative.
2. Villars, né en 1653, mort en 1734, célèbre par la victoire de Denain, gagnée en 1712 sur le prince Eugène, qui amena la paix de Rastadt. Il aimait à dire qu'il n'avait eu dans sa vie que deux plaisirs, celui de remporter un prix au collége et celui de gagner une victoire.

C'en est fait, il répand d'involontaires larmes ;
Ses cascades, ses rocs, ses sites pleins de charmes,
S'offrent à sa pensée : adieu gloire, drapeaux !
Il vole à ses chalets, il vole à ses troupeaux,
Et ne s'arrête pas, que son âme attendrie
De loin n'ait vu ses monts et senti sa patrie [1].

(*Ibid.*, chant iv.)

Le peintre Robert dans les catacombes de Rome [2].

Sous les remparts de Rome, et sous ses vastes plaines,
Sont des antres profonds, des voûtes souterraines,
Qui pendant deux mille ans, creusés par les humains,
Donnèrent leurs rochers aux palais des Romains.
Avec ses monuments et sa magnificence,
Rome entière sortit de cet abîme immense.
Depuis, loin du regard et du fer des tyrans,
L'Église encor naissante y cacha ses enfants,
Jusqu'au jour où, du sein de cette nuit profonde,
Triomphante, elle vint donner des lois au monde
Et marqua de sa croix les drapeaux des Césars.
Jaloux de tout connaître, un jeune amant des arts,
L'amour de ses parents, l'espoir de la peinture,
Brûlait de visiter cette demeure obscure,
De notre antique foi vénérable berceau.
Un fil dans une main et dans l'autre un flambeau,
Il entre [3] ; il se confie à ces voûtes nombreuses
Qui croisent en tous sens leurs routes ténébreuses [4].

1. Pour prévenir la désertion des troupes suisses engagées au service des puissances étrangères, il était défendu de jouer ces airs connus sous le nom populaire de *Ranz des vaches*, que répètent les laitières suisses en allant à leurs pâturages. M. de Châteaubriand a traité le même sujet dans le chapitre xiv du *Génie du christianisme*.

2. La terrible aventure racontée par Delille était en effet arrivée au peintre Robert, alors élève de l'académie de France à Rome. Inspiré à son tour par les beaux vers du poëte, celui-ci composa sur le même sujet un tableau qui eut un grand succès et fut acheté par Mme de Holstemberg, princesse de la famille impériale de Russie.

3. Coupe habile qui marque la résolution du jeune peintre.

4. On peut retrouver ici le souvenir des vers de Virgile sur le labyrinthe de Dédale. V. *Énéide*, l. vi, v. 27 et suiv.

Il aime à voir ce lieu, sa triste majesté,
Ce palais de la nuit, cette sombre cité,
Ces temples où le Christ vit ses premiers fidèles,
Et de ces grands tombeaux les ombres éternelles.
Dans un coin écarté se présente un réduit,
Mystérieux asile où l'espoir le conduit[1];
Il voit des vases saints et des urnes pieuses,
Des vierges, des martyrs, dépouilles précieuses.
Il saisit ce trésor; il veut poursuivre[2] : hélas!
Il a perdu le fil qui conduisait ses pas.
Il cherche, mais en vain; il s'égare, il se trouble;
Il s'éloigne, il revient, et sa crainte redouble :
Il prend tous les chemins que lui montre la peur.
Enfin, de route en route; et d'erreur en erreur,
Dans les enfoncements de cette obscure enceinte,
Il trouve un vaste espace, effrayant labyrinthe,
D'où vingt chemins divers conduisaient à l'entour.
Lequel choisir? lequel doit le conduire au jour?
Il les consulte tous : il les prend, il les quitte;
L'effroi suspend ses pas, l'effroi les précipite :
Il appelle : l'écho redouble sa frayeur;
De sinistres pensers viennent glacer son cœur.
L'astre heureux qu'il regrette a mesuré dix heures
Depuis qu'il est errant dans ces noires demeures.
Ce lieu d'effroi, ce lieu d'un silence éternel,
En trois lustres entiers voit à peine un mortel;
Et, pour comble d'effroi, dans cette nuit funeste,
Du flambeau qui le guide il voit périr le reste.
Craignant que chaque pas, que chaque mouvement,
En agitant la flamme en use l'aliment,
Quelquefois il s'arrête, et demeure immobile.
Vaines précautions! tout soin est inutile;
L'heure approche, et déjà son cœur épouvanté
Croit de l'affreuse nuit sentir l'obscurité.
     Il marche, il erre encor sous cette voûte sombre,
Et le flambeau mourant fume et s'éteint dans l'ombre.
Il gémit; toutefois, d'un souffle haletant,

---

1. *Où l'espoir le conduit* semble amené par la rime. Ce terme abstrait d'*espoir*, que rien ne prépare et n'explique, présente à l'esprit un sens général et indéterminé.
2. Cette suspension est d'un heureux effet, et rend fort bien la surprise et l'effroi du voyageur.

Le flambeau ranimé se rallume à l'instant.
Vain espoir ! par le feu la cire consumée,
Par degrés s'abaissant sur la mèche enflammée,
Atteint sa main souffrante, et de ses doigts vaincus
Les nerfs découragés ne la soutiennent plus[1] :
De son bras défaillant enfin la torche tombe,
Et ses derniers rayons ont éclairé sa tombe.
L'infortuné déjà voit cent spectres hideux :
Le Délire brûlant, le Désespoir affreux[2],
La Mort!... non cette Mort qui plaît à la victoire,
Qui vole avec la foudre, et que pare la gloire ;
Mais lente, mais horrible, et traînant par la main
La Faim qui se déchire et se ronge le sein.
Son sang, à ces pensers, s'arrête dans ses veines.
Et quels regrets touchants viennent aigrir ses peines !
Ses parents, ses amis, qu'il ne reverra plus,
Et ces nobles travaux qu'il laisse suspendus ;
Ces travaux qui devaient illustrer sa mémoire,
Qui donnaient le bonheur et promettaient la gloire !...
Quelques pleurs de ses yeux coulent à cette image,
Versés par le regret, et séchés par la rage[3].
Cependant il espère ; il pense quelquefois
Entrevoir des clartés, distinguer une voix.
Il regarde, il écoute... Hélas ! dans l'ombre immense
Il ne voit que la nuit, n'entend que le silence[4],
Et le silence ajoute encore à sa terreur.
    Alors, de son destin sentant toute l'horreur,
Son cœur tumultueux roule de rêve en rêve ;
Il se lève, il retombe, et soudain se relève ;
Se traîne quelquefois sur de vieux ossements,
De la mort qu'il veut fuir horribles monuments !
Quand tout à coup son pied trouve un léger obstacle :
Il y porte la main. O surprise ! ô miracle !

1. Il y a ici quelque recherche dans l'expression d'un petit détail. C'est l'abus du genre descriptif qui, en donnant trop d'importance aux parties secondaires d'un tableau, en affaiblit les grandes lignes.
2. Il n'est guère probable que, dans l'horreur d'une pareille situation, le peintre Robert ait vu se dessiner à ses yeux ces fantômes allégoriques. Ce mélange du réel et du fantastique surprend le goût.
3. Pourquoi la rage? C'est là une de ces expressions malheureuses que le poëte devait effacer.
4. Vers souvent critiqué, comme empreint de quelque affectation, mais qui présente cependant à l'esprit une idée juste et grande.

Il sent, il reconnaît le fil qu'il a perdu,
Et de joie et d'espoir il tressaille éperdu [1].
Ce fil libérateur, il le baise, il l'adore,
Il s'en assure, il craint qu'il ne s'échappe encore ;
Il veut le suivre, il veut revoir l'éclat du jour ;
Je ne sais quel instinct l'arrête en ce séjour.
A l'abri du danger, son âme encor tremblante
Veut jouir de ces lieux et de son épouvante.
A leur aspect lugubre, il éprouve en son cœur
Un plaisir agité d'un reste de terreur ;
Enfin, tenant en main son conducteur fidèle,
Il part, il vole aux lieux où la clarté l'appelle.
Dieu ! quel ravissement quand il revoit les cieux
Qu'il croyait pour jamais éclipsés à ses yeux !
Avec quel doux transport il promène sa vue
Sur leur majestueuse et brillante étendue !
La cité, le hameau, la verdure, les bois,
Semblent s'offrir à lui pour la première fois ;
Et, rempli d'une joie inconnue et profonde,
Son cœur croit assister au premier jour du monde.

(Ibid., chant iv.)

Prière d'Adam à son réveil [2].

              Voilà donc ton ouvrage,
Dieu puissant, dont ce monde est la brillante image,
Ce monde merveilleux, mais moins encor que toi !
Mon âme en t'admirant frémit d'un saint effroi.

1. On rapprochera avec intérêt de ce morceau la descente d'Eudore aux catacombes, dans le livre v des *Martyrs* de M. de Châteaubriand. Eudore, égaré dans ces sombres routes qui se croisent de toutes parts, retrouve son chemin grâce aux chants des chrétiens qu'il entend tout à coup : « Une harmonie, semblable au chœur lointain des esprits célestes, sort du fond de ces demeures sépulcrales; ces divins accents expiraient et renaissaient tour à tour.... Je me lève, et je m'avance vers les lieux d'où s'échappent les magiques concerts. »

2. Il sera intéressant de rapprocher l'original de la traduction de Delille (*Paradis perdu*, liv. v). On reconnaîtra avec quelle ingénieuse exactitude le poëte français a su se conformer au texte anglais. Sans doute l'énergique concision de Milton doit lui échapper souvent; mais, on peut le dire, c'est moins encore le défaut de Delille que celui de la langue française, dont le génie, d'une logique rigoureuse, se prête peu à ces tours vifs et rapides de la langue anglaise.

Ah ! qui peut exprimer tes grandeurs immortelles,
Toi qui bien au-dessus des sphères éternelles,
Si loin de mes regards, siéges au haut des cieux ?
Dans ce monde sensible en vain brille à nos yeux
Quelque faible rayon de ta divine essence,
De ta bonté sans borne, ainsi que ta puissance[1] :
C'est à vous d'en parler, vous, anges de clartés,
Vous que Dieu voit toujours debout à ses côtés,
Qui dans un jour sans nuit l'environnez sans cesse
De cantiques d'amour et d'hymnes d'allégresse ;
Cieux, terre, célébrez ce maître souverain,
Centre de l'univers, son principe et sa fin ;
O toi qui, des clartés de la nuit ténébreuse,
Te montres la dernière et la plus radieuse,
Qui viens fermer leur marche, et places ton retour
Entre la nuit mourante et le berceau du jour,
Célèbre l'Éternel dont la main fait éclore
Cette tendre lueur, prémices de l'aurore[2] !
Et toi, l'âme à la fois et l'œil de l'univers,
Soit que ton char brillant sorte du sein des mers,
Soit que du haut des cieux tu domines le monde,
Soit que tes feux mourants redescendent dans l'onde,
Soleil ! toi qu'il empreint de sa vive splendeur,
Dans ta course éternelle, atteste sa grandeur ;
Cours proclamer son nom du couchant à l'aurore ;
De l'aurore au couchant, cours l'annoncer encore !
Et toi, modeste sœur du grand astre du jour,
Qui sembles le chercher, l'éviter tour à tour ;
Orbes étincelants qui, sans changer de place,

---

1. « Ainsi que *de* ta puissance », demanderait la grammaire.

2. Voici le sens exact des beaux vers de Milton, dont toute la poésie
n'a pas été rendue par Delille :

> Fairest of stars, last in the train of night,
> If better thou belong not to the dawn,
> Sure pledge of day, that crown'st the smiling morn
> With thy bright circlet, praise him in thy sphere,
> While day arises, that sweet hour of prime.

« O toi, la plus belle des étoiles, la dernière du cortége de la nuit,
si plutôt tu n'appartiens pas à l'aurore ; gage assuré du jour, toi dont
le disque brillant couronne le riant matin, chante ses louanges dans
ta sphère, pendant que monte le jour, à cette heure si douce de la
première aurore. »

Sur votre axe enflammé tournoyez dans l'espace[1] ;
Et vous, globes errants, mondes harmonieux,
Qui poursuivez en chœur vos cercles radieux,
Célébrez le Très-Haut, votre source première,
Qui du sein de la nuit fit jaillir la lumière!
Contemporains du monde, éléments fraternels,
Qui rajeunissez tout dans vos jeux éternels,
Dont le fécond mélange entretient ses ouvrages,
Ainsi que vos travaux, variez vos hommages,
Nébuleuses vapeurs, sombres exhalaisons,
Fils humides des lacs, des marais et des monts,
Soit que vous abreuviez nos campagnes brûlantes,
Soit qu'au gré du soleil vos couleurs éclatantes
D'or, de pourpre et d'azur embellissent le ciel,
Naissez, montez, tombez, et louez l'Éternel!
Célébrez l'Éternel, fiers autans, doux zéphirs!
Vous tous à qui des airs il partagea l'empire,
O vents, remplissez l'air du nom de votre roi!
Forêts, inclinez-vous; cèdre altier, courbe-toi!
Bénissez le Seigneur, fiers torrents, sources pures,
Et vous, des clairs ruisseaux mélodieux murmures!
Qu'il bénisse son nom, l'oiseau vif et joyeux
Qui, dès le point du jour, chante aux portes des cieux!
Chœurs des airs, répétez sa louange immortelle!
Qu'elle éclate en vos sons et vole sur votre aile[2].
Vous tous qui voltigez, nagez, courez, rampez[3],
Hôtes des bois, des champs, des sommets escarpés,

1. On peut lire dans le *Songe de Scipion* (liv. vi de la *République* de Cicéron) un beau passage sur la marche et l'harmonie des sphères célestes.

2. Tout ce passage est traduit avec une élégante exactitude.

3. Ce vers manque d'harmonie, et abrége, aux dépens du sentiment poétique, le texte de Milton :

> Ye that in waters glide, and ye that walk
> The earth, and stately tread, or lowly creep,
> Witness if I be silent, morn or even,
> To hill or valley, mountain or fresh shade,
> Made vocal by my song, and taught his praise.

« Vous qui glissez dans les eaux, et vous qui foulez la terre, soit que vous marchiez d'un pas ferme ou que vous rampiez humblement sur le sol, soyez témoins si je reste silencieux, et si, du matin au soir, je n'enseigne pas ses louanges aux collines et aux vallées, aux fontaines et aux frais bocages qui sans cesse résonnent de mes chants. »

Ah! quand tout s'associe à ce concert immense,
Soyez, soyez témoins si je reste en silence!
Oui, le soir, le matin, à chanter ses bienfaits
J'instruis les antres sourds et les rochers muets;
J'en parle aux champs, aux monts, à la forêt profonde.
Salut, Être divin! salut, maître du monde!
Conduis-nous, soutiens-nous, et si l'ange du mal
Nous tend durant la nuit quelque piége fatal,
Dissipe, Dieu puissant, tous ces fantômes sombres,
Comme je vois dans l'air s'évanouir les ombres!

                                    (*Le Paradis perdu*, liv. v.)

JOSEPH CHÉNIER[1].

(1764-1811.)

Né à Constantinople en 1764, deux ans après André Chénier, son frère, Marie-Joseph manifesta dès son enfance cette nature indocile et fougueuse qui fut l'écueil de son talent et de sa conduite. Bientôt lassé de la profession militaire qu'il avait d'abord embrassée, il devint poëte dramatique. Il était naturel que Chénier, ami du bruit, impatient de renommée, fût vivement attiré de ce côté. Le théâtre, en effet, dans les années qui précédèrent la convocation des états généraux, était devenu une tribune politique. Ne demandez plus aux poëtes de cette époque la vérité des caractères, l'unité de l'intérêt, le pathétique des situations : de la grande école du dix-septième siècle il ne s'est plus conservé que la partie extérieure, le cadre artificiel. Mais, par un singulier contraste, ces formes traditionnelles de l'art classique sont observées avec un scrupule qui va jusqu'à la timidité : cet esprit d'innovation qui ébranle tous les principes de l'ordre social et moral n'ose porter la plus légère atteinte aux convenances et même à l'étiquette dramatique du siècle précédent. La différence cependant est profonde ; la tragédie n'est plus le spectacle de l'éternelle lutte du devoir avec la passion, c'est le développement d'une thèse sociale ou politique ; les personnages ne sont plus, à le bien prendre, que des opinions qui se combattent, des arguments qui s'échangent sous les yeux d'un public prompt à saisir les allusions contemporaines ; les sentences générales qui viennent sans cesse entraver et refroidir la marche de l'action sont applaudies avec enthousiasme ; la société va chercher au théâtre la formule des idées qui agitent et passionnent les esprits. Le poëte tragique se transforme ainsi en tribun qui frappe tour à tour la religion et la monarchie. Tel fut M. J. Chénier. L'éclatant succès de *Charles IX* (1789) prit les proportions d'un événement politique ; les retards opposés à la représentation ne firent qu'irriter la curiosité publique et assurèrent la fortune d'une œuvre qui, malgré une forme souvent ferme et éclatante, avait tous les défauts de la tragédie politique et philosophique.

1. Nous n'avons pas dû placer dans notre recueil André Chénier, bien que par le caractère de son talent il soit notre contemporain plus encore que Marie-Joseph ; mais, par la date de sa mort, il appartient au dix-huitième siècle. Voir pour les extraits d'André Chénier les *Morceaux choisis pour les classes supérieures* de M. Léon Feugère.

Telle fut même l'exaltation produite par une pièce qui paraît à la lecture froide et décolorée, que Danton osait se promettre qu'elle accélérerait la crise politique. « Si *Figaro* a tué la noblesse, disait-il, *Charles IX* tuera la royauté. » Marie-Joseph semblait appelé, par ce premier succès, à devenir le poëte de la période républicaine; il fut bientôt dépassé. Ses tragédies de *Henri VIII*, de *Calas* et de *Caïus Gracchus* furent reçues assez froidement, et peu s'en fallut qu'il ne fût accusé de déserter la cause de la révolution pour avoir mis ces mots dans la bouche de Caïus : *Des lois et non du sang!* Chénier était de ces esprits ardents et généreux qui s'effrayent de la victoire qu'ils ont remportée et cherchent à couvrir la retraite des vaincus : efforts impuissants qui les compromettent eux-mêmes sans préserver aucune victime! Effrayé peut-être des défiances qui s'amassaient autour de lui, Marie-Joseph, qui siégeait à la Convention comme représentant du département de Seine-et-Oise, vota la mort du roi, et quelques jours après, par une contradiction qui l'honore sans le justifier, il flétrissait dans sa tragédie de *Fénelon* les violences du fanatisme politique qui venait de l'égarer lui-même. Chénier allait bientôt expier cruellement les inconséquences de sa conduite, tour à tour emportée et craintive. Après les jours de la Terreur, il se trouva en face d'une odieuse calomnie. Ses ennemis lui demandaient compte de la mort d'André Chénier, et chaque matin un journal lui adressait ce reproche sanglant : *Caïn, qu'as-tu fait de ton frère Abel?* Il n'est plus utile de défendre la mémoire de Marie-Joseph. Les dissentiments politiques qui s'étaient élevés entre les deux frères n'avaient altéré que peu de jours leur ancienne et sincère affection : elle se réveilla plus vive à l'approche du danger. Marie-Joseph cacha son frère à Versailles, et quand celui-ci, victime d'une généreuse imprudence [1], fut arrêté comme suspect, son frère, dénoncé lui-même à la tribune par Robespierre, fit d'actives démarches, humiliantes même pour son orgueil, auprès des membres du comité de sûreté générale. Cette basse accusation eut du moins un résultat qu'il ne faut pas regretter : elle inspira au poëte la belle épître de la *Calomnie* (1797), qui marque dans le talent de Chénier une époque de progrès et d'heureuse transformation. Il trouvait en effet, pour exprimer un sentiment vrai et profond une langue ferme et pure. Désormais Chénier perdra de plus en plus l'exagération déclamatoire qu'il devait à ses habitudes d'orateur et de poëte politique. Ce mérite d'une

---

1. A la nouvelle qu'un de ses amis, M. de Pastoret, venait d'être arrêté à Passy, il alla offrir à la famille des paroles de consolation; des commissaires, chargés d'une visite de papiers, arrêtèrent toutes les personnes qu'ils trouvèrent dans cette maison. Voir la notice de M. H. de Latouche, au début du volume des *Poésies* d'André Chénier.

forme nouvelle soutenue par une forte conception, assigne un rang
élevé à la tragédie de *Tibère*. Ce fut au milieu des souffrances d'une
santé détruite que le poëte composa cette belle étude, que les meilleurs juges s'accordent à regarder comme son chef-d'œuvre. Inspiré
par Tacite, Chénier en a quelquefois rappelé l'énergie et la profondeur. Lutter avec un tel modèle, le suivre même de loin dans cet
art de pénétrer un caractère et d'en découvrir les sombres replis, cela
suffit pour assurer à une œuvre une légitime durée. La malveillance
s'empressa de signaler dans cette pièce, que la censure ne laissa pas
représenter, des allusions blessantes pour l'Empereur : Chénier, qui
avait été nommé inspecteur général de l'Université, se vit destitué
et réduit à une gêne que son état maladif rendait encore plus cruelle.
Mais l'irritation de l'Empereur céda bientôt devant la noble prière
du poëte, et lui-même assura les derniers jours de Marie-Joseph par
une pension payée sur sa cassette. C'est un spectacle touchant que
de voir aux approches de la mort une âme irritée et violente s'apaiser
par degrés et se dépouiller des rancunes amassées pendant la vie.
Chénier, malgré tant de mécomptes et de disgrâces, fit ce progrès sur
lui-même. Quand on parcourt son remarquable *Tableau de la littérature française depuis 1789*, on reste surpris de lire signées d'un tel
nom des pages empreintes d'une modération équitable et bienveil-
lante pour tous, et qui n'exclut pas d'ailleurs la finesse du jugement.
Marie-Joseph Chénier mourut en 1811, et ce fut M. de Châteaubriand
qui fut appelé à lui succéder à l'Académie française. Le contraste est
piquant et instructif. Joseph Chénier s'était montré aussi hardi révolutionnaire en politique que disciple soumis de la tradition littéraire; il cédait la place au plus illustre représentant des idées religieuses et monarchiques, qui était en même temps le plus brillant
novateur dans l'ordre littéraire et poétique[1].

1. On lira avec profit sur Marie-Joseph Chénier la 58e et la 59e
leçon du *Cours de la littérature française au dix-huitième siècle*,
par M. Villemain. Une étude fort bien faite sur le même écrivain
a été publiée par M. Charles Labitte dans le numéro du 15 janvier
1844 de la *Revue des deux Mondes*.

Tibère.

(Extraits.)

ACTE I, SCÈNE I.

(La scène est à Rome, dans le palais de Tibère.)

Pison[1], sénateur et gouverneur de la Syrie ; *Cnéius*, son fils.

PISON.

On ne t'a point donné d'infidèles avis ;
Et Pison de retour embrasse encor son fils.
Au palais de César, quand le jour luit à peine,
Tu conçois aisément l'intérêt qui m'amène,
Et pourquoi sans témoins je veux t'entretenir
Sur la mort de son fils[2] et sur mon avenir.
J'ai vu Germanicus expirer en Syrie ;
Un sort prématuré l'enlève à la patrie :
Il ne me traitait plus qu'en soldat révolté,
Et nos dissensions n'ont que trop éclaté.
J'ai fui tous les chemins où sa veuve Agrippine
A vingt cités en pleurs demandait ma ruine :
Sur les mers de Toscane, hier avant la nuit,
Jusqu'aux bouches du Tibre un vaisseau m'a conduit ;
Je suis enfin dans Rome, et je viens me défendre.
Agrippine au sénat s'est-elle fait entendre ?
Et déjà les Romains, par la haine animés,
Sèment-ils contre moi des bruits envenimés ?

1. Lorsque Tibère avait attribué à Germanicus les provinces de
l'Orient, avec une autorité supérieure à celle des lieutenants du
sénat et du prince, il avait placé auprès de lui Cn. Calpurnius Pison,
gouverneur de Syrie, pour le surveiller, et peut-être avec l'ordre secret de l'empoisonner. Selon Tacite (*Annales*, liv. II, ch. 43), Pison
était violent de caractère, incapable d'égards, et son orgueil héré-
ditaire était encore accru par les richesses de sa femme Plancine.
Germanicus mort, Pison revint à Rome pour se défendre contre ceux
qui l'accusaient de l'avoir fait périr. Tacite ajoute que son fils le
précéda avec des instructions pour s'assurer la faveur de Tibère. Chénier n'a pas suivi cette donnée de l'histoire ; il suppose que Pison,
arrivé dans le palais de l'empereur, se trouve en présence de son fils.
Cette rencontre forme l'exposition de la pièce.
2. Germanicus, fils de Drusus et d'Antonia, nièce d'Auguste, avait
été adopté par Tibère, sur l'ordre d'Auguste.

Que disent l'empereur et sa mère Livie?
Séjan même avec eux menace-t-il ma vie?
Et de Germanicus tous les persécuteurs
De son ombre aujourd'hui sont-ils les protecteurs[1]?
Parle, ô mon cher Cnéius.

CNÉIUS. Agrippine attendue
Aux désirs des Romains n'est pas encor rendue.

PISON. Ciel!

CNÉIUS. Mais aujourd'hui même elle doit en ces lieux
Apporter d'un époux les restes glorieux.

PISON. Que m'apprends-tu?

CNÉIUS. Séjan, ce ministre fidèle,
Pour l'observer, sans doute, est envoyé près d'elle.

PISON. Et Tibère, Livie?

CNÉIUS. Hélas! avant ce jour,
Cnéius, vous le savez, ignorait leur séjour.
Le besoin de revoir et d'embrasser mon père
Pouvait seul me conduire au palais de Tibère.
Il y renferme un deuil dont la sincérité
Trouve chez les Romains peu de crédulité:
Pour lui Germanicus fut un objet d'envie;
Et l'on se dit tout haut que Tibère et Livie,
Heureux secrètement dans le commun malheur,
Cachent leur allégresse et non pas leur douleur[2].

PISON. Le peuple?

CNÉIUS. Il adorait un prince magnanime:
Les regrets sont profonds; l'éloge est unanime;
Et tous les vrais Romains ont accusé le sort[3].

---

1. Ces deux vers exposent bien l'action. Pison, le complice d'un infâme attentat, redoute déjà que Tibère ne le sacrifie à la vengeance d'Agrippine pour faire disparaître le témoin du crime qu'il a ordonné.

2. *Annales*, l. III, ch. 3: « Tiberius atque Augusta publico abstinuere; inferius majestate sua rati, si palam lamentarentur, an, ne, omnium oculis vultum eorum scrutantibus, falsi intelligerentur. » — « Tibère et Augusta (c'était le nom de Livie depuis la mort d'Auguste) s'abstinrent de paraître en public: soit qu'ils crussent au-dessous de la majesté suprême de donner leurs larmes en spectacle; soit qu'ils craignissent que tant de regards, observant leurs visages, n'y lussent la fausseté de leurs cœurs. » (Trad. de M. Burnouf.)

3. Un fils devait ainsi parler à son père; mais la vérité, si nous consultons Tacite, est que le peuple accusait hautement l'arrogance de Pison et priait les dieux de protéger les enfants de Germanicus et « de les faire survivre à leurs persécuteurs. »

PISON.

C'est moi, Germanicus, qui dois pleurer ta mort[1] !

CNÉIUS.

Oui, vous le regrettez, je me plais à l'entendre !
Je vous retrouve juste, et j'osais y prétendre.
Quel sujet toutefois a pu vous diviser ?
Quels méchants l'un à l'autre ont su vous opposer ?
Quand nos jeux célébraient sa première victoire,
Germanicus parut l'emporter sur sa gloire ;
On crut voir un Camille, et l'on s'était flatté
Qu'il devait aux Romains rendre la liberté.
Souvent je me suis dit, plein de cette espérance :
Mon père à ces beaux jours prépara mon enfance.
C'est vous seul en effet, vous qui m'avez appris
Des austères vertus la douceur et le prix :
Vous conduisiez mes pas dans ces places publiques
Où sont de nos aïeux les marques héroïques.
Sur leur postérité nos premiers sénateurs
Abaissaient tristement des yeux accusateurs.
Je respirais leur âme, et dans Rome flétrie
Cnéius, au milieu d'eux, retrouvait la patrie.
Avide, j'écoutais quand vos mâles discours
Du siècle où nous vivons me retraçaient le cours :
Ici, du dictateur la victoire fatale ;
Là, Rome, survivant aux débris de Pharsale,
A la tribune encore inspirant Cicéron ;
Nos dieux réfugiés dans l'âme de Caton ;
Leurs temples, le sénat, et notre gloire antique
Avec lui s'exilant au sein des murs d'Utique ;
Et ces derniers Romains qui vengèrent l'État,
Quand César tout puissant, frappé dans le sénat,
Perdant sous le poignard ce qu'il dut à l'épée,
Tombait victorieux aux pieds du grand Pompée[2].

1. « Chénier imagine, dit M. Villemain, de donner à Pison de vifs remords et des élans de générosité républicaine. Un confident de Tibère, un homme choisi par Tibère, doit éprouver un ressentiment et un désespoir profond d'être abandonné par le maitre pour lequel il avait fait un crime. Il peut vouloir se venger en s'avouant coupable et en dénonçant son complice : mais des remords, et surtout des sentiments de liberté dans son cœur, j'ai peine à les concevoir. »

2. Bien que Chénier ait faussé le caractère historique de Pison, il excite vivement l'intérêt par l'opposition établie entre le père et le fils. Chaque parole de Cnéius est pour Pison un cruel et juste reproche de la honteuse complicité qu'il a acceptée avec Tibère.

PISON.

O mon fils ! ton aïeul, dont tu me rends les traits,
Vit notre liberté, si chère à tes regrets,
Sous les coups de Lépide, et d'Octave, et d'Antoine,
Mourir avec Brutus aux champs de Macédoine [1].
L'un de ces triumvirs, dont les coupables mains
Se partageaient le monde et le sang des Romains,
Octave, héritant seul d'une fureur utile [2],
Enchaîna l'univers par sa clémence habile ;
A l'intérêt d'un homme il ralliait l'État ;
Il caressait le peuple, il flattait le sénat.
Auguste vieillissant fit oublier Octave.
Parlant de république au sein de Rome esclave,
Il nous berçait encor de ces mots révérés,
Vains hochets du vulgaire et fantômes sacrés ;
Et, des Romains séduits trompant l'obéissance,
Du nom de liberté cimentait sa puissance [3].
Il étendit sur moi son charme suborneur :
Des faisceaux avec lui je partageai l'honneur ;
Et lorsque le destin, secouru par Livie [4],
Eut fait un dieu de plus en terminant sa vie [5],
Son successeur Tibère, en ce même palais,
Me retint, m'opprima sous d'horribles bienfaits.
Là, du nouveau tyran j'ai connu l'âme altière ;
J'ai vu les chevaliers, le sénat, Rome entière,
Tout l'empire, à l'envi, se faisant acheter,
Briguer la servitude et s'y précipiter [6].

CNÉIUS.

Ah ! parmi ces flatteurs, émules d'infamie,

---

1. Ce Pison, d'abord adversaire d'Octave, embrassa son parti après sa victoire et devint gouverneur de Pamphylie. C'est à ses fils qu'Horace adressa son *Art poétique*.

2. *Hériter d'une fureur* est une expression barbare. Chénier veut dire sans doute : *recueillant seul le profit de la fureur des triumvirs*.

3. Lire sur Auguste le ch. XIII des *Considérations sur les causes de la grandeur et de la décadence des Romains*, par Montesquieu.

4. Tacite parle de ces bruits au ch. v du Ier livre des *Annales*.

5. *Annales*, 1, 11 : « Templum et cœlestes religiones decernuntur. »

6. L'expression est de Tacite. V. *Annales*, 1, 7. « Romæ *ruere in servitium* consules, patres, eques : quanto quis illustrior, tanto magis falsi ac festinantes. » — « A Rome, tout se précipite dans la servitude, consuls, sénateurs, chevaliers, plus faux et plus empressés à proportion de la splendeur des rangs. » (Burnouf.)

Une tête innocente est bientôt ennemie.
Quand sous le crime heureux tout languit abattu ,
Malheur aux citoyens coupables de vertu ,
Et dont la gloire offense , à Rome ou dans l'armée ,
Tibère impatient de toute renommée !
Les délateurs , vendant leur voix et leurs écrits ,
Viennent dans son palais marchander les proscrits ;
Lui seul des tribunaux fait pencher la balance ;
Le sénat le contemple , et décrète en silence [1] ;
Les regards sont muets ; les lois n'osent parler ;
Tibère à ses genoux voit l'univers trembler,
Et, subissant lui-même un tyrannique empire,
Éprouve , en l'ordonnant, la frayeur qu'il inspire [2].
En ses yeux, qui toujours commandent les forfaits,
Son ministre devine et prévient les arrêts ;
Et le ciel à la fois fit naître en sa colère
Tibère pour Séjan et Séjan pour Tibère.
S'ils n'eussent divisé Germanicus et vous ,
Peut-être un jour plus pur luirait encor sur nous.
Le peuple est fatigué du pouvoir despotique ;
Naguère , il m'en souvient , le nom de république
A , jusque dans sa cour, effrayé l'oppresseur,
Quand des derniers Romains et la veuve et la sœur,
La nièce de Caton, cette illustre Junie ,
A leurs mânes sanglants fut enfin réunie.
Devant l'urne funèbre on portait ses aïeux :
Entre tous les héros qui , présents à nos yeux,
Provoquaient la douleur et la reconnaissance ,
Brutus et Cassius brillaient par leur absence [3].
Que dis-je ? le tyran ne peut dormir en paix :
Quand la nuit sur nos murs étend son voile épais,

[1] Cf. dans *Britannicus* l'entretien de Néron et de Narcisse, acte IV, scène IV.
[2] Sénèque le tragique a dit avec énergie, *OEdipus,* v. 705 :

> Qui sceptra duro sœvus imperio regit,
> Timet timentes : metus in auctorem redit.

« Qui gouverne avec un sceptre de fer craint lui-même ceux qui le craignent. La crainte retourne à celui qui l'inspire. »
[3] « Vous reconnaissez le *præfulgebant Cassius atque Brutus eo ipso quod effigies eorum non visebantur* (Annales, III, 76). Mais votre goût vous avertit que cette expression *provoquaient la douleur et la reconnaissance* n'est pas de la langue de Racine. » (Villemain.)

Des regrets importuns fatiguent son oreille ;
Des Romains opprimés la douleur le réveille,
Et leurs cris menaçants, par Tibère entendus,
Vont lui porter ces mots : « Rends-nous Germanicus ! »

PISON.

Moi-même à ses regrets que ne puis-je le rendre !
Tes vœux n'ont rien, Cnéius, qui doive me surprendre ;
Si, même en t'admirant, j'éprouve un peu d'effroi,
C'est de me voir contraint de rougir devant toi.

CNÉIUS.

Qui ? vous !

PISON. Moi. Dût un jour la liberté renaître,
Je n'en jouirai plus ; j'ai fléchi sous un maître ;
A vivre en le servant je me suis condamné,
Soumis au bras d'airain qui me tient enchaîné.
Mais tu dois ranimer la splendeur de ta race :
O toi, dont les vertus consolent ma disgrâce,
Exemple des Romains, modèle des bons fils,
Seul appui, seul honneur de mes cheveux blanchis,
Fuis toujours le tyran ! tu vivras sans reproche.
On ouvre ; et les licteurs annoncent son approche.
Va trouver mes amis, autrefois si nombreux ;
Va, recommande un père à leurs soins généreux [1] :
Ils ont de mon crédit éprouvé l'influence ;
A leur tour, maintenant, qu'ils prennent ma défense,
Si, bravant toutefois les destins irrités,
Leur amitié survit à mes prospérités.

CNÉIUS.

J'y vole, et j'ose encore espérer quelque zèle ;
Mais votre fils au moins vous restera fidèle.

Agrippine a dénoncé devant Tibère et le sénat le crime de Pison ;
elle réclame son châtiment. Cnéius se présente seul pour défendre
son père. Ce premier devoir accompli, Agrippine redevient mère ;
elle pense avec terreur aux ennemis qui entourent ses enfants : elle
n'hésite pas à se présenter encore une fois devant Tibère, pour éveiller
en leur faveur sa justice et sa pitié.

1. Nous sommes bien loin de l'historien latin qui nous représente
Pison « descendant en plein jour sur la rive du Tibre couverte de
peuple, entouré de nombreux clients, le front haut et radieux, »
(*Annales*, III, 9.)

ACTE III, SCÈNE I[1].

Tibère, Agrippine.

AGRIPPINE.

J'ai suivi mon époux jusqu'aux tombes sacrées
Où dorment des Césars les ombres révérées[2].
Je ne viens plus, Tibère, au nom de tout l'État,
Contre un lâche ennemi provoquer le sénat.
J'aspire à des bienfaits ; c'est vous seul que j'implore.
Hélas! je fus épouse, et je suis mère encore.
Gardant quelque espérance en mes calamités,
J'ose pour mes enfants implorer vos bontés.
Des hauteurs de Livie ils souffriront peut-être ;
Mais, nés du sang d'Auguste, ils ont assez d'un maître :
Les Romains de César reconnaissent la loi ;
C'est à lui qu'est l'empire[3].

             TIBÈRE. Elle règne avec moi.
Ce discours vous surprend. J'ai, durant huit années,
Parmi les Rhodiens caché mes destinées,
Loin du palais d'Auguste et plus loin de son cœur.
Seule, d'un sort jaloux fléchissant la rigueur,
Quand je n'espérais plus les faisceaux consulaires,
Elle étendait sur moi ses bontés tutélaires ;
Et, par elle, un empire attendu quarante ans
De ses lauriers tardifs couvrit mes cheveux blancs.
Sous le règne d'Auguste on adorait Livie :
Celle à qui je dois tout, mon empire et ma vie,
Peut bien, ainsi que moi, sans blesser les Romains,
Gouverner l'univers que m'ont donné ses mains ;

1. On peut sans doute adresser à cette scène une légère critique : elle retarde la marche de l'action dramatique en détournant notre attention du procès qui va s'ouvrir ; mais ce défaut est racheté par de grandes beautés. La force de la situation nous aidera à mieux pénétrer le caractère de Tibère et d'Agrippine. La douceur hypocrite de Tibère s'opposera heureusement à la noble fierté d'Agrippine, que le sentiment maternel est seul capable de faire plier un instant.

2. V., pour les funérailles de Germanicus, *Annales*, III, 4.

3. Livie, dit Tacite (*Annales*, I, 33), montrait pour Agrippine toute l'aigreur d'une marâtre (*novercales stimuli*), et celle-ci ne savait pas contenir en sa présence la hauteur naturelle de son caractère (*indomitum animum*).

Et puisse encor longtemps ma pieuse tendresse
Des rayons du pouvoir couronner sa vieillesse[1] !
Vous-même, à vos destins plus soumise aujourd'hui,
Pour vous, pour vos enfants, ménagez son appui.
Loin de vouloir aigrir par un orgueil injuste
La mère de Tibère et la veuve d'Auguste.

                AGRIPPINE.

Dans l'état où je suis vous m'accusez d'orgueil !

            TIBÈRE.

Oui, jusque dans vos pleurs, jusque dans votre deuil,
Jusqu'en cet appareil de douleur fastueuse.
D'un héros, je le sais, épouse vertueuse,
Vous partagiez l'éclat de ses jours fortunés,
Qu'un sort inexorable a trop tôt moissonnés.
Mais enfin ce héros dans la Syrie expire,
Et, son urne à la main, vous traversez l'empire;
Vous traînez sur vos pas des peuples, des cités !
On voit les tribunaux, les temples, désertés !
Pourquoi? Ces dieux, dont Rome adore les images,
Jule, Auguste, en mourant, ont reçu moins d'hommages;
Moins de deuil éclatait même aux jours malheureux
Où Rome a vu pâlir ses destins généreux,
Où Canne et Trasimène excitaient tant d'alarmes,
Où les mères, les fils, les veuves, dans les larmes,
A l'ombre de Varus redemandaient en vain
Les légions d'Auguste et du peuple romain[2].

                AGRIPPINE.

Et ne comptez-vous pas comme un jour déplorable
Celui qui vit tomber ce chef irréparable,
Par qui[3] de vains regrets ne redemandaient plus
Les légions d'Auguste à l'ombre de Varus ?

            TIBÈRE.

Vous, ne m'accablez pas sous tant de renommée.
Avant Germanicus j'ai commandé l'armée.
On se souvient du temps où les Parthes vaincus

---

1. Ce passage est d'une couleur toute moderne et qui ne convient
ni à l'époque dont il est parlé ici, ni surtout au personnage de Tibère.

2. V. *Annales*, III, 2.

3. Construction pénible. Les deux vers qui précèdent se terminent
par des épithètes; c'est une négligence que les poëtes de cette époque
n'évitent pas avec assez de soin.

Rendaient à mes exploits les drapeaux de Crassus[1] ;
Quand, privés de tombeaux aux forêts d'Hercynie,
Les ossements romains couvraient la Germanie,
Quand Varus expiait d'imprudentes terreurs,
Aux champs illyriens j'arrêtais ses vainqueurs :
Mon front ceignit deux fois la palme triomphale.
Je n'ai cependant pas d'une gloire rivale
Jusque dans son palais insulté l'empereur,
Ni d'un peuple avili courtisé la faveur.

AGRIPPINE.

S'il était avili, quelle en serait la cause ?
De la faveur du peuple est-ce moi qui dispose ?
Lorsque Germanicus y conquérait des droits[2],
Était-ce par le crime, ou bien par des exploits ?
Voulait-il de si loin briguer le rang suprême ?
Il courtisait le peuple en vous servant vous-même.
Il avait un grand nom : brillant, mais faible appui ;
Vingt cités l'adoraient ! ah ! ce n'était plus lui.
Ces regrets si touchants, il n'a pu les entendre :
On ne le voyait plus, mais on voyait sa cendre ;
De pleurs reconnaissants on venait la couvrir.
Hélas ! et c'était moi qui devais les tarir !
Complice de Pison, la veuve d'un grand homme
Aurait dit à l'empire et répété dans Rome :
César est indigné de ce deuil solennel ;
En pleurant un héros on devient criminel !

TIBÈRE.

Oui : voilà les discours que vos amis répandent,
Que vous favorisez, que ces voûtes entendent ;
Et voilà seulement ce qui peut m'indigner.
Vous n'avez qu'un chagrin : c'est de ne pas régner.

AGRIPPINE.

Moi !

TIBÈRE. Vous. En d'autres temps vous l'avez fait connaître,
Quand sur les bords du Rhin tout le camp vit paraître
Votre jeune Caïus, promené sur un char,
Revêtu des habits et du nom de César[3].

1. Il faut quelque indulgence pour accepter la rime de *Crassus*
avec *vaincus*.
2. C'est-à-dire *sur la faveur du peuple* ; mais la pensée est mal
rendue.
3. Voir sur la révolte des légions de Germanie apaisée par Ger-

AGRIPPINE.

Pour calmer, pour vous rendre une armée en furie,
Est-on coupable encor quand on sert la patrie?
De Caïus, de mes fils, les droits sont-ils perdus?
Quoi! le nom de César ne leur appartient plus!
Et qui donc maintenant soutiendra leur enfance?
Quelle était, cher époux, ta dernière espérance?
Ah! mes tremblantes mains, en de cruels instants,
Sur son lit de douleur rassemblaient ses enfants :
Il les prenait tous trois dans ses bras héroïques;
Tous trois il les baignait de larmes prophétiques :
« Si le sort, me dit-il, se déclarait contre eux,
Et si, comme leur père, ils étaient malheureux,
Dieux! veillez sur mes fils! Dieux, protégez leur mère!
Germanicus expire, et les lègue à Tibère.
Ah! je l'ai bien servi. Pour me récompenser,
Qu'un regard paternel daigne les caresser.
Tendre et fidèle épouse, arme-toi de courage :
Nos enfants, que tes soins vont sauver du naufrage,
Recueillis par César, retrouveront en lui
Un père aussi sensible, un plus puissant appui;
Et ton cœur, pénétrant sous le froid mausolée,
Sentira tressaillir mon ombre consolée[1]. »

TIBÈRE.

Pourquoi rappelez-vous ces douloureux discours?
C'est de votre infortune éterniser le cours.
Le malheur n'est vaincu que par la résistance :
Il dompte la faiblesse, il cède à la constance.
Obéissez du moins aux conseils d'un époux.

---

manicus les chap. 34 et suiv. du liv. 1er des *Annales*, « Germanicus
quanto summæ spei propior, tanto impensius pro Tiberio niti. » —
« Plus Germanicus était rapproché du rang suprême, plus il s'efforçait d'y affermir Tibère. »

1. *Annales*, II, 71 et 72. Il est touchant de voir cette Agrippine que
Tacite nous montre forcenée par le deuil, et incapable de se contenir
(*violenta luctu et nescia tolerandi*), s'abaisser ainsi à la prière et aux
larmes. La situation est analogue à celle d'Andromaque : la mère l'emporte sur l'épouse. D'ailleurs, en humiliant ainsi son orgueil, elle
rend un dernier hommage à la mémoire de Germanicus, qui, sur son
lit de mort, « la conjurait, dit Tacite, de dépouiller sa fierté, d'abaisser sous les coups de la fortune la hauteur de son âme et de ne pas
irriter à Rome, par des prétentions rivales, un pouvoir au-dessus du
sien. »

Pour ses fils toutefois que me demandez-vous ?
Parlez : qu'espèrent-ils ?

        AGRIPPINE. Qu'élevés par vous-même,
Partageant tout l'éclat qui suit le rang suprême,
A côté de Drusus, près de vous réunis.....

    TIBÈRE.
Avez-vous oublié que Drusus est mon fils ?

    AGRIPPINE.
Non , mais Rome a connu deux enfants de Tibère ;
Et souvent mon époux vous appelait son père.

    TIBÈRE.
Lui ! ce rival de gloire à Tibère opposé !
Lui mon fils !... Par Auguste il me fut imposé.

    AGRIPPINE.
Par Auguste ! Et vous-même , au déclin de sa vie ,
Ne lui fûtes-vous pas imposé par Livie ?

    TIBÈRE.
Il est vrai ; mais comment osez-vous le savoir,
Me braver dans ma cour, et tenter mon pouvoir ?

    AGRIPPINE.
Dût ce pouvoir un jour accabler Agrippine ,
Des fils de votre fils voudrait-il la ruine ?
Quel mal vous ont-ils fait ? Des enfants délaissés ,
Par le sort infidèle un moment caressés ,
Vous alarmeraient-ils dans un âge si tendre[1] ?
Et que m'annonce encor ce que je viens d'entendre ?
Est-ce aujourd'hui Pison que vous voulez venger ?
Est-ce Germanicus qu'on s'apprête à juger ?

    TIBÈRE.
J'ai souffert la demande ; écoutez la réponse :
Ce n'est point l'empereur, c'est la loi qui prononce :
Mais la loi ne punit que des crimes prouvés ;
Et ce sont des décrets au sénat réservés.
Il n'est pas un vengeur, mais un juge équitable.
Moi-même , partageant son emploi redoutable ,
Je serai sans colère, au-dessus du soupçon,
Et sévère, mais juste, à l'égard de Pison.

    AGRIPPINE.
A l'égard de mes fils serez-vous donc moins juste ?
Et les punirez-vous du choix fait par Auguste ?

---

1. On reconnaît ici le souvenir d'*Andromaque*, acte I, scène IV.

TIBÈRE.

Je connais mon devoir, et respecte ce choix.
Des Césars, vos enfants, j'affermirai les droits.
Donnez-leur vos vertus ; mais dans ces jeunes âmes
D'un orgueil dangereux n'attisez point les flammes.
Un jour, peut-être, un jour ils pourront seconder
Et Tibère, et Drusus né pour lui succéder.
Dites-leur de briller aux champs de la victoire,
D'espérer les honneurs, de mériter la gloire,
D'obtenir le triomphe au sein de nos remparts,
De grossir les lauriers cueillis par les Césars,
De prétendre au respect qu'un nom fameux inspire,
D'aspirer aux grandeurs, mais jamais à l'empire.

AGRIPPINE.

Je vois que ma prière aigrit votre courroux ;
Cet entretien vous pèse, et Séjan vient à nous.
Je vais trouver mes fils. Déjà privés d'un père,
Ah ! doivent-ils longtemps conserver une mère !

Après un court entretien de Séjan avec Tibère, Pison se présente
devant l'empereur ; il veut pénétrer les secrets de sa conduite, il veut
l'interroger sur ses vrais sentiments à l'égard de son ancien complice,
qu'il semble prêt à désavouer aujourd'hui.

ACTE III, SCÈNE III [1].

Tibère, Pison.

PISON.

Nous voilà seuls, Tibère, et vous pouvez m'entendre.
Ce moment, il est vrai, s'est fait longtemps attendre.
Rome ne m'offre plus que des yeux ennemis.
Mes jours sont-ils donnés? mes biens sont-ils promis?
Ah ! Tibère est prudent; mais Tibère est-il juste?
On va juger l'ami, le collègue d'Auguste!

1. « Parmi les grands effets dramatiques de cette tragédie, on a remarqué surtout ce tête-à-tête de Tibère et de Pison, ce terrible entretien où l'empereur avait à répondre à l'homme qu'il laisse accuser
pour un crime qu'il lui a commandé. La situation est forte, originale,
impossible historiquement. Tibère n'a pas reçu en audience le complice qu'il abandonnait. Mais la supposition admise, quelle vigueur
dans cette scène ! » (Villemain.)

On parle de punir; le glaive est suspendu
Sur un patricien de Numa descendu !
Quelle étrange union conspire à ma ruine !
Le parti de Séjan combat pour Agrippine !
Quoi ! ce Fulcinius, apprenti sénateur,
Descend par habitude au rang de délateur[1] !
Et vous le permettez !

       TIBÈRE. Votre courroux s'abuse.
On n'est point délateur alors qu'on vous accuse.
Ce droit de dénoncer, qui vous semble odieux,
Fut, dans les plus beaux temps, utile à nos aïeux.
Je ne veux point choisir un exemple vulgaire :
Cet orateur fameux, plébéien consulaire,
Cicéron, qui toujours soutint avec éclat
Le sénat près du peuple et le peuple au sénat,
N'a-t-il pas accablé de foudres équitables[2]
Verrès, que protégeaient ses richesses coupables?
N'a-t-il point accusé l'orgueilleux Lentulus,
L'ardent Catilina, l'effréné Céthégus,
Et, des rois abolis craignant peu l'influence,
Armé contre un Pison sa sévère éloquence[3]?

      PISON.
Que font ces traits amers avec choix rassemblés?
Notre âge est-il pareil aux temps dont vous parlez?
La liberté régnait sur les rives du Tibre :
César y règne seul, et seul y reste libre;
Chaque mot du sénat par César est dicté.
Oui, vous approuvez tout; mon arrêt est porté :
Avec l'art de Séjan ces trames sont conduites.
César en a, je pense, examiné les suites;
Il a vu quels seraient les droits de l'accusé.

---

1. Ce Fulcinius, gagné par Séjan, était prêt à accuser Pison. Séjan disait de lui à Tibère (acte I, sc. IV) :

    Ordonnez : rien ne coûte à son obéissance,
    Et du soin de vous plaire il fait sa conscience.

2. Épithète malheureuse qui amène une alliance de mots contraire au goût.

3. Ce Pison, beau-père de César, avait été l'un des principaux auteurs de l'exil de Cicéron. Celui-ci s'en vengea en le faisant rappeler de sa province de Macédoine, et prononça dans le sénat le discours que nous avons *contre Pison,* dans lequel il démasque l'hypocrisie de son ennemi.

TIBÈRE.

Il n'a vu qu'un devoir à César imposé,
Et dont il faut subir les lois inexorables.

PISON.

César, faut-il aussi punir tous les coupables?

TIBÈRE.

Sur des preuves, sans doute. Ainsi le veut la loi.

PISON.

César sera puni.

TIBÈRE. Qui l'accuserait?

PISON. Moi,

Ses ordres à la main[1]. Je les ai.

TIBÈRE. Téméraire!

Vous les avez gardés?

PISON. Je connaissais Tibère[2].

TIBÈRE.

Et des audacieux connaissez-vous le sort?

PISON.

Vous ne pouvez, César, commander que ma mort.
On verra si Pison brave les destinées,
Ou s'il a dans les camps perdu quarante années.

TIBÈRE.

J'estime sa fierté; je crains peu son courroux.
Pison, votre péril m'attache encore à vous.
Le sénat frémirait de voir un consulaire
Divulguant sans pudeur, aux yeux de Rome entière,
Un ordre faux peut-être, ou mal interprété;
Et du chef de l'État bravant la majesté,
Par vos respects, du moins, méritez sa clémence;
Songez que l'empereur est sûr de sa défense.
Au sénat qui vous juge on comptera ma voix;

---

1. Sur ce point, voici les indications que Tacite fournissait à Chénier : «On avait vu dans les mains de Pison des papiers qu'il ne publia pas. Ses amis répétèrent que c'étaient des lettres de Tibère et des ordres contre Germanicus, et qu'il avait résolu de les produire devant le sénat et d'accuser l'empereur, mais qu'il fut amusé par les promesses de Séjan; que, du reste, il ne se tua point lui-même, et fut assassiné dans sa prison. »

2. De même dans la tragédie d'*Atrée et Thyeste* de Sénèque, lorsque Atrée a présenté à son frère l'horrible festin composé des membres de ses fils, Thyeste s'écrie (v. 1106) :

Agnosco fratrem. . . . .

Et tout aveu d'un crime anéantit vos droits.

PISON.

Mes droits! je n'en ai plus aux yeux de la justice :
J'en ai sur vous encor ; je suis votre complice.

TIBÈRE.

Pison!

PISON. Vous le savez. Auriez-vous prétendu
Que, par mon trépas même à vous plaire assidu,
En bénissant vos coups, victime complaisante,
J'irais tendre aux bourreaux ma tête obéissante[1] ?
Tibère, osant pleurer les malheurs qu'il a faits,
Sur ses propres agents punirait ses forfaits!
Non, vous ne l'aurez pas, ce sanglant privilége.
Il faut que de Pison le juge sacrilége,
Plus fidèle aux devoirs qui lui sont imposés,
Descende en criminel au rang des accusés.

TIBÈRE.

Je n'y descendrai pas, je saurai vous confondre ;
Et déjà d'un coup d'œil je pourrais vous répondre.
Si l'on hait ma puissance, elle inspire l'effroi.

PISON.

J'abandonne mes jours ; elle a fini pour moi[2].

TIBÈRE.

Non ; vous avez un fils : vous la craindrez encore[3].

PISON.

Oseriez-vous, cruel!...

TIBÈRE. Un fils qui vous honore ;
Un fils qui vous chérit, que vous devez chérir.

PISON.

S'il m'est cher!

TIBÈRE. Qui pour vous serait prêt à mourir.

PISON.

Ah! je sais de quels traits sa grande âme est capable :

1. On reconnaît une imitation des vers célèbres de Racine faisant
dire à Iphigénie (acte IV, sc. IV) :

        Je saurai, s'il le faut, victime obéissante,
        Tendre au fer de Calchas une tête innocente....

2. *Elle* se rapporte à *puissance*. Il faut éviter d'appliquer ainsi les
pronoms personnels à des noms de choses.

3. L'auteur a ici recours à un moyen qui avait déjà réussi à Voltaire dans *Mahomet*. V. l'acte II, sc. v, de cette tragédie.

Il ne méritait pas un père aussi coupable;
Et le seul châtiment que je craigne aujourd'hui,
C'est l'affreux désespoir d'être indigne de lui,
De lui léguer la honte.

              TIBÈRE. Avez-vous pu le croire?
La honte! à lui! jamais. Il est né pour la gloire :
Déjà même il l'obtient en protégeant vos jours.
Eh! quand vous n'auriez pas ses généreux secours,
Quand d'un puissant parti vous péririez victime,
Faudrait-il, en tombant, vous accuser d'un crime?
Est-ce là ce courage au-dessus du trépas?
Les Pisons vos aïeux mouraient dans les combats :
A Rome, ils triomphaient d'une ligue ennemie.
On peut braver la mort, mais non pas l'infamie.
Que dis-je? votre arrêt est-il donc prononcé?
Voyez-vous seulement le débat commencé?
Est-ce moi qui menace? Ai-je ameuté l'empire?
Agrippine dénonce, et peut-être conspire;
Elle a sur tout ce peuple un dangereux pouvoir.

     PISON.

Agrippine! elle est juste, elle a fait son devoir :
Bien plus qu'elle ne croit, sa haine est légitime.
Elle sait ma révolte; elle ignore un grand crime.
Vous, par qui j'ai tout fait, vous qui m'abandonnez,
Vous, à qui j'appartiens, mais qui m'appartenez,
César, écoutez moins l'orgueil qui vous enivre :
Ah! croyez que pour moi c'est un tourment de vivre
Sans gloire, sans vertu, chaque jour poursuivi
Par l'impuissant remords de vous avoir servi :
Cette peine est horrible, et pourtant je l'affronte;
Pour l'honneur de mon fils, j'en dois subir la honte.
Rome, l'empire entier, tout se tait devant vous;
On ne murmure point, on pleure à vos genoux.
Vous seul êtes chargé du soin de ma défense :
Consultez-vous. Demain, si le débat commence,
Si ce Fulcinius, dont vous avez fait choix,
Si quelque accusateur veut élever la voix,
Moi-même du forfait j'établirai la preuve;
Du héros qui n'est plus j'irai chercher la veuve;
Pison, par vous coupable et par vous accablé,
Paraîtra devant elle au sénat rassemblé :
Devant elle, au sénat, Tibère entendra lire
     8.

Les ordres qu'en secret il osait me prescrire ;
Et, dussent les Romains n'en être pas surpris,
Ils sauront que Tibère a fait périr son fils [1].

La calomnie.

..... Nos décemvirs, ces tyrans de génie [2],
Chérissaient, protégeaient, vantaient la calomnie ;
Et du chêne civique ils couronnaient le front
Qu'à Rome on eût flétri d'un solennel affront.
Ah ! si quelque insensé défendait leur système,
Regarde, lui dirais-je, et prononce toi-même :
Vois le crime, usurpant le nom de liberté,
Rouler dans nos remparts son char ensanglanté ;
Vois des pertes sans deuil, des morts sans mausolées ;
Les grâces, les vertus, d'un long crêpe voilées ;
Près d'elles, le génie éteignant son flambeau,
Et les beaux-arts pleurant sur un vaste tombeau.
Ces malheurs sont récents. Quel monstre les fit naître ?
A sa trace fumante on peut le reconnaître :
La calomnie esclave, à la voix des tyrans,
De ses feux souterrains déchaîna les torrents,
Qui, du Var à la Meuse étendant leurs ravages,
Ont séché les lauriers croissant sur nos rivages.
Nos champs furent déserts, mais peuplés d'échafauds ;

1. Le dénoûment se devine, et d'ailleurs est conforme à la donnée historique. Au moment où le sénat est rassemblé, Séjan vient apporter la nouvelle que Pison s'est donné la mort pour échapper aux ennemis qui le poursuivaient. Cnéius se frappe lui-même avec le poignard retiré de la blessure de son père. Cette dernière scène de l'acte V est d'un grand effet ; mais le défaut qu'il faut y relever, c'est l'attitude singulière que le poète prête à Agrippine. Celle-ci, touchée de la grandeur d'âme de Cnéius qui lui a tout révélé, renonce à poursuivre Pison et défend devant le sénat le meurtrier de son époux. Cette violence faite au caractère d'Agrippine est tout à la fois une infidélité historique et une invraisemblance dramatique. Rappelons enfin que, dans une thèse latine fort remarquée (1853), M. V. Duruy a cherché à réhabiliter Tibère contre l'arrêt de l'histoire : on lira avec intérêt sur la mort de Germanicus les dernières pages du chapitre Ier. Peut-être oserait-on reprocher à l'auteur d'avoir montré à l'égard de Tacite une défiance parfois excessive.

2. Le poëte parle ici de l'époque de la Terreur.

On vit les innocents jugés par les bourreaux.
La cruelle livrait aux fureurs populaires
Du sage Lamoignon les vertus séculaires ;
Elle égorgeait Thouret, Barnave, Chapellier[1],
L'ingénieux Bailly, le savant Lavoisier,
Vergniaud, dont la tribune a gardé la mémoire,
Et Custine, qu'en vain protégeait la victoire ;
Condorcet, plus heureux, libre dans sa prison,
Échappait au supplice en buvant le poison.
O temps d'ignominie, où, rois sans diadème,
Des brigands, parvenus à l'empire suprême,
Souillant la liberté d'éloges imposteurs,
Immolaient en son nom ses premiers fondateurs !
De toute renommée envieux adversaires,
Et d'un parti cruel plus cruels émissaires,
Ce sont eux qu'aujourd'hui l'on voudrait excuser !
Qu'ai-je dit? On les vante ! et l'on m'ose accuser !
Moi, jouet si longtemps de leur lâche insolence,
Proscrit pour mes discours, proscrit pour mon silence,
Seul, attendant la mort quand leur coupable voix
Demandait à grands cris du sang et non des lois !
Ceux que la France a vus ivres de tyrannie,
Ceux-là même, dans l'ombre armant la calomnie,
Me reprochent le sort d'un frère infortuné
Qu'avec la calomnie ils ont assassiné !
L'injustice agrandit une âme libre et fière.
Ces reptiles hideux, sifflant dans la poussière,
En vain sèment le trouble entre son ombre et moi :
Scélérats ! contre vous elle invoque la loi.
Hélas ! pour arracher la victime aux supplices,
De mes pleurs chaque jour fatiguant vos complices,
J'ai courbé devant eux mon front humilié ;
Mais ils vous ressemblaient : ils étaient sans pitié.
Si, le jour où tomba leur puissance arbitraire,
Des fers et de la mort je n'ai sauvé qu'un frère[2]
Qu'au fond des noirs cachots Dumont avait plongé,
Et qui deux jours plus tard périssait égorgé,

1. Tous trois avocats distingués et députés du tiers état à l'Assemblée constituante.
2. Sauveur Chénier, ancien chef de brigade sous Dumouriez, avait été arrêté à Beauvais par les ordres d'André Dumont, envoyé en mission dans la Somme par la Convention nationale.

Auprès d'André Chénier avant que de descendre,
J'élèverai la tombe où manquera sa cendre,
Mais où vivront du moins et son doux souvenir,
Et sa gloire et ses vers dictés pour l'avenir.
Là, quand de thermidor la septième journée
Sous les feux du Lion ramènera l'année,
O mon frère ! je veux, relisant tes écrits,
Chanter l'hymne funèbre à tes mânes proscrits.
Là, souvent tu verras près de ton mausolée
Tes frères gémissants, ta mère désolée[1],
Quelques amis des arts, un peu d'ombre et de fleurs ;
Et ton jeune laurier grandira sous mes pleurs.

Épitres.

Le soir[2].

J'entends frémir du soir les insectes légers ;
Le troupeau se rassemble à la voix des bergers ;
Des nocturnes zéphyrs je sens la douce haleine ;
Le soleil de ses feux ne rougit plus la plaine,
Et cet astre plus doux qui luit au haut des cieux
Argente mollement les flots silencieux.
Mais une voix qui vient du vallon solitaire
Me dit : « Viens ; tes amis ne sont plus sur la terre ;
Viens ; tu veux rester libre, et le peuple est vaincu. »
Il est vrai : jeune encor, j'ai déjà trop vécu.
L'espérance lointaine et les vastes pensées
Embellissaient mes nuits tranquillement bercées ;
A mon esprit déçu facile à prévenir,
Des mensonges riants coloraient l'avenir.
Flatteuse illusion, tu m'es bientôt ravie !
Vous m'avez délaissé, doux rêves de la vie :

1. « La mère d'André Chénier, dit M. Daunou, l'a pleuré quatorze ans, et demeura, tant qu'elle vécut, avec Marie-Joseph, et c'était lui qui la consolait, si le charme de la douleur partagée doit s'appeler consolation. »

2. On aimera, après la lecture des vers énergiques et sombres du *Discours sur la calomnie*, se reposer sur des sentiments d'une douceur mélancolique et résignée. Ce ton est assez rare chez Marie-Joseph pour qu'il soit précieux d'en recueillir au moins quelques accents.

Plaisirs, gloire, bonheur, patrie et liberté,
Vous fuyez loin d'un cœur vide et désenchanté.
Les travaux, les chagrins, ont doublé mes années;
Ma vie est sans couleur, et mes pâles journées
M'offrent de longs ennuis l'enchaînement certain,
Lugubres comme un soir qui n'eut pas de matin.
Je vois le but, j'y touche et j'ai soif de l'atteindre.
Le feu qui me brûlait a besoin de s'éteindre;
Ce qui m'en reste encor n'est qu'un morne flambeau
Éclairant à mes yeux le chemin du tombeau.
Que je repose en paix sous le gazon rustique,
Sur les bords du ruisseau pur et mélancolique!
Là quelquefois, amis, daignez vous rassembler,
Là prononcez l'adieu; que je sente couler
Sur le sol enfermant mes cendres endormies
Des mots partis du cœur et des larmes amies[1]!

                              La Promenade (*Élégie*).

1. Ces vers rappellent la 7ᵉ *élégie* d'André Chénier, où le poëte adressait à ses amis une semblable prière :

> Vous-mêmes choisirez à mes jeunes reliques
> Quelque bord fréquenté des pénates rustiques,
> Des regards d'un beau ciel doucement animé,
> Des fleurs et de l'ombrage, et tout ce que j'aimai.
> C'est là, près d'une eau pure, au coin d'un bois tranquille,
> Qu'à mes mânes éteints je demande un asile.

Nous aimons, en terminant ces extraits, à rapprocher deux noms que la calomnie ne parviendra pas à désunir.

BÉRANGER.

(1780-1857.)

La chanson était à peu près restée jusqu'à nos jours hors du domaine poétique ; elle n'était pas, à proprement parler, un genre littéraire. Libre et insouciante, sans autre loi que le caprice de sa gaieté,
elle riait follement de tout ; limitée par aucun respect, étrangère aux
règles de la bienséance morale, elle s'abaissait souvent à de trop
grossières trivialités pour être soufferte en bonne compagnie. Si parfois elle s'essayait à des accents plus purs, si par instants elle touchait à la grâce, à la grandeur même, ce n'était là que d'heureuses
et courtes rencontres ; elle retombait aussitôt dans la sphère préférée
des idées communes et vulgaires, où rien ne contrariait le sans-façon
de ses allures. La chanson, dans les siècles qui ont précédé le nôtre,
appartiendrait plutôt à l'histoire politique. On a dit avec esprit que
l'ancienne monarchie était un gouvernement absolu tempéré par des
chansons. La chanson fut souvent, en effet, l'expression du mécon-
tentement populaire, les représailles du bon sens public contre la
tyrannie des abus, et la leçon anonyme adressée aux puissants. Mais
ces refrains satiriques, dénués du mérite de la forme, n'ont pas sur-
vécu aux événements qui les ont inspirés. De nos jours, Béranger a
eu le mérite de conquérir la chanson à la poésie. Par le singulier
bonheur de son rare talent, le chansonnier populaire a été en même
temps un artiste consommé.

Né à Paris en 1780, Béranger ne trouva personne dans sa famille
qui dirigeât avec suite sa première éducation. *Garçon d'auberge, imprimeur et commis*, a-t-il dit de lui-même avec une légère affectation
démocratique. La vérité est qu'il passa plusieurs années de son enfance chez une tante, aubergiste à Péronne ; il suivit même dans
cette ville les cours d'une école établie selon les principes de Rousseau, et qui portait le nom solennel d'*Institut patriotique*. A Paris,
il devint apprenti imprimeur. Dès cette époque, Béranger s'occupait
de poésie : à ses heures de loisir, au retour de l'atelier, il lisait
beaucoup (Molière et La Fontaine étaient ses auteurs favoris) ; il
essayait tous les genres, afin de découvrir sa voie, et pour ainsi dire
interrogeait toutes les cordes de la lyre. Le futur chansonnier méditait alors un poëme épique sur *Clovis*, et la chanson n'était encore
pour lui qu'un délassement. Elle ne tarda pas à devenir l'origine de
sa popularité et le seul objet de son ambition. Lucien Bonaparte, qui
avait goûté ses premiers essais, abandonna en sa faveur la pension
qu'il touchait comme membre de l'Institut, et le fit nommer peu de

temps après commis expéditionnaire dans les bureaux de l'Université. Le premier recueil des *Chansons* de Béranger parut en 1815. Le livre s'ouvrait par le *Roi d'Yvetot*, un chef-d'œuvre de piquante malice que le public savait par cœur depuis 1813, et qui avait, dit-on, fait sourire l'empereur lui-même. Béranger publia trois autres recueils de *Chansons* sous la Restauration (1821-1825-1828). La vive et mordante satire du régime politique de cette époque, l'expression des regrets patriotiques du pays, blessèrent le pouvoir, et deux condamnations judiciaires atteignirent le chansonnier, dont elles augmentèrent la renommée. Après 1830, Béranger resta à l'écart de la politique, et ne publia qu'un petit nombre de chansons nouvelles. Soigneux de sa popularité, attentif à ne la compromettre par aucun engagement, il refusa tous les honneurs avec un habile désintéressement, que ne démentaient pas ses goûts simples et sa vie retirée. Il avait pris pour devise l'épitaphe de Piron, qui ne voulut rien être, *pas même académicien;* du moins il la mit en pratique jusqu'à la fin. Quand, après la révolution de février, le département de la Seine le nomma député, il résigna presque aussitôt un mandat qu'il n'avait pas sollicité, et ne voulut conserver d'autre titre que celui de *chansonnier.* Béranger mourut en 1857. Ses œuvres posthumes ne seront pas pour sa mémoire un titre nouveau : dans ses *dernières chansons* l'effort est visible, les traits sont émoussés, et les caractères du genre tendent de plus en plus à disparaître.

Telle avait été, d'ailleurs, la tendance habituelle de Béranger : étendre les limites de la chanson et les dépasser quelquefois. Sans doute, en agrandissant le cadre traditionnel où s'étaient renfermés Panard et Désaugiers, il avait renouvelé le genre lui-même et enrichi la source de ses inspirations. La *chanson patriotique,* sorte de petite ode familière d'une allure vive et souple, la *chanson-ballade* (dans le ton des *Bohémiens* et des *Contrebandiers*), qui se prête à l'expression des sentiments les plus variés, avaient été une heureuse conquête. Mais c'était trop attendre de la chanson que de lui permettre d'empiéter sur le domaine inaccessible de l'épopée : c'était élargir le cadre jusqu'à le faire éclater. Cette dernière transformation, tentée par Béranger, n'a pas répondu aux espérances du poëte. La chanson a deux conditions essentielles, qu'elle n'est pas libre de rejeter, et qui peuvent aisément tourner contre elle-même : c'est le rhythme et le refrain. Qu'elle soit le développement rapide d'une seule idée, chaque couplet présente alors comme une facette de l'idée qui se répète et se résume dans le refrain, « cette rime de l'air, » comme on l'a appelé heureusement. On comprend par là que le récit d'un fait ne convient pas à la chanson : le couplet ne fera plus que morceler l'unité du récit, et le refrain arrêtera l'attention au lieu de la réveiller. Aussi, dans les poésies de Béranger, nous donnons une préférence marquée aux chansons d'un ton moyen, comme à celles des *Souvenirs du peuple*, des *Hirondelles*, etc. En ce genre, Béranger a créé des chefs-d'œuvre qui dureront. L'idée première y est neuve et poétique, l'expression a de la grâce et de la légèreté; un trait suffit au poète pour indiquer tout un tableau, charmant et complet dans ses petites proportions; le refrain, habilement ramené et sans saccade, n'est, on pourrait dire, que la fleur même de l'idée, il s'attache à la mémoire et « continue longtemps à chanter en nous, » disait M. Sainte-Beuve. Il faut cependant terminer par une critique. La chanson, quoiqu'en disent des esprits trop indulgents, n'est pas cette chose légère et ailée qui voltige avec caprice et n'a rien à faire avec la morale. Aussi faut-il regretter que Béranger n'ait pas toujours gardé le respect qu'il devait à son propre talent, qu'il ait même parfois, par des railleries déplacées, froissé de justes susceptibilités. C'est une heureuse idée que d'avoir réuni en un seul volume la meilleure et la plus pure partie des chansons de Béranger : c'est tout à la fois honorer et bien servir la mémoire du poète [1].

Les Hirondelles.

Captif au rivage du More,
Un guerrier, courbé sous les fers,
Disait : Je vous revois encore,
Oiseaux ennemis des hivers;
Hirondelles, que l'espérance
Suit jusqu'en ces brûlants climats,
Sans doute vous quittez la France :
De mon pays ne me parlez-vous pas?

Depuis trois ans je vous conjure
De m'apporter un souvenir
Du vallon où ma vie obscure
Se berçait d'un doux avenir.
Au détour d'une eau qui chemine
A flots purs, sous de frais lilas [2],
Vous avez vu notre chaumine :
De ce vallon ne me parlez-vous pas?

1. M. Perrotin, l'éditeur des *Poésies* de Béranger, a publié cette édition choisie, à l'usage de la jeunesse, sous ce titre : *Le Béranger des familles;* 1 vol. in-18.
2. M. Sainte-Beuve, dans un article sur Béranger (*Causeries du Lundi,* t. II), rappelle ces vers et ajoute : «Béranger a de ces vers

15.

L'une de vous peut-être est née
Au toit où j'ai reçu le jour ;
Là, d'une mère infortunée
Vous avez dû plaindre l'amour.
Mourante, elle croit à toute heure
Entendre le bruit de mes pas ;
Elle écoute, et puis elle pleure :
De son amour ne me parlez-vous pas?

Ma sœur est-elle mariée?
Avez-vous vu de nos garçons
La foule aux noces conviée
La célébrer dans leurs chansons?
Et ces compagnons du jeune âge
Qui m'ont suivi dans les combats,
Ont-ils revu tous le village?
De tant d'amis ne me parlez-vous pas?

Sur leurs corps l'étranger peut-être
Du vallon reprend le chemin ;
Sous mon chaume il commande en maître ;
De ma sœur il trouble l'hymen.
Pour moi plus de mère qui prie,
Et partout des fers ici-bas !
Hirondelles de ma patrie,
De ses malheurs ne me parlez-vous pas?

Les souvenirs du peuple.

On parlera de sa gloire
Sous le chaume bien longtemps.

heureux qui sont d'un vrai poëte et d'un peintre, de ces coins de tableaux frais et riants, à condition qu'ils ne se prolongent point. Ainsi encore dans *Maudit printemps*, quand il regrette l'hiver, et qu'il voudrait qu'on entendît

Tinter sur la vitre sonore
Le grésil léger qui bondit,

et dans le *Voyage imaginaire*, ce vers tout matinal :

J'ai sur l'Hymette éveillé les abeilles.

C'est tout un ciel, tout un paysage en un vers. »

L'humble toit, dans cinquante ans,
Ne connaîtra pas d'autre histoire.
 Là viendront les villageois
 Dire alors à quelque vieille :
 « Par des récits d'autrefois,
 Mère, abrégez notre veille.
 Bien, dit-on, qu'il nous ait nui,
 Le peuple encor le révère,
      Oui, le révère.
 Parlez-nous de lui, grand'mère ;
    Parlez-nous de lui.

— Mes enfants, dans ce village,
 Suivi de rois, il passa.
 Voilà bien longtemps de ça :
Je venais d'entrer en ménage.
 A pied grimpant le coteau
 Où pour voir je m'étais mise,
 Il avait petit chapeau
 Avec redingote grise.
 Près de lui je me troublai ;
 Il me dit : Bonjour, ma chère,
      Bonjour, ma chère.
 — Il vous a parlé, grand'mère !
    Il vous a parlé !

— L'an d'après, moi, pauvre femme,
 A Paris étant un jour,
 Je le vis avec sa cour :
Il se rendait à Notre-Dame.
 Tous les cœurs étaient contents ;
 On admirait son cortége.
 Chacun disait : Quel beau temps !
 Le ciel toujours le protége.
 Son sourire était bien doux ;
 D'un fils Dieu le rendait père,
      Le rendait père.
 — Quel beau jour pour vous, grand'mère !
    Quel beau jour pour vous !

— Mais quand la pauvre Champagne
 Fut en proie aux étrangers,

Lui, bravant tous les dangers,
Semblait seul tenir la campagne.
  Un soir, tout comme aujourd'hui,
  J'entends frapper à la porte;
  J'ouvre... bon Dieu! c'était lui,
  Suivi d'une faible escorte.
  Il s'asseoit où me voilà,
  S'écriant : Oh! quelle guerre!
        Oh! quelle guerre!
    — Il s'est assis là, grand'mère!
      Il s'est assis là!

    — J'ai faim, dit-il; et bien vite
  Je sers piquette et pain bis;
    Puis il sèche ses habits,
Même à dormir le feu l'invite.
  Au réveil voyant mes pleurs,
  Il me dit : Bonne espérance!
  Je cours de tous ses malheurs,
  Sous Paris, venger la France.
  Il part; et comme un trésor
  J'ai depuis gardé son verre,
        Gardé son verre.
    — Vous l'avez encor, grand'mère!
      Vous l'avez encor!

    — Le voici. Mais à sa perte
  Le héros fut entraîné.
  Lui, qu'un pape a couronné,
Est mort dans une île déserte.
  Longtemps aucun ne l'a cru;
  On disait : Il va paraître;
  Par mer il est accouru;
  L'étranger va voir son maître.
  Quand d'erreur on nous tira,
  Ma douleur fut bien amère!
        Fut bien amère!
    — Dieu vous bénira, grand'mère;
      Dieu vous bénira! »

M. DE LAMARTINE.

(1791.)

La poésie lyrique, asservie dans les odes de Ronsard à l'imitation de l'antiquité, laborieuse et impersonnelle chez J. B. Rousseau, a trouvé de nos jours sa plus brillante et sa plus complète expression. Un célèbre philosophe de l'Allemagne, Hégel, dans son cours d'*Esthétique*[1], a remarqué avec raison que l'épopée et la poésie lyrique, du moins dans sa forme personnelle et *objective*, étaient comme les deux points extrêmes de la littérature d'une nation. Les peuples enfants, dans l'activité tout extérieure d'une vie sociale encore imparfaite, n'ont pas le loisir de se replier sur eux-mêmes ; le réel s'impose à eux de toutes parts et les prend tout entiers. Dans les courtes trèves d'une lutte de chaque jour, ce qui charme et exalte leur esprit, c'est le récit des fortes actions, c'est la vie merveilleuse de leurs héros, devenus les symboles vivants de l'indépendance nationale. Ainsi se forment les légendes populaires, premiers éléments de l'épopée, qui demeurent dispersées dans de vieilles chroniques, condamnées tôt ou tard à l'oubli, s'il ne se rencontre un Homère pour les fixer par son génie dans la mémoire des hommes. Cette poésie du monde naissant, *orbis infantis*, n'est plus celle d'une société vieillie et raffinée. Après avoir épuisé tous les spectacles extérieurs, l'homme se retourne sur lui-même, il s'interroge et s'analyse, il compte avec une curieuse attention tous les battements de son cœur, il en suit les fibres les plus secrètes, il s'écoute penser, jouir et souffrir. Alors se développe surtout la poésie lyrique, riche d'un fonds aussi inépuisable que le cœur humain, et en même temps infiniment varié dans son mode d'expression. Le *moi* est l'essence de cette poésie : elle y ramène tout la nature et Dieu même. Ses élévations à Dieu sont moins les actes d'une adoration désintéressée que les plaintes violentes ou résignées d'une âme que les autres ont froissée ou qui s'est blessée elle-même. Le poëte lyrique n'écoute dans la nature que les voix qui éveillent dans son cœur des échos mystérieux, rapports secrets et liens invisibles entre le monde des corps et le monde des esprits. A l'opposé du poëte descriptif, qui cherche à copier exactement son modèle, il transforme la nature en s'y mêlant sans cesse lui-même, il se cherche et se retrouve partout, devant les flots d'une mer furieuse comme devant les eaux transparentes d'un lac immobile, au milieu

---

1. *Liv. II*, ch. 2 (trad. C. Bénard).

du tumulte des lieux habités comme au sein des sombres forêts de l'Amérique. Le monde matériel n'est plus pour lui qu'une image, un symbole; le seul réel, le seul visible, c'est le monde intérieur.

La forme lyrique devait dominer au dix-neuvième siècle. Plusieurs causes en favorisèrent le développement. Le discrédit du genre classique tombé aux mains inhabiles des derniers élèves de Racine, la froide élégance de l'école descriptive, la première révélation du génie tendre et rêveur de l'Allemagne, et surtout l'état moral de la société à peine sortie de la crise révolutionnaire, encore émue et comme frémissante des secousses qui l'avaient ébranlée, toutes ces influences réunies devaient avoir leur contre-coup dans le domaine de la poésie. Par la substitution du mot propre à la périphrase, par des reprises légitimes sur le passé, la langue des vers allait être renouvelée et enrichie, pendant que l'inspiration lyrique allait vivifier le fonds poétique lui-même épuisé par deux siècles d'activité littéraire. Plus que tout autre, M. de Châteaubriand, quoiqu'il n'ait été que grand prosateur, personnifie cette double révolution, et M. de Noailles a écrit justement : « Contempler la nature et scruter le cœur de l'homme, telle fut la double voie frayée à la muse moderne par l'auteur d'*Atala* et de *René*. » Vers 1820, un autre nom se levait auprès du sien : c'était celui de M. de Lamartine.

Né à Mâcon en 1791, il avait vu s'écouler sa première enfance dans le domaine paternel de *Milly*, sous l'œil attentif et tendrement inquiet d'une mère qui devait laisser dans son âme d'ineffaçables impressions. « Toutes ses pensées étaient sentiments, a dit M. de Lamartine retraçant cette figure qui s'impose à tous ses souvenirs, tous ses sentiments étaient images. » Ce fut elle qui initia son fils à la poésie en lui lisant la bible : elle eut d'ailleurs peu de peine à éveiller une imagination qui semblait tout deviner, et au milieu des horizons vulgaires qui l'entouraient,

Malgré le sol sans ombre et les cieux sans couleurs,

rêvait déjà aux splendeurs du monde oriental et s'y transportait sans effort. Une merveilleuse spontanéité restera le trait principal du génie poétique de M. de Lamartine. Ce n'est pas par un patient effort et un savant progrès sur lui-même, mais, on peut le dire, c'est du premier vol et par l'essor naturel de ses riches facultés qu'il devait atteindre aux plus hautes cimes de la poésie. Les *Méditations poétiques*, qui parurent en 1820, et dont le succès égala celui du *Génie du christianisme*, restera l'œuvre la plus belle et la plus parfaite de notre grand poëte contemporain. La poésie française n'avait pas encore entendu de plus ineffables mélodies. Une langue musicale, pure et abondante, un style qui restait naturel au milieu de sa richesse d'images et de couleurs, servaient d'expression aux senti-

ments les plus profonds, les plus vrais, de l'âme humaine. La parole
enchanteresse du poëte ressemblait à un miroir qui réfléchirait les
objets en les idéalisant. Les tristesses et les déceptions du cœur,
les troubles de l'esprit en face du problème de la destinée, les élans
et les chutes de l'âme s'élevant jusqu'à Dieu et retombant sur elle-
même, tout ce que chacun de nous ressent ou entrevoit dans la confuse succession de ses pensées, le poëte l'exprimait dans des chants
tout pénétrés de religion, de mélancolie et d'harmonie. « Ce fut, a
dit M. Villemain, comme le *carmen sæculare* d'une époque nouvelle. »
Les autres recueils poétiques de M. de Lamartine (*Nouvelles méditations*, 1823; *Harmonies poétiques et religieuses*, 1829; *Recueillements
poétiques*, 1839) n'ont pas dans leur ensemble dépassé le mérite ni
amoindri le succès de son premier ouvrage. La critique même pourrait mêler quelques regrets à ses éloges. La pureté première de la
forme s'est parfois altérée, l'idée surchargée d'images se saisit avec
peine, l'expression se répète sans profit pour la pensée, et l'esprit se
laisse trop facilement assoupir aux sons d'une vague mélodie. Un
autre livre de M. de Lamartine, le roman poétique de *Jocelyn* (1835)
devait rencontrer au milieu de son succès des réserves plus sévères.
Sans parler de la critique faite à M. de Lamartine d'avoir mêlé une
thèse à son récit, on lui reprochait de ne pas rester fidèle à lui-même
et de chercher une inspiration douteuse dans les procédés aventureux du roman moderne. On y relevait aussi, et peut-être avec raison, les signes d'une improvisation trop rapide et de nombreuses
défaillances de style et de pensée, que rachetaient sans doute, mais
n'effaçaient pas, de grandes beautés descriptives et de fortes situations dramatiques.

   La poésie ne fut pas pour M. de Lamartine le seul objet de son
ambition : il voulut être historien et homme d'État; il y mêla, a-t-on
dit, trop de poésie. Son *Histoire des Girondins* (1847), malgré d'admirables pages, offre plutôt le charme et les émotions d'un roman
que le sérieux et grave intérêt d'une étude solide. Cette tendance
même à tout idéaliser conduira l'historien à dissimuler sous un certain prestige poétique la réelle horreur des temps ou des hommes
qu'il veut peindre, à comparer Camille Desmoulins à Fénelon, à mettre
une auréole jusque sur le front de Robespierre. Mais dans les parties où l'histoire se rapproche de la poésie, quand d'un trait il faudra
éclairer une situation générale, dessiner les grands horizons, M. de
Lamartine retrouvera toute sa supériorité. « Ses livres d'histoire, a
dit M. Sainte-Beuve, ne sont et ne seront jamais que de vastes et
spécieux *à peu près* où circule par endroits l'esprit général des choses,
où vont et viennent ces grands courants de l'atmosphère que sentent
à l'avance, en battant des ailes, les oiseaux voyageurs, et que sentent
également les poëtes, ces oiseaux voyageurs aussi. »

Nous ne dirons ici qu'un mot de l'homme politique. Si à la chambre des députés, où il siégea pendant de longues années, il charmait plus souvent qu'il n'entraînait, si l'idée pratique semblait dans ses discours étouffée sous le luxe de l'imagination, il se rencontra un jour dans sa vie qui restera glorieux pour sa mémoire. Quand, après les journées de février 1848, le peuple, égaré par de funestes conseils, voulut relever le drapeau rouge, M. de Lamartine déclara qu'il ne signerait jamais un pareil décret. « Le drapeau rouge que vous nous rapportez, s'écria-t-il, n'a jamais fait que le tour du Champ-de-Mars traîné dans le sang du peuple en 91, en 93, et le drapeau tricolore a fait le tour du monde avec le nom, la gloire et la liberté de la patrie ! » Par cet acte d'héroïque résistance et grâce à cet éclair de sublime éloquence, M. de Lamartine rassura le pays et fit tomber des mains du peuple le symbole d'une sanglante anarchie. Un tel souvenir cependant n'a pas suffi à protéger M. de Lamartine contre les amertumes de l'ingratitude publique. Du moins le gouvernement impérial s'est honoré en provoquant un don national qui garantît l'aisance et la dignité à la vieillesse attristée du grand poëte.

Mais revenons dans les régions plus sereines de la poésie et citons, en terminant, la page qu'un éminent critique écrivait naguère sur M. de Lamartine poëte; ce sera, il nous semble, la meilleure conclusion de cette courte notice. « La poésie, dit M. Nisard [1], s'épanche en des vers d'une harmonie que Racine même n'a pas connue. Le charme que décrivait Cuvier comparant ces vers, apparus pour la première fois vers 1820, à un chant qu'entendrait tout à coup un promeneur solitaire et qui répondrait à ses secrets sentiments, ce charme se fait encore sentir aujourd'hui et ne cessera qu'avec la langue française.... Nous y reconnaissons nos sentiments, non pas comme dans la poésie dramatique, qui nous prend à partie et nous met en scène, mais le dirais-je ? comme en un rêve où l'on n'a qu'à demi conscience de soi-même, et où l'on goûte la vie sans en sentir le poids. Dans cette poésie délicieuse, on reste sur le seuil de beaucoup de choses; rien ne va jusqu'à la pensée poignante. Les plus tristes, les plus sérieuses, celles même qui expriment le découragement, n'affectent l'âme que comme une douleur qui a perdu son aiguillon. La tristesse elle-même est caressante, et les larmes que répand le poëte sont celles du doux Virgile, qui glissent sur la joue sans la brûler. Les mots sont à l'unisson des choses. En lisant ces vers, on ne s'avise plus d'accuser notre langue de dureté. Tous les angles s'émoussent; les syllabes les plus rudes se polissent en se touchant, et de ces mots si rebelles aux mains les plus habiles se forme une langue musicale comme celles de l'antiquité. La lyre, la harpe éolienne, dont

---

1. *Histoire de la littérature française,* t. IV. *Conclusion.*

les cordes effleurées par les souffles du ciel rendaient des sons harmonieux, ne sont plus des symboles; tout ce qui s'est dit au figuré
de l'art du poëte est vrai en propre du poëte dont je parle[1]. »

L'homme.

A lord Byron[2].

Toi, dont le monde encore ignore le vrai nom,
Esprit mystérieux, mortel, ange ou démon,
Qui que tu sois, Byron, bon ou fatal génie,
J'aime de tes concerts la sauvage harmonie,
Comme j'aime le bruit de la foudre et des vents
Se mêlant dans l'orage à la voix des torrents.
La nuit est ton séjour, l'horreur est ton domaine.
L'aigle, roi des déserts, dédaigne ainsi la plaine;
Il ne veut, comme toi, que des rocs escarpés,
Que l'hiver a blanchis, que la foudre a frappés,
Des rivages couverts des débris du naufrage,
Ou des champs tout noircis des restes du carnage :
Et tandis que l'oiseau qui chante ses douleurs
Bâtit au bord des eaux son nid parmi les fleurs,
Lui, des sommets d'Athos franchit l'horrible cime,
Suspend au flanc des monts son aire sur l'abîme,
Et là, seul, entouré de membres palpitants,
De rochers d'un sang noir sans cesse dégouttants,
Trouvant sa volupté dans les cris de sa proie,
Bercé par la tempête, il s'endort dans sa joie.

1. Les Œuvres de M. de Lamartine ont été publiées en plusieurs
volumes in-douze par les librairies Hachette et Pagnerre. Chaque
ouvrage se vend séparément.
2. Georges Gordon, lord Byron, naquit en 1788 à Douvres et mourut en 1824 à Missolonghi : il était passé en Grèce pour soutenir la
cause de l'indépendance hellénique contre les Turcs. Dans tous les
sujets qu'il a traités, sous les noms divers de *Childe-Harold*, de *Lara*,
de *Manfred*, c'est toujours lui-même qu'il met en scène. Sa poésie,
mélange d'ironie et de lyrisme, est l'image vraie et saisissante de son
âme inquiète, sceptique et religieuse tout ensemble, cherchant en
vain à saisir la vérité qui échappe à l'orgueil de sa raison, et retombant fatiguée sur elle-même, mécontente de la vie et railleuse par
désespoir.

Et toi, Byron, semblable à ce brigand des airs,
Les cris du désespoir sont tes plus doux concerts.
Le mal est ton spectacle, et l'homme est ta victime.
Ton œil, comme Satan, a mesuré l'abîme,
Et ton âme, y plongeant loin du jour et de Dieu,
A dit à l'espérance un éternel adieu !
Comme lui maintenant, régnant dans les ténèbres,
Ton génie invincible éclate en chants funèbres;
Il triomphe, et ta voix, sur un mode infernal,
Chante l'hymne de gloire au sombre dieu du mal.
Mais que sert de lutter contre sa destinée?
Que peut contre le sort la raison mutinée?
Elle n'a, comme l'œil, qu'un étroit horizon.
Ne porte pas plus loin tes yeux ni ta raison :
Hors de là, tout nous fuit, tout s'éteint, tout s'efface;
Dans ce cercle borné, Dieu t'a marqué ta place :
Comment? pourquoi? qui sait? De ses puissantes mains
Il a laissé tomber le monde et les humains,
Comme il a dans nos champs répandu la poussière
Ou semé dans les airs la vie et la lumière :
Il le sait, il suffit : l'univers est à lui,
Et nous n'avons pour nous que le jour d'aujourd'hui;
Notre crime est d'être homme et de vouloir connaître :
Ignorer et servir, c'est la loi de notre être.
Byron, ce mot est dur : longtemps j'en ai douté;
Mais pourquoi reculer devant la vérité?
Ton titre devant Dieu, c'est d'être son ouvrage,
De sentir, d'adorer ton divin esclavage,
Dans l'ordre universel faible atome emporté,
D'unir à ses desseins ta libre volonté,
D'avoir été conçu par son intelligence,
De le glorifier par ta seule existence [1].

Voilà, voilà ton sort. Ah! loin de l'accuser,
Baise plutôt le joug que tu voudrais briser,

---

1. Cette même pensée avait été exprimée assez prosaïquement par
J. B. Rousseau, *Epodes,* liv. 1 :

> Grands hommes, sages célèbres,
> Vos éclairs dans les ténèbres
> Ne font que vous égarer.
> Dieu seul connaît ses ouvrages;
> L'homme, entouré de nuages,
> N'est fait que pour l'honorer.

Descends du rang des dieux qu'usurpait ton audace ;
Tout est bien, tout est bon, tout est grand à sa place ;
Aux regards de celui qui fit l'immensité
L'insecte vaut un monde : ils ont autant coûté !

Mais cette loi, dis-tu, révolte ta justice ;
Elle n'est à tes yeux qu'un bizarre caprice,
Un piége où la raison trébuche à chaque pas.
Confessons-la, Byron, et ne la jugeons pas.
Comme toi, ma raison en ténèbres abonde,
Et ce n'est pas à moi de t'expliquer le monde.
Que celui qui l'a fait t'explique l'univers :
Plus je sonde l'abîme, hélas ! plus je m'y perds.
Ici-bas la douleur à la douleur s'enchaîne,
Le jour succède au jour et la peine à la peine.
Borné dans sa nature, infini dans ses vœux,
L'homme est un dieu tombé qui se souvient des cieux [1] :
Soit que, déshérité de son antique gloire,
De ses destins perdus il garde la mémoire ;
Soit que de ses désirs l'immense profondeur
Lui présage de loin sa future grandeur.
Imparfait ou déchu, l'homme est le grand mystère.
Dans la prison des sens enchaîné sur la terre,
Esclave, il sent un cœur né pour la liberté,
Malheureux, il aspire à la félicité ;
Il veut sonder le monde, et son œil est débile ;
Il veut aimer toujours : ce qu'il aime est fragile [2].
Tout mortel est semblable à l'exilé d'Éden.
Lorsque Dieu l'eut banni du céleste jardin,
Mesurant d'un regard les fatales limites,
Il s'assit en pleurant aux portes interdites.
Il entendit de loin dans le divin séjour
L'harmonieux soupir de l'éternel amour,

1. Cette poétique hypothèse est, on le sait, le fond même de la doctrine platonicienne. En parlant des misères de l'homme qui prouvent sa grandeur, Pascal a écrit : « Ce sont misères de grand seigneur, misères d'un roi dépossédé. »

2. On retrouverait des accents analogues, mais sans la nuance de découragement qui perce ici, dans plusieurs chapitres de l'*Imitation de Jésus-Christ*. V. particulièrement le ch. 48 du liv. III : « Opto inhærere cœlestibus, sed deprimunt res temporales.... Homo infelix mecum pugno, et factus sum mihimet ipsi gravis, dum spiritus sursum, et caro quærit esse deorsum. »

Les accents du bonheur, les saints concerts des anges
Qui, dans le sein de Dieu, célébraient ses louanges ;
Et s'arrachant du ciel dans un pénible effort,
Son œil avec effroi retomba sur son sort [1].

Malheur à qui du fond de l'exil de la vie
Entendit ces concerts d'un monde qu'il envie !
Du nectar idéal sitôt qu'elle a goûté,
La nature répugne à la réalité ;
Dans le sein du possible en songe elle s'élance ;
Le réel est étroit, le possible est immense,
L'âme avec ses désirs s'y bâtit un séjour
Où l'on puise à jamais la science et l'amour ;
Où dans des océans de beauté, de lumière,
L'homme, altéré toujours, toujours se désaltère,
Et de songes si beaux enivrant son sommeil,
Ne se reconnaît plus au moment du réveil.

Hélas ! tel fut ton sort, telle est ma destinée ;
J'ai vidé comme toi la coupe empoisonnée ;
Mes yeux, comme les tiens, sans voir se sont ouverts :
J'ai cherché vainement le mot de l'univers,
J'ai demandé sa fin à toute créature ;
Dans l'abîme sans fond mon regard a plongé ;

---

1. Il est curieux de rapprocher de M. de Lamartine les derniers vers du *Paradis perdu*, dans lesquels Milton représente Adam et Ève quittant l'Eden, tristes mais résignés, parce qu'ils emportent avec eux la promesse de la rédemption future :

> They, looking back, all the eastern side beheld
> Of paradise, so late their happy seat,
> Waved over by that flaming brand ; the gate
> With dreadful faces throng'd, and fiery arms,
> Some natural tears they dropt, but wiped them soon,
> The world was all before them, where to choose
> Their place of rest, and Providence their guide :
> They hand in hand, with wandering steps and slow,
> Through Eden took their solitary way.

« Eux alors, regardant en arrière, contemplèrent toute la partie orientale du paradis, naguère leur heureux séjour, flottant à travers la flamme du glaive menaçant ; ils virent la porte entourée de visages terribles et de bras valeureux. La nature leur fit verser quelques larmes, mais bientôt ils les essuyèrent. Le monde entier était devant eux ; là ils pouvaient choisir le lieu de leur demeure et la Providence était leur guide. Ainsi, la main dans la main, lentement et à pas indécis, ils prirent à travers l'Eden leur chemin solitaire. »

De l'atome au soleil j'ai tout interrogé,
J'ai devancé les temps, j'ai remonté les âges :
Tantôt, passant les mers pour écouter les sages :
Mais le monde à l'orgueil est un livre fermé !
Tantôt, pour deviner le monde inanimé,
Fuyant avec mon âme au sein de la nature,
J'ai cru trouver un sens à cette langue obscure.
J'étudiai la loi par qui roulent les cieux ;
Dans leurs brillants déserts Newton guida mes yeux :
Des empires détruits je méditai la cendre ;
Dans ses sacrés tombeaux Rome m'a vu descendre ;
Des mânes les plus saints troublant le froid repos,
J'ai pesé dans mes mains la cendre des héros :
J'allais redemander à leur vaine poussière
Cette immortalité que tout mortel espère.
Que dis-je ? suspendu sur le lit des mourants,
Mes regards la cherchaient dans des yeux expirants.
Sur ces sommets noircis par d'éternels nuages,
Sur ces flots sillonnés par d'éternels orages,
J'appelais, je bravais le choc des éléments.
Semblable à la sibylle en ses emportements,
J'ai cru que la nature, en ces rares spectacles,
Laissait tomber pour nous quelqu'un de ses oracles :
J'aimais à m'enfoncer dans ces sombres horreurs.
Mais en vain dans son calme, en vain dans ses fureurs,
Cherchant ce grand secret sans pouvoir le surprendre,
J'ai vu partout un Dieu sans pouvoir le comprendre !
J'ai vu le bien, le mal, sans choix et sans dessein,
Tomber comme au hasard, échappés de son sein ;
J'ai vu partout le mal où le mieux pouvait être,
Et je l'ai blasphémé, ne pouvant le connaître :
Et ma voix, se brisant contre ce ciel d'airain,
N'a pas même eu l'honneur d'irriter le destin [1].

Mais un jour que, plongé dans ma propre infortune,
J'avais lassé le ciel d'une plainte importune,
Une clarté d'en haut dans mon sein descendit,
Me tenta de bénir ce que j'avais maudit ;
Et, cédant sans combattre au souffle qui m'inspire,
L'hymne de la raison s'élança de ma lyre :

[1]. Revoir dans le même volume le morceau de Jouffroy (page 166)
sur le problème de la destinée humaine.

« Gloire à toi dans les temps et dans l'éternité,
Éternelle raison, suprême volonté !
Toi dont l'immensité reconnaît la présence,
Toi dont chaque matin annonce l'existence !
Ton souffle créateur s'est abaissé sur moi ;
Celui qui n'était pas a paru devant toi !
J'ai reconnu ta voix avant de me connaître,
Je me suis élancé jusqu'aux portes de l'Être :
Me voici ! le néant te salue en naissant ;
Me voici ! mais que suis-je ? un atome pensant :
Qui peut entre nous deux mesurer la distance ?
Moi, qui respire en toi ma rapide existence,
A l'insu de moi-même, à ton gré façonné,
Que me dois-tu, Seigneur, quand je ne suis pas né ?
Rien avant, rien après : gloire à la fin suprême !
Qui tira tout de soi se doit tout à soi-même.
Jouis, grand artisan, de l'œuvre de tes mains :
Je suis pour accomplir tes ordres souverains ;
Dispose, ordonne, agis ; dans les temps, dans l'espace,
Marque-moi pour ta gloire et mon jour et ma place :
Mon être sans se plaindre et sans t'interroger,
De soi-même, en silence, accourra s'y ranger,
Comme ces globes d'or qui dans les champs du vide
Suivent avec amour ton ombre qui les guide ;
Noyé dans la lumière ou perdu dans la nuit,
Je marcherai comme eux où ton doigt me conduit :
Soit que, choisi par toi pour éclairer les mondes,
Réfléchissant sur eux les flots dont tu m'inondes,
Je m'élance entouré d'esclaves radieux,
Et franchisse d'un pas tout l'abîme des cieux ;
Soit que, me reléguant loin, bien loin de ta vue,
Tu ne fasses de moi, créature inconnue,
Qu'un atome oublié sur les bords du néant,
Ou qu'un grain de poussière emporté par le vent ;
Glorieux de mon sort, puisqu'il est ton ouvrage,
J'irai, j'irai partout te rendre un même hommage,
Et, d'un égal amour accomplissant ta loi,
Jusqu'aux bords du néant murmurer : Gloire à toi ! »

« Ni si haut, ni si bas, simple enfant de la terre,
Mon sort est un problème, et ma fin un mystère ;
Je ressemble, Seigneur, au globe de la nuit,

Qui dans la route obscure où ton doigt le conduit
Réfléchit d'un côté les clartés éternelles
Et de l'autre est plongé dans les ombres mortelles.
L'homme est le point fatal où les deux infinis
Par la toute-puissance ont été réunis [1].
A tout autre degré, moins malheureux peut-être,
J'eusse été.... Mais je suis ce que je devais être;
J'adore sans la voir ta suprême raison :
Gloire à toi qui m'as fait! Ce que tu fais est bon;
Cependant, accablé sous le poids de ma chaîne,
Du néant au tombeau l'adversité m'entraîne;
Je marche dans la nuit par un chemin mauvais;
Ignorant d'où je viens, incertain où je vais,
Et je rappelle en vain ma jeunesse écoulée,
Comme l'eau du torrent dans sa source troublée.
Gloire à toi! Le malheur en naissant m'a choisi;
Comme un jouet vivant ta droite m'a saisi;
J'ai mangé dans les pleurs le pain de ma misère,
Et tu m'as abreuvé des eaux de ta colère.
Gloire à toi! J'ai crié, tu n'as pas répondu :
J'ai jeté sur la terre un regard confondu;
J'ai cherché dans le ciel le jour de ta justice;
Il s'est levé, Seigneur, et c'est pour mon supplice.
Gloire à toi! L'innocence est coupable à tes yeux :
Un seul être, du moins, me restait sous les cieux;
Toi-même de nos jours avais mêlé la trame,
Sa vie était ma vie, et son âme mon âme;
Comme un fruit encor vert du rameau détaché,
Je l'ai vu de mon sein avant l'âge arraché!
Ce coup que tu voulais me rendre plus terrible,
La frappa lentement pour m'être plus sensible;
Dans ses traits expirants où je lisais mon sort,
J'ai vu lutter ensemble et l'amour et la mort;
J'ai vu dans ses regards la flamme de la vie,
Sous la main du trépas par degrés assoupie,
Se ranimer encore au souffle de l'amour.
Je disais chaque jour : « Soleil, encore un jour! »
Semblable au criminel qui, plongé dans les ombres,
Et descendu vivant dans les demeures sombres,

1. « Qu'est-ce que l'homme dans la nature? un néant à l'égard de
l'infini, un tout à l'égard du néant : un milieu entre rien et tout. »
(Pascal.)

Près du dernier flambeau qui doive l'éclairer,
Se penche sur sa lampe et la voit expirer,
Je voulais retenir l'âme qui s'évapore;
Dans son dernier regard je la cherchais encore!
Ce soupir, ô mon Dieu, dans ton sein s'exhala:
Hors du monde avec lui mon esprit s'envola!
Pardonne au désespoir un moment de blasphème,
J'osais.... Je me repens : Gloire au maître suprême!
Il fit l'eau pour couler, l'aquilon pour courir,
Les soleils pour brûler, et l'homme pour souffrir.

« Que j'ai bien accompli cette loi de mon être;
La nature insensible obéit sans connaître,
Moi seul, te découvrant sous la nécessité,
J'immole avec amour ma propre volonté;
Moi seul je t'obéis avec intelligence:
Moi seul je me complais dans cette obéissance;
Je jouis de remplir en tout temps, en tout lieu,
La loi de ma nature et l'ordre de mon Dieu;
J'adore en mes destins ta sagesse suprême,
J'aime ta volonté dans mes supplices même :
Gloire à toi! Gloire à toi! Frappe, anéantis-moi!
Tu n'entendras qu'un cri : Gloire à jamais à toi[1]! »

Ainsi ma voix monta vers la voûte céleste :
Je rendis gloire au ciel, et le ciel fit le reste.
Mais silence, ô ma lyre! Et toi, qui dans tes mains
Tiens le cœur palpitant des sensibles humains,
Byron, viens en tirer des torrents d'harmonie :
C'est pour la vérité que Dieu fit le génie.

---

1. Ces vers sont admirables d'expression, mais la pensée doit être accueillie avec réserve. L'influence de lord Byron se fait vivement sentir sur celui même qui fait effort pour y échapper; tour à tour le poëte français s'éloigne et se rapproche presque à son insu du sombre génie qui a révolté sa foi mais fasciné son imagination. Quelle tristesse en effet, et même quelle amertume *byronienne* dans les derniers accents de cette invocation à Dieu! Une obéissance résignée aux lois obscures de notre être ne suffit pas à l'homme. Malgré les ombres que la raison ne saurait dissiper, nous avons besoin de faire plus que d'admirer la toute-puissance de Dieu, nous voulons croire à sa bonté, nous voulons lire dans tous ses ouvrages non pas seulement les signes de sa grandeur, mais les preuves de son amour pour nous; et si l'humanité perdait cette croyance qui la console et la soutient, la prière se glacerait sur ses lèvres.

Jette un cri vers le ciel, ô chantre des enfers[1]!
Le ciel même aux damnés enviera tes concerts.
Peut-être qu'à ta voix, de la vivante flamme
Un rayon descendra dans l'ombre de ton âme;
Peut-être que ton cœur, ému de saints transports,
S'apaisera soi-même à tes propres accords,
Et qu'un éclair d'en haut perçant ta nuit profonde,
Tu verseras sur nous la clarté qui t'inonde.

Ah! si jamais ton luth, amolli par tes pleurs,
Soupirait sous tes doigts l'hymne de tes douleurs,
Ou si, du sein profond des ombres éternelles,
Comme un ange tombé tu secouais tes ailes,
Et prenant vers le jour un lumineux essor,
Parmi les chœurs sacrés tu t'essayais encor,
Jamais, jamais l'écho de la céleste voûte,
Jamais ces harpes d'or que Dieu lui-même écoute,
Jamais des séraphins les chœurs mélodieux
De plus divins accords n'auraient ravi les cieux!
Courage, enfant déchu d'une race divine!
Tu portes sur ton front ta superbe origine;
Tout homme, en te voyant, reconnaît dans tes yeux
Un rayon éclipsé de la splendeur des cieux!

Roi des chants immortels, reconnais-toi toi-même!
Laisse aux fils de la nuit le doute et le blasphème;
Dédaigne un faux encens qu'on t'offre de si bas:
La gloire ne peut être où la vertu n'est pas.
Viens reprendre ton rang dans ta splendeur première,
Parmi ces purs enfants de gloire et de lumière
Que d'un souffle choisi Dieu voulut animer,
Et qu'il fit pour chanter, pour croire et pour aimer[2]!

                                        2e Méditation poétique.

1. C'est surtout dans son poëme de *Caïn* que Byron s'est vraiment
montré le *chantre des enfers.*

2. Alfred de Musset, au début de sa *Lettre à Lamartine*, a rappelé
le souvenir de cette admirable épître. Lord Byron écouta, dit A. de
Musset,

   Ce doux salut lointain d'un jeune homme inconnu.
   Je ne sais si du style il comprit la richesse;
   Il laissa dans ses yeux sourire sa tristesse;
   Ce qui venait du cœur lui fut le bienvenu.

Le Crucifix [1].

Toi que j'ai recueilli sur sa bouche expirante
Avec son dernier souffle et son dernier adieu,
Symbole deux fois saint, don d'une main mourante,
            Image de mon Dieu !

Que de pleurs ont coulé sur tes pieds que j'adore,
Depuis l'heure sacrée où, du sein d'un martyr,
Dans mes tremblantes mains tu passas, tiède encore
            De son dernier soupir !

Les saints flambeaux jetaient une dernière flamme :
Le prêtre murmurait ces doux chants de la mort,
Pareils aux chants plaintifs que murmure une femme
            A l'enfant qui s'endort.

De son pieux espoir son front gardait la trace,
Et sur ses traits frappés d'une auguste beauté
La douleur fugitive avait empreint sa grâce,
            La mort sa majesté.

Le vent qui caressait sa tête échevelée
Me montrait tour à tour ou me voilait ses traits,
Comme l'on voit flotter sur un blanc mausolée
            L'ombre des noirs cyprès.

Un de ses bras pendait de la funèbre couche ;
L'autre, languissamment replié sur son cœur,
Semblait chercher encore et presser sur sa bouche
            L'image du Sauveur.

Ses lèvres s'entr'ouvraient pour l'embrasser encore ;
Mais son âme avait fui dans ce divin baiser,
Comme un léger parfum que la flamme dévore
            Avant de l'embraser.

1. Un des traits de M. de Lamartine est le singulier bonheur avec
lequel il sait varier son rhythme avec son sujet. « Ces vers de trois
pieds, a dit M. de Fontanes, tombant après trois alexandrins, ont
quelque chose de triste et de languissant qui convient aux plaintes
funèbres. » Malherbe et Rousseau avaient déjà employé ce rhythme.

Maintenant tout dormait sur sa bouche glacée;
Le souffle se taisait dans son sein endormi,
Et sur l'œil sans regard la paupière affaissée
     Retombait à demi.

Et moi, debout, saisi d'une terreur secrète,
Je n'osais m'approcher de ce reste adoré,
Comme si du trépas la majesté muette
     L'eût déjà consacré.

Je n'osais!... mais le prêtre entendit mon silence,
Et de ses doigts glacés prenant le crucifix :
« Voilà le souvenir, et voilà l'espérance :
     Emportez-les, mon fils. »

Oui, tu me resteras, ô funèbre héritage!
Sept fois, depuis ce jour, l'arbre que j'ai planté
Sur sa tombe sans nom a changé son feuillage :
     Tu ne m'as pas quitté.

Placé près de ce cœur, hélas! où tout s'efface,
Tu l'as contre le temps défendu de l'oubli,
Et mes yeux goutte à goutte ont imprimé leur trace
     Sur l'ivoire amolli.

O dernier confident de l'âme qui s'envole,
Viens, reste sur mon cœur! parle encore, et dis-moi
Ce qu'elle te disait quand sa faible parole
     N'arrivait plus qu'à toi;

A cette heure douteuse où l'âme recueillie,
Se cachant sous le voile épaissi sur nos yeux,
Hors de nos sens glacés pas à pas se replie,
     Sourde aux derniers adieux;

Alors qu'entre la vie et la mort incertaine,
Comme un fruit par son poids détaché du rameau,
Notre âme est suspendue et tremble à chaque haleine
     Sur la nuit du tombeau;

Quand des chants, des sanglots, la confuse harmonie
N'éveille déjà plus notre esprit endormi,
Aux lèvres du mourant collé dans l'agonie,
     Comme un dernier ami;

Pour éclaircir l'horreur de cet étroit passage,
Pour relever vers Dieu son regard abattu,
Divin consolateur, dont nous baisons l'image,
        Réponds! Que lui dis-tu?

Tu sais, tu sais mourir! et tes larmes divines,
Dans cette nuit terrible où tu priais en vain,
De l'olivier sacré baignèrent les racines
        Du soir jusqu'au matin.

De la croix, où ton œil sonda ce grand mystère,
Tu vis ta mère en pleurs et la nature en deuil;
Tu laissas comme nous tes amis sur la terre,
        Et ton corps au cercueil!

Au nom de cette mort, que ma faiblesse obtienne
De rendre sur ton sein ce douloureux soupir:
Quand mon heure viendra, souviens-toi de la tienne,
        O toi qui sais mourir!

Je chercherai la place où sa bouche expirante
Exhala sur tes pieds l'irrévocable adieu;
Et son âme viendra guider mon âme errante
        Au sein du même Dieu.

Ah! puisse, puisse alors sur ma funèbre couche,
Triste et calme à la fois comme un ange éploré,
Une figure en deuil recueillir sur ma bouche
        L'héritage sacré!

Soutiens ses derniers pas, charme sa dernière heure,
Et, gage consacré d'espérance et d'amour,
De celui qui s'éloigne à celui qui demeure
        Passe ainsi tour à tour!

Jusqu'au jour où, des morts perçant la voûte sombre,
Une voix dans le ciel les appelant sept fois,
Ensemble éveillera ceux qui dorment à l'ombre
        De l'éternelle croix [1].
                            Nouvelles Méditations poétiques.

---

[1]. On peut rapprocher de cette pièce, si parfaite de sentiment et
d'expression, les beaux vers sur le *Chrétien mourant* dans les *premières Méditations poétiques.*

CASIMIR DELAVIGNE.

(1793-1843.)

Ce fut au Havre, patrie de Bernardin de Saint-Pierre, que naquit en 1793 Casimir Delavigne. Un dithyrambe sur la naissance du roi de Rome et quelques autres pièces d'un tour facile révélèrent chez lui une heureuse souplesse de talent qui savait se plier aux genres les plus opposés et des hauteurs de la poésie lyrique redescendre sans effort à l'élégante simplicité de l'épître. Mais bientôt une muse sévère, celle de la France en deuil, vint arracher à l'âme du jeune poëte des accents plus élevés. Ce fut sous l'inspiration d'un patriotisme à la fois humilié et indigné que C. Delavigne composa ses premières *Messéniennes*[1] (1816). Le poëte s'y faisait hardiment le courtisan des vaincus de Waterloo ; il flétrissait les querelles des factions qui avaient livré aux étrangers le sol national, il protestait avec fierté contre le vandalisme des envahisseurs qui brisaient nos monuments et s'emparaient des richesses de nos musées :

> Que cet orgueil est misérable et vain !
> Croit-il anéantir tous nos titres de gloire ?
> On peut les effacer sur le marbre ou l'airain ;
> Qui les effacera du livre de l'histoire[2] ?

C'était là une légitime revanche de la poésie contre la brutalité de la force ; elle fut accueillie avec enthousiasme et reconnaissance par la France entière, qui consola sa défaite en répétant tour à tour les refrains moqueurs de Béranger et les chants émus de C. Delavigne. Les *Messéniennes* qui parurent après 1818, inspirées comme les premières par un vif sentiment patriotique, obtinrent une égale faveur auprès du public, dont elles traduisaient les espérances et les regrets avec éclat et grandeur. C. Delavigne était vraiment le poëte national quand il évoquait la pure et noble figure de Jeanne d'Arc, et que, s'élevant au-dessus de lui-même, il rencontrait, pour peindre la mort de la vierge héroïque, les accents du génie. Il était l'écho de la pensée commune lorsqu'il pleurait sur les malheurs de la Grèce, et qu'il encourageait l'Europe à briser les fers de la patrie de Léonidas. Il

---

1. Le poëte avait choisi ce titre par allusion à un passage éloquent du *Voyage d'Anacharsis* (ch. XL), dans lequel un Messénien déplore les malheurs de son pays.
2. IIIᵉ *Messénienne.*

était encore l'interprète du pays quand d'une villa de Rome il s'associait par de beaux vers au deuil public provoqué par la mort du général Foy, et qu'il honorait la jeunesse française d'avoir voulu porter elle-même le cercueil du grand citoyen. Aussi, quelle que soit la célébrité que lui aient acquise ses œuvres dramatiques, C. Delavigne restera avant tout le poëte des *Messéniennes* : ce sera le plus glorieux titre de sa mémoire.

C. Delavigne débuta au théâtre par les *Vêpres siciliennes* (1819). Le poëte s'y montrait sans étroite servilité fidèle aux traditions classiques : le plan était régulier, l'action bien conduite, et le style pur, animé, portait comme le reflet de l'exquise élégance de Racine. L'année suivante, le talent souple de C. Delavigne se révélait dans un genre différent. Mécontent des acteurs du Théâtre français, qui avaient éconduit son premier essai, il écrivit par représailles les *Comédiens*. Il était piquant de donner ainsi la comédie aux dépens de ceux qui la jouent : la pièce d'ailleurs méritait de plaire. Des traits d'un comique excellent et d'une fine observation morale firent le succès d'une comédie dont l'intrigue était faible et le sujet trop spécial pour intéresser le grand nombre. Le *Paria* (1821) restera l'une des meilleures inspirations de C. Delavigne : nulle part le poëte ne s'est élevé à des accents plus vrais, plus dramatiques, et la critique doit un hommage presque sans réserve à ces deux belles créations d'Idamore et de Néala si pures dans leur passion, si attachantes par leurs malheurs. C. Delavigne ne tarda pas à revenir à la comédie de mœurs. L'*École des vieillards* (1823) est regardée par de bons juges comme son chef-d'œuvre. Le sujet est l'éternel à propos du danger des unions mal assorties; l'intrigue est vive et rapide, les caractères nettement dessinés se détachent bien les uns des autres, et concourent tous par un jeu naturel à l'action commune : si l'auteur effleure le drame à certains instants, il y échappe assez vite pour rester fidèle au précepte de Boileau :

> Le comique, ennemi des soupirs et des pleurs,
> N'admet pas dans ses vers de tragiques douleurs.

Une autre comédie, la *Princesse Aurélie* (1828), sorte de tableau satirique du gouvernement parlementaire, ne fut pour C. Delavigne qu'un délassement à de plus graves travaux. A cette époque, en effet, le poëte, attentif aux mouvements de l'opinion publique, voulait, sans toutefois déserter les traditions du dix-septième siècle, essayer dans une œuvre d'un dessin plus libre et plus hardi la conciliation entre l'école classique et l'école romantique. C. Delavigne voulait fonder le tiers-parti. Mais les esprits étaient trop animés pour accepter un médiateur. C'était le temps où les classiques présentaient une requête à Charles X pour faire rejeter du Théâtre français toute pièce soupçonnée de romantisme[1], où le pacifique Lemercier s'écriait dans son indignation :

> Avec impunité les Hugo font des vers!

De l'autre côté la riposte n'était pas moins vive : « Jetons bas, disait M. V. Hugo dans la préface de *Cromwell*, ce vieux plâtrage des théories, des poétiques et des systèmes qui masque la façade de l'art : il n'y a ni règles ni modèles. » C. Delavigne, placé entre ces feux croisés, ne devait pas sortir sans blessure de la mêlée. Les classiques le traitèrent de transfuge et les romantiques ne lui ouvrirent pas leurs rangs. Quoi qu'il en soit, on ne peut nier que C. Delavigne, en élargissant le cadre classique, a rencontré dans *Marino Faliero* (1829), *Louis XI* (1832) et les *Enfants d'Édouard* (1833) d'heureuses inspirations et de réelles beautés. Qu'importe après tout que les genres soient moins tranchés, que la tragédie incline parfois vers le drame, et que les unités de lieu et de temps soient moins rigoureusement observées, si les caractères sont bien tracés, les situations naturelles et touchantes, la langue pure, flexible et élégante. « Laissons-nous aller de bonne foi, disait Molière avec son grand bon sens, aux choses qui nous prennent par les entrailles, et ne cherchons pas de raisonnement pour nous empêcher d'avoir du plaisir[2]. » La comédie historique de *Don Juan d'Autriche* (1835) fut de la part de C. Delavigne un essai plus aventureux. Le goût résiste à voir dans Philippe II et Charles-Quint des personnages qui puissent se prêter à une action comique. Une tragédie en un acte, *une Famille du temps de Luther* (1836), fut la dernière œuvre dramatique de C. Delavigne. Sa santé, toujours menacée et depuis longtemps attaquée aux sources mêmes de la vie, déclinait rapidement : il allait redemander une fois encore au ciel plus clément de l'Italie un répit à des souffrances dont il n'espérait plus le remède, quand la mort le surprit à Lyon le 10 décembre 1843[3].

1. Le roi répondit avec esprit « qu'il n'avait que sa place au parterre. »
2. La *Critique de l'École des femmes*, sc. VII.
3. La librairie Didier a publié les œuvres complètes de Casimir Delavigne, en 4 vol. in-12.

Le jeune diacre ou la Grèce chrétienne[1].

Entre le mont Évan et le cap de Ténare,
La mer baigne les murs de la triste Coron;
Coron, nom malheureux, nom moderne et barbare,
Et qui de Colonis détrôna le beau nom.
Les Grecs ont tout perdu : la langue de Platon,
La palme des combats, les arts et leurs merveilles,
Tout, jusqu'aux noms divins qui charmaient nos oreilles.

Ces murs battus des eaux, à demi renversés
Par le choc des boulets que Venise a lancés,
C'est Coron. Le croissant en dépeupla l'enceinte;
Le Turc y règne en paix au milieu des tombeaux.
Voyez-vous ces turbans errer sur les créneaux?
Du profane étendard qui chassa la croix sainte
Voyez-vous, sur les tours, flotter les crins mouvants[2]?
Entendez-vous de loin la voix de l'infidèle,
Qui se mêle au bruit sourd de la mer et des vents?
Il veille, et le mousquet dans ses mains étincelle.

Au bord de l'horizon le soleil suspendu
Regarde cette plage, autrefois florissante,
Comme un amant en deuil, qui, pleurant son amante,
Cherche encor dans ses traits l'éclat qu'ils ont perdu,
Et trouve, après la mort, sa beauté plus touchante.
Que cet astre à regret s'arrache à ses amours!
Que la brise du soir est douce et parfumée!
Que des feux d'un beau jour la mer brille enflammée!...
Mais pour un peuple esclave il n'est plus de beaux jours.

---

1. Ce récit, dont le fond est véritable, avait été raconté par M. Pouqueville dans son *Histoire de la régénération de la Grèce*. L'insurrection de la Grèce contre les Turcs, qui renouvela tous les prodiges de l'héroïsme antique, méritait d'inspirer la poésie. Lord Byron, dans plusieurs de ses poésies (*le Giaour*, le *Corsaire*, la *Fiancée d'Abydos, etc.*), nous a présenté avec tout le prestige de son éblouissante imagination le spectacle de la Grèce pliant sous les douleurs d'un humiliant esclavage. M. de Lamartine, dans le *Dernier chant du pèlerinage d'Harold*, a retracé avec éclat plusieurs épisodes de l'insurrection grecque. On peut voir aussi dans les *Orientales* de M. V. Hugo les pièces intitulées *Canaris* et *Navarin*.

2. Les *crins mouvants* d'un étendard font tache dans le morceau. Les *plis* mouvants sembleraient une expression plus juste.

Qu'entends-je? C'est le bruit de deux rames pareilles,
Ensemble s'élevant, tombant d'un même effort,
Qui de leur chute égale ont frappé mes oreilles[1].
Assis dans un esquif, l'œil tourné vers le bord,
Un jeune homme, un chrétien, glisse sur l'onde amère.
Il remplit dans le temple un humble ministère :
Ses soins parent l'autel; debout sur les degrés,
Il fait fumer l'encens, répond aux mots sacrés
Et présente le vin durant le saint mystère[2].

Les rames de sa main s'échappent à la fois;
Un luth qui les remplace a frémi sous ses doigts.
Il chante... Ainsi chantaient David et les prophètes;
Ainsi, troublant le cœur des pâles matelots,
Un cri sinistre et doux retentit sur les flots
Quand l'alcyon gémit, au milieu des tempêtes :

« Beaux lieux où je n'ose m'asseoir,
Pour vous chanter dans ma nacelle
Au bruit des vagues, chaque soir,
J'accorde ma lyre fidèle;
Et je pleure sur nos revers
Comme les Hébreux dans les fers,
Quand Sion descendit du trône,
Pleuraient au pied des saules verts
Près des fleuves de Babylone[3].

1. L'idée est bien rendue par la coupe du vers, qui rappelle la belle strophe du *Lac* :

Un soir, t'en souvient-il? Nous voguions en silence;
On n'entendait au loin, sur l'onde et sous les cieux,
Que le bruit des rameurs qui frappaient en cadence
Tes flots harmonieux.

2. On relèvera chez C. Delavigne le goût de la périphrase, qui le rattache à l'école classique de l'Empire. Ces quatre vers ont le défaut de beaucoup de périphrases, celui de ne pas déterminer l'objet dont il s'agit avec assez de précision. C'est encore la peur du mot propre qui une autre fois inspirera au poëte ces deux vers souvent cités (l'*École des Vieillards*, act. 1, sc. 5), et que Delille lui eût enviés :

Visitez donc les grands durement cahoté
Sur les nobles coussins d'un char numéroté.

3. Souvenir du célèbre psaume « Super flumina Babylonis illic se dimus, et flevimus quum recordaremur Sion ». Racine l'a imité dans un chœur d'*Esther*, act. 1, sc. 2.

« Mais dans les fers, Seigneur, ils pouvaient t'adorer ;
Du tombeau de leur père ils parlaient sans alarmes ;
Souffrant ensemble, ensemble ils pouvaient espérer
Il leur était permis de confondre leurs larmes
      Et je m'exile pour pleurer.

      « Le ministre de ta colère
Prive la veuve et l'orphelin
Du dernier vêtement de lin
Qui sert de voile à leur misère.
De leurs mains il reprend encor,
Comme un vol fait à son trésor,
Un épi glané dans nos plaines ;
Et nous ne buvons qu'à prix d'or
L'eau qui coule de nos fontaines.

« De l'or ! ils l'ont ravi sur nos autels en deuil.
Ils ont brisé des morts la pierre sépulcrale
Et, de la jeune épouse écartant le linceul,
Arraché de son doigt la bague nuptiale
      Qu'elle emporta dans le cercueil.

      « L'oiseau des champs trouve un asile
Dans le nid qui fut son berceau,
Le chevreuil sous un arbrisseau,
Dans un sillon le lièvre agile ;
Effrayé par un léger bruit,
Le ver qui serpente et s'enfuit
Sous l'herbe ou la feuille qui tombe
Échappe au pied qui le poursuit....
Notre asile à nous, c'est la tombe !

« Heureux qui meurt chrétien ! Grand Dieu ! leur cruauté
Veut convertir les cœurs par le glaive et les flammes,
Dans le temple où tes saints prêchaient la vérité,
Où de leur bouche d'or descendaient dans nos âmes
      L'espérance et la charité.

      « Sur ce rivage, où des idoles
S'éleva l'autel réprouvé,
Ton culte pur s'est élevé
Des semences de leurs paroles [1] ;

1. C'est-à-dire des *paroles de tes saints*. Le poëte fait allusion au voyage de saint Paul à Athènes. V. les *actes des apôtres*, ch. XVII.

Mais cet arbre, enfant des déserts,
Qui doit ombrager l'univers,
Fleurit pour nous sur des ruines,
Ne produit que des fruits amers
Et meurt tranché dans ses racines.

« O Dieu, la Grèce libre en ses jours glorieux
N'adorait pas encor ta parole éternelle :
Chrétienne, elle est aux fers, elle invoque les cieux.
Dieu vivant, seul vrai Dieu, feras-tu moins pour elle
Que Jupiter et ses faux dieux ? »

Il chantait, il pleurait, quand d'une tour voisine
Un musulman se lève ; il court, il est armé.
Le turban du soldat sur son mousquet s'incline.
L'étincelle jaillit, le salpêtre a fumé,
L'air siffle, un cri s'entend.... L'hymne pieux expire[1].
Ce cri, qui l'a poussé? vient-il de ton esquif?
Est-ce toi qui gémis, lévite? est-ce ta lyre
Qui roule de tes mains avec ce bruit plaintif?
Mais de la nuit déjà tombait le voile sombre ;
La barque, se perdant sous un épais brouillard,
Et sans rame et sans guide errait comme au hasard ;
Elle resta muette et disparut dans l'ombre.

La nuit fut orageuse. Aux premiers feux du jour
Du golfe avec terreur mesurant l'étendue,
Un vieillard attendait seul au pied de la tour.
Sous des flocons d'écume un luth frappe sa vue,
Un luth qu'un plomb mortel semble avoir traversé,
Qui n'a plus qu'une corde à demi détendue,
Humide et rouge encor d'un sang presque effacé.
Il court vers ce débris, il se baisse, il le touche....
D'un frisson douloureux soudain son corps frémit ;
Sur les tours de Coron il jette un œil farouche,

---

1. Dans sa tragédie sur la *mort des Templiers*, Raynouard avait rencontré un mouvement semblable. L'envoyé de Philippe le Bel vient apporter de la part du roi la grâce des condamnés déjà montés sur le bûcher et chantant des cantiques sacrés :

. . . . . . Un peuple immense,
Proclamant avec lui votre auguste clémence,
Auprès de l'échafaud soudain s'est élancé.
Mais il n'était plus temps.... les chants avaient cessé.

Veut crier.... la menace expire dans sa bouche;
Il tremble à leur aspect, se détourne et gémit.

Mais du poids qui l'oppresse enfin son cœur se lasse;
Il fuit les yeux cruels qui gênent ses douleurs;
Et regardant les cieux, seuls témoins de ses pleurs,
Le long des flots bruyants il murmure à voix basse [1] :
« Je t'attendais hier, je t'attendis longtemps;
Tu ne reviendras plus, et c'est toi qui m'attends! »

Secondes Messéniennes.

Louis XI.

(Extraits.)

Le fils de ce duc de Nemours que Louis XI avait fait périr sur l'échafaud est venu en qualité d'ambassadeur de Charles le Téméraire,
duc de Bourgogne, braver le roi de France au milieu de sa cour. On
apprend la défaite et la mort du Téméraire. Nemours est retenu
en prison. Il ne peut échapper au supplice qu'à la condition de jurer
qu'il favorisera la réunion de la Bourgogne à la France. Coitier, le
médecin du roi, conduit Nemours dans la chambre même de Louis XI
et lui soumet ces conditions : celui-ci les repousse; mais Coitier,
ému de pitié et d'admiration, livre à Nemours la clef de son apparte-
ment, par lequel il pourra s'échapper. Le roi survient; à la nouvelle de l'évasion de son prisonnier, il éclate en menaces contre
Coitier.

ACTE IV, SCÈNE IV.

Louis, Coitier [2].

LOUIS.

Ne crois pas éviter le sort que tu mérites :
Tu l'auras; mes tourments, c'est toi qui les irrites.

1. C. Delavigne s'est peut-être rappelé le menaçant départ de
Chrysès, le prêtre d'Apollon, outragé par Agamemnon (*Iliade*, ch. 1,
v. 34) :

Βῆ δ' ἀκέων παρὰ θῖνα πολυφλοίσβοιο θαλάσσης.

« Et il suivait silencieux le rivage de la mer retentissante. »

2. Le personnage de Coitier est, dans la tragédie de C. Delavigne,
l'un des plus heureusement dessinés. Lui-même (acte I, sc. 4) définit
ainsi sa situation auprès du roi, qui le ménage par peur :

Il serait mon tyran, si je n'étais le sien....

« Le roi, dit Commines dans ses *Mémoires*, l. VI, ch. 12, avait toute
espérance en maître Jacques Coitier, et lui donnait à chaque mois
dix mille écus, espérant qu'il lui allongerait la vie. »

A braver ma fureur leur excès t'enhardit.
Mais je t'écraserai.

    COITIER, *froidement.*

              Vous l'avez déjà dit,
Sire, faites-le donc.

        LOUIS. Certes, je vais le faire.
Ton faux savoir n'est bon qu'à tromper le vulgaire.
Ton art! j'en ris; tes soins! que me font-ils, tes soins?
Rien. Je m'en passerai; je n'en vivrai pas moins.
Je veux : ma volonté suffit pour que je vive;
Je le sens, j'en suis sûr.

             COITIER. Alors, quoi qu'il arrive,
Essayez-en.

      LOUIS. Oui, traître, oui, le saint que j'attends
Peut réparer d'un mot les ravages du temps [1].
Il va ressusciter cette force abattue;
Son souffle emportera la douleur qui me tue.

    COITIER.
Qu'il se hâte.

      LOUIS. Pour toi, privé de jour et d'air,
Captif, le corps plié sous un réseau de fer,
Tu verras, à travers les barreaux de ta cage,
Ma jeunesse nouvelle insulter à ta rage.

    COITIER.
D'accord.

    LOUIS. Tu le verras.

        COITIER. Sans doute.

        LOUIS, *avec émotion.* Faux ami,
M'as-tu trouvé pour toi généreux à demi?
Va, tu n'es qu'un ingrat!

          COITIER. Ce fut pour ne pas l'être
Que je sauvai Nemours [2].

---

1. Saint François, le fondateur de l'ordre des Minimes, né vers 1416 à Paule, petite ville de Calabre, et mort en 1508.
2. Le père du jeune duc de Nemours avait appelé Coitier à la cour. V. l'acte I, sc. 4, où Coitier dit à Commines :

> Nemours fit ma fortune; et moi, moi, son ouvrage,
> Je n'ai pu de son roi fléchir l'aveugle rage!
> Brillant de force alors, Louis, plein d'avenir,
> Méprisa cette voix qui devait l'en punir,
> Frappa mon bienfaiteur, et jeta sa famille
> Dans la nuit des cachots creusés sous la Bastille.
> Un de ses fils, un seul, voit la clarté des cieux :
> J'ai soustrait avec vous ce dépôt précieux,...

9. *Contemporains.*

LOUIS. L'assassin de ton maître ;
Lui qui voulait ma perte !

COITIER. En chevalier : son bras
Combat, quand il se venge, et n'assassine pas.
Je devais tout au père, et me tiendrais infâme
Si ses bienfaits passés ne vivaient dans mon âme.

LOUIS.
Mais les miens sont présents, et tu trahis les miens.
Tu le trompes, ce roi qui t'a comblé de biens.
De quel prix n'ai-je pas récompensé tes peines ?
De l'or, je t'en accable et tes mains en sont pleines.
Je donne sans compter, comme un autre promet :
Nemours, pour être aimé, fit-il plus ?

COITIER. Il m'aimait.
Vous, quels sont-ils vos droits à ma reconnaissance ?
Dieu merci ! nous traitons de puissance à puissance ;
L'un pour l'autre une fois n'ayons point de secret :
Vous donnez par terreur, je prends par intérêt.
En consumant ma vie à prolonger la vôtre,
J'en cède une moitié, pour mieux jouir de l'autre.
Je vends et vous payez ; ce n'est plus qu'un contrat :
Où le cœur n'est pour rien, personne n'est ingrat.
Les rois avec de l'or pensent que tout s'achète ;
Mais un don qu'on vous doit, un bienfait qu'on vous jette,
Laissent votre âme à l'aise avec le bienfaiteur.
On paye un courtisan, on paye un serviteur ;
Un ami, sire, on l'aime ; et n'eût-il pour salaire
Qu'un regard attendri quand il a pu vous plaire,
Qu'un mot sorti du cœur quand il vous tend les bras,
Il aime, il est à vous, mais il ne se vend pas :
Comme on se donne à lui, sans partage il se donne,
Et, parjure à l'honneur lorsqu'il vous abandonne,
S'il vous regarde en face après avoir failli,
On a droit de lui dire : Ingrat, tu m'as trahi !

LOUIS, *d'une voix caressante.*
Eh bien ! mon bon Coitier, je t'aimerai, je t'aime.

COITIER.
Pour vous.

LOUIS. Sans intérêt. Ma souffrance est extrême,
J'en conviens ; mais le saint peut me guérir demain.
C'est donc par amitié que je te tends la main :
De tels nœuds sont trop doux pour que rien les détruise.

9.

Scène V.

Les précédents, Olivier le Daim[1], puis François de Paule.

OLIVIER.
Sire, François de Paule attend qu'on l'introduise.
    LOUIS, *montrant Coitier.*
Entrez. Voyez, mon père, il a bravé son roi
Et je lui pardonnais. Coitier, rentre chez toi.
    (*En le conduisant jusqu'à son appartement.*)
Sur la foi d'un ami, dors d'un sommeil tranquille.
    (*Après avoir fermé la porte sur lui.*)
Ah! traître, si jamais tu deviens inutile!...
    (*Il fait signe à Olivier de sortir.*)

Scène VI.

Louis, François de Paule[2].

LOUIS.
Nous voilà sans témoins.
    FRANÇOIS DE PAULE. Que voulez-vous de moi?
    LOUIS, *prosterné.*
Je tremble à vos genoux d'espérance et d'effroi.
    FRANÇOIS DE PAULE.
Relevez-vous, mon fils!
        LOUIS. J'y reste pour attendre
La faveur qui sur moi de vos mains va descendre,
Et veux, courbant mon front à la terre attaché,
Baiser jusqu'à la place où vos pas ont touché.
    FRANÇOIS DE PAULE.
Devant sa créature, en me rendant hommage,
Ne prosternez pas Dieu dans sa royale image;
Prince, relevez-vous.
    LOUIS, *debout.* J'espère un bien si grand!
Comment m'abaisser trop, saint homme, en l'implorant?

1. Le célèbre barbier de Louis XI.
2. Voir le récit de Commines sur la mort de Louis XI, cité dans l'introduction des *Morceaux choisis pour les classes supérieures* de M. Léon Feugère, p. XIV.

FRANÇOIS DE PAULE.

Que puis-je?

LOUIS. Tout, mon père; oui, tout vous est possible :
Vous réchauffez d'un souffle une chair insensible.

FRANÇOIS DE PAULE.

Moi!

LOUIS. Vous dites aux morts : Sortez de vos tombeaux !
Ils en sortent.

FRANÇOIS DE PAULE. Qui, moi!

LOUIS. Vous dites à nos maux :
Guérissez!...

FRANÇOIS DE PAULE. Moi, mon fils!

LOUIS. Soudain nos maux guérissent.
Que votre voix l'ordonne, et les cieux s'éclaircissent;
Le vent gronde ou s'apaise à son commandement;
La foudre qui tombait remonte au firmament.
O vous, qui dans les airs retenez la rosée,
Ou versez sa fraîcheur à la plante épuisée,
Faites d'un corps vieilli reverdir la vigueur !
Voyez, je suis mourant, ranimez ma langueur :
Tendez vers moi les bras ; touchez ces traits livides,
Et vos mains, en passant, vont effacer mes rides[1].

FRANÇOIS DE PAULE.

Que me demandez-vous, mon fils? vous m'étonnez.
Suis-je l'égal de Dieu? C'est vous qui m'apprenez
Que je vais par le monde en rendant des oracles,
Et qu'en ouvrant mes mains je sème les miracles.

LOUIS.

Au moins dix ans, mon père! accordez-moi dix ans,
Et je vous comblerai d'honneurs et de présents.
Tenez, de tous les saints je porte ici les restes!
Si j'obtiens ces.... vingt ans par vos secours célestes,
Rome, qui peut presser les rangs des bienheureux,
Près d'eux vous placera, que dis-je? au-dessus d'eux.

---

1. Cette scène mériterait un commentaire suivi. Il faudrait faire ressortir l'art profond avec lequel le caractère si complexe de Louis XI a été développé par le poëte dramatique. L'hypocrite douceur du malade s'abaissant devant un pauvre moine dont il attend la santé, le ton hautain du roi habitué à tout voir fléchir devant sa volonté, forment un contraste saisissant. D'autre part, le calme, la sérénité de François de Paule, et bientôt son indignation au récit des crimes du roi, tempérée par un sentiment de pitié chrétienne, s'opposent fort bien au spectacle de l'âme si troublée, si violente, de Louis XI.

Je veux sous votre nom fonder des basiliques,
Je veux de jaspe et d'or surcharger vos reliques,
Mais vingt ans, c'est trop peu pour tant d'or et d'encens.
Non : un miracle entier ! De mes jours renaissants,
Que la clarté sitôt ne me soit pas ravie ;
Un miracle ! la vie ! ah ! prolongez ma vie !

FRANÇOIS DE PAULE.

Dieu n'a pas mis son œuvre au pouvoir d'un mortel.
Vous seul, quand tout périt, vous seriez éternel !
Roi, Dieu ne le veut pas. Sa faible créature
Ne peut changer pour vous l'ordre de la nature.

LOUIS.

Je me lasse à la fin : moine, fais ton devoir ;
Exerce en ma faveur ton merveilleux pouvoir,
Ou j'aurai, s'il le faut, recours à la contrainte.
Je suis roi : sur mon front j'ai reçu l'huile sainte....
Ah ! pardon ! mais aux rois, mais aux fronts couronnés
Ne devez-vous pas plus qu'à ces infortunés,
Ces affligés obscurs, que, sans votre prière,
Dieu n'eût pas de si haut cherchés dans leur poussière ?

FRANÇOIS DE PAULE.

Les rois et les sujets sont égaux devant lui :
Comme à tous ses enfants il vous doit son appui ;
Mais ces secours divins que votre voix réclame,
Plus juste envers vous-même, invoquez-les pour l'âme.

LOUIS, *vivement.*

Non, c'est trop à la fois : demandons pour le corps ;
L'âme, j'y songerai[1].

FRANÇOIS DE PAULE. Roi, ce sont vos remords,
C'est cette plaie ardente et par le crime ouverte
Qui traîne lentement votre corps à sa perte.

LOUIS.

Les prêtres m'ont absous.

FRANÇOIS DE PAULE. Vain espoir ! vous sentez
Peser sur vos douleurs trente ans d'iniquités.
Confessez votre honte, exposez vos blessures :
Qu'un repentir sincère en lave les souillures.

---

1. « Seissel écrit de Louis XI, dit Nicolas Pasquier dans ses *Lettres*, X, 5, que comme on eut dressé une oraison expresse à saint Eutrope pour lui recommander et son corps et son âme, il fit ôter ce mot de l'âme, disant que c'était assez que le saint lui fît recouvrer la santé du corps, sans l'importuner de tant de choses. »

LOUIS.

Je guérirai?

FRANÇOIS DE PAULE. Peut-être.

LOUIS. Oui, vous le promettez :
Je vais tout dire.

FRANÇOIS DE PAULE. A moi?

LOUIS. Je le veux : écoutez.

FRANÇOIS DE PAULE, *qui s'assied, tandis que le roi reste debout les mains jointes.*

Pécheur, qui m'appelez à ce saint ministère,
Parlez donc.

LOUIS, *après avoir dit mentalement son Confiteor.*
Je ne puis et je n'ose me taire.

FRANÇOIS DE PAULE.

Qu'avez-vous fait?

LOUIS. L'effroi qu'il conçut du Dauphin
Fit mourir le feu roi de langueur et de faim [1].

FRANÇOIS DE PAULE.

Un fils a de son père abrégé la vieillesse!

LOUIS.

Le Dauphin.... c'était moi.

FRANÇOIS DE PAULE. Vous!

LOUIS. Mais tant de faiblesse
Perdait tout, livrait tout aux mains d'un favori :
La France périssait, si le roi n'eût péri.
Les intérêts d'État sont des raisons si hautes!...

FRANÇOIS DE PAULE.

Confessez, mauvais fils, n'excusez pas vos fautes!

LOUIS.

J'avais un frère.

FRANÇOIS DE PAULE. Eh bien?

LOUIS. Qui fut... empoisonné.

FRANÇOIS DE PAULE.

Le fut-il par votre ordre?

LOUIS. Ils l'ont tous soupçonné [2].

1. Charles VII avait formé le projet d'appeler son second fils à la couronne; mais il n'eut pas la force de prendre ce parti décisif. Dans la crainte d'être empoisonné par les émissaires du Dauphin, il refusa toute nourriture et expira le 22 juillet 1461.

2. Agrippine avait dit en parlant de la mort de Claude (*Britannicus*, acte IV, sc. 2) :

Il mourut. Mille bruits en courent à ma honte.

FRANÇOIS DE PAULE.

Dieu !

LOUIS. Si ceux qui l'ont dit tombaient en ma puissance !

FRANÇOIS DE PAULE.

Est-ce vrai ?

LOUIS. Du cercueil son spectre qui s'élance
Peut seul m'en accuser avec impunité.

FRANÇOIS DE PAULE.

C'est donc vrai ?

LOUIS. Mais le traître, il l'avait mérité [1].

FRANÇOIS DE PAULE, *se levant.*

Et contre ses remords ton cœur cherche un refuge !
Tremble ! j'étais ton frère et je deviens ton juge.
Écrasé sous ta faute au pied du tribunal,
Baisse donc maintenant, courbe ton front royal.
Rentre dans le néant, majesté périssable !
Je ne vois plus le roi, j'écoute le coupable.
Fratricide, à genoux !

LOUIS, *tombant à genoux.*

Je frémis !

FRANÇOIS DE PAULE. Repens-toi.

LOUIS, *se traînant jusqu'à lui et s'attachant à ses habits.*

C'est ma faute, ma faute, ayez pitié de moi !
En frappant ma poitrine, à genoux je déplore,
Sans y chercher d'excuse, un autre crime encore.

FRANÇOIS DE PAULE, *qui retombe assis.*

Ce n'est pas tout ?

LOUIS. Nemours !... il avait conspiré :
Mais sa mort.... son forfait du moins est avéré.
Mais sous son échafaud ses enfants dont les larmes....
Trois fois contre son maître il avait pris les armes.
Sa vie, en s'échappant, a rejailli sur eux [2].

---

1. Le duc de Guyenne mourut le 24 mai 1472. « Louis XI, dit Brantôme, empoisonna son frère par *gentille industrie*, lorsqu'il y pensait le moins, priant la vierge, sa bonne dame, sa petite maîtresse, sa grande amie, de lui obtenir son pardon. » Plusieurs historiens, entre autres Sismondi, ont nié que Louis XI eût participé à la mort de son frère.

2. « On mit sous l'échafaud, dans les halles de Paris, les jeunes enfants du duc, pour recevoir sur eux le sang de leur père. Ils en sortirent tout couverts, et en cet état on les conduisit à la Bastille dans des cachots faits en forme de hottes, où la gêne que leur corps

(*En se relevant.*)

C'était juste.

FRANÇOIS DE PAULE, *le rejetant à genoux.*

Ah ! cruel !

LOUIS. Juste, mais rigoureux :

J'en conviens : j'ai puni.... non, j'ai commis des crimes.
Dans l'air le nœud fatal étouffa mes victimes[1] ;
L'acier les déchira dans un puits meurtrier ;
L'onde fut mon bourreau, la terre mon geôlier :
Des captifs que ces tours couvrent de leurs murailles
Gémissent oubliés au fond de ses entrailles.

FRANÇOIS DE PAULE.

Ah ! puisqu'il est des maux que tu peux réparer,
Viens !

LOUIS, *debout*. Où donc ?

FRANÇOIS DE PAULE. Ces captifs, allons les délivrer.

LOUIS.

L'intérêt le défend.

FRANÇOIS DE PAULE, *aux pieds du roi.*

La charité l'ordonne.

Viens, viens sauver ton âme.

LOUIS. En risquant ma couronne !

Roi, je ne le peux pas.

FRANÇOIS DE PAULE. Mais tu le dois, chrétien.

LOUIS.

Je me suis repenti, c'est assez.

FRANÇOIS DE PAULE (*se relevant*).

Ce n'est rien.

LOUIS.

N'ai-je pas de mes torts fait un aveu sincère ?

FRANÇOIS DE PAULE.

Ils ne s'effacent pas, tant qu'on y persévère.

LOUIS.

L'Église a des pardons qu'un roi peut acheter.

FRANÇOIS DE PAULE.

Dieu ne vend pas les siens : il faut les mériter.

éprouvait était un continuel supplice. On leur arrachait les dents à
plusieurs intervalles. » (Voltaire.)

1. Voilà une périphrase assurément ingénieuse pour parler du gi-
bet sans le nommer ; mais est-elle bien à sa place ?

LOUIS (*avec désespoir*).

Ils me sont dévolus, et par droit de misère !
Ah ! si dans mes tourments vous descendiez, mon père,
Je vous arracherais des larmes de pitié !
Les angoisses du corps n'en sont qu'une moitié,
Poignante, intolérable, et la moindre peut-être.
Je ne me plais qu'aux lieux où je ne puis pas être.
En vain je sors de moi : fils rebelle jadis,
Je me vois dans mon père et me crains dans mon fils.
Je n'ai pas un ami : je hais ou je méprise ;
L'effroi me tord le cœur sans jamais lâcher prise.
Il n'est point de retraite où j'échappe aux remords ;
Je veux fuir les vivants, je suis avec les morts.
Ce sont des jours affreux ; j'ai des nuits plus terribles !
L'ombre pour m'abuser prend des formes visibles ;
Le silence me parle, et mon Sauveur me dit,
Quand je viens le prier : Que me veux-tu, maudit ?
Un démon, si je dors, s'assied sur ma poitrine.
Je l'écarte ; un fer nu s'y plonge et m'assassine.
Je me lève éperdu ; des flots de sang humain
Viennent battre ma couche ; elle y nage, et ma main
Que penche sur leur gouffre une main qui la glace
Sent des lambeaux hideux monter à leur surface[1]...

FRANÇOIS DE PAULE.

Malheureux ! que dis-tu ?

LOUIS. Vous frémissez : eh bien !
Mes veilles, les voilà ! ce sommeil, c'est le mien ;
C'est ma vie ; et mourant, j'en ai soif, je veux vivre,
Et ce calice amer, dont le poison m'enivre,
De toutes mes douleurs cet horrible aliment,
La peur de l'épuiser est mon plus grand tourment !

FRANÇOIS DE PAULE.

Viens donc, en essayant du pardon des injures,
Viens de ton agonie apaiser les tortures.
Un acte de bonté te rendra le sommeil,

1. Les derniers vers sont de mauvais goût. Racine, dans le songe d'*Athalie*, parle

D'os et de chairs meurtris et traînés dans la fange,

mais il se garde bien de prolonger une image dont le détail est repoussant.

Et quelques voix du moins béniront ton réveil.
N'hésite pas.

LOUIS. Plus tard !

FRANÇOIS DE PAULE. Dieu voudra-t-il attendre ?

LOUIS.

Demain !

FRANÇOIS DE PAULE. Mais dès demain la mort peut te sur-
Ce soir, dans un instant.   [prendre,

LOUIS. Je suis bien enfermé,

Bien défendu[1].

FRANÇOIS DE PAULE. L'est-on quand on n'est pas aimé ?
(*En l'entraînant.*)

Ah ! viens.

LOUIS (*qui le repousse*).

Non, laissez-moi du temps pour m'y résoudre.

FRANÇOIS DE PAULE.

Adieu donc, meurtrier, je ne saurais t'absoudre.

LOUIS (*avec terreur*).

Quoi ! me condamnez-vous ?

FRANÇOIS DE PAULE. Dieu peut tout pardonner :
Lorsqu'il hésite encor, dois-je te condamner ?
Mais profite, ô mon fils, du répit qu'il t'accorde :
Pleure, conjure, obtiens de sa miséricorde
Qu'enfin ton cœur brisé s'ouvre à ces malheureux.
Pardonne, et que le jour recommence pour eux.
Quand tu voulais fléchir la céleste vengeance,
Du sein de leurs cachots, du fond de leur souffrance,
A ta voix qu'ils couvraient leurs cris ont répondu ;
Fais-les taire, et de Dieu tu seras entendu[2].

---

1. Pour saisir la valeur de ce trait, il faut se rappeler que Nemours au lieu de fuir est rentré, à l'insu même de Coitier, dans la
chambre du roi et s'est caché derrière les rideaux du lit, décidé à
venger son père en tuant Louis XI.

2. Quand François de Paule s'est éloigné, Nemours paraît un poignard à la main ; mais il a entendu la terrible confession de Louis XI,
le récit de ses terreurs : il est assez vengé, il le laisse vivre pour son
châtiment. Cette dernière secousse achève de briser chez le roi les
ressorts de la vie ; il trouve cependant la force d'ordonner la mort
de Nemours. Il sera intéressant de lire la lettre d'Etienne Pasquier
à M. de Thiard, citée tout entière par C. Delavigne en tête de son
Louis XI, et qui forme la préface de cette tragédie. L'histoire n'a
fait que ratifier le jugement de notre vieil annaliste.

M. VICTOR HUGO.

(1802.)

M. Victor Hugo naquit à Besançon en 1802. Sa mère, fille d'un armateur de Nantes et Vendéenne exaltée, courait le *Bocage* au moment même où celui qui devait être plus tard son mari, soldat de fortune et colonel dans l'armée républicaine, était envoyé pour combattre l'insurrection. Ceux qui se plaisent à rechercher dans la vie des hommes célèbres la trace des premières influences qui ont entouré leurs berceaux relèveraient sans doute ce hasard qui semblait prédestiner M. V. Hugo, en le faisant naître et grandir au milieu d'un double courant d'idées et de sentiments contraires, à devenir tour à tour le poëte monarchique de la Restauration et le poëte républicain d'aujourd'hui. Son instinct poétique s'éveilla de bonne heure dès 1817 l'Académie française donnait une mention à sa pièce de vers sur les *Avantages de l'étude,* et trois années de suite l'académie des Jeux floraux de Toulouse décernait l'églantine d'or à ce poëte de dix-huit ans, que M. de Châteaubriand avait publiquement appelé un *enfant sublime.* En 1822 parurent les *Odes et ballades*, qui lui assurèrent une place définitive parmi nos grands poëtes lyriques. A partir de cette époque le nom de M. V. Hugo n'a plus cessé d'occuper et de passionner en sens contraire l'opinion publique, toujours remise en éveil par une succession d'œuvres infiniment variées, d'inspiration et de mérite inégal, mêlées de défauts saillants et de qualités supérieures, jamais médiocres en bien comme en mal, et qui parfois vous effrayent presque autant qu'elles vous ravissent.

Sans dépasser notre cadre habituel, nous devons marquer avec précision les traits principaux du talent de M. V. Hugo dans le triple domaine qu'il s'est choisi, la poésie lyrique, le drame et le roman.

C'est à la poésie lyrique que M. V. Hugo a dû sa première célébrité, et, l'on peut ajouter, sa gloire la moins contestée. Ses œuvres lyriques sont, avec les *Odes et ballades*, les *Orientales* (1828), les *Feuilles d'automne* (1831), les *Chants du crépuscule* (1835), les *Voix intérieures* (1837), les *Rayons et les ombres* (1840), les *Contemplations* (1856), la *Légende des siècles* (1859). Nul poëte n'a possédé à un degré supérieur le talent de parler aux yeux et de tout peindre. Que son imagination le transporte au milieu de l'éblouissante nature de l'Orient, qu'elle le ramène dans le labyrinthe des vieilles rues du moyen âge ou sous les sombres voûtes des grandes cathédrales gothiques, sa plume, on pourrait dire son pinceau, trouvera sans effort les couleurs qui conviennent; le rhythme assoupli, maîtrisé, se prêtera à tous les effets. De là une poésie brillante, expressive, capricieuse, qui rompt avec la tradition et prétend embrasser dans son domaine le monde moral comme le monde extérieur. Le danger est de trop sacrifier au dernier, d'incliner au culte exclusif de la forme et de restreindre l'élément humain, qui est l'âme même de la poésie lyrique. Ce reproche s'adresserait surtout aux *Orientales;* dans les *Feuilles d'automne* et les *Voix intérieures,* la poésie est plus personnelle, plus intime, et aussi d'un charme plus pénétrant. La critique aurait plus à reprendre dans les derniers recueils lyriques de M. V. Hugo. Entraîné par une imagination que n'intimide aucune audace, l'auteur semble aujourd'hui ne reconnaître d'autre maître que son caprice. Mais quels que soient les priviléges et les droits du génie, il ne saurait imposer au goût éclairé cette forme nouvelle et étrange d'une poésie qui fait pénétrer l'idée par les sens, matérialise tout, force l'expression et détruit toutes les traditions du grand art. Si violemment agitées, les cordes de la lyre se brisent ou ne rendent plus que des sons durs et aigus qui blessent l'oreille au lieu de la charmer.

Ce fut au théâtre surtout que M. V. Hugo eut l'ambition de faire triompher les principes de l'école *romantique,* qui l'avait pris pour chef et dont il traça le manifeste dans la célèbre préface de *Cromwell* (1827). Le rôle militant de M. V. Hugo commence à ce moment.

> Lamartine régna : chantre ailé qui soupire,
> Il planait sans effort. Hugo, dur partisan,
> (Comme chez Dante on voit, Florentin ou Pisan,
> Un baron féodal) combattait sous l'armure,
> Et tint haut sa bannière au milieu du murmure[1].

Cette réaction contre l'esprit exclusif de l'école classique eut sans doute d'heureux résultats : elle renouvela l'inspiration originale et ouvrit à la poésie un jour nouveau sur des horizons jusque-là dédaignés ; le moyen âge fut mieux étudié et mieux compris ; la connaissance des littératures étrangères rendit le goût moins timide et plus impartial ; enfin, la barrière que l'école classique avait élevée entre la langue poétique et la langue commune fut reculée, et le mot propre remplaça les élégances douteuses de la périphrase. Mais le romantisme ne sut pas échapper au danger de toutes les réactions, qui est de dépasser le but qu'elles prétendent atteindre : la réforme se termina par une révolution. On avait eu raison de bannir la périphrase qui tourne autour de l'idée au lieu de l'étreindre ; il fallait s'arrêter là et ne pas donner droit de cité dans la langue des dieux au mot brutal, au mot cru. On avait, non sans bonheur. assoupli le vers alexandrin en variant sa coupe, en usant, à l'exemple d'André Chénier, de la liberté du rejet ; il ne fallait pas en arriver, par esprit de

1. M. Sainte-Beuve.

système, jusqu'à le désarticuler pour ainsi dire, à violer tout rhythme et toute mesure. On avait, par l'étude du moyen âge et des littératures étrangères, agrandi le cercle trop restreint des inspirations classiques ; il ne fallait pas rechercher de parti pris l'invraisemblable, l'exception ; surtout il ne fallait pas tenter cette singulière réhabilitation du *laid* et donner une importance excessive à ce qui ne peut et ne doit être qu'un élément inférieur de la vérité dramatique. « Tout ce qui est dans la nature est dans l'art, disait l'auteur de *Cromwell,* le drame résulte de la combinaison du sublime et du grotesque. » Cette phrase est le résumé de la poétique de M. V. Hugo. Dans ses drames toutes les lois dramatiques sont ainsi ramenées à l'antithèse morale comme toutes les lois du style à l'antithèse des mots et des images. Un chef de brigands (*Hernani*, 1830) sera en même temps le type de la loyauté chevaleresque ; le plus misérable des bouffons (*Le Roi s'amuse*, 1832) deviendra le plus tendre, le plus passionné des pères ; les plus chastes ardeurs du sentiment maternel se trouveront comme égarées dans l'âme corrompue d'une femme souillée de vices et de crimes (*Lucrèce Borgia*, 1833). Sans doute la loi du contraste est vraie en elle-même : elle existe dans le cœur de l'homme, elle doit avoir sa place dans le drame, qui est l'image de la vie. Ce qui est faux sous le double rapport moral et dramatique, c'est le rapprochement invraisemblable de l'idéal du vice et de l'idéal de la vertu. La nature résiste à des oppositions si heurtées, si violentes. D'ailleurs, la vérité historique n'est pas moins altérée dans le théâtre de M. V. Hugo. Avilir de grands noms, faire de Cromwell un fou fanatique, de Charles-Quint un coureur d'aventures, de François Ier un triste esclave des plus honteux caprices, c'est manquer envers l'histoire de respect et de justice, c'est abuser de la puissance que donne le prestige de la scène pour imposer à l'imagination populaire des types sans grandeur et sans vérité.

Ce défaut de vérité et de mesure nous frapperait encore dans les deux célèbres romans de M. V. Hugo (*Notre-Dame de Paris,* 1831, les *Misérables*, 1862), et nous forcerait à mêler des réserves sévères à l'admiration que nous inspirent les hautes parties de ce prodigieux et redoutable talent. Il est difficile de se mettre en garde contre les surprises d'une première lecture ; mais une fois le charme rompu et les nerfs calmés (car M. V. Hugo ébranle les nerfs plus encore qu'il ne fait pleurer), nous découvrons sans peine que le tragique appareil dressé devant nous repose sur une base trop fragile pour le soutenir. Les *Misérables,* par exemple, cette sorte de monument expiatoire élevé en l'honneur des déshérités d'ici-bas, n'ont pas d'autre base première que l'inacceptable supposition d'un homme condamné aux galères pour avoir dérobé un pain dans une heure de détresse. Refusez à l'auteur cette première concession, tout le roman s'écroule et avec le roman ce réquisitoire inexorable contre les lois qui gouvernent les sociétés. Il faut donc effacer le mot impie qui sert d'épigraphe à *Notre-Dame de Paris* et qui est la conclusion des *Misérables :* ἀνάγκη. C'est l'honneur et la force de la doctrine de la liberté humaine, qu'on ne puisse la nier sans tomber dès le premier pas dans le sophisme et le paradoxe. Sans prétendre devancer le jugement de l'avenir, nous croyons que la postérité gardera surtout la mémoire du génie lyrique de M. V. Hugo : les *Orientales* et les *Feuilles d'automne* resteront sa plus belle couronne [1].

Lui.

1.

Toujours lui ! lui partout ! — Ou brûlante ou glacée,
Son image sans cesse ébranle ma pensée.
Il verse à mon esprit le souffle créateur.
Je tremble, et dans ma bouche abondent les paroles,
Quand son nom gigantesque, entouré d'auréoles,
Se dresse dans mon vers de toute sa hauteur.

Là, je le vois, guidant l'obus aux bonds rapides ;
Là, massacrant le peuple au nom des régicides ;

---

[1]. Par un singulier contraste, M. V. Hugo, le peintre des *tragiques horreurs* dans ses drames et ses romans, a été dans notre siècle le poëte de l'enfant : aucun sujet ne l'a plus heureusement inspiré. Tout le monde sait par cœur ces vers pleins de tendresse et de grâce :

> Car vos beaux yeux sont pleins de douceurs infinies ;
> Car vos petites mains, joyeuses et bénies,
>   N'ont point mal fait encor ;
> Jamais vos jeunes pas n'ont touché notre fange ;
> Tête sacrée ! enfant aux cheveux blonds ! bel ange
>   A l'auréole d'or !...
>
> Il est si beau l'enfant, avec son doux sourire,
> Sa douce bonne foi, sa voix qui veut tout dire,
>   Ses pleurs vite apaisés ;
> Laissant errer sa vue étonnée et ravie,
> Offrant de toutes parts sa jeune âme à la vie
>   Et sa bouche aux baisers !

La Librairie Hetzel a eu l'heureuse idée de recueillir en un vol. in-12, intitulé : *Les Enfants,* toutes les pièces de M. V. Hugo sur l'enfance : c'est la perle la plus pure de son écrin. Ses œuvres ont été publiées par les Librairies Hachette et Pagnerre, en 20 vol. in-12, qui se vendent séparément.

Là, soldat, aux tribuns arrachant leurs pouvoirs ;
Là, consul jeune et fier, amaigri par les veilles
Que des rêves d'empire emplissaient de merveilles,
    Pâle sous ses longs cheveux noirs.

Puis, empereur puissant dont la tête s'incline,
Gouvernant un combat du haut de la colline,
Promettant une étoile à ses soldats joyeux [1],
Faisant signe aux canons qui vomissent les flammes,
De son âme à la guerre armant six cent mille âmes,
Gravé et serein avec un éclair dans les yeux.

Puis, pauvre prisonnier, qu'on raille et qu'on tourmente,
Croisant ses bras oisifs sur son sein qui fermente,
En proie aux geôliers vils comme un vil criminel,
Vaincu, chauve, courbant son front noir de nuages,
Promenant sur un roc où passent les orages
    Sa pensée, orage éternel.

Qu'il est grand, là surtout ! quand, puissance brisée,
Des porte-clefs anglais misérable risée,
Au sacre du malheur il retrempe ses droits,
Tient au bruit de ses pas deux mondes en haleine,
Et, mourant de l'exil, gêné dans Sainte-Hélène,
Manque d'air dans la cage où l'exposent les rois !

Qu'il est grand à cette heure où, prêt à voir Dieu même,
Son œil qui s'éteint roule une larme suprême !
Il évoque à sa mort sa vieille armée en deuil,
Se plaint à ses guerriers d'expirer solitaire,
Et prenant pour linceul son manteau militaire,
    Du lit de camp passe au cercueil !

II.

A Rome où du sénat hérite le conclave,
A l'Elbe, aux monts blanchis de neige ou noirs de lave,
Au menaçant Kremlin, à l'Alhambra riant,
Il est partout ! — Au Nil je le retrouve encore.
L'Égypte resplendit des feux de son aurore ;
Son astre impérial se lève à l'Orient.

1. La croix de la Légion d'honneur.

Vainqueur, enthousiaste, éclatant de prestiges,
Prodige, il étonna la terre des prodiges.
Les vieux scheiks vénéraient l'émir jeune et prudent;
Le peuple redoutait ses armes inouïes;
Sublime, il apparut aux tribus éblouies
  Comme un Mahomet d'Occident.

Leur féerie a déjà réclamé son histoire.
La tente de l'Arabe est pleine de sa gloire.
Tout Bédouin libre était son hardi compagnon;
Les petits enfants, l'œil tourné vers nos rivages,
Sur un tambour français règlent leurs pas sauvages,
Et les ardents chevaux hennissent à son nom [1].

Parfois il vient, porté sur l'ouragan numide,
Prenant pour piédestal la grande pyramide,
Contempler les déserts, sablonneux océans;
Là, son ombre éveillant le sépulcre sonore,
Comme pour la bataille y ressuscite encore
  Les quarante siècles géants.

Il dit : « Debout! » Soudain chaque siècle se lève,
Ceux-ci portant le sceptre et ceux-là ceints du glaive,
Satrapes, pharaons, mages, peuple glacé.
Immobiles, poudreux, muets, sa voix les compte;
Tous semblent, adorant son front qui les surmonte,
Faire à ce roi des temps une cour du passé.

Ainsi tout, sous les pas de l'homme ineffaçable,
Tout devient monument. Il passe sur le sable;
Mais qu'importe qu'Assur de ses flots soit couvert,
Que l'aquilon sans cesse y fatigue son aile?
Son pied colossal laisse une trace éternelle
  Sur le front mouvant du désert [2].

---

1. Cette strophe est d'un goût bien douteux ; chez M. V. Hugo, la première expression de sa pensée est presque toujours la meilleure; il se fatigue ensuite autour de l'idée et il la gâte. Cette seconde partie n'a pas à beaucoup près le jet hardi, l'explosion franche de la première.

2. Cette opposition d'une admirable beauté rachète les fautes de goût que la critique pourrait relever dans les vers précédents : ce sont là de ces traits qui doivent se graver dans la mémoire.

III.

Histoire, poésie, il joint du pied vos cimes.
Éperdu, je ne puis dans ces mondes sublimes
Remuer rien de grand sans toucher à son nom ;
Oui, quand tu m'apparais pour le culte ou le blâme [1],
Les chants volent pressés sur mes lèvres de flamme,
Napoléon ! soleil dont je suis le Memnon !

Tu domines notre âge ; ange ou démon, qu'importe ?
Ton aigle, dans son vol, haletants nous emporte.
L'œil même qui te fuit te retrouve partout.
Toujours dans nos tableaux tu jettes ta grande ombre ;
Toujours Napoléon, éblouissant et sombre,
    Sur le seuil du siècle est debout.

Ainsi, quand du Vésuve explorant le domaine,
De Naple à Portici l'étranger se promène,
Lorsqu'il trouble, rêveur, de ses pas importuns,
Ischia de ses fleurs embaumant l'onde heureuse
Dont le bruit, comme un chant de sultane amoureuse,
Semble une voix qui vole au milieu des parfums ;

Qu'il hante de Pœstum l'auguste colonnade,
Qu'il écoute à Pouzzol la vive sérénade
Chantant la tarentelle au pied d'un mur toscan ;
Qu'il éveille en passant cette cité momie,
Pompéi, corps gisant d'une ville endormie,
    Saisie un jour par le volcan ;

Qu'il erre au Pausilippe avec la barque agile
D'où le brun marinier chante Tasse à Virgile ;
Toujours, sous l'arbre vert, sur les lits de gazon,
Toujours il voit, du sein des mers et des prairies,
Du haut des caps, du bord des presqu'îles fleuries,
Toujours le noir géant qui fume à l'horizon [2].

Les Orientales.

1. L'expression de *blâme* est trop faible pour s'opposer à celle de *culte.* L'antithèse manque d'équilibre.

2. On rapprocherait avec intérêt des vers de M. V. Hugo plusieurs pièces inspirées à des poëtes contemporains par le grand souvenir de Napoléon ; chez C. Delavigne, la VIe *Messénienne* du liv. II ; chez

La prière pour tous.

Ora pro nobis.

I.

Ma fille! va prier! — Vois, la nuit est venue.
Une planète d'or là-bas perce la nue;
La brume des coteaux fait trembler le contour;
A peine un char lointain glisse dans l'ombre.... Écoute!
Tout rentre et se repose, et l'arbre de la route
Secoue au vent du soir la poussière du jour!

Le crépuscule, ouvrant la nuit qui les recèle,
Fait jaillir chaque étoile en ardente étincelle;
L'Occident amincit sa frange de carmin;
La nuit de l'eau dans l'ombre argente la surface;
Sillons, sentiers, buissons, tout se mêle et s'efface;
Le passant inquiet doute de son chemin.

Le jour est pour le mal, la fatigue et la haine.
Prions : voici la nuit! la nuit grave et sereine!
Le vieux pâtre, le vent aux brèches de la tour,
Les étangs, les troupeaux avec leur voix cassée,
Tout souffre et tout se plaint. La nature lassée
A besoin de sommeil, de prière et d'amour!

C'est l'heure où les enfants parlent avec les anges,
Tandis que nous courons à nos plaisirs étranges;
Tous les petits enfants, les yeux levés au ciel,

M. de Lamartine, la 7ᵉ des *Nouvelles méditations poétiques*. Chacune de ces pièces a un caractère particulier qu'il faudrait relever. M. V. Hugo voit surtout dans Napoléon l'homme de génie; chez C. Delavigne, il est le fils ingrat de la liberté. Enfin dans les vers célèbres de M. de Lamartine Napoléon est l'être moral et responsable que le poëte n'ose condamner lui-même, mais qu'il renvoie devant le juge suprême :

> Son cercueil est fermé : Dieu l'a jugé. Silence!
> Son crime et ses exploits pèsent dans la balance :
> Que des faibles mortels la main n'y touche plus!
> Qui peut sonder, Seigneur, ta clémence infinie?
> Et vous, fléau de Dieu, qui sait si le génie
> N'est pas une de vos vertus?...

Mains jointes et pieds nus, à genoux sur la pierre,
Disant à la même heure une même prière,
Demandent pour nous grâce au père universel!

Et puis ils dormiront. — Alors, épars dans l'ombre,
Les rêves d'or, essaim tumultueux, sans nombre,
Qui naît aux derniers bruits du jour à son déclin,
Voyant de loin leur souffle et leurs bouches vermeilles,
Comme volent aux fleurs de joyeuses abeilles,
Viendront s'abattre en foule à leurs rideaux de lin!

O sommeil du berceau! prière de l'enfance!
Voix qui toujours caresse et qui jamais n'offense!
Douce religion, qui s'égaye et qui rit!
Prélude du concert de la nuit solennelle!
Ainsi que l'oiseau met sa tête sous son aile,
L'enfant dans la prière endort son jeune esprit[1]!

II.

Ma fille, va prier! — D'abord, surtout pour celle
Qui berça tant de nuits ta couche qui chancelle,
Pour celle qui te prit jeune âme dans le ciel,
Et qui te mit au monde, et depuis, tendre mère,
Faisant deux parts pour toi dans cette vie amère,
Toujours a bu l'absinthe et t'a laissé le miel[2].

Puis ensuite pour moi! J'en ai plus besoin qu'elle!
Elle est, ainsi que toi, bonne, simple et fidèle!
Elle a le cœur limpide et le front satisfait.
Beaucoup ont sa pitié, nul ne lui fait envie;
Sage et douce, elle prend patiemment la vie;
Elle souffre le mal sans savoir qui le fait.

1. Cette première partie est pleine de grâce et de fraîcheur; nulle faute de goût ne vient contrarier notre admiration.

2. La piété filiale a aussi inspiré à M. de Lamartine l'une de ses pièces les plus parfaites de sentiment et d'expression, le *Tombeau d'une mère* dans les *Harmonies poétiques :*

> Là dort dans son espoir celle dont le sourire
> Cherchait encor mes yeux, à l'heure où tout expire,
> Ce cœur, source du mien, ce sein qui m'a conçu,
> Ce sein qui m'allaita de lait et de tendresses,
> Ces bras qui n'ont été qu'un berceau de caresses,
> Ces lèvres dont j'ai tout reçu!...

Tout en cueillant des fleurs, jamais sa main novice
N'a touché seulement à l'écorce du vice ;
Nul piége ne l'attire à son riant tableau ;
Elle est pleine d'oubli pour les choses passées ;
Elle ne connaît pas les mauvaises pensées
Qui passent dans l'esprit comme une ombre sur l'eau.

Elle ignore ! — à jamais ignore-les comme elle ! —
Ces misères du monde où notre âme se mêle,
Faux plaisirs, vanités, remords, soucis rongeurs,
Passions sur le cœur flottant comme une écume,
Intimes souvenirs de honte et d'amertume
Qui font monter au front de subites rougeurs !

Moi, je sais mieux la vie, et je pourrai te dire,
Quand tu seras plus grande et qu'il faudra t'instruire,
Que poursuivre l'empire, et la fortune et l'art[1],
C'est folie et néant ; que l'urne aléatoire
Nous jette bien souvent la honte pour la gloire,
Et que l'on perd son âme à ce jeu de hasard !

L'âme en vivant s'altère ; et quoique en toute chose
La fin soit transparente et laisse voir la cause,
On vieillit sous le vice et l'erreur abattu ;
A force de marcher l'homme erre, l'esprit doute.
Tous laissent quelque chose aux buissons de la route,
Les troupeaux leur toison et l'homme sa vertu[2].

Va donc prier pour moi ! — Dis pour toute prière :
« Seigneur, Seigneur, mon Dieu, vous êtes notre père,
Grâce, vous êtes bon ! grâce, vous êtes grand ! »
Laisse aller ta parole où ton âme l'envoie ;
Ne t'inquiète pas, toute chose a sa voie,
Ne t'inquiète pas du chemin qu'elle prend !

Il n'est rien ici-bas qui ne trouve sa pente.
Le fleuve jusqu'aux mers dans les plaines serpente.

---

1. Il y a quelque injustice à rapprocher ainsi l'*art* de la *fortune* et de *l'empire*.

2. La pensée du poëte est empreinte ici de dénigrement et d'injustice. Il calomnie la vie et nous attriste sans profit. Il serait bien affligeant que l'homme *à force de marcher* n'arrivât qu'au doute et aux ténèbres ! Pourquoi nous cacher les horizons lumineux ?

L'abeille sait la fleur qui recèle le miel.
Toute aile vers son but incessamment retombe,
L'aigle vole au soleil, le vautour à la tombe,
L'hirondelle au printemps, et la prière au ciel!

Lorsque pour moi vers Dieu ta voix s'est envolée,
Je suis comme l'esclave, assis dans la vallée,
Qui dépose sa charge aux bornes du chemin;
Je me sens plus léger; car ce fardeau de peine,
De fautes et d'erreurs qu'en gémissant je traîne,
Ta prière en chantant l'emporte dans sa main!...

III.

Prie encor pour tous ceux qui passent
Sur cette terre des vivants!
Pour ceux dont les sentiers s'effacent
A tous les flots, à tous les vents!
Pour l'insensé qui met sa joie
Dans l'éclat d'un manteau de soie,
Dans la vitesse d'un cheval!
Pour quiconque souffre et travaille,
Qu'il s'en revienne ou qu'il s'en aille,
Qu'il fasse le bien ou le mal!...

Prie aussi pour ceux que recouvre
La pierre du tombeau dormant,
Noir précipice qui s'entr'ouvre
Sous notre foule à tout moment!
Toutes ces âmes en disgrâce
Ont besoin qu'on les débarrasse
De la vieille rouille du corps.
Souffrent-elles moins pour se taire?
Enfant! regardons sous la terre!
Il faut avoir pitié des morts!

IV.

A genoux, à genoux, à genoux sur la terre
Où ton père a son père, où ta mère a sa mère;
Où tout ce qui vécut dort d'un sommeil profond!
Abîme où la poussière est mêlée aux poussières,

Où sous son père encore on retrouve des pères,
Comme l'onde sous l'onde en une mer sans fond !

Enfant ! quand tu t'endors, tu ris ! L'essaim des songes
Tourbillonne, joyeux, dans l'ombre où tu te plonges,
S'effarouche à ton souffle, et puis revient encor ;
Et tu rouvres enfin tes yeux divins que j'aime,
En même temps que l'aube, œil céleste elle-même,
Entr'ouvre à l'horizon sa paupière aux cils d'or !

Mais eux, si tu savais de quel sommeil ils dorment,
Leurs lits sont froids et lourds à leurs os qu'ils déforment !
Les anges autour d'eux ne chantent pas en chœur.
De tout ce qu'ils ont fait le rêve les accable.
Pas d'aube pour leur nuit, le remords implacable
S'est fait ver du sépulcre et leur ronge le cœur.

Tu peux avec un mot, tu peux d'une parole,
Faire que le remords prenne une aile et s'envole ;
Qu'une douce chaleur réjouisse leurs os ;
Qu'un rayon touche encor leur paupière ravie,
Et qu'il leur vienne un bruit de lumière et de vie,
Quelque chose des vents, des forêts et des eaux !

Oh ! dis-moi, quand tu vas, jeune et déjà pensive,
Errer au bord d'un flot qui se plaint sur sa rive,
Sous des arbres dont l'ombre emplit l'âme d'effroi,
Parfois, dans les soupirs de l'onde et de la brise,
N'entends-tu pas de souffle et de voix qui te dise :
« Enfant ! quand vous prierez, prierez-vous pas pour moi ? »

C'est la plainte des morts ! — Les morts pour qui l'on prie
Ont sur leur lit de terre une herbe plus fleurie.
Nul démon ne leur jette un sourire moqueur.
Ceux qu'on oublie, hélas ! — Leur nuit est froide et sombre,
Toujours quelque arbre affreux, qui les tient sous son ombre,
Leur plonge sans pitié des racines au cœur !

Prie, afin que le père, et l'oncle et les aïeules,
Qui ne demandent plus que nos prières seules,
Tressaillent dans leur tombe en s'entendant nommer,
Sachent que sur la terre on se souvient encore,

Et, comme le sillon qui sent la fleur éclore,
Sentent dans leur œil vide une larme germer[1]!

V.

Ce n'est pas à moi, ma colombe,
De prier pour tous les mortels,
Pour les vivants dont la foi tombe,
Pour tous ceux qu'enferme la tombe,
Cette racine des autels!

Ce n'est pas moi, dont l'âme est vaine,
Pleine d'erreurs, vide de foi,
Qui prierais pour la race humaine,
Puisque ma voix suffit à peine,
Seigneur, à vous prier pour moi!

Non, si pour la terre méchante
Quelqu'un peut prier aujourd'hui,
C'est toi, dont la parole chante,
C'est toi : ta prière innocente,
Enfant, peut se charger d'autrui!

Ah! demande à ce père auguste
Qui sourit à ton oraison
Pourquoi l'arbre étouffe l'arbuste,
Et qui fait du juste à l'injuste
Chanceler l'humaine raison.

Demande-lui, si la sagesse
N'appartient qu'à l'éternité,
Pourquoi son souffle nous abaisse,

---

1. Ce tableau d'un sombre éclat est sans doute d'un effet puissant : le souffle de Shakespeare semble avoir passé sur le poëte français. Cependant, si nous analysons nos impressions, nous sentirons notre émotion comme paralysée par une cause secrète. L'imagination est saisie, effrayée ; l'âme n'est pas touchée. Cela vient, à notre sens, de ce que le fantastique tient ici trop de place et étouffe l'élément spiritualiste. L'esprit du lecteur est dépaysé. La poussière qui dort au fond du cercueil, pourrions-nous dire au poëte, ne demande rien à nos prières, et c'est vainement que vous chercheriez à intéresser notre sensibilité à des cendres éteintes. Pour éveiller la prière dans nos cœurs et la faire jaillir de nos lèvres, il faut nous parler de l'âme qui souffre et qui appelle notre âme à son secours.

Pourquoi dans la tombe sans cesse
Il effeuille l'humanité[1].

Pour ceux que les vices consument,
Les enfants veillent au saint lieu;
Ce sont des fleurs qui le parfument,
Ce sont des encensoirs qui fument,
Ce sont des voix qui vont à Dieu !

Laissons faire ces voix sublimes,
Laissons les enfants à genoux.
Pécheurs ! nous avons tous nos crimes,
Nous penchons tous sur les abîmes :
L'enfance doit prier pour tous !

VI.

Comme une aumône, enfant, donne donc ta prière
A ton père, à ta mère, aux pères de ton père;
Donne au riche à qui Dieu refuse le bonheur,
Donne au pauvre, à la veuve, au crime, au vice immonde.
Fais en priant le tour des misères du monde;
Donne à tous ! donne aux morts !—Enfin donne au Seigneur !

« Quoi ! murmure ta voix qui veut parler et n'ose,
Au Seigneur, au Très-Haut, manque-t-il quelque chose ?
Il est le Saint des saints, il est le Roi des rois !
Il se fait des soleils un cortége suprême !

---

1. Le ravissant cantique que M. de Lamartine a intitulé l'*Hymne de l'enfant à son réveil* (*Harmonies poétiques*) présente un caractère de grâce naïve que nous regrettons de ne pas rencontrer ici. Le poëte ne met dans la bouche de l'enfant que les sentiments propres à son âge. C'est l'homme seulement qui interroge Dieu sur le *juste et l'injuste*. Le mystère de la vie et de la mort n'inquiète pas la raison de l'enfant. Pourquoi en demanderait-il à Dieu l'explication ? Il priera avec plus d'abandon :

> Mon Dieu, donne l'onde aux fontaines,
> Donne la plume aux passereaux,
> Et la laine aux petits agneaux,
> Et l'ombre et la rosée aux plaines.
>
> Donne au malade la santé,
> Au mendiant le pain qu'il pleure,
> A l'orphelin une demeure,
> Au prisonnier la liberté.

Il fait baisser la voix à l'Océan lui-même !
Il est seul ! il est tout ! à jamais ! à la fois ! »

Enfant, quand tout le jour vous avez en famille,
Tes deux frères et toi, joué sous la charmille,
Le soir vous êtes las, vos membres sont pliés,
Il vous faut un lait pur et quelques noix frugales,
Et baisant tour à tour vos têtes inégales,
Votre mère à genoux lave vos faibles pieds.

Eh bien ! il est quelqu'un dans ce monde où nous sommes
Qui tout le jour aussi marche parmi les hommes,
Servant et consolant, à toute heure, en tout lieu ;
Un bon pasteur qui suit sa brebis égarée,
Un pèlerin qui va de contrée en contrée.
Ce passant, ce pasteur, ce pèlerin, c'est Dieu !

Le soir il est bien las ; il faut, pour qu'il sourie,
Une âme qui le serve, un enfant qui le prie,
Un peu d'amour ! O toi qui ne sais pas tromper,
Porte-lui ton cœur plein d'innocence et d'extase,
Tremblante et l'œil baissé, comme un précieux vase
Dont on craint de laisser une goutte échapper !

Porte-lui ta prière ! et quand, à quelque flamme
Qui d'une chaleur douce emplira ta jeune âme,
Tu verras qu'il est proche, alors, ô mon bonheur,
O mon enfant ! sans craindre affront ni raillerie,
Verse comme autrefois Marthe, sœur de Marie,
Verse tout ton parfum sur les pieds du Seigneur !

                                    Les Feuilles d'automne.

ALFRED DE MUSSET.

(1810-1857.)

De tous nos poëtes contemporains, A. de Musset est peut-être celui qui porte la plus profonde empreinte du caractère mêlé et confus de notre époque. L'incrédulité railleuse, les révoltes de la raison émancipée, le délire des sens livrés à eux-mêmes, et ensuite les regrets amers de la foi perdue, les tristesses de la vie découronnée de ses suprêmes espérances, les déceptions du scepticisme, le besoin et l'impuissance de la prière : c'est là, on ne peut le nier, l'état moral que bien des âmes obscures de notre âge ont traversé. A. de Musset est le type éclatant de ces *enfants du siècle ;* il exprime toutes leurs contradictions, bonnes et mauvaises, toutes leurs inconséquences, celles qui les condamnent et celles qui les honorent. Aussi, par ce mélange d'ironie et d'émotion, s'est-il fait une place à part dans la poésie contemporaine ; et si le conteur de *Namouna* et de *Mardoche* a séduit les esprits frivoles et légers, l'auteur de l'*Espoir en Dieu* a touché les âmes sérieuses et élevées : elles ont beaucoup pardonné à un poëte qui , « à défaut de la foi, avait le don des larmes[1]. »

Né à Paris en 1810, A. de Musset, après des études brillantes, justifiées par un prix de philosophie au concours général, cherchait vers 1830, dans des directions différentes, l'emploi de ses rares facultés. Il essayait et abandonnait presque aussitôt le droit, la médecine et la peinture : une irrésistible vocation l'appelait à être poëte. La guerre entre les romantiques et les classiques était déclarée : c'était la première heure de la lutte, celle où l'on ne fait pas de prisonniers. A. de Musset arbora les couleurs romantiques et se jeta au plus vif de la mêlée. Il acceptait alors les théories les plus absolues de son parti. Pour décrire une passion, disait-on, il faut l'avoir ressentie soi-même, l'avoir pénétrée et comme épuisée par une expérience toute personnelle. L'homme n'est grand que par la passion ; c'est elle seule qui vivifie la vraie originalité. Il fallait d'abord assister à une tempête, pour avoir le droit de la peindre, et encore ne pas se faire attacher au mât du vaisseau. D'autre part, l'influence de Byron avait mis à la mode ces grands airs de scepticisme désenchanté et de pitié hautaine pour des croyances vieillies que le souffle de la raison moderne avait emportées et dispersées au loin. Les

1. M. de Laprade. Discours de réception à l'Académie française.

prémières poésies d'A. de Musset, les *Contes d'Espagne et d'Italie*
(1830), portent la trace visible de cet état maladif des esprits. Il
semblait que l'auteur se fît un jeu de ne reconnaître aucune règle en
morale comme en poésie. Il morcelait de parti pris le vers alexandrin
pour en jeter les débris à la tête des classiques; les situations les plus
scabreuses étaient celles que préférait son pinceau. Et cependant du
milieu de cette poésie souvent impure s'élevaient par rencontres quelques notes d'un tout autre accent : des traits empreints de fraîcheur
et de grâce faisaient contraste avec le ton général : on eût dit le
soupir discret et à demi étouffé de la muse intérieure qui gémissait
d'avoir été trahie et profanée par le poëte qu'elle aimait. Dans le
recueil qui suivit (1831), il y avait comme des échappées vers des
horizons plus sévères et plus purs :

> Étoile qui descends sur la verte colline,
> Triste larme d'argent du manteau de la nuit,
> Toi qui regarde au loin le pâtre qui chemine,
> Tandis que pas à pas son long troupeau le suit;
> Étoile, où t'en vas-tu dans cette nuit immense?
> Cherches-tu sur la rive un lit dans les roseaux?
> Ou t'en vas-tu si belle, à l'heure du silence,
> Tomber comme une perle au sein profond des eaux?
> Ah! si tu dois mourir, bel astre, et si ta tête
> Va dans la vaste mer plonger ses blonds cheveux,
> Avant de nous quitter, un seul instant arrête :
> Étoile de l'amour, ne descends pas des cieux!

A. de Musset se détachait alors du parti romantique, il se défendait d'appartenir à aucun drapeau :

> Je hais comme la mort l'état de plagiaire;
> Mon verre n'est pas grand, mais je bois dans mon verre.

Ce progrès ne se marquait pas seulement dans ses poésies, mais
dans les *Nouvelles* et les *Comédies*, où son esprit charmant courait
et se jouait avec aisance. Sa prose fine et poétique avait d'ailleurs le
tour sobre et classique. Il rappelait Marivaux par la délicatesse de
ses analyses morales, comme dans cet art heureux de donner du
prix aux moindres sujets par la grâce du détail. Mais c'est dans les
Poésies nouvelles (1836-1852) que la postérité voudra retrouver
A. de Musset tout entier. S'il n'a pas l'inspiration égale et puissante
de M. de Lamartine, la richesse de coloris de M. V. Hugo, il surpasse peut-être ses deux illustres contemporains par la variété de
ton, la souplesse de l'expression, la verve inattendue. Les quatre élégies des *Nuits*, l'*Épître à Lamartine* et l'*Espoir en Dieu* resteront
les meilleurs titres d'A. de Musset. Là, il a vraiment atteint les
hautes régions, non sans doute les régions sereines, mais celles que
fréquente et aime la grande poésie, celles où l'homme entend parler

d'idéal et d'infini. Avec quels accents mélancoliques et pénétrants, avec quelles larmes venues du cœur et non de l'imagination, A. de Musset a parlé de ce besoin de croire, d'aimer et de prier, de cette invincible espérance qui nous fait pressentir les horizons d'*au delà*, ces horizons voilés à l'orgueil, et que le chrétien découvre dans sa foi ! Le poëte avait épuisé toutes les promesses de la vie; il rejetait avec dégoût cette coupe qui l'avait enivré mais n'avait pas étanché sa soif, et un jour de tristes pressentiments il exhalait cette confidence dernière :

J'ai perdu ma force et ma vie,
Et mes amis et ma gaîté;
J'ai perdu jusqu'à la fierté
Qui faisait croire à mon génie.

Quand j'ai connu la Vérité,
J'ai cru que c'était une amie;
Quand je l'ai comprise et sentie,
J'en étais déjà dégoûté.

Et pourtant elle est éternelle,
Et ceux qui se sont passés d'elle
Ici-bas ont tout ignoré.

Dieu parle, il faut qu'on lui réponde :
Le seul bien qui me reste au monde
Est d'avoir quelquefois pleuré.

A. de Musset eut-il le courage de ressaisir cette vérité, cette amie qu'il avait entrevue? Du moins dans les dernières années d'une vie qui fut trop courte (il mourut au mois de mai 1857), plusieurs, a-t-on affirmé, le surprirent pleurant, caché dans le coin obscur d'une église. *Rolla* fléchissait le genou, et peut-être son dernier cri fut une prière [1].

L'espoir en Dieu.

Tant que mon faible cœur, encor plein de jeunesse,
A ses illusions n'aura pas dit adieu,
Je voudrais m'en tenir à l'antique sagesse
Qui du sobre Épicure a fait un demi-dieu.
Je voudrais vivre, aimer, m'accoutumer aux hommes,
Chercher un peu de joie et n'y pas trop compter,
Faire ce qu'on a fait, être ce que nous sommes,
Et regarder le ciel sans m'en inquiéter.

1. La librairie Charpentier a publié une édition populaire des œuvres d'Alfred de Musset en 10 vol. in-32. Ses diverses Œuvres ont été également publiées en 9 vol. in-12, qui se vendent séparément.

Je ne puis ; — malgré moi l'infini me tourmente.
Je n'y saurais songer sans crainte et sans espoir ;
Et, quoi qu'on en ait dit, ma raison s'épouvante
De ne pas le comprendre et pourtant de le voir.
Qu'est-ce donc que ce monde, et qu'y venons-nous faire ,
Si, pour qu'on vive en paix, il faut voiler les cieux ?
Passer comme un troupeau, les yeux fixés à terre,
Et renier le reste, est-ce donc être heureux ?
Non, c'est cesser d'être homme et dégrader son âme.
Dans la création le hasard m'a jeté ;
Heureux ou malheureux, je suis né d'une femme,
Et je ne puis m'enfuir hors de l'humanité [1]....
Si mon cœur, fatigué du rêve qui l'obsède ,
A la réalité revient pour s'assouvir,
Au fond des vains plaisirs que j'appelle à mon aide
Je trouve un tel dégoût, que je me sens mourir.
Aux jours même où parfois la pensée est impie,
Où l'on voudrait nier pour cesser de douter,
Quand je posséderais tout ce qu'en cette vie
Dans ses vastes désirs l'homme peut convoiter ;
Quand je pourrais saisir dans le sein de la terre
Les secrets éléments de sa fécondité,
Transformer à mon gré la vivace matière,
Et créer pour moi seul une unique beauté ;
Quand Horace, Lucrèce et le vieil Épicure,
Assis à mes côtés, m'appelleraient heureux,
Et quand ces grands amants de l'antique nature
Me chanteraient la joie et le mépris des dieux [2],
Je leur dirais à tous : « Quoi que nous puissions faire,
Je souffre, il est trop tard ; le monde s'est fait vieux.

---

1. « Les lecteurs d'A. de Musset, a dit M. de Laprade en rappelant ces vers, auraient-ils soupçonné , à travers les emportements de
ses débuts, une raison si droite, un tel souci des hautes croyances,
un tel besoin d'idéal et d'infini ? Avec combien de lucide fermeté
cet esprit, si ébloui d'abord par le vertige de la jeunesse, arrive à
se poser les redoutables problèmes de nos destinées ! A travers les
indécisions d'une loyale intelligence, jamais un cœur plus affamé de
la vérité ne s'est élancé vers elle avec plus de force et ne l'a suppliée
plus éloquemment. »

2. Voy. la célèbre invocation de Lucrèce à Épicure, au liv. Ier du
de Natura rerum :

Primum Graius homo mortales tollere contra...

Une immense espérance a traversé la terre ;
Malgré nous vers le ciel il faut lever les yeux ! »

Que me reste-t-il donc ? Ma raison révoltée
Essaye en vain de croire et mon cœur de douter,
Le chrétien m'épouvante, et ce que dit l'athée,
En dépit de mes sens, je ne puis l'écouter.
Les vrais religieux me trouveront impie,
Et les indifférents me croiront insensé.
A qui m'adresserai-je, et quelle voix amie
Consolera ce cœur que le doute a blessé ?

Il existe, dit-on, une philosophie
Qui nous explique tout sans révélation,
Et qui peut nous guider à travers cette vie
Entre l'indifférence et la religion.
J'y consens. — Où sont-ils, ces faiseurs de systèmes,
Qui savent, sans la foi, trouver la vérité,
Sophistes impuissants qui ne croient qu'en eux-mêmes ?
Quels sont leurs arguments et leur autorité ?
L'un me montre ici-bas deux principes en guerre,
Qui, vaincus tour à tour, sont tous deux immortels[1] ;
L'autre découvre au loin, dans le ciel solitaire,
Un inutile Dieu qui ne veut pas d'autels[2].
Je vois rêver Platon et penser Aristote ;
J'écoute, j'applaudis, et poursuis mon chemin.
Sous les rois absolus je trouve un dieu despote ;
On nous parle aujourd'hui d'un dieu républicain.
Pythagore et Leibnitz transfigurent mon être[3].
Descartes m'abandonne au sein des tourbillons,
Montaigne s'examine, et ne peut se connaître.
Pascal fuit en tremblant ses propres visions.
Pyrrhon me rend aveugle, et Zénon insensible ;
Voltaire jette à bas tout ce qu'il voit debout.

1. « Manichéisme. » — Ces deux principes sont le bien et le mal.
Mais le manichéisme est un système religieux bien plus qu'une doctrine philosophique.

2. « Le théisme. » — C'est plutôt le *déisme*, qui admet Dieu et rejette la providence, en d'autres termes, qui croit à Dieu créateur et
non à Dieu conservateur de son œuvre.

3. Allusion à la doctrine de la *métempsycose*. Mais on ne voit pas
ce qui peut justifier ce rapprochement de Leibnitz et de Pythagore.

Spinosa, fatigué de tenter l'impossible,
Cherchant en vain son dieu, croit le trouver partout[1].
Pour le sophiste anglais l'homme est une machine[2].
Enfin sort des brouillards un rhéteur allemand
Qui, du philosophisme achevant la ruine,
Déclare le ciel vide et conclut au néant[3].

Voilà donc les débris de l'humaine science !
Et, depuis cinq mille ans qu'on a toujours douté,
Après tant de fatigue et de persévérance,
C'est là le dernier mot qui nous en est resté !
Ah ! pauvres insensés, misérables cervelles,
Qui de tant de façons avez tout expliqué,
Pour aller jusqu'aux cieux il vous fallait des ailes ;
Vous aviez le désir, la foi vous a manqué.
Je vous plains ; votre orgueil part d'une âme blessée.
Vous sentiez les tourments dont mon cœur est rempli,
Et vous la connaissiez, cette amère pensée
Qui fait frissonner l'homme en voyant l'infini.
Eh bien ! prions ensemble, — abjurons la misère
De vos calculs d'enfants, de tant de vains travaux.
Maintenant que vos corps sont réduits en poussière,
J'irai m'agenouiller pour vous sur vos tombeaux.
Venez, rhéteurs païens, maîtres de la science,
Chrétiens des temps passés et rêveurs d'aujourd'hui ;
Croyez-moi, la prière est un cri d'espérance !
Pour que Dieu nous réponde, adressons-nous à lui.
Il est juste, il est bon ; sans doute il vous pardonne.
Tous vous avez souffert, le reste est oublié.
Si le ciel est désert, nous n'offensons personne ;
Si quelqu'un nous entend, qu'il nous prenne en pitié !

Poésies nouvelles.

1. C'est un sage enivré de Dieu, a-t-on dit de Spinosa.
2. « Locke. » — Le vers du poëte s'appliquerait plutôt à l'école de d'Holbach et des encyclopédistes.
3. « Kant. » — Appeler Kant un *rhéteur* fera sourire un philosophe. Quoi qu'il en soit, il y a tout au moins ici une réserve à établir. S'il est vrai que Kant, dans la partie spéculative de son système, prétend infirmer toutes les preuves de l'existence de Dieu, il rétablit Dieu dans sa philosophie pratique en fondant la nécessité de son existence sur le principe de la loi morale.

La nuit de mai.

. . . .

LA MUSE.

Poëte, prends ton luth; c'est moi, ton immortelle,
Qui t'ai vu cette nuit triste et silencieux,
Et qui, comme un oiseau que sa couvée appelle,
Pour pleurer avec toi descends du haut des cieux.
Viens; tu souffres, ami. Quelque ennui solitaire.
Te ronge; quelque chose a gémi dans ton cœur;
Quelque amour t'est venu, comme on en voit sur terre,
Une ombre de plaisir, un semblant de bonheur.
Viens, chantons devant Dieu; chantons dans tes pensées,
Dans tes plaisirs perdus, dans tes peines passées;
Partons, dans un baiser, pour un monde inconnu.
Éveillons au hasard les échos de ta vie,
Parlons-nous de bonheur, de gloire et de folie,
Et que ce soit un rêve, et le premier venu.
Inventons quelque part des lieux où l'on oublie;
Partons, nous sommes seuls, l'univers est à nous.
Voici la verte Écosse, et la brune Italie,
Et la Grèce, ma mère, où le miel est si doux,
Argos et Ptéléon[1], ville des hécatombes,
Et Messa[2] la divine, agréable aux colombes.
Et le front chevelu du Pélion changeant[3];
Et le bleu Titarèse[4], et le golfe d'argent
Qui montre dans ses eaux, où le cygne se mire,
La blanche Oloossone à la blanche Camire[5].

1. Ville de Thessalie. V. l'*Iliade*, liv. II, v. 697.
2. En Laconie. C'est l'épithète donnée par Homère, *Iliade*, liv. II, v. 582.

Πολυτρήρωνά τε Μέσσην;

« Messa fertile en colombes. »

3. Le Pélion, montagne de la Thessalie, est couvert de pins.
4. Fleuve de Thessalie. *Iliade*, liv. II, v. 751.
5. Oloosson, ville de la Thessalie septentrionale. Son terroir était composé d'argile très-blanche; ce qui a fait dire à Homère, *Iliade*, liv. II, v. 739 :

.... Πόλιν τ' Ολοοσσόνα λευκήν;

« La blanche ville d'Oloosson. » C'est aussi l'épithète donnée par

Dis-moi, quel songe d'or nos chants vont-ils bercer ?
D'où vont venir les pleurs que nous allons verser ?
Ce matin, quand le jour a frappé ta paupière,
Quel séraphin pensif, courbé sur ton chevet,
Secouait des lilas dans sa robe légère,
Et te contait tout bas les amours qu'il rêvait ?
Chanterons-nous l'espoir, la tristesse ou la joie ?
Tremperons-nous de sang les bataillons d'acier ?
Suspendrons-nous l'amant sur l'échelle de soie ?
Jetterons-nous au vent l'écume du coursier ?
Dirons-nous quelle main, dans les lampes sans nombre
De la maison céleste, allume nuit et jour [1]
L'huile sainte de vie et d'éternel amour ?
Crierons-nous à Tarquin : « Il est temps, voici l'ombre ! »
Descendrons-nous cueillir la perle au fond des mers ?
Mènerons-nous la chèvre aux ébéniers amers ?
Montrerons-nous le ciel à la Mélancolie ?
Suivrons-nous le chasseur sur les monts escarpés ?
La biche le regarde ; elle pleure et supplie :
Sa bruyère l'attend ; ses faons sont nouveau-nés ;
Il se baisse, il l'égorge, il jette à la curée
Sur les chiens en sueur son cœur encor vivant.
Dirons-nous aux héros des vieux temps de la France
De monter tout armés aux créneaux de leurs tours,
Et de ressusciter la naïve romance
Que leur gloire oubliée apprit aux troubadours ?
Vêtirons-nous de blanc une molle élégie ?
L'homme de Waterloo nous dira-t-il sa vie,
Et ce qu'il a fauché du troupeau des humains
Avant que l'envoyé de la nuit éternelle
Vînt sur son tertre vert l'abattre d'un coup d'aile
Et sur son cœur de fer lui croiser les deux mains ?
Clouerons-nous au poteau d'une satire altière
Le nom sept fois vendu d'un pâle pamphlétaire,
Qui, poussé par la faim, du fond de son oubli,

Homère à Camire (Κάμειρον ἀργινόεντα), située à l'ouest de l'île de Rhodes. Tout ce passage du poète français est, comme on le voit, très-exactement emprunté d'Homère. A. de Musset, par le sentiment de l'antiquité grecque, rappelle souvent André Chénier.

1. Il faut avouer que le sens de ces trois vers est assez obscur. Le poëte veut-il parler des lampes allumées dans le sanctuaire de la prière ?

S'en vient, tout grelottant d'envie et d'impuissance,
Sur le front du génie insulter l'espérance
Et mordre le laurier que son souffle a sali ?
Prends ton luth ! prends ton luth ! je ne peux plus me taire ;
Mon aile me soulève au souffle du printemps.
Le vent va m'emporter ; je vais quitter la terre.
Une larme de toi ! Dieu m'écoute ; il est temps[1].

LE POETE.

S'il ne te faut, ma sœur chérie,
Qu'un baiser d'une lèvre amie
Et qu'une larme de mes yeux,
Je te les donnerai sans peine ;
De nos amours qu'il te souvienne,
Si tu remontes dans les cieux.
Je ne chante ni l'espérance,
Ni la gloire, ni le bonheur,
Hélas ! pas même la souffrance.
La bouche garde le silence
Pour écouter parler le cœur.

Ibid.

1. On ne saurait citer dans la poésie contemporaine une page plus belle. Quelle souplesse, et en même temps quelle richesse d'expression ! Comme le vers d'A. de Musset sait se plier à tous les tons ! Tour à tour la mélancolie, la tendresse et l'indignation prêtent au poëte leurs accents les plus vrais. Les difficultés de la langue paraissent se retirer devant lui. Plus de caprices dans la versification. A. de Musset méritait alors le spirituel éloge de M. Nisard, qui, le recevant au nom de l'Académie (1852), le félicitait d'avoir enfin « laissé là les vers brisés, comme Sixte-Quint jetait ses béquilles. »

PONSARD.

(1814-1867.)

Ponsard naquit à Vienne (Isère) en 1814. Sa première jeunesse s'écoula dans sa ville natale, sous le toit maternel. Ce fut là, on peut le croire, une circonstance heureuse pour sa destinée poétique. Loin de Paris et des querelles littéraires de 1830, il ne perdit pas, comme beaucoup d'autres, à choisir son drapeau et à le soutenir un temps précieux pour l'étude et la méditation ; il resta lui-même et s'appliqua à développer librement ses facultés. Ses tendances d'ailleurs le portaient vers nos grands modèles du dix-septième siècle : Corneille était son auteur préféré. Sa première tragédie, *Lucrèce* (1843), fruit lentement mûri de sa studieuse obscurité, portait la trace de cette forte inspiration. Le moment même où elle parut servit à son succès : cette année, M. V. Hugo, dans les *Burgraves,* semblait avoir atteint la limite extrême du drame romantique. Le goût public, effrayé et presque blessé de cet excès de témérité qui ressemblait à un défi, sut gré au jeune poëte de ce retour intelligent vers les traditions classiques. Après les excès de couleurs et d'expressions de l'école romantique, les yeux se reposaient avec plaisir sur une œuvre composée avec mesure et sagesse ; l'oreille était charmée d'entendre de nobles sentiments exprimés en des vers bien frappés, sobres d'images, précis et nerveux. La tragédie d'*Agnès de Méranie* (1846) ne parut pas justifier ce qu'avait fait espérer *Lucrèce;* mais Ponsard se releva avec éclat dans sa belle tragédie de *Charlotte Corday* (1850). Le sujet, à vrai dire, était aussi périlleux que séduisant. Il est difficile de parler d'une époque si voisine de la nôtre sans glisser dans la politique, sans heurter ou froisser des opinions. Le poëte, d'autre part, devait se priver de ce bénéfice du *lointain* qui lui permet de modifier dans une certaine mesure les données de l'histoire, selon les convenances de son sujet. Ici, il fallait être rigoureusement exact dans la peinture des caractères comme dans le langage prêté aux personnages : il fallait concilier la vérité du drame avec celle de l'histoire. Il est juste de reconnaître que nulle époque peut-être ne se prête mieux à une semblable conciliation. Dans ce drame sanglant de la révolution, il y a partout de la mise en scène. Aux clubs, dans les rues, à la tribune, sur l'échafaud même, on prend souci de son geste, de son attitude ; on ne s'abandonne pas. On imite l'antiquité jusqu'à la parodier. C'est par là que le poëte dramatique a prise sur les personnages de cette époque. Ponsard, en profitant des ressources que

lui offrait un tel sujet, sut en éviter les piéges. La tradition corné-
lienne lui découvrit la vérité révolutionnaire. Et en effet, un élève
de Corneille pouvait seul, en s'inspirant du maître, peindre Charlotte
Corday, cette fille, elle aussi, de Corneille par l'âme et par le sang.
Ponsard, sans justifier son crime, a su nous faire admirer son courage et nous attendrir sur son sacrifice. Ainsi l'intérêt saisissant de
la tragédie n'exclut pas sa moralité.

Ce sens élevé et moral a fait aussi le succès de l'*Honneur et l'Argent* (1853). Mais la critique, en applaudissant de généreux sentiments et de beaux vers, peut ici exprimer quelques réserves, regretter
par exemple certaines exagérations dans les caractères, et la sévérité
trop absolue du poëte à l'égard de notre société. Malgré d'illustres
exemples, il est rare qu'un poëte tragique ne paraisse pas un peu
dépaysé dans le domaine de la comédie. M. Nisard, recevant Ponsard
au nom de l'Académie française (1856), en donnait la raison avec une
délicatesse charmante [1] : « Dieu me garde, disait-il au nouveau venu,
de vous donner des scrupules sur vos habitudes de retraite studieuse
au foyer maternel ! Mais, en fait de comédie, les types en seront toujours au plus épais de la mêlée parisienne. Les héros de la tragédie
peuvent venir d'eux-mêmes visiter le poëte dans sa province : témoin Cinna, les Horaces, Polyeucte, qui apparurent au grand Corneille dans sa petite maison de Rouen. Mais les héros de la comédie ne sont pas si commodes. Il faut les aller chercher de sa personne
au milieu du monde, et à Paris, où se trouvent les plus illustres.
Molière ne s'y prenait pas autrement, quand il avisait certains de
ses personnages parmi les courtisans qui tourbillonnaient autour
de Louis XIV. On l'appelait le contemplateur, parce qu'il était sans
cesse à contempler quelqu'un qui posait devant lui sans s'en douter. Si donc, monsieur, vous voulez satisfaire les plus difficiles, imi-
tez les peintres qui rapportent dans l'atelier les esquisses prises au
dehors dont ils feront des tableaux : emportez de Paris de vigou-
reuses ébauches, pour en faire des portraits à Vienne. » Après le
demi-succès de la *Bourse* (1856), Ponsard dans le *Lion amoureux*
revenait aux inspirations de ses meilleurs jours : le portrait du con-
ventionnel restera l'une de ses plus heureuses créations. Une dernière pièce, *Galilée* (1866), composée dans les intervalles d'une cruelle
maladie, porte les traces de regrettables préventions qui ont faussé la
vérité historique. Ponsard est mort en 1867. Il mérite un sérieux
souvenir. Au milieu des essais aventureux ou des nouveautés du
drame contemporain, il continue avec C. Delavigne les traditions
classiques. On l'a souvent appelé le chef de l'*école du bon sens*. Chez

1. *Mélanges d'histoire et de littérature* (première série), 1868,
page 353.

plusieurs, il se cachait une ironie sous cet éloge : on voulait faire
entendre par là qu'il manquait à Ponsard les hautes parties du talent
dramatique, la vigueur originale des conceptions et l'énergie du pinceau. L'avenir, nous l'espérons, n'acceptera pas ces restrictions déni-
grantes [1].

L'Honneur et l'Argent.

(Extrait.)

Au commencement de la pièce, alors qu'il était riche et heureux,
George a déclaré qu'il ne craignait pas l'adversité, et que jamais le
besoin d'argent ne le réduirait à commettre une bassesse. Bientôt mis
à l'épreuve, il abandonne d'abord sans hésiter tout ce qu'il possède
pour faire honneur au nom de son père ruiné dans une faillite.
Peu à peu, cependant, il s'aperçoit que le sacrifice est plus dur qu'il
ne l'avait cru. Ses amis le délaissent, le père de sa fiancée le repousse. Il reconnaît que la pauvreté, même quand sa cause est
honorable, ne reçoit dans le monde que dédain et mépris. A bout
de ressources, accablé par les humiliations que sa position lui fait
essuyer, il est près de faiblir et écoute la proposition qu'on lui fait
d'épouser une vieille fille dont la fortune doit lui rendre l'aisance.
Rodolphe, le seul ami qui lui soit resté, le détourne de ce projet et
l'engage à persévérer dans la générosité de ses premiers sentiments.

ACTE IV, SCÈNE VI [2].

George, Rodolphe.

RODOLPHE.

George !

GEORGE. Ah ! c'est toi !

RODOLPHE. C'est moi qui ne te quitte pas ;

1. Les œuvres dramatiques de M. Ponsard ont été publiées à la
librairie Michel-Lévy en 2 vol. in-8°.

2. M. Sainte-Beuve, dans un rapport adressé au nom de la commission des primes à décerner aux ouvrages dramatiques (1854), si-
gnalait ainsi le mérite de cette scène : « Si la vérité peut manquer sur
quelques points du tableau, cette vérité se fait sentir en d'autres endroits d'une manière vive, énergique et neuve; par exemple, lorsque
le personnage principal (George), au quatrième acte, se voit presque
amené, à force d'humiliations, d'avanies et d'outrages, à se repentir de
ce qu'il a fait de bien et à apostropher le monde entier dans une sorte

Je veille sur toi, George, et te suis pas à pas.
Qu'est-ce que c'est, morbleu ! — je ne peux pas y croire, —
Que cette vieille fille et cette sotte histoire ?

GEORGE.

Depuis quand ce métier d'écouteur assidu ?

RODOLPHE.

C'est depuis que tu crains, mon cher, d'être entendu.
A toute heure, autrefois, je pouvais te surprendre,
Étant sûr d'approuver ce que j'allais entendre.
Un jour, — je m'en souviens encore mot pour mot, —
A ce même banquier faisant sonner la dot,
« Je ne vends, disais-tu, ni mon corps ni mon âme,
« Et ne me marîrai que pour aimer ma femme. »
Ah ! tu trouvais alors des accents convaincus ;
Tu n'aurais pas molli devant cent mille écus :
Le cœur vivait alors, et l'on t'eût bien fait rire,
Si des gens clairvoyants étaient venus te dire
Qu'il pourrait arriver, certain jour, certain cas
Où quelque cinquante ans ne t'effrayeraient pas.

GEORGE.

Si j'ai changé d'avis, connaissant mieux les hommes,
Ne m'en accuse pas, mais le siècle où nous sommes.

RODOLPHE.

Le siècle ! et comment ?

GEORGE. Oui, ce siècle sans pudeur,
Ce siècle où la richesse est la seule grandeur,
Où l'on comble d'égards le fripon qui s'engraisse,
Où la probité pauvre est un manque d'adresse.

RODOLPHE.

Ah ! ah !

GEORGE. J'ai fait, je crois, une honnête action.
Qu'en ai-je retiré ?

RODOLPHE. Ton approbation.
Que diable ! est-ce qu'on fait le bien pour un salaire ?
Il serait trop commode, en ce cas, de bien faire ;
Et si c'est le profit que l'on a calculé,

de délire : moment dramatique et lyrique tout ensemble, d'une vigueur
poignante... On a fort loué et fait ressortir ce personnage de Rodolphe, l'ami âgé de trente ans, plus mûr, plus sage, point trop mi-
santhrope, unissant l'expérience, quelque ironie et beaucoup de cœur.
C'est l'Ariste de la pièce, un Ariste jeune, animé, chaleureux, et qui
représente le bon génie, la morale vivante du drame. »

On n'a pas agi bien, on a bien spéculé.

GEORGE.

Mon approbation, morbleu ! renoûra-t-elle
Mon union rompue avec mon infidèle?

RODOLPHE.

Non ; mais, ayant agi comme il fallait agir,
Tu peux à tes amis te montrer sans rougir ;
Je te serre la main, moi : c'est bien quelque chose ;
Je ne la serre pas à beaucoup, et pour cause.

GEORGE.

Comme pour m'enfoncer plus avant le poignard,
Le sort nous met ici tous les deux en regard :
Moi, pauvre et ridicule ; elle, riche et parée,
Sachant bien qu'elle est belle et qu'elle est admirée.

RODOLPHE.

Si j'en crois certains bruits, elle songerait moins
A se faire admirer qu'à pleurer sans témoins.

GEORGE.

Quoi ! vraiment !

RODOLPHE. Le Richard[1] est un brutal infâme ;
Qui maltraite, dit-on, la pauvre jeune femme.

GEORGE.

J'en suis charmé.

RODOLPHE. De plus, il est grand dépensier ;
Il joue un jeu d'enfer ; il mène un train princier.
La faillite est au bout, et ce sera miracle
Si l'an prochain n'amène une grosse débâcle.

GEORGE.

Ah ! tant mieux ! qu'elle soit misérable, tant mieux !
Puisse-t-elle pleurer tous les pleurs de ses yeux !

RODOLPHE.

Venge-toi noblement, et qu'elle soit punie
Par le regret d'avoir méconnu ton génie !
Travaille !

GEORGE. Ah! mon génie! oui, parlons-en un peu !
Je me crus animé de ce souffle de Dieu,
Et pour quelques dessins que vantaient mes convives,
Je suis peintre, disais-je en mes fiertés naïves !
Or ce qu'on admirait d'un air si convaincu,
Je n'en puis pas trouver seulement un écu :

---

1. C'est celui qui a épousé la fiancée de George.

Le marchand, vois-tu bien, c'est la pierre de touche ;
Jamais le compliment n'approcha de sa bouche ;
Comme l'enthousiasme est son moindre défaut,
Quand on sort de chez lui l'on sait ce que l'on vaut,
Et l'on mesure alors la distance profonde
Du véritable artiste à l'artiste du monde.

RODOLPHE.

Peut-être ; — mais, pour moi qui ne te flattais pas,
Je remarque un progrès et crois que tu peindras.
Travaille.

GEORGE. En attendant, je n'ai plus de ressource.
Comment vivre ?

RODOLPHE. Eh ! parbleu ! n'avons-nous pas ma bourse ?

GEORGE.

Je n'emprunterai pas d'aussi pauvre que moi.

RODOLPHE.

Fi ! le mot est vilain. Ce que j'ai, c'est à toi.

GEORGE.

C'est assez pour toi seul, trop peu pour vivre ensemble.

RODOLPHE.

Puis tu pourrais donner des leçons, ce me semble.

GEORGE.

Des leçons ?

RODOLPHE. De dessin.

GEORGE. Chez des particuliers ?

RODOLPHE.

Oui ; je puis te trouver quelques bons écoliers.

GEORGE.

Des leçons au cachet ainsi qu'un maître d'arme !

RODOLPHE.

Eh ! mais je ne vois rien là dont l'honneur s'alarme.

GEORGE.

Être salarié, moi ! Donner des leçons,
Respectueusement, à de petits garçons ;
Préparer les pinceaux des jeunes demoiselles
Dont je corrigerai les chastes aquarelles ;
Allons donc !

RODOLPHE. Ah ! voilà. Nous aimons les travaux
Qui doivent faire un jour éclater les bravos ;
Quant à gagner son pain par un travail sans gloire,
D'autant moins glorieux, d'autant plus méritoire,
Fi ! c'est bon pour les gens médiocres. — Mon cher,

Écoute bien ceci : c'est l'orgueil qui te perd.
GEORGE.
Professeur de dessin ! expéditionnaire !
Pourquoi pas portefaix ou commissionnaire ?
RODOLPHE.
Eh ! ma foi, j'en connais qui te valent. — Enfin
Il faut prendre un parti, sinon mourir de faim.
GEORGE.
Pourquoi me suis-je mis dans ce cas misérable !
RODOLPHE.
Eh ! quoi ! te repens-tu de ton acte honorable ?
GEORGE.
Ah ! morbleu ! si c'était à refaire !
RODOLPHE. Comment !
GEORGE.
Mon Dieu ! j'étalerais ma honte effrontément,
Et je dirais : Messieurs, j'ai fait comme vous autres ;
Honorables faquins, place ! je suis des vôtres.
Vous, monsieur, vous n'avez ni principe ni foi,
Et votre avancement est votre seule loi ;
Touchez là ! — Vous, monsieur, à la fin de la lutte,
Vous flattez la victoire et flétrissez la chute ;
Soyons amis ! — Salut, ô pieux débauché,
Que le mot effarouche, et non pas le péché !
Salut, ô Turcaret ! salut, ô parasite
Qui souris des bons mots que Turcaret débite !
Banqueroutiers, valets, libertins, renégats,
Fripons de toute espèce et de tous les états,
Salut ! nous nous devons un respect réciproque ;
Nous comprenons l'esprit positif de l'époque ;
Nous sommes des pieds-plats, — oui, des marauds, — d'ac-
Mais le monde est à nous, car nous avons de l'or. [cord ;
RODOLPHE.
Je ne prends ces propos que pour une boutade :
C'est un signe pourtant que l'esprit est malade ;
Et si tu ne prends garde à ces velléités,
Tu descends le penchant qui mène aux lâchetés.
Songe à Raymond à qui tu refusais ta porte [1] ;
Il avait cependant une excuse plus forte :

1. Parce qu'il avait vendu sa plume et écrit dans un journal pour
et contre un ministre.

Il fallait qu'il nourrît sa femme, au lieu que, toi,
Tu vis seul, et l'on a toujours assez pour soi.
Ah ! j'aurais aujourd'hui beau jeu... mais sóis tranquille :
Je n'abuserai pas d'un triomphe facile ;
. Je te veux seulement dire quelques mots francs,
Dictés par l'amitié comme je la comprends.
— Tu fis bien de payer les dettes paternelles ;
Mais c'était obéir aux règles éternelles :
Tu serais méprisable, ayant autrement fait ;
Puis, du premier instinct c'était le prompt effet :
Un sacrifice fier charme une âme hautaine ;
La gloire en est présente, et la douleur lointaine.
— Je ne méconnais point un acte noble en soi ;
Tu fis bien ; mais beaucoup auraient fait comme toi.
La vertu, qui n'est pas d'un facile exercice,
C'est la persévérance après le sacrifice ;
C'est, quand le premier feu s'est lentement éteint,
La résolution qui survit à l'instinct,
Et seule devant soi, paisible, refroidie,
Par un monde oublieux n'étant point applaudie,
A travers les besoins, l'injure et le dégoût,
Modeste et ferme, suit son chemin jusqu'au bout.
Voilà mon vrai héros ! voilà mon homme rare !
Ce n'est pas celui-là que l'amour-propre égare ;
Il ne rougirait pas d'un honnête métier,
Et croirait plus louable, et même plus altier,
De vivre dignement de l'art que l'on enseigne
Que d'épouser la dot de quelque vieille duègne.

> GEORGE.

Rodolphe !

RODOLPHE. Que veux-tu, c'est ainsi que je voi ;
Qui vend son cœur vendra son honneur et sa foi ;
Et si tu consommais l'acte où l'on te convie,
Je ne te reverrais, pour ma part, de la vie.

> GEORGE.

Libre à toi ! Ce sera ma dernière leçon.

> RODOLPHE.

Que veux-tu dire ?

> GEORGE. Ovide a dit avec raison :

Heureux, tu compteras des amitiés sans nombre ;
Mais adieu les amis, si le temps devient sombre.

RODOLPHE.

Eh quoi ! tu peux penser !...

GEORGE. Oh ! je ne pense rien.
Mais il est temps, je crois, de clore l'entretien :
Bonsoir. J'ai passé l'âge où l'on nous morigène,
Et me sens trop nerveux pour subir cette gêne.

(*Il sort.*)

SCÈNE VII.

RODOLPHE (*seul*).

L'ingrat ! le mauvais cœur ! — Mais non, il n'est qu'aigri ;
C'est un état fiévreux qui peut être guéri :
Et qui donc, parmi ceux qui parlent de courage,
Eût, sans ployer un peu, souffert le même orage ?
Le malheur, — c'est tout simple, — étonne cet enfant ;
Mais l'honneur est vivace et sera triomphant.
Il fallait lui parler comme on parle au malade,
Le flatter et chercher le ton qui persuade ;
Sans le lui laisser voir, il fallait le guider,
Si bien que par lui-même il crût se décider.
Au lieu de me montrer doux et prudent, que fais-je ?
Je le sermonne ainsi qu'un enfant au collége ;
Le sachant ombrageux, je le blesse d'abord,
Et semble me complaire à prouver qu'il a tort.
— Ah ! c'est moi qui me tiens en estime trop haute !
L'orgueilleux, c'est moi seul ; à moi seul est la faute ;
Je suis mauvais ami ; George a raison. — Ah ! ciel !
Quoi ! comment réparer mon langage cruel !

George, après ce moment de défaillance, ne tarde pas à reprendre
courage. Il se décide à suivre les conseils de son ami et à embrasser
une vie humble et laborieuse. Il trouve bientôt l'occasion de s'engager dans une entreprise commerciale, et par son énergie active il
arrive à se reconstituer une fortune d'autant mieux acquise qu'il ne
la doit qu'à lui-même.

TABLE DES MATIÈRES.

PROSATEURS.

POËTES.

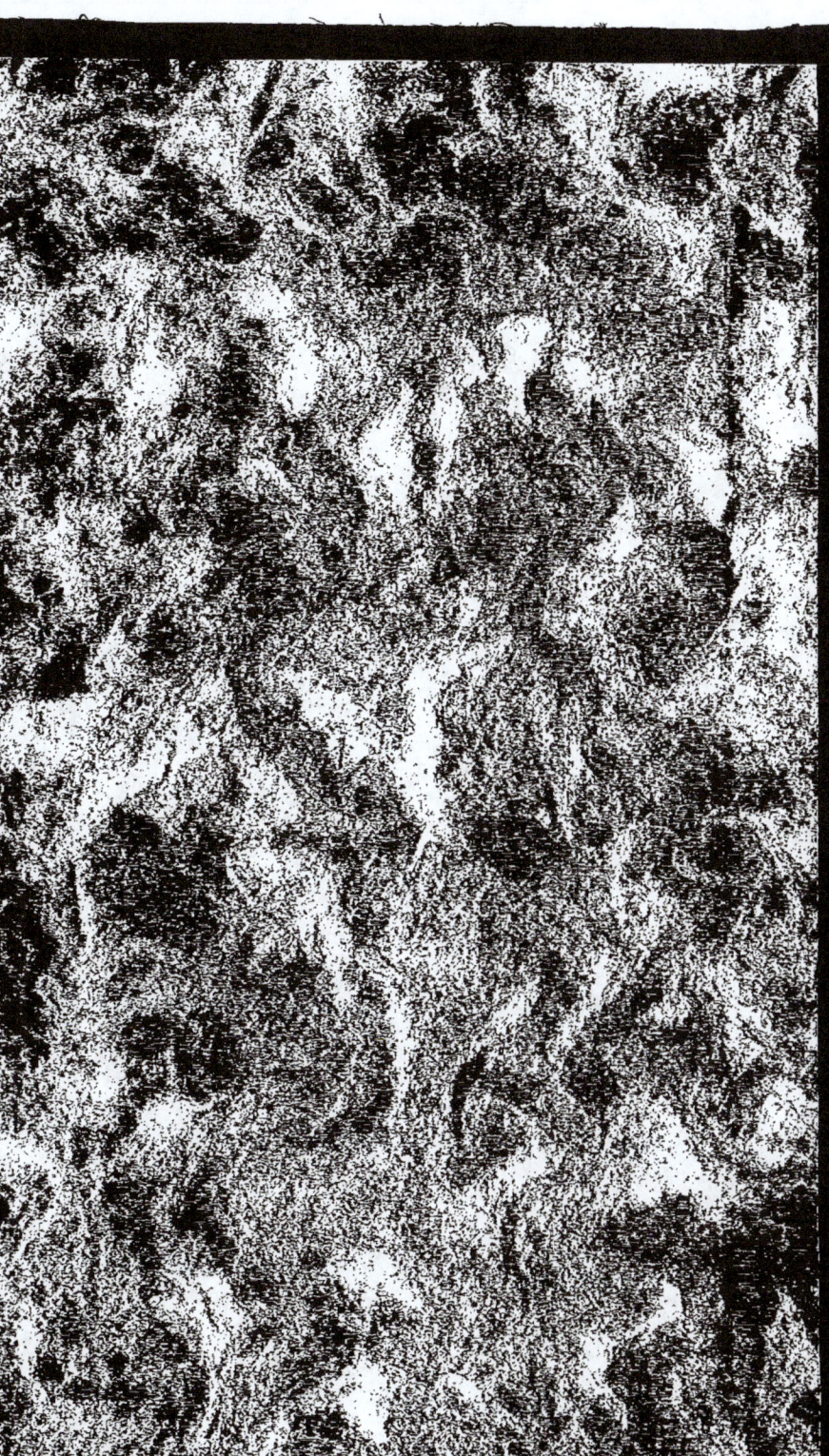